中国文化·古典诗词品鉴

飞花令·春

素心落雪 ——— 编著

中国文史出版社

图书在版编目（CIP）数据

飞花令. 春 / 素心落雪编著. — 北京：中国文史出版社，2018.5

ISBN 978-7-5205-0271-9

Ⅰ.①飞… Ⅱ.①素… Ⅲ.①古典诗歌－诗集－中国 Ⅳ.①I222

中国版本图书馆CIP数据核字（2018）第104483号

责任编辑：徐玉霞

出版发行：中国文史出版社

社　　址：北京市海淀区西八里庄路69号院　邮编：100142

电　　话：010－81136606　81136602　81136603（发行部）

传　　真：010－81136655

印　　装：廊坊市海涛印刷有限公司

经　　销：全国新华书店

开　　本：787mm×1092mm 1/32

印　　张：7.125　　字数：167千字

版　　次：2018年8月第1版

印　　次：2024年3月第3次印刷

定　　价：36.80元

解读飞花令

　　飞花令，原是饮酒助兴的游戏之一，输者罚酒。源自古人的诗词之趣，得名于唐代诗人韩翃《寒食》中的名句"春城无处不飞花"。古代的飞花令要求，对令人所对出的诗句要和行令人吟出的诗句格律一致，而且规定好的字出现的位置同样有着严格的要求。

　　而现行"飞花令"的游戏规则相对宽松得多，只要围绕关键字背诵出相应的诗句即可。即使这样，"飞花令"仍是真正高手之间的对抗，因为这不仅考察对令者的诗词储备，更是临场反应和心理素质的较量。

春

春

春

春

飞花令

目录

薛道衡

薛道衡（540—609），字玄卿，河东汾阴（今山西万荣县）人。曾仕北周、北齐，入隋后官居襄州总管、播州刺史，累官至司隶大夫，后因触犯隋炀帝被杀。其诗词清丽委婉，是隋代诗坛的杰出代表。

入春才七日，离家已二年

人日思归

南北朝·薛道衡

入春才七日，离家已二年。
人归落雁后，思发在花前。

注释

入春才七日：将春节当作春天的开始，七天后是人日。
思：传说鸿雁正月从南方返回北方。

简析

这是一首思乡诗，描写了远在他乡的游子，新春佳节时刻渴望与家人团聚的心理。诗的一开头就交代了时间和自己离家的时日，笔调平淡，似乎没有太多感情，然而细细想来，"才七日"和"已二年"这个鲜明的对比，让人感受到了诗人的度日如年。后面两句，写了春花还未萌发的时候，思归之念已经发动。传说中，鸿雁正月里就会从南方飞往北方，在这个春天，诗人也想回乡，但如今眼看着春草将绿，春花将开，成队的鸿雁从头顶掠过，诗人却无法回去，因此"人归落雁后"。无奈之下，只能借春雁北归之说，抒发极想回归之情。

背景

薛道衡隋初时曾当过聘陈内史，这首诗正是当时在江南的时候写的。

陆凯

> 陆凯（？—约504），字智君，陆俟之孙，北魏代（今张家口涿鹿县山涧口村）人，鲜卑族。是南北朝人。《魏书》有传。

江南无所有，聊赠一枝春

赠范晔诗

南北朝·陆凯

折花逢驿使，寄与陇头人。
江南无所有，聊赠一枝春。

注释

驿使：古代为官府递送文书的人。

陇头人：指在北方的朋友，也就是范晔。

一枝春：人们常常把梅花作为春天的象征，所以这里是指梅花。

简析

这首诗构思巧妙，富有情趣，尽管在用字上比较简单，细细品味，春的生机和情谊如在眼前。在特定的季节和特定环境中，诗人将怀友的感情，通过一种为世公认具有高洁情操的梅花表达出来，把抽象的感情与形象的梅花结为一体，这种手法难能可贵。

"折花逢驿使，寄与陇头人。"前两句写诗人和友人相隔千里，无法相见，只能凭驿使来往互递问候，恰好偶遇驿使，马上想到友人，体现出对朋友的挂念和友谊的珍贵。"江南无所有，聊赠一枝春。"后两句写出了江南最珍贵的其实是诗人的诚挚情怀，而这一切，全凝聚在小小的一枝梅花上。从这里可以看出诗人高雅的情趣和丰富的想象力，把春天聚集在小小的梅花上，寄托对相聚时刻的期盼，同时联想到友人睹物思人的场景。

背景

这是诗人陆凯率兵南征度梅岭时所作，当时岭梅怒放，他在戎马倥偬中登上梅岭，站在梅花丛中，回头北望，看到北去的驿使，想起陇头好友范晔，于是写下这首诗。

何逊

何逊（约480—518），字仲言，东海郯（今山东郯城）人，南朝梁诗人。历任安成王参政军事兼尚书水部郎，庐陵王记室。其诗以酬唱、记行居多，长于写景抒情，风格与谢朓相似，清新精巧，文辞优美，对唐代近体诗影响较大，有《何水部集》。

应知早飘落，故逐上春来

咏早梅·扬州法曹梅花盛开

南北朝·何逊

兔园标物序，惊时最是梅。
衔霜当路发，映雪拟寒开。
枝横却月观，花绕凌风台。
朝洒长门泣，夕驻临邛杯。
应知早飘落，故逐上春来。

注释

兔园：汉梁孝王的园名，这里指的是扬州的林园。
物序：时节变换。

上春：孟春正月。

简析

这是一首称赞早梅的咏物诗，梅花开得最早，不怕霜雪，敢抗风寒，这种坚贞的品格和诗人的清高自负异曲同工。其实如果联想到诗人的身世遭遇，不难得知，早露才华、受到时人称赞、得到皇帝宠信，但也比较早地被皇帝疏远的何逊确实如早梅一般。

诗的开篇提到的兔园，其实是建安王萧伟的芳林苑，这里种着千百种花卉，但当冰封大地、万木萧疏之时，梅花是第一个绽放，预报春天来临的，所以说"惊时最是梅"。"衔霜当路发"四句描绘了梅花凌霜傲雪、嫣然开放的姿态，看着满园梅花，诗人诗兴大发，不禁想到人世间许多悲欢离合的故事。最后那句"应知早飘落，故逐上春来"表达了作者的情志，人生有限，必须及早建功立业。由此可见，这首诗整体的基调还是积极向上的，诗人借咏梅表达了自己坚定的情操和高远的志向。

背景

这是公元508年早春，诗人在任建安王萧伟水曹行参军兼记室、尚书水部郎时，看到寒风中唯有梅花凌寒独放，心有所感，所写下的诗篇。

名家点评

吴小如：整首诗的基调是积极向上的，诗人以司马相如自喻，借咏梅来表现自己坚定的情操和高远的志向。（《汉魏六朝诗鉴赏辞典》）

宋之问

宋之问（约656—约712），字延清，名少连，汉族，汾州隰城人（今山西汾阳市）人，初唐时期的诗人，与沈佺期并称"沈宋"。

岭外音书断，经冬复历春

渡汉江

唐·宋之问

岭外音书断，经冬复历春。
近乡情更怯，不敢问来人。

注释

汉江：长江最大支流，从陕西经湖北流入长江，也叫汉水。

岭外：五岭以南的广东省广大地区，通常称岭南。唐朝时期经常被作为罪臣的流放地。

来人：从家乡来的人。

简析

这首诗描写了思乡之情，真实地刻画了诗人久别还乡，在临近家乡时激动而又复杂的心情，语极浅近，意颇深邃，对心理的刻画细致入微，自然至美。

"岭外音书断，经冬复历春。"前两句追叙自己被贬居岭南的境况，被贬斥到蛮荒之地原本就很悲惨，又和家人断了音讯，而且经历了很多个寒来暑往，诗人用简单的两句话，将客居岭南的凄苦和对家乡、亲人的思念表现得淋漓尽致。"近乡情更怯，不敢问来人。"正常来说，马上就要到家，应该急切问问从家乡来的人，自己的家人怎么样了，但诗人却没有这样想，细细琢磨，这才合乎情理。因为诗人常年没有得到家人的音讯，一方面日夜思念，另一方面时刻担心家人命运，生怕他们由于自己的连累而遭遇不幸，因此很担心别人说出什么不好的消息，这种矛盾的心理状态才是最真实的展现。

背景

这是宋之问自泷州（今广东罗定县）贬所逃归，途经汉江（指襄阳附近的一段汉水）时写的一首诗。

名家点评

明·钟惺、谭元春：实历苦境，皆以反说，意又深一层。（《唐诗归》）

明·黄生："怯"字写得真情出。（《增订唐诗摘钞》）

清·李锳："不敢问来人"，以反笔写出苦况。（《诗法易简录》）

清·沈德潜：即老杜"反畏消息来，寸心亦何有"意。（《唐诗别裁集》）

贺知章

贺知章（约659—约744），字季真，自号四明狂客，越州永兴（今杭州萧山）人。证圣进士，官至秘书监。后还乡为道士。为人旷达不羁，有"清谈风流"之誉。好饮酒，与李白友善，是"吴中四士"之一。其诗以绝句见长，诗多祭神乐章和应制之作。写景抒情之作，风格独特，清新潇洒。《全唐诗》尚存其诗作十九首。

不知细叶谁裁出，二月春风似剪刀

咏柳

唐·贺知章

碧玉妆成一树高，万条垂下绿丝绦。
不知细叶谁裁出，二月春风似剪刀。

注释

碧玉：原意指碧绿色的玉，这里是用来比喻春天嫩绿的柳叶。

一树：一是满和全的意思。在中国古典词和文章中，数量词在使用中并不一定表示确切的数量。下一句的"万"，是表示很多的意思。

绦：用丝编成的绳带。这里指像丝带一样的柳条。

简析

这首诗让人从柳树的婀娜多姿，感受到了浓浓春意。

"碧玉妆成一树高"，柳树像是一位经过梳妆打扮，亭亭玉立的美人，"万条垂下绿丝绦"，柳树上垂下的柳叶如同美人身上婀娜多姿的绿色丝织裙带。"不知细叶谁裁出，二月春风似剪刀。"这些如同丝绦的细细的柳叶儿是谁裁剪出来的呢？二月的春风如同巧手姑娘一般，用纤纤玉手裁剪出了这些嫩绿的叶子，为大地带来了绿色，给人春的信息。

背景

唐天宝三年，贺知章奉旨回乡，百官为其送行，他坐船途经南京、杭州，随后到达南门外潘水河边的旧宅，当时正是阴历二月，柳芽萌发，春意盎然，微风徐徐，贺知章心情非常好，突然看到河畔一株高大的杨柳，一时兴起，提笔写下了这首诗。

名家点评

明·黄周星：尖巧语，却非由雕琢所得。（《唐诗快》）

清·黄叔灿：赋物入妙，语意温柔。（《唐诗笺注》）

明·钟惺、谭元春：奇露语开却中晚。（《唐诗归》）

王之涣

　　王之涣（688—742），是盛唐时期的著名诗人，字季凌，汉族，绛州（今山西新绛县）人。豪放不羁，常击剑悲歌，其诗多被当时乐工制曲歌唱。名动一时，他常与高适、王昌龄等相唱和，以善于描写边塞风光著称。其代表作有《登鹳雀楼》《凉州词》等。

羌笛何须怨杨柳，春风不度玉门关

凉州词二首·其一

唐·王之涣

黄河远上白云间，一片孤城万仞山。
羌笛何须怨杨柳，春风不度玉门关。

注释

　　凉州词：又名《出塞》，是为当时流行的一首曲子《凉州词》配的唱词。

　　黄河远上：远远向西望黄河的源头。

　　仞：古代的长度单位，一仞相当于七尺或八尺（等于231厘米或264厘米，约等于2.3米或2.6米）。

羌笛：羌笛是羌族乐器，属横吹式管乐，古羌族主要分布在甘、青、川一带。

不度玉门关：吹不到玉门关这个地方。玉门关的故址在今甘肃敦煌西北小方盘城，是古代通往西域的要道。

简析

这首诗写的是戍边士兵的怀乡情。全诗苍凉慷慨，悲而不失其壮，虽极力渲染戍卒不得还乡的怨情，但丝毫没有半点颓丧消沉的情调，展露出盛唐时期诗人豁达广阔的胸怀。

"黄河远上白云间"描绘出远远向西望去的诗人，看到辽阔的高原上，黄河奔腾，如同流入白云中一般。"一片孤城万仞山"，描写了塞上的孤城在高山大河的怀抱中巍然屹立。此时，羌笛声响起，吹奏的恰好是《折杨柳》，这乐声勾起戍卒的离愁。古代有临别时折柳相赠的风俗，"柳"与"留"谐音，赠柳表示留念。后来，诗人用豁达的语调说道："羌笛何须怨杨柳，春风不度玉门关。"羌笛没必要总是吹奏哀愁的《折杨柳》曲调，本身玉门关就是春风吹不到的地方，哪儿有杨柳可折呢？说"何须怨"，并不是没有怨，而是说怨也没用，这里的诗意更加含蓄，更有深意。

背景

开元（唐玄宗年号，713—741）年间，王之涣与高适、王昌龄到旗亭饮酒，遇梨园伶人唱曲宴乐，三人分别写诗让诸伶去唱，王之涣写下了这首诗。

名家点评

明·杨慎：此诗言恩泽不及于边塞，所谓君门远于万里也。(《升庵诗话》)

孟浩然

孟浩然（689—740），本名浩，以字行，襄州襄阳（今属湖北）人。早年隐居于鹿门山。40岁时游长安，应进士不第。后为荆州从事，患疽卒。

孟浩然与王维齐名，称为"王孟"。其诗内容多以山水田园、隐居逸兴及羁旅行役为主，风格清淡雅致，长于写景，是"山水派"诗人的杰出代表。有《孟浩然集》存世。

二月湖水清，家家春鸟鸣

春中喜王九相寻/晚春

唐·孟浩然

二月湖水清，家家春鸟鸣。
林花扫更落，径草踏还生。
酒伴来相命，开尊共解酲。
当杯已入手，歌妓莫停声。

简析

这首诗的作者和朋友在林边，看着良辰美景开怀畅饮，当时林花已经开到极致，花事荼蘼，灿烂之后就是凋零，此刻林花凋谢，春天也即将逝去，然而在诗人心中，惋惜不太明显，只是希望歌女的歌声莫停，不露痕迹地表达了惜春的心情。不过诗人还是对更加灿烂的生命寄予了希望，这一点从径草的"踏"而"还生"可以看出来。

春眠不觉晓，处处闻啼鸟

春晓

唐·孟浩然

春眠不觉晓，处处闻啼鸟。
夜来风雨声，花落知多少。

注释

晓：天刚刚亮，春晓指春天的早晨。

不觉晓：不知不觉天就亮了。

知多少：这里是不知有多少。

简析

这首诗初读感觉平淡无奇，反复推敲则感觉别有洞天，既悠然美妙，行文又起伏跌宕，韵味十足。诗人想要表现他喜爱春天的感情，却又欲言又止，让读者自己去琢磨。

先是从春鸟的啼鸣、春风春雨的吹打、春花的谢落等声音，让读者通过听觉去感受，然后运用想象转换到视觉，在眼前呈现出一夜风雨后春天的景致，构思独特。本诗语言自然朴素，却耐人寻味，不知不觉又到了一个春天的清晨，不知不觉又开始一次花开花落，想着这一年一度的春色，人生的感慨油然而生，或浓或淡的萦绕心头。

背景

这首诗是唐代诗人孟浩然早年间隐居鹿门山时所作。后来孟浩然入长安谋求官职，考进士不中，还归故乡。

名家点评

明·凌宏宪：真景实情，人说不到。高兴奇语，唯吾孟公。(《唐诗广选》)

明·钟惺、谭元春：通是猜境，妙！妙！(《唐诗归》)

明·唐汝询：昔人谓诗如参禅，如此等语，非妙悟者不能道。(《唐诗解》)

王昌龄

　　王昌龄（698—757），字少伯，河东晋阳（今山西太原）人，又一说京兆长安（今西安）人，盛唐著名边塞诗人。其诗以七绝见长，尤以登第之前赴西北边塞所作边塞诗最著，情景妙合，意与境浑，有"诗家夫子王江宁"之誉，又被后人誉为"七绝圣手"。

闺中少妇不知愁，春日凝妆上翠楼

闺怨

唐·王昌龄

闺中少妇不知愁，春日凝妆上翠楼。
忽见陌头杨柳色，悔教夫婿觅封侯。

注释

　　闺怨：闺，借指女子。少妇的幽怨。
　　陌头：路旁。
　　觅封侯：觅，寻求。为求得封侯而去从军。

简析

这首诗描写了一个孤独的贵妇，当她看到路旁的柳色青葱，盎然春意，突然意识到自己精神世界的空虚，觉得打扮也没有什么意思，现在自己孤零零的，真是后悔当初让丈夫去从军了。整首诗的诗眼是"悔"字。

"闺中少妇不知愁"虽然写的是"闺怨"，却用了这样一个开头，这是为什么呢？原来诗人是为了描述闺中少妇从"不知愁"到"悔"的心理变化过程。"春日凝妆上翠楼"，春日清晨，精心打扮的少妇为了观赏春色而登上高楼，然而"忽见陌头杨柳色"，看到路边的杨柳，她突然想到青春易逝，又联想到与自己千里之隔的丈夫和当年折柳赠别的情形，"悔教夫婿觅封侯"，深深的悔意漫上了心头。

名家点评

清·吴瑞荣：触景怀人，精采迸射，却自大雅。(《唐诗笺要》)

明·周珽：因见柳色而念及夫婿，《卷耳》《草虫》遗意，得之真乎！从来无人道得。(《唐诗选脉会通评林》)

清·黄生：先反唤"愁"字，末句正应。感时恨别，诗人之作多矣，此却以"不知愁"三字翻出后二句，语境一新，情思婉折。闺情之作，当推此首为第一。此即《国风》妇人感时物而思君子之意，含情甚正，含味甚长。唐人绝句实具风雅遗音。(《唐诗摘钞》)

平阳歌舞新承宠，帘外春寒赐锦袍

春宫曲
唐·王昌龄

昨夜风开露井桃，未央前殿月轮高。
平阳歌舞新承宠，帘外春寒赐锦袍。

注释

露井：指没有井亭覆盖的井。

未央：未央宫，这里也指唐宫。

平阳歌舞：这里是指平阳公主家中的歌女。

简析

这首诗的题目是"宫曲"，但是全篇并没有怨恨之意，都是失宠者对"昨夜"的追述。

"昨夜风开露井桃"，一开始点明时令，没有井亭覆盖的井旁有棵桃树，在春风的吹拂下绽放着花朵，"未央前殿月轮高"点明地点，未央宫的殿前月华满铺，好一幅春意融融、安详和睦的自然景象。"平阳歌舞新承宠，帘外春寒赐锦袍。"后面两句写了新人的由来和受宠的情形，这个卫子夫原本是平阳公主的歌女，因为善歌善舞，被汉武帝看中，召入宫中，大得宠幸，暖暖的春意中，皇帝担心帘外春寒，所以特赐锦袍，足以见得对其关心。但是从"新承宠"三字，读者不难想到刚刚失宠的旧人，此时此刻，她也许正站在月华如水的幽宫檐下，遥望未央殿，耳听新人的歌舞嬉戏之声，然后暗自伤心。

名家点评

清·王尧衢："不寒而寒，赐非所赐，失宠者思得宠者之荣，而愈加愁恨，故有此词也。"这些说法，尽管不为无见，但此诗的旨义乃叙春官中未承宠幸的官人的怨思，从而讽刺皇帝沉溺声色，喜新厌旧。这种似此实彼、言近旨远的艺术手法，正体现出王昌龄七绝诗"深情幽怨，意旨微茫，令人测之无端，玩之不尽"的特色。（《古唐诗合解》）

清·沈德潜："只说他人之承宠，而己之失宠，悠然可会。"（《唐诗别裁集》）

李白

　　李白（701—762），字太白，号青莲居士，祖籍陇西成纪（今甘肃天水），是唐代最伟大的诗人之一，被后人誉为"诗仙"。李白生活在盛唐时期，他性格豪迈，游踪遍及南北各地，写出大量赞美名山大川的壮丽诗篇。李白的诗作，以乐府、歌行及绝句成就为最高。其歌行，完全打破诗歌创作的一切固有格式，空无依傍，笔法多端，达到了变幻莫测、摇曳多姿的神奇境界；其绝句自然明快，能以简洁明快的语言表达出无尽的情思。其诗风，既豪迈奔放，又清新飘逸，而且想象丰富，意境奇妙。

谁家玉笛暗飞声，散入春风满洛城

春夜洛阳城闻笛

唐·李白

谁家玉笛暗飞声，散入春风满洛城。
此夜曲中闻折柳，何人不起故园情。

注释

　　玉笛：玉石做成的精美的笛子。

暗飞声：不知从哪里传来的声音。

春风：这里比喻恩泽，融和的气氛。

折柳：即《折杨柳》笛曲，乐府"鼓角横吹曲"调名，内容多写离情别绪。

简析

这是一首描写思乡之情的诗歌，短短的一首七言绝句，写出了热爱故乡的崇高情怀。

从题目上我们就能看出，作者是因为听到笛声有感而发，"洛城"表明是客居，"春夜"点出季节及具体时间。"谁家玉笛暗飞声"从笛声落笔，"散入春风满洛城"，已经是深夜，忽然传来断断续续的笛声，触动了诗人的羁旅情怀。听到笛声以后，诗人触动了乡思的情怀。于是第三句"此夜曲中闻折柳"点出了《折杨柳》曲。古人送别的时候会折柳枝，因为"柳"代表"留"，盼望亲人早日归来。第四句"何人不起故园情"更是进一步点出了思乡情。

背景

唐玄宗开元二十三年（735）李白游洛城，当时的洛阳非常繁华，被称为东都，李白客居洛城，大概正在客栈里，因偶然听到笛声而触发故园情，写下了这首诗。

笛中闻折柳，春色未曾看

塞下曲六首·其一

唐·李白

五月天山雪，无花只有寒。
笛中闻折柳，春色未曾看。
晓战随金鼓，宵眠抱玉鞍。
愿将腰下剑，直为斩楼兰。

注释

折柳：古乐曲名，即《折杨柳》。

金鼓：古代行军打仗，进军时击鼓，退军时鸣金。

简析

这首诗以气壮山河的笔锋和夺人心魄的艺术感召力描写了诗人胸怀建功立业的政治抱负。

首句"五月天山雪"直接扣题，因为农历的五月在内地是盛夏，但李白笔下的塞外五月，却被积雪覆盖。这种同一个季节景物上的反差，被诗人敏锐地捕捉到了。"无花只有寒"，这不仅是写实，更是诗人的内心感受。"笛中闻折柳，春色未曾看"，寒风中传来了《折杨柳》的凄凉曲调，在塞外，春色是看不到的，只能从笛曲当中去感受和回味，然而折柳曲的曲调悲凉，自然包含了一层苍凉寒苦的情调。"晓战随金鼓，宵眠抱玉鞍"，古代出征之前会击钲、鼓，用来节制士卒进退，自此语意转折，已由苍凉变为雄壮。"愿将腰下剑，直为斩楼兰。"借用傅介子慷慨复仇的故事，表现诗人甘愿赴身疆场，为国杀敌的雄心壮志。

背景

　　这组诗是唐玄宗天宝二年（743），李白初入长安，供奉翰林时所作。

名家点评

　　清·沈德潜：太白"五月天山雪，无花只有寒。笛中闻折柳，春色未曾看。"一气直下，不就羁缚。（《说诗晬语》）

　　清·沈德潜：四语直下，从前未有此格（首四句下）。（《唐诗别裁集》）

　　清·黄叔灿：四十字中，不假雕镂，自然情致。（《唐诗笺注》）

春风不相识，何事入罗帏

春思

唐·李白

燕草如碧丝，秦桑低绿枝。
当君怀归日，是妾断肠时。
春风不相识，何事入罗帏。

注释

　　燕草：这里是指北部边地，征夫所在的地方。

　　秦桑：指思妇所在的地方。

　　怀归：想念家乡。

罗帏：丝织的帘帐，借指闺房。

简析

　　这首诗写了一位出征军人的妻子，在明媚的春日里想念远方的丈夫，希望战争早日胜利。这里表现出了妇人的思念之苦和对爱情的忠贞。整首诗语言朴实无华，神骨气味高雅浑然，富有民歌特色。

　　"燕草如碧丝，秦桑低绿枝。"前两句写了相隔遥远的燕秦两地，春色不尽相同，独处秦地的思妇触景生情，想念起远在燕地卫戍的夫君，盼望他早日归来。"当君怀归日，是妾断肠时。"想到丈夫也会思念故乡，心下理应得到安慰，但思妇却觉得断肠，为什么呢？她有着自己的理解，越是阔别情越深。"春风不相识，何事入罗帏。"思妇在春风吹入闺房，掀动罗帐的一刹那的心理活动，更是表现了她忠于所爱、坚贞不二的高尚情操。

背景

　　作者遇景有感写下了这首诗。

名家点评

　　元·萧士赟："燕北地寒，生草迟。当秦地柔桑低绿之时，燕草方生，兴其夫方萌怀归之志，犹燕草之方生。妾则思君之久，犹秦桑之已低绿也。"又注："燕草如丝，兴征夫怀归；秦桑低枝，兴思妇断肠。末句比喻此心贞洁，非外物所能动。此诗可谓得《国风》不淫不诽之体矣。"（《分类补注李太白诗》）

王维

王维（701—761），字摩诘，号摩诘居士，世称"王右丞"，河东蒲州（今山西运城）人，原籍祁（今属山西）。唐代著名山水诗人和画家。

王维的诗以清新淡远、自然脱俗为主要风格，"诗中有画，画中有诗"。诗名与孟浩然合称"王孟"。现存诗歌400余首。

随意**春**芳歇，王孙自可留

山居秋暝

唐·王维

空山新雨后，天气晚来秋。
明月松间照，清泉石上流。
竹喧归浣女，莲动下渔舟。
随意春芳歇，王孙自可留。

注释

暝：天色将晚的时候。

空山：形容山之幽静。

竹喧：从竹林中传来的喧笑声。

浣女：洗衣的女子。

随意：任凭。

歇：凋谢，消失。

王孙：贵族子弟，这里指诗人自己。

简析

这是一首脍炙人口的山水诗，诗歌描绘了秋天傍晚山中幽美的景色及恬静的生活情趣。

"空山新雨后，天气晚来秋"，这两句紧扣题意，写一场秋雨过后，万物为之一新，山间显得更加幽静。"明月松间照，清泉石上流"，写山间夜晚的景色。雨后月出，光辉照耀松林之间；石上泉流，似乐声一般美妙。诗人写景如画，随意洒脱，毫不着力。"竹喧归浣女，莲动下渔舟"，由景及人，景人合一。"竹喧"一句，未见其人，先闻其声，少女的欢声笑语给空山增添了生机。"莲动"一句，荷叶向两边披拂，渔舟顺流而下，亦以荷动舟行反衬山间之幽静。"随意春芳歇，王孙自可留"，由写景转入抒情，诗人反用《楚辞·招隐士》的典故，以一个"留"字呼应开篇，表达隐居空山的愿望。

背景

这首诗是王维隐居终南山下辋川别业时所作，表现了诗人对山居生活的喜爱和对高洁理想境界的追求。

名家点评

清·章燮：此诗所谓不着一字，尽得风流者，最为难学。（《唐诗三百首注疏》）

明·吴乔：右丞之"明月松间照，清泉石上流"，极是天真大雅。(《围炉诗话》)

清·张谦宜："空山"两句，起法高洁，带得通篇俱好。(《茧斋诗谈》)

清·高步瀛：随意挥写，得大自在。(《唐宋诗举要》)

月出惊山鸟，时鸣春涧中

鸟鸣涧

唐·王维

人闲桂花落，夜静春山空。
月出惊山鸟，时鸣春涧中。

注释

鸟鸣涧：鸟儿在山涧中鸣叫。

人闲：没有人声打扰。

桂花：这里指春天开的木樨。

空：空空荡荡。这里是形容山中寂静，无声，好像什么都没有。

简析

"人闲桂花落"，枝叶繁茂，花瓣细小的桂树，如果在夜间凋落，并不容易被人察觉。只有"人闲"这个前提下，细微的桂花从枝上落下，才被觉察到了。"夜静春山空"，诗人不禁要为这夜晚的静谧和由静谧格外显示出来的空寂而惊叹了。这里，诗人的心境和春山的环境气氛，是互相契合而又互相作用的。"月出惊山鸟，时鸣春涧中。"当月亮升起，为夜幕笼罩的空谷带来皎洁银辉的时候，山鸟居然惊觉起来。鸟惊，当然是由于它们已习惯于山谷的静默，似乎连月出也带有新的刺激。此刻，月光的明亮让幽谷前后景象发生了变化。诗中的花落、月出、鸟鸣，这些动的景物，既使诗显得富有生机而不枯寂，同时又通过动，更加突出地显示了春涧的幽静。

背景

这是诗人在开元（唐玄宗年号，713—741）年间游历江南之时，寓居在今绍兴县东南五云溪（即若耶溪）时的作品，王维题友人皇甫岳所居的云溪别墅所写的组诗《皇甫岳云溪杂题五首》的第一首，背景是安定统一的盛唐社会。

名家点评

宋·刘辰翁：皆非着意。顾云：所谓情真者。又云：何限清逸。（《王孟诗评》）

明·高棅：闭关时有此佳趣，亦不寂寂。（《批点唐诗正声》）

明·钟惺、谭元春：钟云：此"惊"字妙（"月出"句下）！钟云：幽寂（末句下）。（《唐诗归》）

清·朱之荆：鸟惊月出，甚言山中之空。（《增订唐诗摘钞》）

红豆生南国，春来发几枝

相思

唐·王维

红豆生南国，春来发几枝。
愿君多采撷，此物最相思。

注释

红豆：又叫相思子，是一种生在江南地区的植物，结出的籽像豌豆而稍扁，呈鲜红色。

简析

这首诗是眷怀友人之作，借咏物而寄相思，全篇不离红豆，用其相思子之名以关合相思之情。

首句"红豆生南国"写出红豆的产地，虽然语句简单，却留下了想象的空间。红豆生在南国，结实鲜红浑圆，晶莹如珊瑚，南方人常用以镶嵌饰物。传说古代有一位女子，因丈夫死在边地，哭于树下而死，化为红豆，于是人们又称呼它为"相思子"。第二句"春来发几枝"用设问寄语，意味深长地寄托情思，语言质朴，而又极富形象性，暗逗情怀。第三句"愿君多采撷"言在此而意在彼，表面似乎叮嘱人相思，背地里却深寓自身相思之重。第四句"此物最相思"只有这红豆才最惹人喜爱，最叫人忘不了，一语双关，既切中题意，又关合情思，妙笔生花，婉曲动人。

背景

这首诗的题目也叫《江上赠李龟年》，可见是为了怀念友人所作。史料记载，天宝末年安史之乱时，李龟年流落江南曾演唱此诗，因此可以考证为天宝年间所作。

名家点评

王文濡：睹物思人，恒情所有，况红豆本名相思，"愿君多采撷"者，即谆嘱无忘故人之意。(《唐诗评注读本》)

俞陛云：红豆号相思子，故愿君采撷，以增其别后感情，犹郭元振诗，以同心花见殷勤之意。(《诗境浅说续编》)

刘永济：此以珍惜相思之情，托之名相思子之红豆也。(《唐人绝句精华》)

杜甫

杜甫（712—770），字子美，自号少陵野老，襄阳人，后徙河南巩县，是唐代伟大的现实主义诗人，与李白合称"李杜"。杜甫生活在唐朝由盛转衰的历史时期，其诗大多是反映当时的社会面貌和民间疾苦，题材广泛，寄意深远，抒发了忧国忧民的情怀，因而被誉为"诗史"。杜诗沉郁顿挫，语言精练，格律严谨，感情真挚，达到了极高的艺术水平。

锦江春色来天地，玉垒浮云变古今

登楼

唐·杜甫

花近高楼伤客心，万方多难此登临。
锦江春色来天地，玉垒浮云变古今。
北极朝廷终不改，西山寇盗莫相侵。
可怜后主还祠庙，日暮聊为《梁父吟》。

注释

客心：这里指客居在外人的心。

锦江：这里是指濯锦江。成都出锦，锦在江中漂洗，色泽更加鲜明，因此命名濯锦江。

玉垒浮云变古今：多变的政局和多难的人生，捉摸不定，就像山上浮云，古往今来一向如此。

北极朝廷终不改，西山寇盗莫相侵：唐代政权稳固，不容篡改，吐蕃还是不要枉费心机，前来侵略了。

可怜后主还祠庙：后主指三国时期刘备的儿子刘禅。曹魏灭蜀，他辞庙北上，成亡国之君。

聊为：不甘心这样做而只能如此。

梁父吟：古乐府中的一首葬歌。

简析

整首诗即景抒怀，描写了山川联系着古往今来社会的变化，谈论人事的同时借助了自然界的景物，全诗将自然景象、国家灾难、个人情思融为一体，语壮境阔，寄意深远，展现出诗人沉郁顿挫的艺术风格。

首联"花近高楼伤客心，万方多难此登临"提挈全篇，在这样一个万方多难的时候，流离他乡的诗人愁思满腹的登上高楼，花伤客心，以乐景写哀情。颔联"锦江春色来天地，玉垒浮云变古今"从诗人登楼所见的自然山水描述山河壮观，写到古今世事的风云变幻，诗人联想到国家动荡不安的局势，从对祖国山河的赞美转而朝向民族历史的追怀。颈联"北极朝廷终不改，西山寇盗莫相侵"议论天下大势，认为大唐帝国气运久远，虽然心中会有焦虑，但充满了坚定信念，认为吐蕃的挑衅是徒劳的。尾联"可怜后主还祠庙，日暮聊为《梁父吟》"咏怀古迹，讽喻当朝昏君，寄托诗人的抱负，感慨自己空怀济世之心，苦无献身之路，只能靠吟诗来聊以自遣。

背景

这首诗是唐代宗广德二年（764）春，杜甫在成都所写。这时诗人已经在四川待了五年，在"万方多难"的情形下，他听说严武又被任命为成都尹兼剑南节度使，非常开心，觉得国家有救了，于是在暮春的一天，登楼凭眺，有感而作此诗。

名家点评

宋·叶梦得：七言难于气象雄浑，句中有力，而纡徐不失言外之意。自老杜"锦江春色来天地，玉垒浮云变古今"与"五更鼓角声悲壮，三峡星河影动摇"等句之后，常恨无复继者。（《石林诗话》）

元·方回：老杜七言律诗一百五十九首，当写以常玩，不可暂废。今"登览"中选此为式。"锦江""玉垒"一联，景中寓情；后联却明说破，道理如此，岂徒模写江山而已哉！（《瀛奎律髓》）

明·钟惺、谭元春：常人以"花近高楼"，何伤心之有？心亦有粗细雅俗，非其人不知。（《唐诗归》）

舍南舍北皆春水，但见群鸥日日来

客至

唐·杜甫

舍南舍北皆春水，但见群鸥日日来。
花径不曾缘客扫，蓬门今始为君开。

盘飧市远无兼味，樽酒家贫只旧醅。
肯与邻翁相对饮，隔篱呼取尽馀杯。

注释

客至：这里的客是指崔明府。

蓬门：用蓬草编成的门户，借指房子的简陋。

兼味：多种美味佳肴。无兼味，借指菜不多的意思。

樽酒句：古人喜欢饮新酒，杜甫以家贫无新酒而感到歉意。

肯：这里是向客人征询可否。

简析

整首诗洋溢着浓郁的生活气息，表现出诗人质朴的性格和对客人的热情。

"舍南舍北皆春水，但见群鸥日日来。"首句从户外的景色点明了客人到访的时间、地点和诗人当时的心情，临江近水的成都草堂门前绿水缭绕、春意荡漾，诗人做好了迎接访客的准备。"花径不曾缘客扫，蓬门今始为君开。"长满花草的庭院小路从未因为迎客打扫过。一向紧闭的家门，今天才第一次为你崔明府打开。"盘飧市远无兼味，樽酒家贫只旧醅。"诗人舍弃了其他情节，只拿出了最能显示宾主情分的生活场景，重笔浓墨，着意描画，读者似乎可以看到诗人延客就餐、频频劝饮的情景，听到他抱歉酒菜欠丰盛的话语。"肯与邻翁相对饮，隔篱呼取尽馀杯。"诗人高声呼喊，请邻翁来作陪共饮，说明两个人越喝酒意越浓，越喝兴致越高，兴奋、欢快，气氛相当热烈。

背景

诗人入蜀之初，在成都西郊浣花溪头盖了一座草堂，暂时定居，这首诗是当时有客人到访时写下的。

名家点评

明·钟惺、谭元春：钟云：二语严，门无杂宾，意在言外矣（"花径不曾"二句下）。谭云："肯与"二字形容贵客豪宾，入妙（"肯与邻翁"二句下）。（《唐诗归》）

明·李沂：天然风韵，不烦涂抹。（《唐诗援》）

明·陆时雍：村朴趣，村朴语。（《唐诗镜》）

清·黄生：经时无客过，日日有鸥来。语中虽见寂寞，意内愈形高旷。前半见空谷足音之喜，后半见贫家真率之趣。（《唐诗摘钞》）

画图省识春风面，环珮空归夜月魂

咏怀古迹·其三

唐·杜甫

群山万壑赴荆门，生长明妃尚有村。
一去紫台连朔漠，独留青冢向黄昏。
画图省识春风面，环珮空归夜月魂。
千载琵琶作胡语，分明怨恨曲中论。

注释

　　明妃：这里指王昭君。

　　朔漠：北方的沙漠。

　　青冢：这里指王昭君的坟墓。

　　春风面：这里形容王昭君的美貌。

简析

　　这是组诗《咏怀古迹五首》中的第三首，诗人借吟咏昭君村来怀念王昭君，从描写王昭君的遭遇，展现出昭君对故国的思念与怨恨，在诗人看来，昭君虽死，魂魄还要归来，这也暗示了诗人自己的身世和爱国之情。

　　"群山万壑赴荆门，生长明妃尚有村"，首句点明昭君村所在的地方。"一去紫台连朔漠，独留青冢向黄昏"？简短而有力的两句诗，写尽昭君一生的悲剧。"画图省识春风面，环珮空归月夜魂"，进一步写了昭君的身世家国之情。"千载琵琶作胡语，分明怨恨曲中论"，最后借由千载作胡音的琵琶曲调，点明了昭君"怨恨"的主题。

背景

　　杜甫远离故乡，身在夔州，因为这里是王昭君的故乡，作者触景生情，写下了这首诗。

渭北春天树，江东日暮云

春日忆李白

唐·杜甫

白也诗无敌，飘然思不群。
清新庾开府，俊逸鲍参军。
渭北春天树，江东日暮云。
何时一尊酒，重与细论文。

注释

不群：高出于同辈。

论文：六朝以来，通称诗为文。这里指的是论诗。

简析

这是一首怀念李白的五言律诗，主要从怀念的角度来落笔，前面四句一气呵成，全是对李白诗歌的盛赞。第一句称赞他的诗歌冠绝当代，第二句诠释前面的内容，说他写出的诗出类拔萃，无人可比，是因为思想情趣卓异不凡。紧接着，诗人又赞美李白，说他的诗像庾信那样清新，像鲍照那样俊逸。整首诗全是溢美之词，但毫不造作，笔力峻拔，热情洋溢。从这些坦荡率真的赞誉中，我们不难看出诗人对李白的诗作十分钦佩，对这份友谊十分珍惜。

背景

这是唐玄宗天宝五载（746）或天宝六载（747）春杜甫居长安时所作。

名家点评

　　明·王嗣奭：公怀太白，欲与论文也。公与白同行同卧，论文旧矣。然于别后另有悟人。因忆向所与言，犹粗而未精，思重与论之。此公之笃于交谊也。(《杜臆》)

　　清·黄生：五句寓言己忆彼，六句悬度彼忆己，七八遂明言之。(《杜诗说》)

国破山河在，城春草木深

春望

唐·杜甫

国破山河在，城春草木深。
感时花溅泪，恨别鸟惊心。
烽火连三月，家书抵万金。
白头搔更短，浑欲不胜簪。

注释

　　草木深：指人烟稀少。

　　感时：为国家的时局而感伤。

　　簪：束发的首饰。古代男子小时候蓄长发，成年后在头顶把头发束起来，用簪子横插住，防止散开。

简析

　　这首诗由开篇描绘国都的萧索，到触目所及的春花流泪，鸟鸣怨恨，写到战事持续很久，家里音信全无，最后写到自己的哀怨和衰老，环环相生、层层递进，创造了一个能够引发人们共鸣、深思的境界。

背景

这首诗歌写于至德二年春，当时的杜甫因为听说太子李亨即位，想要投奔肃宗朝廷，途中不幸被叛军俘获，解送至长安，后因官职卑微才未被囚禁。身陷图圄的杜甫目睹长安城一片萧条零落的景象，百感交集，写下了这首传颂千古的名作。

名家点评

北宋·司马光："古人为诗，贵于意在言外，使人思而得之，故言之者无罪，闻之者足以戒也。近世诗人，唯杜子美最得诗人之体，如'国破山河在，城春草木深。感时花溅泪，恨别鸟惊心'。山河在，明无余物矣；草木深，明无人矣；花鸟，平时可娱之物，见之而泣，闻之而悲，则时可知矣。他皆类此，不可遍举。"（《温公续诗话》）

明·王嗣奭："落句方思济世，而自伤其老。"（《杜臆》）

元·方回："此第一等好诗。想天宝、至德以至大历之乱，不忍读也。"（《瀛奎律髓》）

郁达夫：诗之五："一纸家书抵万金，少陵此语感人深。"（《奉赠》）

白日放歌须纵酒，青春作伴好还乡

闻官军收河南河北

唐·杜甫

剑外忽传收蓟北，初闻涕泪满衣裳。
却看妻子愁何在，漫卷诗书喜欲狂。
白日放歌须纵酒，青春作伴好还乡。
即从巴峡穿巫峡，便下襄阳向洛阳。

注释

官军：唐朝的军队。

青春：这里指春天的景物。

作伴：与妻儿一同。

简析

这首诗是典型的叙事抒情诗，当时延续七年多的"安史之乱"终于结束，作者听说蓟北光复，想到可以挈眷还乡，喜极而涕。全诗情真意切，主题是抒发自己听到捷报，急切想要回家的喜悦之情。

"剑外忽传收蓟北"，恰当地表现了捷报的突然。对于多年漂泊在外，备尝辛苦的诗人来说，突然听说可以回家，惊喜之情溢于言表，"初闻涕泪满衣裳"，"初闻"紧承"忽传"，"忽传"表现捷报来得太突然，"涕泪满衣裳"则以形传神，表现突然传来的捷报在"初闻"的一刹那所激发的感情波涛。"却看妻子愁何在，漫卷诗书喜欲狂。"此时，他突然想到多年来和他一起经受苦难的妻子和儿女，漫不经心地收拾行李，心里欣喜异常。"白日放歌须纵酒，青春作伴好还乡"，对于已经年老的诗人来说，难得放歌，也不宜"纵酒"，但如今这种情形下，什么都顾不得了，弹指之间，心已经回到了故乡。"即从巴峡穿巫峡，便下襄阳向洛阳。"读者眼前似乎出现了从巴峡穿巫峡，便下襄阳向洛阳的急速飞驰的画面，此刻诗人的惊喜达到高潮，全诗也至此结束。

背景

广德元年（763）冬季唐军在洛阳附近的衡水打了一个大胜仗，收复了洛阳和郑（今河南郑州）、汴（今河南开封）等州，第二年持续七年多的"安史之乱"宣告结束，52岁的杜甫听说消息后欣喜若狂，写就了这首诗。

名家点评

明·王嗣奭：说喜者云喜跃，此诗无一字非喜，无一字不跃。其喜在"还乡"，而最妙在束语直写还乡之路，他人决不敢道。(《杜臆》)

明·黄周星：写出意外惊喜之况，有如长比放流，骏马注坡，直是一往奔腾，不可收拾。(《唐诗快》)

清·黄生：杜诗强半言愁，其言喜者，惟《寄弟》数首，及此作而已。言愁者使人对之欲哭，言喜者使人对之欲笑。盖能以其性情，达之纸墨，而后人之性情，类为之感动故也。使舍此而徒讨论其格调，剿拟其字句，抑末矣。(《杜诗说》)

映阶碧草自春色，隔叶黄鹂空好音

蜀相

唐·杜甫

丞相祠堂何处寻？锦官城外柏森森。
映阶碧草自春色，隔叶黄鹂空好音。
三顾频烦天下计，两朝开济老臣心。
出师未捷身先死，长使英雄泪满襟。

注释

蜀相：指三国蜀汉的丞相诸葛亮。

锦官城：成都的别名。

森森：茂盛繁密的样子。

三顾频烦天下计：刘备为统一天下而三顾茅庐，向诸葛亮请教。

两朝开济：诸葛亮辅助刘备开创帝业，又扶助刘禅，经历了父子两朝。

出师未捷身先死，长使英雄泪满襟：诸葛亮多次出师伐魏，没有取得最终的胜利就先去世了，这让后世的英雄泪满衣襟。

简析

这是一首咏叹历史的七言律诗，作者借着游览武侯祠，称颂丞相辅佐两朝，同时对他出师未捷身先死表示惋惜，既有尊蜀的正统观念，又有才困时艰的感慨。

在古典诗歌中，经常会以问答起句，这首诗也是如此，

"丞相祠堂何处寻？锦官城外柏森森。"一问一答，抒发了诗人感情的起伏不平，形成了浓重的感情氛围。第二联"映阶碧草自春色，隔叶黄鹂空好音"对景物的描绘色彩鲜明，静动相衬，恬淡自然，无限美妙，展现出武侯祠内春意盎然的景象。第三联"三顾频烦天下计，两朝开济老臣心"，浓墨重彩却言简意赅地概括了诸葛亮的一生，最后一联"出师未捷身先死，长使英雄泪满襟"咏叹了诸葛亮万般努力却没有成就功业的历史不幸，让后世的英雄感慨不已。

背景

　　这首千古绝唱写于公元760年（唐肃宗上元元年）春天，杜甫刚到成都的时候，当时他刚刚结束了颠沛流离的生活，定居在浣花溪畔。

名家点评

　　宋·半山老人（王安石）《题双庙诗》云："北风吹树急，西日照窗凉。"细详味之，其托意深远，非止咏庙中景物而已……此深得老杜句法。如老杜题蜀相庙诗云："映阶碧草自春色，隔叶黄鹂空好音。"亦自别托意在其中矣。（《苕溪渔隐丛话》）

　　元·方回：子美流落剑南，拳拳于武侯不忘。其《咏怀古迹》，于武侯云："伯仲之间见伊吕，指挥若定失萧曹。"及此诗，皆善颂孔明者。（《瀛奎律髓》）

　　明·李沂：起语萧散悲凉，便堪下泪。（《唐诗援》）

迟日江山丽，春风花草香

绝句·迟日江山丽

唐·杜甫

迟日江山丽，春风花草香。
泥融飞燕子，沙暖睡鸳鸯。

注释

迟日：春天每天白昼的时间越来越长，太阳落下的时间慢慢变迟了。

泥融：泥土滋润、湿润。

简析

这首诗是极富诗情画意的佳作，对仗工整，自然流畅，别具风格。

首句"迟日江山丽"从大处着墨，描写了在初春灿烂的阳光下，浣花溪一带明净绚丽的春景，很有画面感。"迟日"突出了初春的阳光，以统摄全篇。第二句"春风花草香"进一步以和煦的春风和初绽的百花，以及如茵的芳草，浓郁的芳香来展现明媚的大好春光，让读者有身临其境的感觉。第三句"泥融飞燕子"，春暖花开，泥融土湿，燕子忙碌地飞来飞去，衔泥筑巢。充满生机勃勃的画面就这样展现出来了。第四句"沙暖睡鸳鸯"，这种静态景物的描绘，让人眼前展现出一幅春日融融，日丽沙暖，一对鸳鸯卧在溪边的沙洲上静睡不动的画面。

背景

这首诗是杜甫在公元759年，感受到政治黑暗，毅然辞官，一路西行，在浣花溪畔居住的时候写就的。

名家点评

明·王嗣奭："余曰：上二句两间（指天地间）莫非生意，下二句见万物莫不适性。岂不足以感发吾心之真乐乎？"（《杜臆》）

清·陶虞开：诗人笔法高妙，能"以诗为画"。（《说杜》）

岑参

岑参（约715—770），荆州江陵（现湖北江陵）人，唐代著名的边塞诗人，与高适并称"高岑"。其诗的主要思想倾向是慷慨报国的英雄气概和不畏艰难的乐观精神。艺术上气势雄伟，想象丰富，造意新奇，风格峭拔。他擅长以七言歌行描绘壮丽多姿的边塞风光，抒发豪放奔腾的感情，代表作有《白雪歌送武判官归京》等。

忽如一夜春风来，千树万树梨花开

白雪歌送武判官归京

唐·岑参

北风卷地白草折，胡天八月即飞雪。
忽如一夜春风来，千树万树梨花开。
散入珠帘湿罗幕，狐裘不暖锦衾薄。
将军角弓不得控，都护铁衣冷难着。
瀚海阑干百丈冰，愁云惨淡万里凝。
中军置酒饮归客，胡琴琵琶与羌笛。
纷纷暮雪下辕门，风掣红旗冻不翻。

轮台东门送君去，去时雪满天山路。

山回路转不见君，雪上空留马行处。

注释

胡天：塞北的天空。

罗幕：用丝织品做成的帐篷，非常华美。

锦衾薄：丝绸的被子（因为寒冷）显得单薄，形容天气寒冷。

角弓：两端用兽角装饰的硬弓。

风掣：红旗因为下雪被冻住，风也很难吹动。

简析

这首诗以一天的雪景变化来记叙送别归京使臣的过程，文思开阔，结构缜密。

全诗分为三个部分，第一部分描写了作者早晨醒来后，观察到的美丽雪景和感受到的突如其来的寒冷。第二部分描写了雪天的雄伟壮阔和饯别宴会的盛况。第三部分写出了傍晚时分，送别友人踏归途。

全诗不断变换白雪画面，化景为情，慷慨悲壮，浑然雄劲，以奇丽多变的雪景，纵横矫健的笔力，开阖自如的结构，抑扬顿挫的韵律，准确、鲜明、生动地制造出奇中有丽、丽中有奇的美好意境，抒发出作者对友人的恋恋不舍和因为离别而产生的惆怅之情。

背景

这是岑参边塞作品中出彩的一篇，创作于他第二次出塞的阶段，当时他很受安西节度使封常清的器重，他的大多数边塞诗成于这一时期。

名家点评

　　清·方东树：岑嘉州《白雪歌送武判官归京》奇峭。起飒爽，"忽如"六句，奇才奇气奇情逸发，令人心神一快。须日诵一过，心摹而力追之。"瀚海"句换气，起下"归客"。(《昭昧詹言》)

　　清·范大士：洒笔酣歌，才锋驰突。(《历代诗发》)

　　清·张文荪：嘉州七古，纵横跌荡，大气盘旋，读之使人自生感慨。有志者，诚宜留心此种。看他如此杂健，其中起伏转折一丝不乱，可谓刚健含婀娜。后人竞学盛唐，能有此否？(《唐贤清雅集》)

刘长卿

刘长卿（约709—785），字文房，河间（今属河北）人。天宝进士，曾任监察御史、长洲县尉，官至随州刺史，世称刘随州。

刘诗以五言诗见长，被称为"五言长城"。诗作内容多写政治失意之感，也有反映离乱之作，善于描摹自然景物，风格简约恬淡。有《刘随州诗集》。

老至居人下，春归在客先

新年作

唐·刘长卿

乡心新岁切，天畔独潸然。
老至居人下，春归在客先。
岭猿同旦暮，江柳共风烟。
已似长沙傅，从今又几年。

注释

天畔：天边，指潘州南巴，即今广东茂名。

居人下：官职在别人之下。

岭：指五岭。作者当时被贬潘州南巴，路过这里。

长沙傅：指贾谊，因为贾谊曾受谗被贬为长沙王太傅，这里借以自喻。

简析

这首诗抒发了诗人无限的离愁和失意及悲愤的感情。唐代时期长沙以南地域很荒凉，潘州一带的艰苦可想而知，诗人因为受到冤屈从鱼肥水美的江南苏州被贬斥到荒僻的潘州，心中的委屈不言而喻。

首联中，诗人一句"乡心新岁切，天畔独潸然"，写出自己在新年与亲人们相隔千里，思乡之心愈加迫切。在别人欢乐团聚的时刻，自己却独自悲伤，忍不住潸然泪下。"老至居人下，春归在客先"，在前人薛道衡"人归落雁后，思发在花前"的思乡前提下，又融入了仕宦身世之感，增强了情感的厚度。"岭猿同旦暮，江柳共风烟"描绘了天畔荒山水乡节序风光。随后，诗人在抑郁失落的情绪中发出了感慨："已似长沙傅，从今又几年？"全诗戛然而止，意境深远。

背景

这首诗是刘长卿因冤屈被贬为南巴尉，迁至潘州次年的新年，也就是唐肃宗乾元二年（759）所作。

名家点评

元·方回：三、四费无限思索乃得之，否则有感而自得。（《瀛奎律髓》）

清·许印芳：三、四细炼，初唐无此巧密。（《瀛奎律髓汇评》）

明·陆时雍：刘长卿体物情深，工于铸意，其胜处有迥出盛唐者。"黄叶减余年"的是庾信、王褒语气。"老至居人下，春归在客先"，"春归"句何减薛道衡《人日思归》语！（《诗镜总论》）

韦应物

韦应物（737—792），京兆长安（今陕西西安）人，唐代著名山水田园诗人。曾任滁州、江州、苏州刺史，世称韦苏州或韦江州。其创作受陶渊明、谢灵运、王维、孟浩然等的影响较大，善于描写景色和隐逸生活，感受细腻，自然清新。有《韦苏州集》等。

春潮带雨晚来急，野渡无人舟自横

滁州西涧

唐·韦应物

独怜幽草涧边生，上有黄鹂深树鸣。
春潮带雨晚来急，野渡无人舟自横。

注释

独怜：唯独喜欢。
幽草：幽谷里的小草。幽，一作"芳"。
春潮：春天的潮汐。
横：随意漂浮。

简析

这是一首写景的诗，诗人描写了春游滁州西涧时欣赏美景和傍晚雨中渡口所见，进而抒发自己怀才不遇的心情。

"独怜幽草涧边生，上有黄鹂深树鸣"，写出了春天的幽草和黄鹂，并告诉了读者自己的偏好，喜欢幽草而轻黄鹂，以喻乐贪守节，不高居媚时；"春潮带雨晚来急，野渡无人舟自横"，傍晚的春雨来得急，渡口的舟没有人照看，在水中随意漂浮，暗指自己不在其位，不得其用的无可奈何。诗的前两句色彩清丽，乐声动听，景致优雅，但后两句则转而变得忧伤，将自己的情绪涵盖其中，引人思索。

背景

这首诗一般被认为是在公元781年（唐德宗建中二年）韦应物任滁州刺史时所作。

名家点评

明·高棅：沉密中寓意闲雅，如独坐看山，澹然忘归，诗之绝佳者。谢公曲意取譬、何必乃尔！（《批点唐诗正声》）

清·王士禛：西涧在滁州城西……昔人或谓西涧潮所不至，指为今六合县之芳草涧，谓此涧亦以韦公诗而名，滁人争之。余谓诗人但论兴象，岂必以潮之至与不至为据？真痴人前不得说梦耳！（《带经堂诗话》）

卢纶

卢纶（739—799），字允言，唐代蒲州（今山西永济）人，宦途不顺，多有波折，官至检校户部郎中。

卢纶以诗歌成就位居"大历十才子"之首，诗多送别赠答之作，其边塞诗雄浑慷慨，广为传颂，其并有现实题材诗作。有《卢户部诗集》，《全唐诗》存诗五卷。

家在梦中何日到，春生江上几人还

长安春望

唐·卢纶

东风吹雨过青山，却望千门草色闲。
家在梦中何日到，春生江上几人还。
川原缭绕浮云外，宫阙参差落照间。
谁念为儒逢世难，独将衰鬓客秦关。

注释

"东风"句：出自陶渊明《读山海经》"微雨从东来，好风与之俱"。

川原：郊外的河流原野，指代家乡。

逢世难：遭逢乱世。

简析

这首诗的开篇就紧扣题目，"东风吹雨过青山，却望千门草色闲"。诗人的家乡在河中蒲，位于长安的东面，因此他说东风是从家乡吹来的，自然而然地引出了思乡之情。"家在梦中何日到，春生江上几人还。"颔联正面抒发了思乡望归的感情，由春望产生的联想，到恨自己不能回去，只能在梦中思念故乡，这里隐约还有对他人能够回家的嫉妒和羡慕，心理描写十分到位。"川原缭绕浮云外，宫阙参差落照间。"颈联转而写景，景中含情，极目远眺，家乡远在浮云之外，遥不可及，眼前长安的宫殿错落有致，笼罩在夕阳中，却让人觉得有些衰飒。"谁念为儒逢世难，独将衰鬓客秦关。"尾联收束到感时伤乱和思家盼归的主题，想到自己一生的坎坷，独自客居长安，诗人开始自怜起来。

名家点评

元·方回：能言久客都城之意。(《瀛奎律髓》)

唐·李颀：中唐中宽徐者（首二句下）。(《批点唐音》)

明·唐汝询：此长安遭吐蕃之乱，代宗幸陕，纶时在京而作。(《唐诗解》)

韩翃

韩翃，生卒年不详。南阳（今属河南）人。唐天宝进士，官至中书舍人。"大历十才子"之一。诗多为酬赠之作。有《韩君平诗集》。

春城无处不飞花，寒食东风御柳斜

寒食/寒食日即事

唐·韩翃

春城无处不飞花，寒食东风御柳斜。
日暮汉宫传蜡烛，轻烟散入五侯家。

注释

春城：这里是指暮春时的长安城。

寒食：清明节前两天，只吃冷食，所以称寒食。

传蜡烛：寒食节不允许点火，但皇帝的宠臣可以得到恩赐的蜡烛。

五侯：汉成帝时封王皇后的五个兄弟为五侯，受到特别的恩宠。这里泛指天子宠爱的大臣。

简析

这首诗用白描手法写实，刻画皇室的气派，充溢着对皇都春色的陶醉和对盛世承平的歌咏。

前两句"春城无处不飞花，寒食东风御柳斜"，描写了暮春时节，白日里整个长安城柳絮飞舞，落红无数的迷人春景和皇宫园林中的风光。第二句"寒食东风御柳斜"写了寒食日家家户户折柳插门，清明节皇帝降旨取榆柳之火赏赐近臣，以示恩宠，诗人则在无限的春光中剪取了随东风飘拂的"御柳"。后面两句"日暮汉宫传蜡烛，轻烟散入五侯家"，描写夜晚景象，天还没黑，宫里就忙着分送蜡烛，除了皇宫，贵近宠臣也可得到这份恩典。诗人用白描手法，生动地描画出一幅夜晚走马传烛图，很有画面感。诗人借古讽今，含蓄表达了对宦官得宠专权的腐败现象的嘲讽。

背景

寒食是中国古代的传统节日，中唐之后，几任昏君宠幸宦官，以至于宦官专权，败坏朝政，正直的诗人借由寒食节的习俗，委婉地借古讽今。

名家点评

清·吴乔：唐之亡国，由于宦官握兵，实代宗授之以柄。此诗在德宗建中初，只"五侯"二字见意，唐诗之通于《春秋》者也。（《围炉诗话》）

清·沈德潜："五侯"或指王氏五侯，或指宦官灭梁冀之五侯，总之先及贵近家也。（《唐诗别裁集》）

清·宋宗元：不用禁火而用赐火，烘托入妙（末二句下）。（《网师园唐诗笺》）

孟郊

孟郊（751—814），字东野，湖州武康（今浙江德清）人。早年困顿，漫游于湖北、湖南、广西等地。屡试不第，46岁中进士，任溧阳县尉。在阌乡（今河南灵宝）暴疾而亡。

孟郊作诗苦心孤诣，多穷愁之词，感伤自身遭遇，属苦吟诗派。孟郊与贾岛齐名，有"郊寒岛瘦"之称。有《孟东野诗集》。

春风得意马蹄疾，一日看尽长安花

登科后

唐·孟郊

昔日龌龊不足夸，今朝放荡思无涯。
春风得意马蹄疾，一日看尽长安花。

注释

龌龊：指思想上的局促和处境的不如意。

放荡：自由自在，无所拘束。

简析

　　46岁终于考取进士的孟郊，自以为从此可以别开生面、风云际会、龙腾虎跃，满心按捺不住欣喜得意之情，写下了这首诗，并为后人留下了"春风得意"与"走马观花"两个成语。

　　"昔日龌龊不足夸，今朝放荡思无涯"，这首诗的前两句将诗人过去失意落寞的处境和现在考取功名的得意情境进行今昔对比，就像一下子从苦海中超脱出来，登上了欢乐的顶峰。"春风得意马蹄疾，一日看尽长安花。"诗人心花怒放，迎着春风策马奔驰在鲜花烂漫的长安道上，神采奕奕。偌大的长安城，春花无数，却能够一日看尽，这种写法活灵活现地描绘出高中之后的得意之态，酣畅淋漓地抒发了得意之情，明朗畅达而又别有情韵。全诗节奏轻快，一气呵成，在孟郊所有诗作中别具一格。

背景

　　这是公元796年（唐贞元十二年），年届46岁的孟郊考取进士后写成的。

名家点评

　　宋·周紫芝：余尝读孟东野下第诗云："弃置复弃置，情如刀剑伤。"及登第，则自谓"春风得意马蹄疾，一日看尽长安花。"一第之得失，喜忧至于如此，宜其虽得之而不能享也。（《竹坡诗话》）

　　宋·黄彻：乐天及第后，阳瓘留别同年云："擢第未为贵，拜亲方始荣。"此毛义得檄而与之意也。论者以"春风得意马蹄疾"绝非孟郊语，其气格亦不类。而白公亦有"得意减别恨，半酣轻远程。翩翩马蹄疾，春日阳乡情"。此又不可晓也。（《巩溪诗话》）

明·陆时雍：末二句似古诗语，不类绝句常调。（《唐诗镜》）

青春须早为，岂能长少年

劝学

唐·孟郊

击石乃有火，不击元无烟。
人学始知道，不学非自然。
万事须己运，他得非我贤。
青春须早为，岂能长少年。

注释

道：事物的法则、规律。这里是指各种知识。
岂：难道，岂能。

简析

这首诗题目中的"劝"是勉励的意思，早在先秦晚期，荀况的《荀子》首篇就是《劝学》，如今孟郊用同一题目作诗，语言明白淡素，力避平庸浅易，独辟蹊径，描绘了劝学的苦心。

"击石乃有火，不击元无烟。"诗人运用当时人们日常生活不可或缺的击石取火做比喻，指出燧石只有经过敲击，才能产生火星，不敲击连烟都没有。"人学始知道，不学非自然。"同样的道理，人只有学习才能懂得做人的道理和师法自然。"万事须己运，他得非我贤。"这里强调了任何事情都必须自己努力，别人的收获永远都不是自己的。结句"青春须早为，岂能长少年"勉励世上的人要抓住一生中最宝贵的时间，在学习和运用上下功夫，不要荒废了学业。

谁言寸草心，报得三春晖

游子吟

唐·孟郊

慈母手中线，游子身上衣。
临行密密缝，意恐迟迟归。
谁言寸草心，报得三春晖。

注释

　　游子：古代时远游旅居的人。

　　临：即将，将要。

　　谁言：一作"难将"。言：说。寸草：小草。这里比喻子女。心：语义双关，既指草木的茎干，也指子女的心意。

　　三春晖：三春：旧称农历正月为孟春，二月为仲春，三月为季春，合称三春。春天的阳光，这里指慈母之恩。

简析

这首诗写出了作者对于慈母发自肺腑的爱。

"慈母手中线，游子身上衣"，用"线"和"衣"两件非常普通的物品将"慈母"和"游子"紧密联系在一起，写出了母子相依的骨肉深情。"临行密密缝，意恐迟迟归"，通过从慈母为游子赶制出行衣服的动作和心理描绘，深化骨肉之情和恋恋不舍。母亲担心儿子久久不归，纵有万般不舍，但还是千针万线"密密缝"。全诗在各种日常生活的细节中，弥漫着伟大的母爱。前面四句采用白描手法，不作任何修饰，但慈母的形象真切感人。最后两句"谁言寸草心，报得三春晖"，是作者直抒胸臆，对母爱做尽情的讴歌。这里采用了比兴手法，儿女如同小草一般，母爱则如春日的阳光。

背景

孟郊年轻时四处漂泊，贫困潦倒，46岁才得到了一个溧阳县尉的卑职，结束了长年的漂泊流离生活，将母亲接到身边，然后写下这首诗。

名家点评

明·钟惺、谭元春：钟云：仁孝之言，自然风雅。(《唐诗归》)

明·周珽：周敬曰：亲在远游者难读。顾璘曰：所谓雅音，此等是也。(《唐诗选脉会通评林》)

清·张揔：南村曰：二语婉至多风，使人子读之，爱慕油然而生，觉"昊天罔极"尚属理语（末二句下）。(《唐风怀》)

杨巨源

　　杨巨源，字景山，后改名巨济。河中治所（今山西永济）人。贞元五年（789）进士。初为张弘靖从事，由秘书郎擢太常博士，迁虞部员外郎。出为凤翔少尹，复召授国子司业。长庆四年（824），辞官退休，执政请以为河中少尹，食其禄终身。关于杨巨源生年，据方崧卿《韩集举正》考订。韩愈《送杨少尹序》作于长庆四年，序中述及杨有"年满七十""去归其乡"语。由此推断，杨当生于755年，卒年不详。另外同名的还有宋代抗金名将。

诗家清景在新春，绿柳才黄半未匀

城东早春

唐·杨巨源

诗家清景在新春，绿柳才黄半未匀。
若待上林花似锦，出门俱是看花人。

注释

　　城：这里指唐代京城长安。

　　诗家：这里是指诗人的统称。

　　才黄：刚露出嫩黄的柳芽。

　　看花人：此处是双关，指进士及第者。

简析

　　"诗家清景在新春"，诗人在城东游赏时不仅看到了清新可喜的春色，也提出这种刚刚显露出来的景色，并没有引起人们的注意，所以环境还很清幽。"绿柳才黄半未匀"，这里开始对早春进行具体的描写，柳叶新萌，其色嫩黄，诗人抓住了"半未匀"这个细节，让人似乎看到了绿枝上刚刚露出的几颗嫩黄的柳叶，充满着生机。"若待上林花似锦"，等到繁华似锦的时候，清幽肯定是不在了，因为"出门俱是看花人"，景色秾艳已极的时候，环境必定是喧闹的，这种景色人尽皆知，早就没有了新鲜的感觉。从这里更加看出，诗人对于早春清新之景的喜爱。

背景

　　杨巨源曾在长安任职多年，历任太常博士、礼部员外郎、国子司业等职，这是他在唐代京城长安任职期间所作。

武元衡

　　武元衡（758—815），字伯苍，河南缑氏（今河南偃师缑氏镇）人，官居比部员外郎、御史中丞等职，后出任剑南西川节度使，元和八年复任宰相。元和十年，被平卢节度使李师道所派刺客刺杀。其诗以辞藻绮丽、精妙见长，著有《武元衡集》。

春风一夜吹乡梦，又逐春风到洛城

春兴

唐·武元衡

杨柳阴阴细雨晴，残花落尽见流莺。
春风一夜吹乡梦，又逐春风到洛城。

简析

　　这首诗集春景、乡思、归梦于一身，所写之事原本十分寻常，不过是看到春景后触动乡思，在春夜做了一个还乡之梦，但诗人却从这平常的小事中用艺术的想象力提炼出了一首美好的诗。

　　前两句描写异乡的暮春，隐含着故乡春色也必将逝去的感慨，后两句诗人展开丰富的想象，认为春风是富有感情而且善解人意的，似乎能够读懂诗人的心事，特地为他吹送思乡的美梦。整首诗贯穿着即将逝去的春景，构思精妙，语言平白，把让人黯然神伤的思乡之情融汇于即将逝去的春景当中，透露出一种温情的惆怅。

背景

这首诗题作"春兴"，应该是诗人由春日景物而引起的种种情思。

名家点评

清·黄叔灿：旅情黯黯，春梦栩栩，笔致入妙。(《唐诗笺注》)

俞陛云：诗言春尽花飞，风吹乡梦，虽寻常意境，情韵自佳。三、四句"乡梦""东风"，循环互用，句法颇新。(《诗境浅说续编》)

韩愈

韩愈（768—824），字退之，河南河阳（河南孟州）人。韩愈是唐代古文运动的倡导者，被后人尊为"唐宋八大家"之首，与柳宗元并称"韩柳"。他提出的"文道合一""气盛言宜""务去陈言""文从字顺"等散文的写作理论，对后人很有指导意义。韩愈的诗，风格多样，气势雄伟，想象丰富，形象奇特。

白雪却嫌春色晚，故穿庭树作飞花

春雪

唐·韩愈

新年都未有芳华，二月初惊见草芽。
白雪却嫌春色晚，故穿庭树作飞花。

注释

芳华：吐露芬芳的花朵。
嫌：嫌弃；怨恨。

简析

这首诗于常景中翻出新意，工巧奇警，是一篇别开生面的佳作。

首句"新年都未有芳华，二月初惊见草芽"，指的是立春时节，芬芳的鲜花还没有绽放，漫漫寒冬中的人久盼春色，非常焦急。"白雪却嫌春色晚，故穿庭树作飞花"，这两句表面上是说雪花漂亮，冒充鲜花，实际上描写的是人早晚都能等到久违的春色，从二月的草芽中窥探出春天的身影，但白雪却等不及，纷纷扬扬地赶来装点新春。虽然真正的春色还没有来，这未免让人遗憾，但穿树飞花的春雪却给了人们春的气息。

背景

这首诗是韩愈在元和十年（815）创作的，当时韩愈在朝任史馆修撰，知制诰。对于北方人来说，新年没有鲜花很正常，但到过岭南的韩愈却觉得春来得晚了，因此创作了此诗。

名家点评

清·朱彝尊：常套语，然调却流快。（《批韩诗》）

刘公坡：作诗实写则易落板滞，空翻则自见灵动。唐诗中韩愈《春雪》一首，可谓极空翻之能事矣。（《学诗百法》）

朱宝莹：此诗首句、二句从"春"字咀嚼而出，看似与雪无涉，而全为三、四句作势，几于无处不切"雪"字。三、四句兜转，备具雪意、雪景，不呆写雪，而雪字自见，不死做春，而春字自在。四句一气相生，以视寻常斧凿者，徒见雕斫之痕，其相去远矣。（《诗式》）

最是一年春好处，绝胜烟柳满皇都

早春呈水部张十八员外·其一

唐·韩愈

天街小雨润如酥，草色遥看近却无。
最是一年春好处，绝胜烟柳满皇都。

注释

呈：恭敬地送上。

水部张十八员外：指张籍，因为他在同族兄弟中排行第十八，曾任水部员外郎。

天街：天子脚下的街道，指京城街道。

润如酥：酥，动物的油，这里形容春雨的细腻。

皇都：帝都，这里指长安。

简析

这是一首描写和赞美早春美景的七言绝句，诗人摄早春之魂，给读者以无穷的美感趣味，甚至是绘画所不能及的。这种笔法如果没有锐利深细的观察力和高超的技能，是不可能驾驭的。

首句"天街小雨润如酥"描写初春的小雨如同动物的油脂一样细滑润泽，这种形容准确地点出了它的特点，遣词造句优美独特。第二句"草色遥看近却无"写青草沾上雨水后的景色，远看似乎青绿一片，走近却空空如也，这种朦胧的景象让人觉得很美好。"最是一年春好处，绝胜烟柳满皇都。"对于初春的景色大力赞美，早春的小雨和草色是一年春光中最美的东西，远远超过了烟柳满城的衰落的晚春景色。

背景

这首诗作于唐穆宗长庆三年（823）早春，是56岁的韩愈写给当时任水部员外郎的诗人张籍的。当时韩愈任吏部侍郎，他约张籍游春，张籍因以事忙年老推辞，韩愈于是作这首诗寄赠，极言早春景色之美，希望触发张籍的游兴。

名家点评

清·黄叔灿：草色遥看近却无，写照甚工。正如画家设色，在有意无意之间。（《唐诗笺注》）

清·朱彝尊：景绝妙，写得亦绝妙。（《批韩诗》）

莫道官忙身老大，即无年少逐春心

早春呈水部张十八员外·其二

唐·韩愈

莫道官忙身老大，即无年少逐春心。
凭君先到江头看，柳色如今深未深。

注释

官忙身老大：公务繁忙，年纪很大。
即：已经。

简析

　　这是韩愈56岁时写的诗，当时他担任吏部侍郎，公务繁忙，因此第一句诗就提到了"官忙身老大"。江边春天到来的时候，诗人捕捉到了年少逐春，扑蝶戏蕊，枯草拈花的情志，用一颗童心直接感受到了大自然的美妙情趣，只是可惜老大逐春远远没有这种情志，"凭君先到江头看，柳色如今深未深。"公务繁忙，世事沧桑，在充分体会了人间坎坷之后，诗人只能是忙里偷闲地游一游春，散一散心，看看柳色渐深，春景美好，聊表慰藉。

草树知春不久归，百般红紫斗芳菲

晚春二首·其一

唐·韩愈

草树知春不久归，百般红紫斗芳菲。
杨花榆荚无才思，惟解漫天作雪飞。

注释

　　不久归：很久就会结束。
　　杨花：指杨絮。
　　榆荚：俗称榆钱，呈白色，随风飘落。

简析

　　这是一首描绘暮春景色的七绝，初看是写百花争艳的场景，进一步品味就会发现，这首诗写得工巧奇特，别开生面。诗人并没有将暮春百花凋零作为主题，而是写了草木留春，呈现万紫千红的动人情景。

"草树知春不久归，百般红紫斗芳菲。"花草树木明明知道春天很快就会离开，却还是使出浑身解数，努力将最美的一面呈现出来。"杨花榆荚无才思，惟解漫天作雪飞"，就连原本乏色少香的杨花、榆荚也不甘示弱，化作雪花随风飞舞，加入了留春的行列。诗人细致入微的观察和描写，只寥寥数笔，就给人以满眼风光、耳目一新的感觉。"草木"本属无情物，但在诗人笔下，竟然能"知"能"解"还能"斗"，而且还有"才思"高下有无之分，让人回味无穷。

背景

　　这是《游城南十六首》中的其中一首，写于唐宪宗元和十一年（816），此时韩愈已年近半百。

名家点评

　　清·朱彝尊：此意作何解？然情景却是如此。（《批韩诗》）

　　清·汪森：意带比兴，出口自活，以下数首皆然。（《韩柳诗选》）

　　清·潘德舆：（王昌龄《青楼曲》）第二首起句云"驰道杨花满御沟"，此即"南山荟蔚"景象，写来恰极天然无迹。昌黎诗云："杨花榆荚无才思，惟解漫天作雪飞"，便嚼破无全味矣。（《养一斋诗话》）

白居易

白居易（772—846），字乐天，号香山居士，又号醉吟先生，原籍山西太原，生于河南新郑，有"诗魔""诗王"之称。白居易与元稹共同倡导新乐府运动，世称"元白"，与刘禹锡并称"刘白"。白居易的诗歌题材广泛，形式多样，语言平易通俗，代表诗作有《长恨歌》《琵琶行》《卖炭翁》等。

湖上春来似画图，乱峰围绕水平铺

春题湖上

唐·白居易

湖上春来似画图，乱峰围绕水平铺。
松排山面千重翠，月点波心一颗珠。
碧毯线头抽早稻，青罗裙带展新蒲。
未能抛得杭州去，一半勾留是此湖。

注释

乱峰：参差不齐，看上去杂乱的山峰。

松排山面：有许多松树在山上排列着。

月点波心：月亮倒映在水中。

勾留：依恋，留恋。

简析

这首诗描写了醉人的西湖春景。三面群山环抱，湖面水平如镜，群峰之上，一排排的松树密密麻麻，千山万峰一派苍翠。一轮圆月映入水中，好像一颗明珠，晶莹透亮。早生的水稻，如同巨大的绿色地毯，上面铺着厚厚的丝绒线头，蒲叶披风，像少女身上飘曳的罗带群幅。这些画面如同山水画一般格调清新，让诗人陶醉不已，甚至不愿离开杭州回京。在山水诗中嵌入农事，弄不好会雅俗相悖，很不协调，而白居易却别出心裁地将农事诗歌化了，与此同时，这首诗的写作也是一种变革，诗人立意新颖，语言精妙，不仅是山水诗中的佳构，亦是历代描写西湖诗中的名篇之一。

背景

这是白居易于长庆四年（824）五月即将从杭州离任，调任太子左庶子，分司东都（洛阳）时的春天，触景生情写下的。

几处早莺争暖树，谁家新燕啄春泥

钱塘湖春行

唐·白居易

孤山寺北贾亭西，水面初平云脚低。
几处早莺争暖树，谁家新燕啄春泥。

乱花渐欲迷人眼，浅草才能没马蹄。

最爱湖东行不足，绿杨阴里白沙堤。

注释

水面初平：湖水刚好和堤岸齐平，意味着春水初涨。

云脚低：白云重重叠叠，和湖面上的波澜连成一片，看上去很低。

早莺：初春时到来的黄鹂。

争暖树：争着飞到向阳的树枝上去。

行不足：游览多次也不厌烦。

简析

这首诗处处紧扣环境和季节，将刚刚披上春天外衣的西湖，描绘得恰到好处，生机勃勃。

"孤山寺北贾亭西，水面初平云脚低。"前一句用两个地名来连接，说明诗人一边走一边观赏，他看到春水初涨，水面和堤岸齐平，空中的白云和湖面荡漾的波澜连接在一起，形成了典型的江南春景。

"几处早莺争暖树，谁家新燕啄春泥。"随处所见的莺在歌，燕在舞，显示出春天的勃勃生机。

"乱花渐欲迷人眼，浅草才能没马蹄。"因为是早春，所以能见到的并非姹紫嫣红开遍，而是东一团，西一簇，所以用"乱"字来形容。而春草也还没有长得丰茂，仅只有没过马蹄那么高，所以用"浅"字来形容。

"最爱湖东行不足，绿杨阴里白沙堤。"作者从孤山、贾亭开始，到湖东、白堤止，一路上，在湖青山绿那美如天堂的景色中，饱览了莺歌燕舞，陶醉在鸟语花香，最后意犹未尽地沿着白沙堤，在杨柳的绿阴底下，一步三回头，恋恋不舍地离去了。

背景

这首诗写于长庆三、四年（823、824年）间的春天。当时白居易被任命为杭州刺史，敬宗宝历元年（825）三月又出任了苏州刺史。

名家点评

清·胡以梅：三、四灵活之极，"争"字既佳，而"谁家"更有情。（《唐诗贯珠》）

清·宋宗元：娟秀无比。（《网师园唐诗笺》）

野火烧不尽，春风吹又生

草/赋得古原草送别

唐·白居易

离离原上草，一岁一枯荣。
野火烧不尽，春风吹又生。
远芳侵古道，晴翠接荒城。
又送王孙去，萋萋满别情。

注释

赋得：古人学习作诗或者文人聚会或者科举考试时命题作诗，都会有"赋得"二字，意思是借古人句或成语命题作诗。

离离：青草茂盛的样子。

远芳侵古道：远处芬芳的野草一直长到古老的驿道上。

王孙：本指贵族后代，这里指远方的友人。

简析

　　这首诗虽然是命题作诗，却能融入深切的生活感受，字字含真情，语语有余味，不但得体，而且别具一格，在"赋得体"中堪称绝唱。

　　诗人首句即破题面"古原草"三字，多么茂盛的原上草啊，"一岁一枯荣"，两个"一"字复叠，形成咏叹，每一年都能焕发出新的生机，给人生生不息的感觉，这也为后面两句做了引子。"野火烧不尽，春风吹又生。"这里转而从概念变成了形象的画面，不仅写了"原上草"的性格，还写了从烈火中再生的理想。对仗整齐，自然顺畅。如果说这两句是承"古原草"而重在写"草"，那么五、六句则继续写"古原草"而将重点落到"古原"，以引出"送别"题意。"远芳侵古道，晴翠接荒城。"芳曰"远"，古原上清香弥漫可嗅；翠曰"晴"，则绿草沐浴着阳光，秀色如见。"侵""接"二字继"又生"，更写出一种蔓延扩展之势，再一次突出那生存竞争之强者野草的形象。

背景

　　贞元三年（787），16岁的白居易在科场考试中写下这首诗。据史料记载，诗人这年始自江南入京，谒名士顾况时投献的诗文中就有这篇作品。

名家点评

清·田雯:"刘孝绰妹诗:'落花扫更合,丛兰摘复生。'孟浩然'林花扫更落,径草踏还生'。此联岂出自刘钦?……古人作诗,皆有所本,而脱化无穷,非蹈袭也。"(《古欢堂集杂著》)

清·屈复:不必定有深意,一种宽然有余地气象,便不同啾啾细声,此大小家之别。(《唐诗成法》)

清·蘅塘退士:诗以喻小人也。消除不尽,得时即生,干犯正路。文饰鄙陋,却最易感人。(《唐诗三百首》)

长恨春归无觅处,不知转入此中来

大林寺桃花

唐·白居易

人间四月芳菲尽,山寺桃花始盛开。
长恨春归无觅处,不知转入此中来。

注释

大林寺:坐落在庐山大林峰,相传为晋代僧人昙诜所建,是中国佛教圣地之一。

人间:指大林寺山下的村落。

尽:指花已经凋谢了。

春归:春天已经结束了。

此中:在这深山的寺庙里。

简析

　　这首诗只有短短四句，初看并没有什么深奥和奇警的地方，但是细读之下，却会发现这首看似平淡自然的小诗，意境深邃，富于情趣。

　　首句"人间四月芳菲尽，山寺桃花始盛开"描写诗人春末夏初的时候登山，此时大地春归，芳菲落尽，然而让他没有想到的是，高山古寺中，居然有一片刚刚盛开的桃花。在这一感受的触发下，诗人展开想象，"长恨春归无觅处，不知转入此中来。"他联想到自己曾经因为惜春、恋春，怨恨春去的无情，谁知道却是错过了春天，原来春天并没有离开，只不过俏皮地跟诗人捉迷藏，偷偷躲到了高山上的寺庙中了。

背景

　　这首诗作于唐宪宗元和十二年（817）四月，当时白居易任江州（今江西九江）司马，年46岁。此时的白居易因直言不讳冒犯了权贵，被贬为江州司马，这种沧桑的感慨，自然为此诗蒙上了一层隐喻色彩。

名家点评

　　北宋·沈括：白乐天《游大林寺》诗云："人间四月芳菲尽，山寺桃花始盛开。"盖常理也。此地势高下之不同也。（《梦溪笔谈》）

　　清·宋长白：白香山与元集虚十七人游庐山大林寺，时已孟夏，见桃花盛开，乃作诗曰："人间四月芳菲尽……"梅花尼子行脚归，有诗曰："着意寻春不见春，芒鞋踏破岭头云。归来笑捻梅花嗅，春花枝头已十分。"二绝可谓得禅机三昧矣。（《柳亭诗话》）

明·黄周星：只恐"此中"亦不能久驻，奈何！（《唐诗快》）

风吹旷野纸钱飞，古墓垒垒春草绿

寒食野望吟

唐·白居易

乌啼鹊噪昏乔木，清明寒食谁家哭。
风吹旷野纸钱飞，古墓垒垒春草绿。
棠梨花映白杨树，尽是死生别离处。
冥冥重泉哭不闻，萧萧暮雨人归去。

注释

垒垒：重重叠叠的。

冥冥：昏晦的样子。

重泉：人死后的归处，也称为黄泉、九泉。

萧萧：象声词，这里指雨声。

简析

这首诗主要描写了清明节时期扫墓时的情形。唐代时期，寒食和清明扫墓的风气非常盛行。从此诗中不仅展现了人们扫墓时凄凉悲惨的情形，还可以看出唐代扫墓习俗中，寒食和清明是同一个节日。每到这个时候，漂泊异乡的文人墨客，都会产生思乡之情，这也更映衬了这个时节的悲凉，让人倍感伤心。

背景

    这首诗是唐代诗人白居易在清明时节，看到扫墓的情形和人们的悲伤后，有感而发写下的，也表达了诗人的思乡之情。

名家点评

    宋·胡仔：东坡云：与郭生游，寒溪主簿吴亮置酒，郭生善作挽歌，酒酣发声，坐为凄然。郭生言：恨无佳词。因改乐天《寒食》诗，歌之，坐客有泣者。其词曰："乌啼鹊噪昏乔木，清明寒食谁家哭。风吹旷野纸钱飞，古墓垒垒春草绿。棠梨花映白杨路，尽是死生别离处。冥冥重泉哭不闻，萧萧暮雨人归去。"每句杂以散声。(《苕溪渔隐丛话》)

    清·史承豫：顿觉尽情。(《唐贤小三昧集》)

    清·宋宗元：哀冷（末二句下）。(《网师园唐诗笺》)

来如春梦不多时，去似朝云无觅处

花非花
唐·白居易

花非花，雾非雾。夜半来，天明去。
来如春梦不多时，去似朝云无觅处。

注释

    花非花：词牌名。

    不多时：短暂美好的时光。

去似：如同早晨飘散的云彩，去了就无处寻觅了。

朝云：借用楚襄王梦巫山神女的典故。宋玉《高唐赋》序：妾在巫山之阳，高丘之阻，旦为朝云，暮为行雨，朝朝暮暮，阳台之下。

简析

这首诗表达了诗人对人生如梦幻泡影，如雾亦如电的感慨，展现出一种对于生活中存在过但是如今已经消逝了的美好的人或物的追念和惋惜。全诗由一连串的比喻构成，描述的内容既真实又隐晦，朦胧中带有节奏和韵律，是一首情诗中的佳作。

"花非花，雾非雾"首句先给人一种捉摸不定的感觉，用一种似花非花，似雾非雾的描述，开始整首诗。"夜半来，天明去"既让读者疑心是在说梦，还会有退思的空间。"来如春梦不多时"可见读者的疑虑是真的，原来梦也不过是种比喻而已，"去似朝云无觅处"，这里的"来""去"二字，在音情上有承上启下作用，由此生发出两个新鲜比喻。"夜半来"的春梦虽然美却非常短暂，天明的时候看到朝霞，朝霞虽然很美却很快也消逝了。

背景

这首诗与《白氏长庆集》中的《真娘墓》以及《简简吟》二诗是同时为同一目所作。

名家点评

明·杨慎："白乐天之辞，予独爱其《花非花》一首，盖其自度之曲，因情生文者也。""花非花，雾非雾"，虽《高唐》《洛神》，绮丽不及也。(《词品》)

吴酒一杯春竹叶，吴娃双舞醉芙蓉

忆江南·江南忆

唐·白居易

　　江南忆，最忆是杭州。山寺月中寻桂子，郡亭枕上看潮头。何日更重游？

　　江南忆，其次忆吴宫。吴酒一杯春竹叶，吴娃双舞醉芙蓉。早晚复相逢？

注释

　　郡亭：这里是指杭州城东楼。

　　看潮头：钱塘江入海处，有二山南北对峙如门，水被夹束，势极凶猛，为天下名胜。

　　吴宫：指吴王夫差在苏州西南灵岩山上为西施所建的馆娃宫。

　　娃：美女。

　　醉芙蓉：形容舞伎的美。

　　早晚：这里指何时。

简析

　　这两首《忆江南·江南忆》既各自独立而又互为补充，分别描绘杭州与苏州的景色美、风物美和女性之美，两首诗均以"江南忆"开篇，以深情之句作结，艺术概括力强，意境奇妙，让人欲罢不能。

　　第一首描写的是杭州这个被人喻为可同天堂媲美的地方，

"江南忆，最忆是杭州。"用杭州来印证江南的好，是诗人的初衷。随后，诗人又提到"山寺月中寻桂子"，古神话中有月中桂树的传说，但生活中的真实不等于艺术的真实，诗人运用这一传说来表达杭州的非同凡响以及对于杭州的浪漫想象，让读者似乎看到了怒放的丹桂，闻到了桂子浓郁的芳香。后面这句"郡亭枕上看潮头"描绘了钱塘江入海的奇观。诗人通过对当年山寺寻桂和钱塘观潮这两个具有代表性的画面，描绘出杭州的多姿多彩，让读者心生向往。

第二首"江南忆，其次忆吴宫。吴酒一杯春竹叶，吴娃双舞醉芙蓉。"这里描绘了苏州的美，当年吴王夫差为美人西施修建的馆娃宫等风景名胜古迹，名为"竹叶春"的美酒佳酿，婀娜多姿、能歌善舞的苏州女子……诗人用美妙的诗，简洁地勾勒出苏州的旖旎风情，令人无比神往。

背景

诗人早年曾因躲避战乱来到江南，旅居苏、杭二州，晚年又担任杭、苏刺史多年。江南的山水和人民都让他印象很深，晚年回到北方后，他对此念念不忘，因此写下了这组《忆江南》。

名家点评

明·杨慎：《望江南》，即唐法曲《献仙音》也。但法曲凡三叠，《望江南》止两叠尔。白乐天改法曲为《忆江南》。其词曰："江南好，风景旧曾谙。"二叠云："江南忆，最忆是杭州。"三叠云："江南忆，其次忆吴宫。"见乐府。（《词品》）

明·沈际飞：较宋词自然有身分，不知其故。（《草堂诗余别集》）

明·卓人月：徐士俊云：非生长江南，此景未许梦见。
（《古今词统》）

日本汉学家近藤元粹：诗馀上乘。（《白乐天诗集》）

不道江南春不好，年年衰病减心情

南湖早春

唐·白居易

风回云断雨初晴，返照湖边暖复明。
乱点碎红山杏发，平铺新绿水蘋生。
翅低白雁飞仍重，舌涩黄鹂语未成。
不道江南春不好，年年衰病减心情。

注释

南湖：彭蠡湖，即鄱阳湖。

碎红：杏花花苞刚刚绽放，露出点点红色。

舌涩：涩，形容叫声艰涩，尚不连贯婉转。这里指言语
不流利。

简析

这首诗开篇描写了南湖的早春明媚动人，随后又显示出作
者遭到贬斥后消沉郁闷的心境。

"风回云断雨初晴，返照湖边暖复明。"前两句写的是春雨
初晴，阳光返照。"乱点碎红山杏发，平铺新绿水蘋生。翅低
白雁飞仍重，舌涩黄鹂语未成。"山杏吐艳，水蘋争绿，白雁

低飞，黄鹂语涩，几个早春里最具特色的意象，让作者书写得淋漓尽致。早春时节，乍暖还寒，但阳光照耀着大地，不仅景色秀丽，而且有着温暖明快的感觉，一派生机与活力。刚刚到来的春天太美妙、太富有魅力了，生命力充沛的动物们也争相表现，翩翩起舞的燕子，忍不住唱歌的幼年黄鹂，增添了早春的妩媚可人。"不道江南春不好，年年衰病减心情。"最后两句诗表现出作者的消沉，面对如此美妙的春天，诗人却没有心情欣赏，这是为什么呢？原来是因为国家内忧外患，自己空有一腔热血，却因为不受重用，再加上衰病不堪，没有办法为国效力，只能发出无可奈何的叹息。

背景

　　这首诗作于元和十二年（817），是白居易遭到贬谪后在江州时所留下的作品。

名家点评

　　清·爱新觉罗·弘历：卷二十三：刻画早春有色泽，腹联尤警。(《唐宋诗醇》)

两处春光同日尽，居人思客客思家

望驿台

唐·白居易

靖安宅里当窗柳，望驿台前扑地花。
两处春光同日尽，居人思客客思家。

注释

驿：驿站，古代供传递公文的人中途休息、换马的地方。

当窗柳：唐代人的风俗，喜欢折柳以赠行人，因柳而思游子。

居人：家里的人，这里指元稹的妻子。

客：出门在外的人，这里指元稹。

简析

这是白居易应和好友元稹的诗。"靖安宅里当窗柳"，当时元稹的妻子韦丛住在长安靖安里，每天守着窗前的碧柳，凝眸念远，怀念丈夫。"望驿台前扑地花"，身在四川广元的元稹看到落花，开始想念家中如花似玉的妻子。这里运用比喻和联想，别有情致。"两处春光同日尽"，春光马上就要离去，两人各自天涯，伤感在无形中就产生了。这里的"春光"还有美好时光和希望的意思，然而"尽"写出了两人预期的欢聚落空。"居人思客客思家"，思念不止两三天，但这天恰好是春尽日，思念之情变得更加浓郁了，感情的暗线将千里之外的两颗心紧紧地联系在了一起。

背景

这首诗创作于元和四年（809）三月，当时元稹写下一首《使东川》，思念妻子韦丛，白居易则写了十二首和诗，《望驿台》便是其中一首。

刘禹锡

刘禹锡（772—842），字梦得，河南洛阳人，有"诗豪"之称。刘禹锡诗文俱佳，涉猎题材广泛，与柳宗元并称"刘柳"，与韦应物、白居易合称"三杰"，并与白居易合称"刘白"。其诗大多自然流畅、简练爽利，有《陋室铭》《竹枝词》《乌衣巷》等名篇传世。

沉舟侧畔千帆过，病树前头万木春

酬乐天扬州初逢席上见赠

唐·刘禹锡

巴山楚水凄凉地，二十三年弃置身。
怀旧空吟闻笛赋，到乡翻似烂柯人。
沉舟侧畔千帆过，病树前头万木春。
今日听君歌一曲，暂凭杯酒长精神。

注释

乐天：白居易字乐天。

巴山楚水：在古代是指四川、湖南、湖北一带。刘禹锡被贬后，迁徙于朗州、连州、夔州、和州等边远地区，这里用

"巴山楚水"泛指这些地方。

弃置身：指遭受贬谪的人。

闻笛赋：向秀的朋友嵇康、吕安因不满司马氏篡权而被杀害。向秀经过嵇康、吕安的旧居，听到邻人吹笛，不禁悲从中来，于是写了《思旧赋》，这里刘禹锡借用典故怀念已死去的王叔文、柳宗元等人。

翻似：倒好像。翻：副词，反而。

烂柯人：相传晋人王质上山砍柴，看见两个童子下棋，于是停下观看。等棋局终了，手中的斧柄（柯）已经朽烂。回到村里，才知道已过了一百年，同代人都已经亡故。作者以此典故表达自己遭贬23年的感慨。刘禹锡也借这个故事表达世事沧桑，人事全非，暮年返乡恍如隔世的心情。

歌一曲：指白居易的《醉赠刘二十八使君》。

简析

这首诗是诗人显示自己对世事变迁和仕宦升沉的豁达襟怀，表现了诗人坚定的信念和乐观的精神，同时暗含哲理，表明新事物必将取代旧事物。

诗人以酬答白居易的名义，描写了特定环境中自己的感情。白的赠诗中，对刘禹锡的遭遇无限感慨，因此他很自然地发出感慨道："怀旧空吟闻笛赋，到乡翻似烂柯人。"说自己在外23年，如今回来，许多老朋友都已去世，只能徒然地吟诵"闻笛赋"表示悼念而已。"沉舟侧畔千帆过，病树前头万木春。"诗人以沉舟、病树比喻自己，表达自己既惆怅又达观的心态。"今日听君歌一曲，暂凭杯酒长精神。"点明自己并没有消沉下去，还劝慰和鼓励白居易。从这里可以看到，诗人对生活并未完全丧失信心，诗中虽然感慨很深，但读来给人的感受并不是消沉，相反却是振奋。

背景

唐敬宗宝历二年（826），刘禹锡被罢官，与白居易在扬州相逢，白居易赠给他一首诗："为我引杯添酒饮，与君把箸击盘歌。诗称国手徒为尔，命压人头不奈何。举眼风光长寂寞，满朝官职独蹉跎。亦知合被才名折，二十三年折太多。"于是他写了这首诗酬答白居易。

自古逢秋悲寂寥，我言秋日胜春朝

秋词

唐·刘禹锡

自古逢秋悲寂寥，我言秋日胜春朝。
晴空一鹤排云上，便引诗情到碧霄。

注释

悲寂寥：悲叹萧条空寂。

春朝：朝，早晨，这里是指春天刚开始。

晴：一作"横"。

排云：排：推开，冲破。这里指推开白云。

碧霄：青天。

简析

这首诗气势宏伟，意境壮丽，不仅表现出秋天的生机和素色，更多的是一种高扬精神和开阔胸襟，用一首非同凡响的秋歌，歌颂难能可贵的精神，将情、景、理融为一体。

"自古逢秋悲寂寥"，这首诗一开篇，就以一轮起笔，否定了前人悲秋的观念，表现出激越向上的诗情。"我言秋日胜春朝"直抒胸臆，态度鲜明，自信地表达出自己的看法。诗人认为秋天比万物萌生，欣欣向荣的春天更胜过一筹，这是对自古以来悲秋论调的有力否定。"晴空一鹤排云上"，这里选择了秋天的典型事物"一鹤凌云"，这种别致的景观，展现出秋日里万里晴空，白云飘浮的开阔，再加上凌云的鹤，更让人有秋高气爽的感觉。最后一句"便引诗情到碧霄"将诗人心中激荡澎湃的诗情爆发出来，直冲云霄。诗中没有悲凉的气息，诗人将自己的情志和想象驰骋于碧空，将"实"和"虚"融合在一起，收获了励志冶情的美感。

背景

这首诗是诗人被贬朗州司马时所作。公元805年（永贞元年），顺宗即位，诗人因参加革新被贬朗州，在此种境况下，他并没有消沉，而是写下了这首诗。

春去也，多谢洛城人

忆江南·春去也

唐·刘禹锡

春去也，多谢洛城人。
弱柳从风疑举袂，丛兰裛露似沾巾。独坐亦含颦。
春去也，共惜艳阳年。
犹有桃花流水上，无辞竹叶醉尊前。惟待见青天。

注释

多谢：表示殷勤致意。

袂：衣袖。

裛：沾湿。

颦：皱眉。

尊：酒杯，同"樽"。

简析

这是两首描写春天的词，第一首是惜春，第二首是伤春，均运用拟人的手法，从人到春，又从春到人，不写人惜春，反写春惜人，将人情物态糅为一体。这种手法多变、构思新颖的写法，让全词充满了乐府小章"清新流畅、含思婉转"的艺术特色。

第一首词中，先是从春向人们告辞，柳、兰喻春含泪挥手而别，后写一个女子惜春的神态，一边惋惜春天的离开，一边又觉得春对自己恋恋不舍。"春去也，多谢洛城人。"让人感受到春天不忍去，不愿去又不得不去的衷曲。"弱柳从风疑举袂，丛兰裛露似沾巾"描绘出一幅气韵横生的送春画图，那纤弱的柳条随风摇摆，就像挥手作别时轻轻扬起的衣袖，沾满露珠的葡花，如同不胜娇羞的美人，挥泪告别。"独坐亦含颦。"惜春之人一人独坐，皱着眉头，似乎在想什么。

　　第二首词前两句是一层转折，次句的"艳阳年"与第三句的"桃花流水"在字面上也构成了转折，通过层层转折，写出了词人心头的"惜春"意绪。"春去也，共惜艳阳年"，加深了作者伤春、惜春的情感，而且与上一首相互呼应，感慨春天"大势已去"。次句中的"艳阳年"，指阳光灿烂、风光旖旎的春天，"余春"尚在，呼吁大家趁着最后的机会好好欣赏暮春景致。"犹有桃花流水上，无辞竹叶醉尊前"是作者惜春的行动，如果桃花落瓣随流水漂尽，春天的身影就真的消失了。"惟待见青天。"风景虽然无限好，但如果碰上个淫雨连绵、路滑泥烂的天气，这一番打算就全都落空了。所以这里词人希望老天帮忙，为大家送来个无风无雨的好天气。

背景

　　这两首词约为唐文宗开成三年（838）作于洛阳。当时白居易为太子少傅分司东都，刘禹锡为太子宾客分司东都，二人均在洛阳，时相唱和，白居易词共三首，刘禹锡的和词共两首。

名家点评

　　明·陆时雍：仿佛隋音。（《唐诗镜》）

　　清·沈辰垣：刘宾客词也，一时传唱，乃名为《春去也》曲。（《御选历代诗余》）

　　清·沈雄："春去也"云云，刘宾客词也。一时传唱，乃

名为《春去也》曲。(《古今词话》)

　　清·况周颐：唐贤为词，往往丽而不流，与其诗不甚相远也。刘梦得《忆江南》"春去也"云云，流丽之笔，下开北宋子野、少游一派。唯其出自唐音，故能流而不靡，所谓"风流高格调"，其在斯乎。(《蕙风词话》)

李绅

　　李绅（772—846），字公垂。祖籍亳州谯县（今安徽省亳州市谯城区）。唐朝宰相、诗人。李绅与元稹、白居易交游甚密，为新乐府运动的参与者。著有《乐府新题》二十首，已佚。代表作为《悯农》诗两首："锄禾日当午，汗滴禾下土。谁知盘中餐，粒粒皆辛苦。"《全唐诗》存其诗四卷。

春种一粒粟，秋收万颗子

悯农二首

唐·李绅

春种一粒粟，秋收万颗子。
四海无闲田，农夫犹饿死。

锄禾日当午，汗滴禾下土。
谁知盘中餐，粒粒皆辛苦。

注释

　　悯：怜悯，诗人对农夫表示同情。

子：粮食的颗粒。

闲田：还没有耕种的田，也被认为是荒芜的田地。

餐：一作"飧"，指熟食。

简析

这里的两首诗成为一组，都是反映中国封建时代农民的生存状态。

第一首诗开头以"春种一粒粟，秋收万颗子"来描绘丰收，用"种"和"收"赞美了农民的劳动。随后，诗人形象地用"四海无闲田，农夫犹饿死"来突出农民辛勤劳动以获得丰收，最后却两手空空、惨遭饿死的现实问题。

第二首诗的前两句"锄禾日当午，汗滴禾下土"描绘了在烈日炎炎之下，农夫在田地里辛勤劳作，那一滴滴的汗珠，洒在灼热的土地上。在此读者可以得知，从"一粒粟"到"万颗子"，到"四海无闲田"，乃是千千万万个农民用血汗浇灌起来的。三、四句"谁知盘中餐，粒粒皆辛苦"更是进一步撷取了最富有典型意义的形象，不仅概括了农夫不避严寒酷暑、雨雪风霜，终年辛勤劳动的生活，还表达了诗人无限的愤慨和对于农夫真挚的同情之心。

背景

据唐代范摅《云溪友议》和《旧唐书·吕渭传》等书的记载，这组诗是李绅在唐德宗贞元十五年（799）时所作。

名家点评

范摅（生卒年不详）：初，李公（绅）赴荐，常以《古风》求知吕光化，温谓齐员外煦及弟恭曰："吾观李二十秀才之文，

斯人必为卿相。"果如其言。(《云溪友议》)

明·周珽:吴山民曰:由仁爱中写出,精透可怜,安得与风月语同看?知稼穑之艰难,必不忍以荒淫尽民膏脂矣。今之高卧水殿风亭,犹苦炎燠者,设身"日午汗滴"当何如?(《唐诗选脉会通评林》)

清·吴乔:诗苦于无意;有意矣,又苦于无辞。如"锄禾日当午"云云,诗之所以难得也。(《围炉诗话》)

清·吴瑞荣:至情处莫非天理。暴弃天物者不怕霹雳,却当感动斯语。(《唐诗笺要》)

杜牧

杜牧（803—约852），字牧之，号樊川居士，京兆万年（今陕西西安）人。杜牧因晚年居长安南樊川别墅，故后世称"杜樊川"。杜牧的诗歌以七言绝句著称，内容以咏史抒怀为主，其诗英发俊爽，多切经世之物，在晚唐成就颇高。杜牧人称"小杜"，以别于杜甫，与李商隐并称"小李杜"。

晓迎秋露一枝新，不占园中最上春

紫薇花

唐·杜牧

晓迎秋露一枝新，不占园中最上春。
桃李无言又何在，向风偏笑艳阳人。

简析

这首诗借用了司马迁《史记·李将军列传》"桃李无言，下自成蹊"的典故，却没有描写观看桃花李花的人络绎不绝，而是用其反衬出了紫薇花的美和花期之长。虽然题目为《紫薇花》，但诗中并没有提及紫薇，这让读者在惊叹中，充分享受到了紫薇美丽的质感，感受到紫薇不与群花争春的风骨和一枝独秀的品格。由于这首诗的奇趣和经久不衰，杜牧也得到了"杜紫薇"的雅称。

东风不与周郎便，铜雀春深锁二乔

赤壁

唐·杜牧

折戟沉沙铁未销，自将磨洗认前朝。
东风不与周郎便，铜雀春深锁二乔。

注释

折戟：戟，古代兵器。折断的兵器。

认前朝：诗人认出戟是东吴破曹时的遗物。

东风：指三国时期火烧赤壁的典故。

铜雀：即铜雀台，是曹操万年行乐的地方。

二乔：东吴乔公的两个女儿，一个嫁给了前国主孙策（孙权兄），称大乔，一个嫁给了军事统帅周瑜，称小乔，合称"二乔"。

简析

这首诗的开篇，先从一件古代的兵器开始，说起人、事、物的慨叹。"折戟沉沙铁未销，自将磨洗认前朝。"折断的战戟因为沉在泥沙中，所以没有被锈蚀，诗人将其从沙中挖出来磨洗，然后认出它是前朝的遗物。这种描写看似平淡无奇，但实际上写出了历史风云的沧桑，同时暗示了岁月流逝，物是人非的哲理。"东风不与周郎便，铜雀春深锁二乔。"这两句千古传唱的佳句，写了倘若当年东风不帮助周瑜的话，那么铜雀台就会深深地锁住东吴二乔了，简单两句，把硝烟弥漫的战争胜负写得很是蕴藉。

背景

这是诗人经过著名的古战场赤壁（今湖北省武昌县西南赤矶山），有感于三国时期的英雄成败而写下的。

名家点评

清·纪昀："（许顗）讥杜牧《赤壁》诗为不说社稷存亡，惟说二乔，不知大乔乃孙策妇，小乔为周瑜妇，二人入魏，即吴亡可知。此诗人不欲质言，故变其词耳。"（《四库提要》）

清·何文焕："牧之之意，正谓幸而成功，几乎家国不保。"（《历代诗话考索》）

清·王尧衢："杜牧精于兵法，此诗似有不足周郎处。"（《古唐诗合解》）

李商隐

李商隐（约813—约858），字义山，号玉溪生，又号樊南生，祖籍怀州河内（今河南焦作沁阳），晚唐著名诗人。和杜牧合称"小李杜"，与温庭筠合称为"温李"。其诗构思新奇，风格秾丽，尤其是一些爱情诗和无题诗写得缠绵悱恻，优美动人，广为传诵。但部分诗歌过于隐晦迷离，难于索解。

春心莫共花争发，一寸相思一寸灰

无题·飒飒东风细雨来

唐·李商隐

飒飒东风细雨来，芙蓉塘外有轻雷。
金蟾啮锁烧香入，玉虎牵丝汲井回。
贾氏窥帘韩掾少，宓妃留枕魏王才。
春心莫共花争发，一寸相思一寸灰！

注释

玉虎：井上的辘轳。
掾：僚属。

宓妃：指洛神，传说为伏（宓）羲之女。

留枕：这里指幽会。

简析

这首诗描写了一位深锁闺中的女子从追求爱情到无奈幻灭的绝望之情。"飒飒东风细雨来，芙蓉塘外有轻雷。"从飒飒东风，飘来蒙蒙细雨；芙蓉塘外，传来阵阵轻雷这样的环境，描绘了生机勃勃的春天，带着一些凄迷黯淡的色调，女主人公既春心萌动又有着难以名状的迷惘和苦闷。"金蟾啮锁烧香入，玉虎牵丝汲井回"，描述了主人公居住之处的幽寂，无论是室内还是户外，所见的只有闭锁的香炉，汲井的辘轳，这些都让人觉得无比惆怅。"贾氏窥帘韩掾少，宓妃留枕魏王才。"这里借用爱情典故，描写爱而不得的痛苦，"春心莫共花争发，一寸相思一寸灰！"所向往的美好爱情不要和春花争荣竞发，因为寸寸相思都将变成灰烬，这也是女主人公最真实的痛苦。

深居俯夹城，春去夏犹清

晚晴

唐·李商隐

深居俯夹城，春去夏犹清。

天意怜幽草，人间重晚晴。

并添高阁迥，微注小窗明。

越鸟巢干后，归飞体更轻。

注释

夹城：城门外的小城。

幽草：幽暗地方的小草。

迥：高远。

微注：这里是说晚景斜晖，光线显得微弱和柔和。

简析

这是一首有寓托的诗，写作手法更接近于"在有意无意之间"的"兴"，诗人在登高远眺之际，触景生情，展开联想，情景交融，进而将瞬间的内心感受融化在了对晚晴景物的描写当中，因此显得自然天成，不着痕迹。

"深居俯夹城，春去夏犹清。"这句话告诉读者，诗人在初夏凭高远眺所见的晚清。初夏的岭南多雨久雨转晴，傍晚云开日霁，万物顿觉增彩生辉，人的精神也为之一爽。"天意怜幽草，人间重晚晴。"然而诗人并没有描写晚晴的景象，而是提到生长在幽暗处不被人注意的小草，并写出自己对晚晴的独特感受，将"幽草"人格化，进而想到自己的身世，开始为目前遇到的幸运和往昔的厄运感慨，提出对于美好和短暂事物的珍重，表达了积极、乐观的人生态度。"并添高阁迥，微注小窗明。"雨后晚晴，云收雾散，凭高览眺，视线更为遥远，虽然光线微弱，但还是给人带来了喜悦和安慰。"越鸟巢干后，归飞体更轻。"飞鸟归巢，体态轻捷，这里的越鸟归巢，带有自况意味，也让读者看到了一个精神振作的诗人。

背景

李商隐从开成三年（838）入赘泾原节度使王茂元（被视为李党）以后，便陷入党争之中，一直遭到牛党的忌恨与排挤，后来宣宗继位，他只好离开长安，跟随郑亚到桂林当幕僚，这首诗就是此时写下的。

名家点评

明·俞弁：唐李义山诗，有"天意怜幽草，人间重晚晴"之句。世俗久雨，见晚晴辄喜，自古皆然。(《逸老堂诗话》)

明·钟惺、谭元春：钟云：妙在大样("人间"句下)。谭云：此句说晚晴，其妙难知("并添"句下)。(《唐诗归》)

清·黄周星：不必然，不必不然，说来却便似确然不易，故妙("天意"二句下)。(《唐诗快》)

怅卧新春白袷衣，白门寥落意多违

春雨

唐·李商隐

怅卧新春白袷衣，白门寥落意多违。
红楼隔雨相望冷，珠箔飘灯独自归。
远路应悲春晼晚，残宵犹得梦依稀。
玉珰缄札何由达，万里云罗一雁飞。

注释

白袷衣：这里指闲居便服。

红楼：华美的楼房，这里指女子的住处。

珠箔：比喻春雨细密。

婉晚：夕阳西下的光景，这里还蕴含人老珠黄的意思。

云罗：像螺纹一样的云片。

简析

  这首诗的开头先点明时令，"怅卧新春白袷衣，白门寥落意多违"，一个春雨绵绵的早晨，主人公穿着便服，和衣怅卧，满腹心事，"白门寥落意多违。"原来的欢会处，今日却寂寞冷落，再见不到对方踪影。这种与所爱者分离的失意，就是他愁思百结地怅卧的原因。此刻萦绕在心中的，是最后一次访见对方的情景："红楼隔雨相望冷，珠箔飘灯独自归。"虽然场景熟悉，但自己却没有勇气靠近，只能站在雨中遥望。直到周围的街巷灯火全都亮起来，才独自返回。"远路应悲春婉晚，残宵犹得梦依稀。"他想象远方的另一个人，应该也在为春之将暮而伤感，如今蓬山远隔，只有在梦中才能依稀相会。"玉珰缄札何由达，万里云罗一雁飞"，这种思念促使他写下书札，侑以玉珰一双，作为寄书的信物。但纵然有信使，如此远的路途，如何才能传递呢？诗人万般无奈，只能独自哀伤。

背景

  这首词是李商隐于大中四年，初到徐幕雨夜思家所作，抒写在春夜雨中的相思之情。

名家点评

  清·姚培谦：此借春雨怀人，而寓君门万里之感也……此等诗，字字有意，概以闺帏之语读之，负义山极矣。（《李义山诗集笺注》）

  清·屈复：中四是白门怅卧时忆往多违事，末二句是怅卧

时所思后事。(《玉溪生诗意》)

清·程梦星：此亦应辟无聊、望人汲引之作，盖入藩幕未出长安之时也。(《重订李义山诗集笺注》)

荷叶生时春恨生，荷叶枯时秋恨成

暮秋独游曲江

唐·李商隐

荷叶生时春恨生，荷叶枯时秋恨成。
深知身在情长在，怅望江头江水声。

注释

春恨：也被称为春愁，春怨。
怅望：惆怅地看着。

简析

这是一首七绝，但是诗人故意不用对仗规矩，而是用独擅的字句重用的手法来叙事抒情，以展现情思缠绵哀痛的特点。

"荷叶生时春恨生，荷叶枯时秋恨成"，从一开始，这首诗就用缓慢低沉的语气来诉说内心的遗憾和悔恨了。诗的前半从语气、字句、修辞、写法等方面恰到好处地表达出悼亡的沉痛感情，然后将春生、秋枯，恨生、恨成并列对比，丰富了诗的内涵。前三句是至情语，结句另辟蹊径，用婉曲语作收。当时的李商隐已经年老体衰，他独自游曲江，闻声起哀，触景伤情，内心茫然。此时诗人所看到和听到的并不真切，只有哀思是真的。写到这里，全诗戛然而止，意境却愈加深远。

背景

李商隐妻子王氏病故于唐宣宗大中五年（851）秋，大中十一年（857）秋李商隐独自游曲江，触景生情，写下这首诗。

名家点评

清·姚培谦：有情不若无情也。（《李义山诗集笺注》）

清·屈复：江郎云"仆本恨人"，青莲云"古之伤心人"，与此同意。（《玉溪生诗意》）

清·程梦星："身在情长在"一语，最为凄婉，盖谓此身一日不死，则此情一日不断也。（《重订李义山诗集笺注》）

唐·李商隐：调古情深。（《玉溪生诗集笺注》）

春蚕到死丝方尽，蜡炬成灰泪始干

无题·相见时难别亦难

唐·李商隐

相见时难别亦难，东风无力百花残。
春蚕到死丝方尽，蜡炬成灰泪始干。
晓镜但愁云鬓改，夜吟应觉月光寒。
蓬山此去无多路，青鸟殷勤为探看。

注释

东风无力百花残：东风是指春风，残，凋零，指百花凋谢的暮春时节。

晓镜：早晨梳妆照镜子。镜，用作动词，照镜子的意思。

云鬓：女子如云的头发，比喻青春年华。

青鸟：神话中为西王母传递音讯的信使。

殷勤：情谊恳切深厚。

简析

这首诗从头至尾都透露着痛苦、失望又缠绵、执着的感情，诗中的每一联都是这种感情状态的反映，但是各联的具体意境又彼此有别。

"相见时难别亦难，东风无力百花残"是极度相思后的感叹。后面一句既写自然环境，也是诗人心境的反映，物我交融，心灵与自然取得了精微的契合。"春蚕到死丝方尽，蜡炬成灰泪始干"这句是说自己对于对方的思念，如同春蚕吐丝，到死方休，为了不能相聚而感受到的痛苦如同蜡泪直到蜡烛烧成了灰方始流尽一样。"晓镜但愁云鬓改，夜吟应觉月光寒。"从诗人体贴关切的角度推测想象出对方的相思之苦，"蓬山此去无多路，青鸟殷勤为探看。"思念越来越浓，却无计可施，只好托青鸟去帮忙探望。这样的结尾并没有改变诗人"相见时难"的痛苦境遇，不过是无望中的希望而已。

背景

唐朝人崇尚道教，李商隐十五六岁时被家人送去玉阳山学道，其间与玉阳山灵都观女氏宋华阳相识相恋，但由于外界原因，不能在一起，李商隐只能以诗记情，并隐其题，他所写的

《无题》大多是抒写他们两人之间的恋情诗。

名家点评

宋·葛立方：李义山《无题诗》云："春蚕到死丝方尽，蜡炬成灰泪始干。"此又是一格。今效此体为俚语小词传于世者甚多，不足道也。(《韵语阳秋》)

明·谢榛："春蚕到死丝方尽，蜡炬成灰泪始干。"……措辞流丽，酷似六朝。(《四溟诗话》)

清·陆次云：诗中比意从汉魏乐府中得来，遂为《无题》诸篇之冠。(《五朝诗善鸣集》)

庄生晓梦迷蝴蝶，望帝春心托杜鹃

锦瑟

唐·李商隐

锦瑟无端五十弦，一弦一柱思华年。
庄生晓梦迷蝴蝶，望帝春心托杜鹃。
沧海月明珠有泪，蓝田日暖玉生烟。
此情可待成追忆？只是当时已惘然。

注释

锦瑟：瑟：拨弦乐器，一般有二十五弦。锦瑟指装饰华美的瑟。

"庄生"句：《庄子·齐物论》："庄周梦为蝴蝶，栩栩然蝴蝶也；自喻适志与！不知周也。俄然觉，则蘧蘧然周也。不知周之梦为蝴蝶与？蝴蝶之梦为周与。"李商隐引用这个典故，用来比喻人生如梦，往事如烟。

"望帝"句：《华阳国志·蜀志》："杜宇称帝，号曰望帝。……其相开明，决玉垒山以除水害，帝遂委以政事，法尧舜禅授之义，遂禅位于开明。帝升西山隐焉。时适二月，子鹃鸟鸣，故蜀人悲子鹃鸟鸣也。"子鹃指杜鹃，又名子规。

珠有泪：《博物志》："南海外有鲛人，水居如鱼，不废绩织，其眼泣则能出珠。"

蓝田：《元和郡县志》："关内道京兆府蓝田县：蓝田山，一名玉山，在县东二十八里。"

简析

这首诗是李商隐的代表作，但却不易理解。首联"锦瑟无端五十弦，一弦一柱思华年"，一般的琴只有三弦、五弦，但"瑟"却有五十弦。用这么多弦来抒发繁复之情感，该是多么哀伤。颔联"庄生晓梦迷蝴蝶，望帝春心托杜鹃"，这两句写的是佳人锦瑟，一曲繁弦，惊醒了诗人的梦景，不复成寐。颈联"沧海月明珠有泪，蓝田日暖玉生烟"，将几个典故糅合在一起，珠生于蚌，蚌在于海，当明月初生后，蚌则向月张开，以养其珠，珠得月华，始极光莹。这些美好的民间传说和海中奇景，以及蓝田日暖，都另有根源。尾联"此情可待成追忆？只是当时已惘然"，这样的情怀，从今朝回忆开始感到了无穷的惆怅，只不过当时非常迷惘。人一到暮年，就容易追思往昔，感慨青春易逝，功业无成，光阴虚度，然而天资聪慧的诗人早就先知先觉了，只是无可奈何，只能借锦瑟而自况。

背景

这首诗约作于作者晚年，对《锦瑟》一诗的创作意旨历来众说纷纭，有的认为是爱国之篇，也有的认为是悼念追怀亡妻之作，或自伤身世、自比文才之论，或以为是抒写思念侍儿之笔。

名家点评

宋·刘攽："《锦瑟》诗，人莫晓其意，或谓是令狐楚家青衣也。"（《贡父诗话》）

金·元好问："望帝春心托杜鹃，佳人锦瑟怨华年。诗家总爱西昆好，独恨无人作郑笺。"（《论诗绝句》）

郑谷

郑谷（约851—约910），唐朝末期著名诗人。字守愚，汉族，江西宜春市袁州区人。僖宗时进士，官都官郎中，人称郑都官。又以《鹧鸪诗》得名，人称郑鹧鸪。其诗多写景咏物之作，表现士大夫的闲情逸致。风格清新通俗，但流于浅率。曾与许棠、张乔等唱和往还，号"芳林十哲"。原有集，已散佚，存《云台编》。

扬子江头杨柳春，杨花愁杀渡江人

淮上与友人别

唐·郑谷

扬子江头杨柳春，杨花愁杀渡江人。
数声风笛离亭晚，君向潇湘我向秦。

注释

愁杀：杀，形容愁的程度非常深。指愁绪满怀。

风笛：风中传来的笛声。

离亭：亭是古代路旁供人休息的地方，被叫作驿亭。人们常在此送别，所以称为"离亭"。

简析

　　"扬子江头杨柳春，杨花愁杀渡江人。"前两句直接即景抒情，点醒别离，写得潇洒不着力，如同平铺在面前的一幅画，扬子江头的渡口，杨柳青青，晚风中柳丝轻拂，杨花飘荡。岸边停泊着待发的小船，友人即将渡江南去。这种感觉有着别具一格的风韵。"数声风笛离亭晚，君向潇湘我向秦。"从江边的景色转到离亭的别宴，诗人开始正面书写惜别时的情形，驿亭宴别，酒酣情浓，风笛声响起，凄清哀怨，两位即将别离的友人默默相对，思绪萦绕，天色不知不觉地暗了下来，挥别的时刻终于到来，良人在沉沉暮色中互道珍重，各奔前程。

背景

　　这首诗是诗人在扬州和友人分手时所作，这一次大家各奔前程，友人渡江向南去往潇湘，自己则朝北去往长安。

名家点评

　　明·高棅：调逸。郑谷亦有此作，不多见。（《批点唐诗正声》）

　　明·王鏊："君向潇湘我向秦"，不言怅别，而怅别之意溢于言外。（《震泽长语》）

　　明·高棅：周云：茫茫别意，只在两"向"字写出。（《增订评注唐诗正声》）

相呼相应湘江阔，苦竹丛深春日西

鹧鸪
唐·郑谷

暖戏烟芜锦翼齐，品流应得近山鸡。
雨昏青草湖边过，花落黄陵庙里啼。
游子乍闻征袖湿，佳人才唱翠眉低。
相呼相应湘江阔，苦竹丛深春日西。

注释

烟芜：弥漫着烟雾的荒地。

锦翼齐：彩色的羽毛整整齐齐。

雨昏：下雨的天空阴阴沉沉。

征袖：征，远行。指游子的衣袖。

苦竹：竹的一种，笋味苦涩。

简析

这首描写鹧鸪的诗不重形似，而是将更多笔墨放在表现神韵上。"暖戏烟芜锦翼齐"，一个"暖"字将鹧鸪的习性表现出来，"锦翼"又点染出鹧鸪斑斓醒目的羽色。"品流应得近山鸡"，这里诗人并没有对鹧鸪的形象进行精雕细琢，而是通过描写它的嬉戏活动和与山鸡的比较作了画龙点睛式的勾勒，用以引发人们的联想。随后，诗人用"雨昏青草湖边过，花落黄陵庙里啼"来反复吟咏涉足凄迷荒僻之地，聆听到鹧鸪叫声后黯然神伤的游子。"游子乍闻征袖湿，佳人才唱翠眉低。"这两句转而写人，然而句句不离鹧鸪的啼叫，"相呼相应湘江阔，苦竹丛深春日西"，诗人将笔墨放在感受上，用一群鹧鸪低回飞鸣，声声在浩瀚的江面上回响，来呼应游子的一声长叹，进而引发读者的无限遐思。

齐己

齐己（约860—937），唐末五代僧人。俗姓胡，名德生，长沙人。出家后长期居于长沙道林寺，自称衡岳沙门。后徙居庐山东林寺。其诗多为登临题咏、酬和赠别之作，间流露出佛教的出世思想。有《白莲集》十卷。

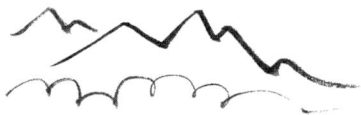

明年如应律，先发映春台

早梅

唐·齐己

万木冻欲折，孤根暖独回。
前村深雪里，昨夜一枝开。
风递幽香去，禽窥素艳来。
明年如应律，先发映春台。

注释

孤根：孤：突出独特的个性。这里指梅树的根。

暖独回：阳气开始萌生。

素艳：这里指洁白妍丽的白梅。

应律：这里是按季节的意思。

春台：一个幽美的游览之地。

简析

这是一首称颂早梅的诗，诗人用清丽的语言，含蕴的笔触，刻画了梅花素艳的风韵和傲寒的品性，并以此寄托自己的志向。"万木冻欲折，孤根暖独回"，诗人用对比的手法，描写了梅花不畏严寒的秉性，随后用"前村深雪里，昨夜一枝开"，来描述开在百花之前的梅花，称颂梅花的不同寻常，与此同时透露出诗人突然发现这奇丽景象而产生的惊喜。"风递幽香出，禽窥素艳来"这句从梅花的姿色和风韵写起，形象地描绘了禽鸟发现素雅芳洁的早梅时惊奇的神态。这三联由远及近，由虚到实，很有层次感。最后一句："明年如应律，先发望春台。"暗指自己怀才不遇和心有不甘，同时表达了要在映春台上独占鳌头的信心。

背景

齐己家庭贫苦，但从小学习非常刻苦。后来进了寺院做和尚。有年雪后的冬天，他清晨一早出门，立即被眼前的一片雪白所吸引，前方的几枝蜡梅怒放，并引来了鸟儿围着唱歌。齐己诗性大发，挥手写下了这首诗。

王贞白

王贞白（875—958），字有道，号灵溪，信州永丰（今江西省上饶市广丰区）人。唐末五代十国著名诗人。唐乾宁二年（895）登进士，七年后（902）授职校书郎，尝与罗隐、方干、贯休同唱和。著有《灵溪集》7卷行世，今编诗一卷。其名句"一寸光阴一寸金"，至今民间广为流传。南唐中兴元年（958），王贞白病卒于故里，时值梁代，朝廷敕赠王贞白为光禄大夫"上柱国公"封号，建立"道公祠"，葬于广丰区城西门外城壕畔。

读书不觉已春深，一寸光阴一寸金

白鹿洞二首·其一
唐·王贞白

读书不觉已春深，一寸光阴一寸金。
不是道人来引笑，周情孔思正追寻。

注释

白鹿洞：在今江西省境内庐山五老峰南麓的后屏山之南，

是山谷间的一个草坪。

一寸光阴一寸金：用金子来比喻光阴，形容时间极为宝贵，应该珍惜。寸阴：极短的时间。

引笑：开玩笑。

周情孔思：指周公和孔子的精义、教导。

追寻：深入钻研。

简析

"读书不觉已春深"，开篇叙事，提到自己读书入神，每天都很充实，不知不觉春都已经快过去了。这一发现让人倍感意外，于是生出感慨"一寸光阴一寸金"，用金子来比喻光阴，足以说明时间的宝贵，这是诗人的感悟，也是留给后人不朽的格言。"不是道人来引笑，周情孔思正追寻。"这里开始补叙自己发觉"春深"，是因为白鹿洞的道人路过时开的玩笑，一个修禅的道人必定是耐得住寂寞的，诗人需要道人来"引笑"才肯休息片刻，说明足够专注。道人来的时候，诗人正深入钻研儒家经典呢。从这里可以看出诗人惜时如金、潜心求知的迫切，同时我们也应该了解，知识是靠时间积累起来的，为充实和丰富自己，确实应该珍惜时间。

刘方平

刘方平，生卒年不详，唐玄宗天宝年间诗人，洛阳（今河南洛阳）人。天宝前期曾应进士试，又欲从军，均未如意，从此隐居颍水、汝河之滨，终生未仕。工诗，善画山水。其诗多咏物写景之作，尤擅绝句，其诗多写闺情、乡思，艺术性较高，善于寓情于景，意蕴无穷。代表诗作有《月夜》《春怨》等。

今夜偏知春气暖，虫声新透绿窗纱

月夜

唐·刘方平

更深月色半人家，北斗阑干南斗斜。
今夜偏知春气暖，虫声新透绿窗纱。

注释

更深：古时一夜分为五更，更深是指夜深。

月色半人家：月光只照亮了人家房屋的一半，另一半隐藏在黑暗里。

阑干：横斜的样子。

偏知：出乎意料，才知道。

简析

　　首句"更深月色半人家，北斗阑干南斗斜"是全诗的亮点，写出了庄户人家的农舍一半被银白色月辉所包围，而另一半却依然坐落在黑暗中。此刻村庄中的大片农舍一边有光，一边阴暗，很有画面感。在这个恬静的春夜，万物的生息迁化在潜行。"今夜偏知春气暖，虫声新透绿窗纱"，此刻，诗人正在全身心地体察大自然，他运用了典型示范的笔法来增强春色迷人的主题。这里诗人运用的主要意象是虫声，然后又补充道"新透绿窗纱"，给人以清新有爱的感觉，清脆悦耳的虫声，透过"绿窗纱"的过滤，剩下的全都是乐音，为这个夜晚增添了些许美好。

寂寞空庭春欲晚，梨花满地不开门

春怨
唐·刘方平

纱窗日落渐黄昏，金屋无人见泪痕。
寂寞空庭春欲晚，梨花满地不开门。

注释

　　金屋：妃嫔所住的华丽宫室。

简析

这是一首宫怨诗，第二句"金屋无人见泪痕"点破了主题。诗人用金屋藏娇的典故，点明这里是与世隔绝的深宫，而描写的人是被幽闭在宫内的少女。"无人见泪痕"表达了双重含义：一个是由于无人相伴不禁潸然泪下，第二个是在极端孤寂的环境中，即便落泪也没有人能看到。这才是宫人最可悲的地方，泪而留痕，可见其垂泪已有多时。简单几个字，就把宫人的处境和怨情和盘托出。后面两句的孤寂更是登峰造极，宫人甚至连门都不愿出，只躲在屋子里伤怀，可见这种绝望已经深入骨髓了。

崔护

崔护（？—831），字殷功，博陵（今河北定州）人。唐代贞元进士，官居京兆尹、御史大夫、岭南节度使。

其诗风格精练婉丽、语言清新。《全唐诗》存其诗六首。

人面不知何处去，桃花依旧笑春风

题都城南庄

唐·崔护

去年今日此门中，人面桃花相映红。
人面不知何处去，桃花依旧笑春风。

注释

都：这里指当时的国都长安。

人面：指姑娘的脸。第三句中的"人面"代指姑娘。

笑：这里是形容桃花盛开的样子。

简析

这首诗一共四句，包含着一前一后两个场景相同，相互映照的场面："寻春遇艳"和"重寻不遇"。常规下这两个场景，其实可以写成叙事诗的，但作者却将这首诗写成了抒情诗，用感情来感受生活中的情事。

　　第一个场面描写寻春遇艳："去年今日此门中，人面桃花相映红。"作者抓住了整个过程中最美丽动人的一幕，不仅为艳若桃花的姑娘设置了美好的背景，映衬出少女光彩照人的面影，还含蓄地表现出了诗人和对方含情脉脉却没有说话的情景。第二个场面重寻不遇："人面不知何处去，桃花依旧笑春风。"依然是春光灿烂、百花吐艳的季节，但这一次，人面桃花的姑娘却不知去了何处，只剩下门前一树桃花仍旧在春风中凝情含笑。

背景

　　这首诗的作者崔护到长安参加进士考试落第后，在长安南郊偶遇一美丽少女，次年清明节重访此女不遇，于是写下了这首诗。

名家点评

　　宋·沈括：诗人以诗主人物，故虽小诗，莫不埏蹂极工而后已。所谓"旬锻月炼"者，信非虚言。崔护《题城南》诗，其始曰："去年今日此门中，人面桃花相映红。人面不知何处去，桃花依旧笑春风。"后以其意未全，语未工，改第三句曰"人面只今何处在"。至今所传此两本，唯《本事诗》作"只今何处在"。唐人工诗，大率多如此。虽有两"今"字，不恤也，取语意为主耳。后人以其有两"今"字，只多行前篇。（《梦溪笔谈》）

　　清·吴乔：唐人作诗，意细法密，如崔护"人面不知何处去"，后改为"人面只今何处在"，以有"今"字，则前后交付明白，重字不惜也。（《围炉诗话》）

柳中庸

柳中庸（？—775？），名淡，中庸是其字，唐代边塞诗人。蒲州虞乡（今山西永济）人，为柳宗元族人。大历年间进士，曾官鸿府户曹，未就。与卢纶、李端为诗友。所选《征人怨》是其流传最广的一首。

三春白雪归青冢，万里黄河绕黑山

征人怨·征怨

唐·柳中庸

岁岁金河复玉关，朝朝马策与刀环。
三春白雪归青冢，万里黄河绕黑山。

注释

岁岁：年年岁岁。

刀环：刀柄上的铜环，这里比喻征战的诗情。

三春：这里是指暮春。

简析

这是一首广为传颂的边塞诗，描写了一位征人的怨情。前两句记事，从"岁岁"说到"朝朝"，年复一年，东奔西走，日复一日，征战不休。诗人通过"马策""刀环"这样细小的物件，展现了军中生活，为读者打开了遐思的大门，又通过"复""与"强调了无穷无尽的怨情。"三春白雪归青冢"，"青冢"是王昭君的坟墓，正值暮春，在苦寒的塞外，只有白雪落向青冢而已。如此萧杀的情景让人倍感悲凉，"万里黄河绕黑山"，诗人想到青冢附近的黑山，似乎看到了征戍之地的寒苦与荒凉。整首诗虽然没有一个字写到"怨"，却将怨恨之情贯穿全篇，让读者感同身受。

背景

这首诗约作于唐代宗大历年间（766—779），当时吐蕃、回鹘多次侵扰唐朝边境，唐朝西北边境不得安宁，守边战士长期无法归家。

名家点评

清·宋顾乐：直写得出，气格亦好。（《唐人万首绝句选评》）

俞陛云：四句皆作对语，格调雄厚。前二句言情；后二句写景，嵌"白""青""黄""黑"四字，句法浑成。（《诗境浅说续编》）

吴融

吴融，生卒年不详，唐代诗人。字子华，越州
山阴（今浙江绍兴）人。

林空色暝莺先到，春浅香寒蝶未游

途中见杏花
唐·吴融

一枝红杏出墙头，墙外行人正独愁。
长得看来犹有恨，可堪逢处更难留！
林空色暝莺先到，春浅香寒蝶未游。
更忆帝乡千万树，澹烟笼日暗神州。

简析

　　这首诗是诗人在外漂泊时，偶然见到杏花，触景生情写下
的。当时他正独自奔波于茫茫的旅途中，各种忧思盘结胸间，
而那枝昭示着青春与生命的杏花却在心头留下了异样的滋味。

　　对珍爱鲜花，喜欢春天的诗人来说，花开易落，青春即
逝，即便一直守着观赏，也看不了多长时间，想到这里，不免
惹起无端的惆怅，更何况自己行色匆匆，恐怕等不及花朵开完
就要离开，缘分如此短暂，让人倍感难堪。因为此时还没有到

百花吐艳春意浓郁的时候，所以独自盛开的杏花势必会觉得孤独，这与诗人的身世有些相仿，也得到了诗人的共鸣。从眼前的鲜花，联想到往年在京城看到的千万树红杏，诗人无限感慨，隐喻了对于长安的怀念，虽然自己被迫离开朝廷，但仍然心系国事，只是无计可施罢了。

张泌

张泌生卒年不详，字子澄，安徽淮南人。五代后蜀词人。是花间派的代表人物之一。其词用字工炼，章法巧妙，描绘细腻，用语流便。

多情只有春庭月，犹为离人照落花

寄人

唐·张泌

别梦依依到谢家，小廊回合曲阑斜。
多情只有春庭月，犹为离人照落花。
酷怜风月为多情，还到春时别恨生。
倚柱寻思倍惆怅，一场春梦不分明。

注释

谢家：这里指闺中女子。
回合：回绕，环绕。
离人：这里指寻梦的人。

简析

这首诗以诗代柬，表达了自己内心的想法，这在古代十分常见。诗从一个梦境的叙述开始，诗人曾经在女子家里与其相见，曲径回廊都是当年旧游或定情的地方，因此梦中诗人觉得他再一次故地重游，院子里一切都很熟悉，两个人曾在走廊谈心，曲折的阑干似乎还留着自己用手摸过的痕迹，但眼前一切依旧，相思的人却不见了。诗人四处徘徊，直到连自己都不知道该如何从梦境中走出来。于是作者自问，还剩下什么呢？一轮皎月，刚好将幽冷的清光洒在园子里，地上的片片落花，反射出惨淡的颜色。花落了，明月却依然映照，这说明诗人心中始终没有忘记，还有对这位女子的抱怨，希望女子还能给自己一些音讯。

背景

诗人张泌曾与一位女子相爱，后来分手了，但诗人始终没有忘记这段恋情，但是在封建礼教的阻隔下，不能直截了当地倾吐衷肠，只能借用诗的形式来表达，这也是此诗的写作原因。

名家点评

明·敖英、凌云：末二句无情翻出有情。(《唐诗绝句类选》)

明·周珽：张泌《寄人》二诗，俱情痴之语。(《唐诗选脉会通评林》)

清·邹弢：以多情春光为寓意，末二句结构佳妙。(《精选评注五朝诗学津梁》)

崔道融

崔道融（？—约907），自号东瓯散人，荆州（今湖北江陵）人。唐朝末年避乱永嘉，昭宗时出任永嘉县令，官至右补阙，未就职。

崔道融长于绝句，用语精妙，风格闲淡。有《东浮集》10卷。《全唐诗》存诗1卷。

浣纱春水急，似有不平声

西施滩

唐·崔道融

宰嚭亡吴国，西施陷恶名。
浣纱春水急，似有不平声。

注释

西施滩：西施，春秋时期的越国美女，因为西施常在此浣纱，西施滩因而得名。

宰嚭：即伯嚭。春秋时，吴国太宰，又称太宰嚭。

陷：承担。

简析

这首诗立意新颖，议论形象而富有感情，和一般吊古伤今的登临之作不同，是专门针对"女人祸水"这一传统的历史观念，为西施翻案的。

"宰嚭亡吴国，西施陷恶名。"诗的上联旨在澄清史实。据《史记》记载，越王勾践为了雪耻，派大夫文种将宝器、美女（西施在其中）贿通吴太宰伯嚭，准许越国求和，从此获得休养生息的机会，最终灭掉了吴国。诗人就此推翻了"女人祸水"论，把颠倒了的史实再颠倒过来。一般来说，议论入诗容易流于枯涩，但这里诗人将议论和抒情有机地结合在一起，为西施辩白之后，他自然地将笔锋转向西施滩，描写了西施滩春日的情景。西施当年浣纱的滩头江水湍急流过，像是为她蒙上一层历史的污垢发出如泣如诉的声音，诉说着世事的不平。

冯延巳

冯延巳（约903—960），一名延嗣，字正中，广陵（江苏扬州）人。南唐时为秘书郎，累官至中书侍郎拜平章事，出镇抚州。

冯词语言清新、多写男女离情别恨和士大夫的伤感落寞情怀，擅长刻画人物内心活动，在五代词人中与温庭筠、韦庄齐名。有《阳春集》存世。

砌下落花风起，罗衣特地春寒

清平乐·雨晴烟晚

五代·冯延巳

雨晴烟晚，绿水新池满。
双燕飞来垂柳院，小阁画帘高卷。
黄昏独倚朱阑，西南新月眉弯。
砌下落花风起，罗衣特地春寒。

注释

朱阑：红色的栏杆。
砌：台阶。

特地：这里指特别。

简析

　　这首诗描写了少妇独居伤怀、望夫归来的情景。在雨晴烟晚，池满绿水，垂柳穿燕的境况下，她倚栏凝望西南的一弯新月，但孤独无眠的凄冷感受和内心苦闷却无从表达。

　　词的上片描写节候、环境以及这位少妇所见的景物特色。"雨晴烟晚，绿水新池满"，雨后放晴，烟雾弥漫，暮色中隐约可见新池绿水，"双燕飞来垂柳院，小阁画帘高卷"，乍一看春色挺美，但继而看到暮色中归来的双燕在种着垂柳的庭院中翻飞盘旋，心弦被触动，燕子成双入对，自己却只能把阁中画帘高高卷起。词的下片描绘了少妇孤独凄冷的处境。"黄昏独倚朱阑。西南新月眉弯。"黄昏倚栏是为了眺望远景吗？自然不是，她其实在盼望夫君归来。"砌下落花风起，罗衣特地春寒。"从卷帘望飞燕到倚阑盼归人而望月，地点不断变化，人依然未归，心绪不定的少妇再次来到阶砌伫立等待。

背景

　　这是词人在感慨时局之乱，排忧解闷的时候写下的，当时南唐时期冯延巳居宰相之职，朝廷里党争激烈，朝士分为两党，使得李璟痛下决心，铲除党争。

名家点评

　　清·刘融斋：冯延巳词，晏同叔得其俊，欧阳永叔得其深。（《艺概》）

　　王国维：冯正中词虽不失五代风格而堂庑特大，开北宋一代风气。（《人间词话》）

李煜

　　李煜（937—978），初名从嘉，字重光，号钟隐、莲峰居士，金陵（今江苏南京）人，南唐最后一位国君。李煜精书法、工绘画、通音律，诗文均有一定造诣，尤以词的成就最高。李煜的词，继承了晚唐以来花间派词人的传统，语言明快、形象生动、用情真挚，风格鲜明，其亡国后词作更是题材广阔，含义深沉，在晚唐五代词中独树一帜，对后世词坛影响深远。

春花秋月何时了？往事知多少

虞美人·春花秋月何时了

五代·李煜

　　春花秋月何时了？往事知多少。小楼昨夜又东风，故国不堪回首月明中。

　　雕栏玉砌应犹在，只是朱颜改。问君能有几多愁？恰似一江春水向东流。

注释

　　虞美人：此调的出处为项羽的宠姬虞美人死后地下开出

一朵鲜花，又叫《一江春水》《玉壶水》《巫山十二峰》等。双调，五十六字，上下片各四句，皆为两仄韵转两平韵。

雕栏玉砌：指远在金陵的南唐故宫。砌：台阶。

朱颜改：指所怀念的人已衰老。

简析

"春花秋月何时了？往事知多少。"春暖花开，中秋月圆，岁月不断更替，人生多么美好，然而作者的苦难岁月何时才能完结呢？回首往昔，从万人之上的帝王沦为阶下囚，此时此刻心中不仅悲苦愤慨，还有些许悔恨。

"小楼昨夜又东风，故国不堪回首月明中。"居住的小楼再一次被春风吹过，回想起南唐王朝和李氏的社稷，想到自己的国家已经灭亡，有着无尽的哀伤。

"雕栏玉砌应犹在，只是朱颜改。"虽然"故国不堪回首"，但还是忍不住再次想起，如今故都金陵华丽的宫殿大概还在，只是那些丧国的宫女朱颜已改。

"问君能有几多愁？恰似一江春水向东流。"这句发人深思的设问，把作者的哀思描写得淋漓尽致。

背景

宋太祖开宝八年（975），宋军攻破南唐都城金陵，李煜奉表投降，南唐灭亡。三年后，即宋太宗太平兴国三年（978），李煜归宋已近三年，当时徐铉奉宋太宗之命探视李煜，李煜对徐铉叹曰："当初我错杀潘佑、李平，悔之不已！"在这种心情之下，李煜写下了这首词。

名家点评

宋·陈师道：今语例袭陈言，但能转移耳。世称秦词"愁如海"为新奇，不知李国主已云"问君能有几多愁？恰似一江春水向东流"，但以"江"为"海"尔。(《后山诗话》)

明·董其昌：山谷羡后主此词。荆公云："未若'细雨梦回鸡塞远，小楼吹彻玉笙寒'尤为高妙。"(《评注使读草堂诗馀》)

清·王士禛：钟隐入汴后，"春花秋月"诸词，与"此中日夕只以眼泪洗面"一帖，同是千古情种，较长城公煞是可怜。(《花草蒙拾》)

张先

张先（990—1078），字子野，乌程（今浙江湖州）人。天圣八年（1030）进士。历任宿州掾、吴江知县、嘉禾（今浙江嘉兴）判官。皇祐二年（1050），晏殊知永兴军（今陕西西安），辟为通判。后以屯田员外郎知渝州，又知虢州。以尝知安陆，故人称"张安陆"。治平元年（1064）以尚书都官郎中致仕，元丰元年卒，年89岁。

惜 春 更把残红折

千秋岁·数声鶗鴂

宋·张先

数声鶗鴂。又报芳菲歇。惜春更把残红折。
雨轻风色暴，梅子青时节。永丰柳，无人尽日飞花雪。
莫把幺弦拨，怨极弦能说。天不老，情难绝。
心似双丝网，中有千千结。夜过也，东窗未白凝残月。

注释

千秋岁：词牌名。
鶗鴂：也叫子规、杜鹃。

永丰柳：泛指园柳，也用来比喻孤寂无靠的女子。

简析

这首词高而情深，含蓄又发越，兼有婉约与豪放两派的风格。词人通过描述，表达了爱情横遭阻抑的幽怨和自己坚定不移的信念，悲欢离合，极尽曲折。上片写的是暮春景色，雨轻风紧，催落繁花；杜鹃啼血，呼唤着春天的完结，时刻都在营造浓郁的伤感气氛。舍不得春日离去的词人，在花丛中寻找残花，将其轻轻摘下，想极力挽留。紧接着，词人用飘零的杨花来描绘春的落寞和人心的寒冷。下片用"不老"的"天"与"难绝"的"情"相对比，然后用"千千结"的"双丝网"来比喻忧思百结的愁心，将愁情别怨表达得深入人心，最后用夜将尽的孤灯作结，将整个抒情氛围笼罩在漆黑的夜晚，又把未了的情思和东窗未白、残月犹明作结，让人意犹未尽。

名家点评

宋·晁无咎：子野韵高，是耆卿所乏处。近世以来，作者皆不及。(《能改斋漫录》十六引)

清·陈廷焯：子野词里"有含蓄处，亦有发越处；但含蓄不似温韦，发越亦不似豪苏腻柳"。(《白雨斋词话》)

送春春去几时回

天仙子·水调数声持酒听

宋·张先

水调数声持酒听，午醉醒来愁未醒。
送春春去几时回，临晚镜，伤流景，往事后期空记省。
沙上并禽池上暝，云破月来花弄影。
重重帘幕密遮灯，风不定，人初静，明日落红应满径。

注释

水调：曲调名。

流景：景，日光。这里指逝去的光阴。

并禽：这里代指鸳鸯。

简析

这首词是北宋词中名篇，也是张先的享誉之作。词的上阕写春愁的无限和人生遗憾，用了五句话描写了五件伤怨的情事：《水调》歌哀怨的歌声，酒醉后愁还未结，春归去不知何时能回，对镜感伤年华易逝，回忆往事历历在目，但只能梦里相会。下阕通过成双的鸳鸯来反衬自己的孤独，用月弄花影烘托出人生的无奈，以"落红应满径"暗喻情绪的低落，将年老位卑、前途渺茫的感情与暮春之景交融在了一起，尤其"云破月来花弄影"成为了千古传诵的名句。

背景

这首词是宋仁宗庆历元年（1041），作者在嘉禾（今浙江省嘉兴市）担任判官时所作，当时作者已经52岁。

名家点评

宋·陈师道：尚书郎张先善著词，有云："云破月来花弄影""帘压卷花影""堕飞絮无影"，世称诵之，谓之"张三影"。(《后山诗话》)

明·沈际飞："云破月来"句，心与景会，落笔即是，着意即非，故当脍炙。(《草堂诗余正集》)

明·杨慎："云破月来花弄影"，景物如画，画亦不能至此，绝倒绝倒！(《词品》)

晏殊

晏殊（991—1055），字同叔，抚州临川人。北宋著名文学家、政治家。晏殊能诗、善词，文章典丽，书法皆工，而以词最为突出，有"宰相词人"之称。他的词，风格含蓄婉丽，吸收了南唐"花间派"和冯延巳的典雅流丽词风，开创北宋婉约词风，被称为"北宋倚声家之初祖"。

一场春梦日西斜

浣溪沙·玉碗冰寒滴露华

宋·晏殊

玉碗冰寒滴露华，粉融香雪透轻纱。晚来妆面胜荷花。
鬓嚲欲迎眉际月，酒红初上脸边霞。一场春梦日西斜。

注释

《浣溪沙》：唐代教坊曲名。

玉碗：古代富贵人家冬时用玉碗贮冰于地窖，夏时取以消暑。

粉融：脂粉和汗水相互交融。

香雪：比喻女子肌肤的芳洁。

胜荷花：比喻女子的美貌。

鬟鬌：鬓发下垂的样子，比喻仕女梳妆的美丽。

眉际月：古时女子的面饰，在两眉之间。

简析

这首诗用白描的手法描绘了一幅夏日黄昏的昼梦方醒、晚妆初罢、面色潮红的仕女午休初醒图，全词婉转有致，具有生活气息，犹如一幅别具韵味、浓墨重彩的油画。

上片从室内特定的景物写起，由玉碗中凝结着的寒冰和碗边若露华欲滴的水珠，转而写到室中人，一位美丽的仕女，穿着轻薄的纱衣，芬芳洁白的肌体，有着浓妆艳抹的面容。读者轻易就能从词中看到一位夏日黄昏女子妆罢的情景。过片写仕女下垂的鬓发，已经接近眉间额上的月形妆饰；微红的酒晕，又如红霞飞上脸边。下片前两句描写仕女微醺的情态，可以想见，这位美艳的姑娘穿着单薄的衣服，晚妆初过，盈盈伫立，独倚暮霞，悄迎新月。一句"一场春梦日西斜"，告诉我们原来上面这些内容，都是昼眠梦醒后的情景。

背景

作为太平时代的宰相，词人过着幽静闲雅的生活，却又流露出落寞无奈的惆怅心绪。他虽然长居高位，但却看清了富贵人家的通病：闲愁，这首词正是抒发了词人的这种感觉。

欧阳修

欧阳修（1007—1072），字永叔，号醉翁，晚号六一居士，吉州永丰（今江西吉安永丰县）人，北宋政治家、文学家。欧阳修是在宋代文学史上最早开创一代文风的文坛领袖。他领导了北宋诗文革新运动，继承并发展了韩愈的古文理论。其诗议论、叙事、抒情融为一体，语言清新流畅，风格流丽婉转。

不见去年人，泪湿春衫袖

生查子·元夕
宋·欧阳修

去年元夜时，花市灯如昼。
月上柳梢头，人约黄昏后。
今年元夜时，月与灯依旧。
不见去年人，泪湿春衫袖。

注释
元夜：古代元宵节的夜晚，有观灯闹夜的民间风俗，从十四到十六三天，开宵禁，游灯街花市，通宵歌舞，盛况空前，同时也是年轻人密约幽会，谈情说爱的时刻。

花市：古代民俗，每年春天卖花、赏花的集市。

灯如昼：灯火如同白天一样，形容当时元宵节的繁华景象。

春衫：年轻时候穿的衣服，也指年轻时的自己。

简析

这是一首相思词，描写了去年与情人相会时的甜蜜和今日独自一人的痛苦。

词的上阕写"去年元夜"的事情，"去年元夜时，花市灯如昼。"春日花市元宵节的灯如同白天一样明亮，不仅可以观灯赏月，年轻男女还可以在灯火阑珊处秘密相会，"月上柳梢头，人约黄昏后"，柔情蜜意溢于言表。下阕写"今年元夜"的境况，"今年元夜时，月与灯依旧。"尽管闹市佳节良宵美景与往年并无二致，但一句"不见去年人，泪湿春衫袖"，将诗人的情绪拉至低谷，一个"湿"字，将物是人非，旧人难忘但旧情难续的感伤表现得淋漓尽致，让人感慨万千。

背景

这首词是诗人景祐三年（1036）元宵佳节期间，怀念他的第二任妻子杨氏夫人所作。

名家点评

明·徐士俊：元曲之称绝者，不过得此法。（《古今词统》）

清·王士禛：今世所传女郎朱淑真"去年元夜时，灯市花如昼"（《生查子》词），见《欧阳文忠公集》一百三十一卷，不知何以讹为朱氏之作。世遂因此词，疑淑真失妇德，记载不可不慎也。（《池北偶谈》）

游人不管春将老，来往亭前踏落花

丰乐亭游春·其三

宋·欧阳修

红树青山日欲斜，长郊草色绿无涯。
游人不管春将老，来往亭前踏落花。

注释

红树：这里是指开着红花或落日反照下的树。

无涯：没有边际。

春将老：春天即将过去。

简析

这首诗是欧阳修三则描写春天的诗歌中的其中一首，主要写对春天的怜惜和依依不舍。青山红树，白日西沉，悠悠碧草，一望无垠。天色将晚的时候，春也即将归去，然而多情的游客却毫不在意，只顾踏着落花，来往于丰乐亭前，欣赏暮春的美景。

在这里，诗人将对春天的眷恋之情写得缠绵却又酣畅，在这些惜春的游人中，诗人是特别的一位，因为别人看到的只是美景，诗人看到的却还有惆怅。

背景

欧阳修于庆历六年（1046）在滁州郊外山林间造了丰乐亭，次年三月写下这组诗。

平芜尽处是春山，行人更在春山外

踏莎行·候馆梅残

宋·欧阳修

候馆梅残，溪桥柳细，草薰风暖摇征辔。
离愁渐远渐无穷，迢迢不断如春水。
寸寸柔肠，盈盈粉泪，楼高莫近危阑倚。
平芜尽处是春山，行人更在春山外。

注释

候馆：等候和迎接宾客的旅馆。

草薰：薰，香气侵袭。小草散发的清香。

粉泪：泪水流到脸上，与粉妆和在一起。

平芜：芜，草地。平坦地向前延伸的草地。

简析

　　这首词描写了早春的离情相思。词的上片写的是行人客旅的离愁别绪，用时空的转换，描写人在旅途，漂泊无依，不确定归期的茫然和剪不断理还乱的愁绪。下片描写了思妇在家的离愁，两地相思的情怀和对于高楼的企盼与遐想。虽然这首诗的题材很常见，但手法奇妙，意境优美，让人读起来含蓄深沉。上片"离愁渐远渐无穷，迢迢不断如春水"两句是整首词的重点，以不断的春水比喻无穷之离愁，化抽象为具象，比喻贴切。渐行渐远，离愁上心，渐远渐无穷，自然而又真实地再现了行者离情别绪萌生渐深的过程。

背景

这是欧阳修早年行役江南时的作品，当作于宋仁宗明道元年（1032）暮春。

名家点评

宋·黄升：句意最工。（《唐宋诸贤绝妙词选》）

明·卓人月："芳草更在斜阳外""行人更在春山外"两句，不厌百回读。（《古今词统》）

明·李攀龙：春水写愁，春山骋望，极切极婉。（《草堂诗余隽》）

王安石

王安石（1021—1086），字介甫，号半山，临川人，北宋著名思想家、政治家、文学家。其诗"学杜得其瘦硬"，重炼意和修辞，擅长说理与修辞，晚年诗风含蓄深沉、深婉不迫，以雅丽精绝的风格在北宋诗坛自成一家，世称"王荆公体"。

爆竹声中一岁除，春风送暖入屠苏

元日

宋·王安石

爆竹声中一岁除，春风送暖入屠苏。
千门万户曈曈日，总把新桃换旧符。

注释

一岁除：一年已尽。除，逝去。

曈曈：日出时光亮而温暖的样子。

桃：桃符，农历正月初一悬挂在门旁，用来压邪，是一种古代风俗，也作春联。

简析

这是一首描写古代迎接新年的即景之作，取材于民间习俗，作者摄取老百姓过春节时的典型素材，抓住有代表性的生活细节：点燃爆竹，饮屠苏酒，换新桃符，富有浓厚的生活气息，同时充分表现出年节的欢乐气氛。

首句描写古代每年的正月初一，全家老小饮屠苏酒，然后用红布把渣滓包起来，挂在门框上，用来"驱邪"和躲避瘟疫。第二句写家家户户都沐浴在初春朝阳的温煦中。第三句因为七绝每句字数限制的缘故，将"新桃"和"旧符"交替运用，描写新年的习俗。

这首诗虽然用了白描手法，但在渲染喜气洋洋的节日气氛的同时，也通过元日更新的习俗寄托了自己的思想，表现得含而不露。

背景

这首诗是王安石刚刚出任宰相，推行新法时所作，表达了自己对新政的信心。

名家点评

熊柏畦：这首诗既是句句写新年，也是句句写新法。两者结合得紧密贴切，天衣无缝，把元日的温暖光明景象，写得如火如荼，歌颂和肯定了实行新法的胜利和美好前途。(《宋八大家绝句选》)

姚奠中：用一"换"字，既写出当时的风俗习惯，更为读者开辟了新的诗意。揭示出新的代替旧的，进步的代替落后的历史发展的这个不可抗拒的规律。(《唐宋绝句选注析》)

春风又绿江南岸，明月何时照我还

泊船瓜洲

宋·王安石

京口瓜洲一水间，钟山只隔数重山。
春风又绿江南岸，明月何时照我还。

注释

绿：这里是动词，吹绿。

京口：古城名，故址在江苏镇江市。

瓜洲：镇名，在长江北岸，扬州南郊。

一水：指长江。一水间指相隔着一条长江。

钟山：在江苏省南京市紫金山。

简析

这首诗从字面上来读，流露出了对故乡浓浓的思念之情，能够看出诗人急切想要飞舟渡江，回家和家人团聚。但如果仔细去看，字里行间也蕴含着他重返政治舞台，推行新政的强烈欲望。

首句"京口瓜洲一水间"写到诗人站在瓜洲渡口，放眼向南看去，发现"京口"和"瓜洲"竟然只隔了一条江水，如果飞舟渡江，顷刻就到。第二句"钟山只隔数重山"写出了诗人对钟山的依恋和回望。第三句"春风又绿江南岸"描绘了江边美丽的春色，寄托了诗人的情思。这个"绿"字是诗人经过反复斟酌的，非常有表现力。最后一句"明月何时照我还"，诗人回望太久，不觉已经日落西沉，皓月初上，隔岸的景物渐渐消失在了朦胧的月色当中，而对于钟山的依恋却越来越浓，他深信自己终有一日可以实现愿望。

背景

这首诗是王安石第二次拜相进京的时候写的，当时是熙宁八年（1075）二月。但这个时间也有争议，具体说法有三种：①宋神宗熙宁元年（1068），王安石应召自江宁府赴京任翰林学士，途经瓜洲后所作；②神宗熙宁七年（1074），王安石第一次罢相自京还金陵，途经瓜洲时所作；③神宗熙宁八年（1075），王安石第二次拜相，自江宁赴京途经瓜洲时所作。

名家点评

宋·吕本中："文字频改，工夫自出。"（《童蒙诗训》）

宋·许顗"超然迈伦，能追逐李杜陶谢。"（《彦周诗话》）

程颢

程颢（1032—1085），字伯淳，洛阳（今河南省洛阳市）人。北宋时期著名理学家，学者称"明道先生"。程颢与其弟程颐同为理学奠基人，早年从学周敦颐，世人并称"二程"。

芳原绿野恣行事，春入遥山碧四围

郊行即事

宋·程颢

芳原绿野恣行事，春入遥山碧四围。
兴逐乱红穿柳巷，困临流水坐苔矶。
莫辞盏酒十分劝，只恐风花一片飞。
况是清明好天气，不妨游衍莫忘归。

注释

恣行：放纵地尽情游赏。
兴：随心所欲趁着兴头。
游衍：游玩超过了界限。

简析

　　这是一首七言律诗，描写了清明节春天原野上清新的景致，诗人将追逐落花的小游戏写进了诗里，在平添几许稚趣的同时，劝说世人珍惜友情、珍惜时光。

　　根据以往经验，清明这一天往往会下雨，但诗人的笔下却是一个难得晴朗的好天气，这首诗可以分为两个部分，前面部分写郊外踏春，后面写春游所得的感想。清明美丽的原野，景色清新如洗，流水漂着落花，疲惫的行人坐下欣赏美景，想到时间的珍贵和聚少离多的世事，想到朋友，觉得人生中经历的事物和感情，终究也会烟消云散，与其好高骛远不如抓住现在，珍惜眼前的美好。

黄庭坚

黄庭坚（1045—1105），字鲁直，号山谷道人，晚号涪翁，洪州分宁（今江西九江修水县）人，北宋著名文学家、书法家。黄庭坚的诗以唐诗的集大成者杜甫为学习对象，提出了"点铁成金"和"夺胎换骨"等诗学理论，成为了江西诗派作诗的理论纲领和创作原则。其诗注重用字，讲究章法，法度严谨，说理细密，对后世的诗歌创作产生了深远的影响。

桃李春风一杯酒，江湖夜雨十年灯

寄黄几复

宋·黄庭坚

我居北海君南海，寄雁传书谢不能。
桃李春风一杯酒，江湖夜雨十年灯。
持家但有四立壁，治国不蕲三折肱。
想得读书头已白，隔溪猿哭瘴溪藤。

注释

"寄雁"句：传说大雁南飞不会过衡阳，更不用说岭南了。

四立壁：形容家境贫困，出自《史记·司马相如传》。

蕲：祈求。

瘴溪：传说岭南边远的地方多瘴气。

简析

"我居北海君南海"，这首诗第一句就交代了两人的距离，让人一眼就看出诗人怀念友人、望而不见的痛苦，一个"海"字更显得相隔遥远。"寄雁传书谢不能"，朋友之间一个在北海，一个在南海，相思不相见，然而因为距离太远，连寄信都寄不到。"桃李春风一杯酒，江湖夜雨十年灯"，这两句诗中既有对京城相聚之乐的追忆，又有别离后的相思。后面四句从"持家""治国""读书"三个方面表现黄几复的为人和处境，作为一个县的长官，家徒四壁，说明他非常廉洁，又说明他把精力都用在了"治国"和"读书"上了。尾联以"想得"起头，与首句相呼应，在诗人眼中，十年前与自己把酒畅饮的朋友，如今已经白发萧萧，仍然像从前那样好学不倦，却依然只是海滨的一个县令。最后一句"隔溪猿哭瘴溪藤"给整首诗带来了凄凉的氛围，也显示出诗人对朋友的怜惜和不平。

背景

这首诗作于宋神宗元丰八年（1085），当时诗人监德州（今属山东）德平镇，触景生情想到天南海北的老朋友，因此写下这首诗。

名家点评

宋·王直方：张文潜尝谓余曰："黄九诗'桃李春风一杯

酒，江湖夜雨十年灯'，真是奇语。"(《王直方诗话》)

　　宋·陈模：山谷"桃李春风一杯酒，江湖夜雨十年灯"，
尽言杯酒别又十年灯矣。同一机轴，此最高处。(《怀古录》)

春无踪迹谁知

清平乐·春归何处

宋·黄庭坚

春归何处？寂寞无行路。
若有人知春去处，唤取归来同住。
春无踪迹谁知，除非问取黄鹂。
百啭无人能解，因风飞过蔷薇。

注释

　　无行路：春来来去去没有踪迹。
　　问取：取，语助词。询问，呼唤。
　　因风：顺着风势。

简析

　　首词构思巧妙，设想新奇，意境优美，词人用委婉曲折的
笔锋，描写了惜春之情，一步一步加深，直到最后仍不一语道
破，让人感觉余音袅袅，言虽尽而意未尽。

　　"春归何处？寂寞无行路。"上片首句先对春的归去提出设
问，春天到哪里去了，为什么连个踪迹都没有，一下就把春天

拟人化了。"若有人知春去处，唤取归来同住。"词人转而询问有谁知道春天的行踪，希望能把春天叫回来。这种用曲笔渲染惜春的程度，让词情变得跌宕起伏。下片"春无踪迹谁知，除非问取黄鹂"将思路引到事物上，因为黄鹂春去夏来时才会出现，词人觉得它应该知道春的消息，丰富的想象力让人倍感情趣。"百啭无人能解，因风飞过蔷薇"，然而嘤嘤鸟语，没有人能听懂，黄鹂毕竟只是个小生物，一阵风起，它就随风飞到蔷薇花那边去了。春的踪迹最终无法找寻，心头的寂寞也更加深重了。

背景

宋徽宗崇宁二年（1103），蔡京立元祐党人碑，黄庭坚被除名，编管宜州，这首送春词写于贬宜州的翌年，即崇宁四年（1105）。同年九月黄庭坚在此地溘然长逝。

名家点评

薛砺若：山谷词尤以《清平乐》为最新，通体无一句不俏丽，而结句"百啭无人能解，因风飞过蔷薇"，不独妙语如环，而意境尤觉清逸，不着色相。为山谷词中最上上之作，即在两宋一切作家中，亦找不着此等隽美的作品。（《宋词通论》）

宋·胡仔：山谷词云："春归何处？寂寞无行路。若有人知春去处，唤取归来同住。"王逐客云："若到江南赶上春，千万和春住。"体山谷语也。（《苕溪渔隐丛话》）

虢寿麓：这是首惜春词。耳目所触，莫非初夏景物。而春实已去。飘然一结，淡雅饶味。通首思路回环，笔情跳脱，全以神行出之，有峰回路转之妙。（《历代名家词百首赏析》）

秦观

秦观（1049—1100），字太虚，又字少游，别号邗沟居士、淮海居士，世称淮海先生。北宋高邮（今江苏高邮市）人。"苏门四学士"之一。他被尊为婉约派一代词宗，其作品哀感顽艳，幽婉动人，精巧工致，辞情相称，《全宋词》收其词140余首。

有情芍药含春泪，无力蔷薇卧晓枝

春日

宋·秦观

一夕轻雷落万丝，霁光浮瓦碧参差。
有情芍药含春泪，无力蔷薇卧晓枝。

注释

丝：比喻细雨。

霁光：霁：雨后放晴。下雨天晴后明媚的阳光。

参差：高低错落的样子。

春泪：形容雨点。

简析

这首诗在全篇的意境上以"春愁"统摄，虽不露一"愁"字，但可从芍药、蔷薇的情态中领悟，又曲折体现了诗人由于宦途艰险而形成的多愁善感的性格。

"一夕轻雷落万丝，霁光浮瓦碧参差。"这首诗刚一开篇就捕捉到了春雨"万丝"的特色，然后将镜头的焦点对准庭院一隅，拍摄下雨后晴春晓日的精巧画面。雷是"轻"的，雨如"丝"般，春雨的特色诗人只用两个字就揭示出来了。碧绿的琉璃瓦，被整夜的春雨冲刷得干干净净，晶莹剔透，如同翡翠一般，瓦上的露珠在晨曦的辉映下，鲜艳夺目。"有情芍药含春泪，无力蔷薇卧晓枝。"这里通过对偶的形式和拟人的手法，衬托了庭院的华丽，描绘了亭亭玉立的芍药和百媚千娇的蔷薇。诗人采用以美人喻花的手法，又加上对仗，描写雨后犹如多情少女般泪光闪闪，含情脉脉的芍药，卧在枝旁柔弱无骨的蔷薇，让人觉得美不胜收。

名家点评

宋·王安石：其诗清新妩媚，鲍、谢似之。(《宋史》)

宋·李清照：后晏叔原、贺方回、秦少游、黄鲁直出，始能知之。又晏苦无铺叙。贺苦少重典。秦即专主情致，而少故实。譬如贫家美女，虽极妍丽丰逸，而终乏富贵态。(《词论》)

金·元好问：有情芍药含春泪，无力蔷薇卧晓枝。拈出退之山石句，始知渠是女郎诗。(《论诗绝句》)

清·陈廷焯：大抵北宋之词，周、秦两家，皆极顿挫沉郁之妙。而少游托兴尤深，美成规模较大，此周、秦之异同也。(《白雨斋词话》)

指冷玉笙寒，吹彻小梅春透

如梦令·春景

宋·秦观

莺嘴啄花红溜，燕尾点波绿皱。
指冷玉笙寒，吹彻小梅春透。
依旧，依旧，人与绿杨俱瘦。

注释

玉笙：珍贵的管乐器。

小梅：乐曲名。

简析

这是一首因伤春而作的怀人之诗。前两句从春写起，莺歌燕舞，花红柳绿，自然春光无限美好，然而后面两句突然转而悲苦，化用李璟《山花子》中的"小楼吹彻玉笙寒"。这让读者不禁心生疑惑，春光明媚，本来应该产生舒适欢畅的感觉，女主人为什么会有这种忧伤情绪呢？"依旧，依旧，人与绿杨俱瘦。"柳絮杨花，标志着春天已经快要离开，同时还暗藏着别情和相思。蒙蒙飞絮，如同一段剪不断理还乱的思念之情。正因为那段刻骨铭心的相思，因此忧思约带、腰肢瘦损。读完这首词，萦绕在读者眼前的，是一幅花落絮飞，佳人对花兴叹、怜花自怜的画作，也是一声为女主人深表同情的叹息。

徐俯

徐俯（1075—1141），宋代江西派著名诗人之一。字师川，自号东湖居士，原籍洪州分宁（今江西修水县）人，后迁居德兴天门村。徐禧之子，黄庭坚之甥。工诗词，著有《东湖集》，不传。

春雨断桥人不度，小舟撑出柳阴来

春游湖

宋·徐俯

双飞燕子几时回？夹岸桃花蘸水开。
春雨断桥人不度，小舟撑出柳阴来。

注释

蘸水：湖中的水很慢，岸边的桃树枝条贴着水面开放。
断桥：湖水漫过桥面。
撑：这里指用船篙推船前进。

简析

这首诗通过燕子归来，桃花盛开，描绘出春日的湖光美景，同时将春雨断桥、小舟摆渡作为春日的特色进行描写，将满湖春色全然托出。

　　"双飞燕子几时回？夹岸桃花蘸水开。"燕子到来，象征着春天的来临，诗人用一句设问，表达了当时的惊讶和喜悦，放眼一看，春天果然来了，湖边的桃花盛开了，但因为湖面水涨，花枝落在了水里，岸上水中的花枝连成一片，远处望见，仿佛蘸水而开，景色迷人。"春雨断桥人不度，小舟撑出柳阴来。"诗人漫步在湖堤，将目光停留在被春雨淹没的桥面，对于春游者来说，这莫过于一个挫折，但刚好柳荫深处，撑出一只小船来，诗人毫不犹豫地租船摆渡，继续游赏，这让春游变得更有情趣了。

李清照

李清照（1084—1155），字易安，号易安居士。齐州章丘（今属山东省济南市）。早期生活优裕，与夫赵明诚共同致力于书画金石的搜集整理。金兵入据中原，流寓南方，明诚病死，境遇孤苦。

李清照是宋代女词人，婉约词派代表，所作词，前期多写其悠闲生活，后期多悲叹身世，情调感伤，也流露出对中原的怀念。其词形式上善用白描手法，自辟途径，语言平易清新而内蕴丰富，形成独具特色的"易安体"。《全宋词》收其词50余首。

闻说双溪春尚好，也拟泛轻舟

武陵春·春晚
宋·李清照

风住尘香花已尽，日晚倦梳头。
物是人非事事休，欲语泪先流。
闻说双溪春尚好，也拟泛轻舟，
只恐双溪舴艋舟，载不动许多愁。

注释

武陵春：又作《武林春》《花想容》，是词牌名。

尘香：花落在地上，尘土沾染上了花的香气。

物是人非：事物依旧在，当初的人却不在了。

双溪：水名，在浙江金华，是唐宋时期著名的游览胜地，风景秀美，有东港、南港两水汇于金华城南，所以称为"双溪"。

舴艋舟：小船的两头是尖的，就像蚱蜢。

简析

这首词以第一人称的口吻，用深沉忧郁的旋律，塑造出一个孤苦凄凉的环境中，孤独无依的才女形象。前两句含蓄，后两句率真，"日晚倦梳头""欲语泪先流"是描摹人物的外部动作和神态。当时作者因金人南下，心爱的丈夫赵明诚早已去世，自己流落金华，眼前所见的还是春景依旧，但已物是人非，不禁感到万事皆休，无穷索寞。

词的下阕重点描述了内心感情，用"闻说""也拟""只恐"这三组虚字，写出了诗人从一刹那的喜悦心情，到婉曲低回，再到猛烈的情绪跌宕，让人倍感空落。

整首词的艺术手法独到，文字含蓄简练，足见作者遣词造句的功力。其中"风住尘香花已尽"一句非常经典，既点出之前风吹雨打、落红成阵的情景，又描绘了如今雨过天晴，落花已化为尘土的韵味；既写出了作者雨天无法出门的苦闷，又写出了她惜春自伤的感慨，真可谓意味无穷尽。

背景

这首词是宋高宗绍兴五年（1135）李清照在浙江金华避难

的时候所作。当时金兵来犯，丈夫因病去世，家藏的金石文物在逃难途中散失殆尽，作者孤身一人，在烽火连天的金华漂泊流寓，历尽世路崎岖和人生坎坷，处境凄惨，内心非常悲痛。

名家点评

明·叶盛：玩其辞意，其作于序《金石录》之后欤？抑再适张汝舟之后欤？文叔不幸有此女，德夫不幸有此妇。其语言文字，诚所谓不祥之具，遗讥千古者欤。(《水东日记》)

明·李攀龙：未语先泪，此怨莫能载矣。景物尚如旧，人情不似初。言之于邑，不觉泪下。(《草堂诗余隽》)

明·董其昌：物是人非，睹物宁不伤感！(《便读草堂诗余》)

明·陆云龙：愁如海。(《词菁》)

小院闲窗春已深

浣溪沙·小院闲窗春已深

宋·李清照

小院闲窗春已深，重帘未卷影沉沉。倚楼无语理瑶琴。
远岫出云催薄暮，细风吹雨弄轻阴。梨花欲谢恐难禁。

注释

闲窗：有雕花和护栏的窗子。

重帘：一层又一层的帘子。

沉沉：闺房幽暗，影子浓重的样子。

远岫：岫，山峰。这里指远山。

难禁：难以阻止。

简析

　　这首词主要是抒发闺怨的，然而通篇大多写景，很少情语。词人惆怅的感情，无聊的思绪，渗透在周围的景物上，小、闲、深，是空闺写照，而春色深浓，未许泄漏，因此重帘不卷，一任暗影沉沉。感情无从寄托，又无法描述，只好托付给瑶琴，这种含蓄优雅的内心世界，在词中挥洒得淋漓尽致。上片的重点在"深"字，闺深、春深、情深，"倚楼无语"，此地无声胜有声，没有说出的深情，更具韵味。下片由室内到室外。"远岫出云"，云卷云舒，时光也随着荏苒而逝，不知不觉中天色已晚，夜晚的细风吹雨，词人乍喜还愁的情感波动，最终都落在了风雨摧花，欲谢难禁的忧思上。

背景

　　暮春时节，词人情绪无聊，因此借助这首小词，抒发胸中的郁闷之情。

名家点评

　　明·杨慎：（评"远岫出山催薄暮"句）景语，丽语。（《草堂诗余》）

　　明·李攀龙：（眉批）分明是闺中愁、宫中怨情景。（评语）少妇深情，却被周君（误指周邦彦）浅浅勘破。（《草堂诗余隽》）

　　明·董其昌：写出闺妇心情，在此数语。(《便读草堂诗余》)
　　明·沈际飞：雅练。"欲谢""难禁"，淡语中致语。(《草堂诗余正集》)

雪里已知春信至

渔家傲·雪里已知春信至

宋·李清照

雪里已知春信至，寒梅点缀琼枝腻。
香脸半开娇旖旎，当庭际。玉人浴出新妆洗。
造化可能偏有意，故教明月玲珑地。
共赏金尊沈绿蚁，莫辞醉。此花不与群花比。

注释

　　春信：春天的消息。
　　腻：清瘦的梅枝着雪后变得粗肥光洁。
　　香脸：这里比喻初绽的梅花。
　　造化：大自然。
　　绿蚁：美酒的名字。

简析

　　这首咏梅词与前人相比，艺术上有所创新，词人抓住了寒梅的主要特征，用比喻、拟人、想象等多种手法，从正面刻画梅花形象，然后又用妙笔点染形象美和神态美，用银色的月光、金色的酒樽、淡绿的酒、晶莹的梅织成了一幅如梦如幻、空灵优美的画作。

词的上片用"犹抱琵琶半遮面"的美女来形容寒梅初开，以玉人出浴形容梅的玉洁冰清，明艳出群，下片转而以侧面烘托，先写月夜饮酒，表现赏梅的豪情逸致，再用"此花不与群花比"，赞美梅花孤高傲寒的品格，同时表现词人鄙弃世俗的坦荡胸怀。

背景

这是宋徽宗建中靖国元年（1101），李清照18岁时写成的词作。

名家点评

杨恩成：李清照认为，词不仅要"主情致"，而且要表现出"妍丽丰逸"的"富贵态"。这首咏梅词，可以说充分地体现了她的这种主张。她从一个贵夫人的立场、情趣出发，体物言情，无不带着一种优裕、高雅的情趣，既贴切地描绘出"庭际"梅花的状貌，又把自己高雅、悠闲的志趣，倾注入梅花，不即不离、情景相因，托兴深远。同时，作者又用"雪""月"做背景，成功地映衬出梅花的高洁与孤傲的品格。形神俱似，体物超妙。（《读〈渔家傲〉》）

刘瑜：李清照该首词也是有寄托的，作者在于通过咏梅花讴歌自己美好幸福的婚姻爱情。"造化可能偏有意，故教明月玲珑地"，造化偏偏让明月分辉，花月相照，花好月圆。这使得自然联想到赵明诚、李清照那神妙离奇的婚姻故事……真是天作良缘，花月相照，花好月圆，婚姻幸福美满。故夫妇两人共同举杯，为明诚得一才华横溢、梅花一般高雅芳洁的词女而干杯，为自己美好幸福的爱情拼得一醉。显然，此词李清照以高格独迥、孤标逸韵、冰清玉洁的梅花自喻。(《李清照词欣赏》)

惜春春去，几点催花雨

点绛唇·闺思
宋·李清照

寂寞深闺，柔肠一寸愁千缕。
惜春春去，几点催花雨。
倚遍阑干，只是无情绪。
人何处，连天衰草，望断归来路。

注释

人何处：所思念的人在什么地方，指作者的丈夫赵明诚。

"连天"二句：表达了亟待良人归来的愿望，出自《楚辞·招隐士》。

简析

这是一首描写伤春离恨的闺怨词，由寂寞之愁到伤春之愁，再到伤别之愁，盼归之愁，全面深入地表现了女子心中愁情沉淀积累的过程。

开篇词人就将一腔愁情尽行倾出，将"一寸"柔肠与"千缕"愁思摆在读者面前，让人感到了强烈的压抑感，似乎看到了压在她身上驱不散、扯不断的沉重愁情。下面两句虽然并未提到愁绪，但淅沥的雨声催着落红，也催着春天归去的脚步，青春就这样悄悄逝去，惜春、惜花，也正是惜年华的写照。下片描写词人凭栏远望，百无聊赖之中，烦闷苦恼的思绪暴露无遗，这种愁情的深重无法排解，而根本原因就在于思念远方的良人。只是遗憾的是，即便是远望到天尽头，也只能看到"连天衰草"，不见良人踪影，这种残酷的现实，让词人倍感失落。

背景

　　这是李清照早期的作品，大约作于重和元年至宣和二年（1118—1120）期间，当时赵明诚或有外任，李清照独居青州。

名家点评

　　明·茅暎：易安作矣，不可复得。每作词时为酬一杯酒。（《词的》）

　　明·钱允治：草满长途，情人不归，空搅寸肠耳。（《续选草堂诗余》）

染柳烟浓，吹梅笛怨，春意知几许

永遇乐·落日熔金

宋·李清照

落日熔金，暮云合璧，人在何处？
染柳烟浓，吹梅笛怨，春意知几许？
元宵佳节，融和天气，次第岂无风雨？
来相召，香车宝马，谢他酒朋诗侣。
中州盛日，闺门多暇，记得偏重三五。
铺翠冠儿，捻金雪柳，簇带争济楚。
如今憔悴，风鬟雾鬓，怕见夜间出去。
不如向帘儿底下，听人笑语。

注释

吹梅笛怨：用笛子吹奏《梅花落》，笛声哀怨。

次第：一转眼。

香车宝马：贵族妇女乘坐的、装饰华美的车驾。

三五：这里指元宵节。

铺翠冠儿：用翠羽装饰的帽子。

雪柳：以素绢和银纸做成的头饰。

济楚：整齐、漂亮。

簇带：头上所插戴的各种饰物。

简析

这首词虽然是写元宵节的，却独辟蹊径，用今昔元宵节的不同场景做对比，抒发了词人深沉的盛衰之感和身世之悲。

　　"落日熔金，暮云合璧"是今年元宵节绚丽的暮景，然而"人在何处"却是一声充满迷惘与痛苦的叹息。词人身处热闹繁华的临安，恍惚回到了"中州盛日"，但马上就意识到这不过是一时的幻觉，因此不由自主地发出这样的叹息。"染柳烟浓，吹梅笛怨，春意知几许"三句，紧接着写到初春的景象"元宵佳节，融和天气，次第岂无风雨？来相召、香车宝马，谢他酒朋诗侣"，将上面的内容作了收束。"中州盛日，闺门多暇，记得偏重三五。"从如今的元宵节回忆起往昔，"铺翠冠儿，捻金雪柳，簇带争济楚。"词人和女伴戴着嵌插着翠鸟羽毛的时兴帽子，和金线捻丝所制的雪柳前去游乐。可是昔日的繁华再也不可能出现了，"如今憔悴，风鬟雾鬓，怕见夜间出去。"国破家亡，词人也从无忧无虑的少女变成形容憔悴、蓬头霜鬓的老妇，心也跟着老了，懒得夜间出去。"不如向帘儿底下，听人笑语。"一方面词人担心会触景生情，另一方面她又怀念往昔的盛况，想看看今日的繁华，给沉重的心灵一点慰藉，这种矛盾心理，更展现出了词人处境的悲凉。

背景

　　这首词作于宋高宗绍兴二十年（1150），当时李清照已是暮年，正流寓临安（今杭州）。

名家点评

　　宋·张端义：易安居士李氏，赵明诚之妻……南渡以来，常怀京洛旧事，晚年赋《元宵·永遇乐》词云"落日熔金，暮云合璧"，已自工致。至于"染柳烟浓，吹梅笛怨，春意知几许"，气象更好。后叠云："如今憔悴，风鬟雾鬓，怕见夜间出去。"皆以寻常语度人音律。炼句精巧则易，平淡入调者难。

（宋《贵耳集》卷上）

　　宋·刘辰翁：余自辛亥上元诵李易安《永遇乐》，为之涕下。今三年矣，每闻此词，辄不自堪，遂依其声，又托易安自喻，虽辞情不及，而悲苦过之。（《须溪词》）

　　宋·张炎：至如李易安《永遇乐》云："不如向帘儿底下，听人笑语。"此词亦自不恶。而以俚词歌于坐花醉月之际，似乎击缶韶外，良可叹也。（《词源》）

庭院深深深几许，云窗雾阁春迟

临江仙·梅
宋·李清照

庭院深深深几许，云窗雾阁春迟。
为谁憔悴损芳姿？夜来清梦好，应是发南枝。
玉瘦檀轻无限恨，南楼羌管休吹。
浓香吹尽有谁知。暖风迟日也，别到杏花肥。

注释
　　南枝：朝阳的梅枝。

　　玉瘦檀轻：檀：这里指浅绛色。指梅花的姿态清瘦，颜色浅红。

　　羌管休吹：不要吹奏音调哀怨的笛曲《梅花落》。

　　迟日：春日。

　　肥：盛开。

简析

这是一首以咏梅为题的词，用梅花暗喻自己，将闺人幽独的离思与韶华易逝的怅惘，极其高华而深致地表现了出来。

"庭院深深深几许"借用了欧阳修的词，一字未改，紧接着一句"云窗雾阁春迟"一纵一横，将一座贵家池馆的富丽与清幽的气象勾画出来了。"为谁憔悴损芳姿？"一个设问以跌宕的笔触，指出了原来使闺中人赏春无绪、芳姿悴损的，不正是对远人的思念和被爱情的折磨吗？"夜来清梦好，应是发南枝"，这里有着凄丽的意味，不是用梅花直接比喻成人，而是将梅花与清梦联系起来，令人回味无穷。后面"杏花肥"将杏花盛开与前面"瘦"字关合，以梅花之玉瘦，衬红杏之憨肥，更让人觉得鲜明生动，同时两相映带，还点明了时间的跨度。春光半过，伊人未归，花落花开，只成孤赏，难怪园中的春色，满目惆怅。

背景

这首词是《临江仙》中的一首。

名家点评

周笃文：据《草堂诗余》所引，在这一组《临江仙》之前，李清照缀有小序，对作词的缘起有所说明。可知乃是刻意仿效欧阳修迭字佳构而作的。然而却写得风致嫣然，没有一点斧凿痕迹。

陆承刚：李清照的词给人印象很深的还有一个特点，就是她的"对比"。有前期词作和后期词作总体上的对比，也有一首词内部凝聚着的强烈的今昔对比，如《临江仙》。

邱红竹：《临江仙》第二首，字面更为通俗易懂。她把赵明诚比作和煦东风，而自己却成了芳姿憔悴、浓香吹尽的落梅。

清露晨流，新桐初引，多少游春意

念奴娇·春情

宋·李清照

萧条庭院，又斜风细雨，重门须闭。
宠柳娇花寒食近，种种恼人天气。
险韵诗成，扶头酒醒，别是闲滋味。
征鸿过尽，万千心事难寄。
楼上几日春寒，帘垂四面，玉阑干慵倚。
被冷香消新梦觉，不许愁人不起。
清露晨流，新桐初引，多少游春意。
日高烟敛，更看今日晴未。

注释

险韵：以生僻字协韵来写诗填词。

扶头酒：能让人精神振作的好酒。

香消：香炉中的香已经烧完了。

初引：叶子初长。

简析

这是一首怀念故人的闺怨词，描述了寒食节时对丈夫的怀念。条理清楚，层次井然，感情的起伏和天气变化相携而生，全篇融情入景，浑然天成。

开篇前三句描写环境气候，景色萧条，柳、花用"宠""娇"修饰，有嫉妒春色的意思，接着写作诗填词醉酒，但闲愁却无法排解，此时已经有了万般哀怨。一句"征鸿过尽，万千心事难寄"，道出词人闲愁的原因：自己思念远游的丈夫，心事却无从谈起。下片的开头三句，写出词人懒倚栏杆的愁闷情志和独宿春闺的孤单，"不许愁人不起"，词人已经失去支撑生活的乐趣，而"清露"两句转写新春的可爱和因此产生的游春心思，结尾描写了词人的矛盾心理，天已放晴，却担心是否真晴，那种心有余悸的感觉，表现得极为凄迷。

背景

　　这是词人的早期作品。政和六年（1116），李清照33岁，三月初四，丈夫赵明诚游览距青州约170里的名刹灵严寺，她独自一人深闺寂寞，断肠心思无从寄托，于是创作了这首词。

名家点评

　　宋·黄升：花庵词客云：前辈常称易安"绿肥红瘦"为佳句。余亦谓此篇"宠柳娇花"之语亦甚奇俊，前此未有道之者。（《增修笺注草堂诗余》）

　　明·杨慎：情景兼至，名媛中自是第一。（"被冷"二句）二语绝似六朝。……填词虽于文为末，而非自《选》诗、乐府来，亦不能入妙。李易安词"清露晨流，新桐初引"，乃全用《世说》语。女流有此，在男子亦秦、周之流也。（《草堂诗余》）

　　明·李攀龙：心事有万千，岂征鸿可寄？"新梦"不知梦何事？心事托之新梦，言有寄而情无方。玩之自有意味。上是心事，难以言传，下是新梦，可以意会。（《草堂诗余隽》）

陈与义

陈与义（1090—1138），字去非，号简斋，今河南洛阳人。陈与义是南北宋之交的著名诗人，师尊杜甫，也推崇苏轼、黄庭坚和陈师道，号为"诗俊"，与"词俊"朱敦儒和"文俊"富直柔同列"洛中八俊"。其早期诗作多流连光景之作，观察细致，描写生动，饶有情趣；后期诗作意境圆融，风格雄浑沉郁。

二月巴陵日日风，春寒未了怯园公

春寒

宋·陈与义

二月巴陵日日风，春寒未了怯园公。
海棠不惜胭脂色，独立蒙蒙细雨中。

注释

巴陵：古郡名，今湖南岳阳市。
园公：诗人在注解中写道："借居小园，遂自号园公。"
胭脂：这里泛指红色。

简析

这首诗虽然题目是"春寒",但实际上是称颂海棠的,同时借海棠来写自己。在诗人笔下,海棠雅致孤高,与自己被流放时的境况十分相似,因此前两句的"风""寒"就不仅仅是自然界的风寒,更是社会上的风寒,因为当时金兵南侵,南宋小朝廷"山河破碎风飘絮",而诗人则"身世浮沉雨打萍",内心漂泊不定。后面两句诗人用类似于刻画松、梅、菊、竹的手法来写海棠,说它虽然在风雨中飘摇,却屹立不倒,酣畅淋漓地将海棠的风骨和雅致展现出来。诗人将杜甫的"林花着雨胭脂湿"进行了演绎,不仅别具一格,还将自己的风骨、品格、雅致融入其中,让后世叹为观止。

陆游

陆游（1125—1210），字务观，号放翁，越州山阴（今绍兴）人，南宋爱国诗人。历任福州宁德县主簿、敕令所删定官、隆兴府通判等职，因坚持抗金，屡遭主和派排斥。陆游性格豪放，胸怀壮志，在诗歌风格上追求雄浑豪健，形成了气势奔放、境界壮阔的诗风。其诗语言平易晓畅，章法整饬谨严，在南宋诗坛上占有重要的地位。

无意苦争春，一任群芳妒

卜算子·咏梅

宋·陆游

驿外断桥边，寂寞开无主。
已是黄昏独自愁，更著风和雨。
无意苦争春，一任群芳妒。
零落成泥碾作尘，只有香如故。

注释

卜算子：词牌名，又名《百尺楼》《眉峰碧》《楚天遥》《缺月挂疏桐》等。按山谷词，"似扶著卖卜算"，盖取义以今卖卜算命之人也。

驿外：驿：驿站，供驿马或官吏中途休息的地方。驿外指荒僻、冷清之地。

更著：又遭到。更：副词，又，再。著：同"着"，遭受，承受。

一任：全任，完全听凭。

碾：轧烂，压碎。

简析

这首词以梅花来比喻自己，从梅花的凄苦暗指自己胸中的抑郁，感叹人生的失意和坎坷；在赞叹梅花精神的同时表达了青春无悔的信念以及对自己爱国情操及高洁人格的自许。

"驿外断桥边，寂寞开无主。已是黄昏独自愁，更著风和雨。"着力渲染了梅花落寞凄清、饱受风雨之苦的情形，写出了梅花的困难处境。

"无意苦争春，一任群芳妒。零落成泥碾作尘，只有香如故。"写出了梅花的气节和生死观，最后一句更是点睛之笔，将前面梅花的不幸处境，风雨侵凌，凋残零落，成泥作尘的凄凉、衰飒、悲戚，通通扭转，写出了梅花的传神之处。

背景

这是陆游以梅寄志的代表作品，他一生酷爱梅花，写了很多首关于梅花的诗歌，而"零落成泥碾作尘，只有香如故"的梅花，正是诗人一生对恶势力不懈的抗争精神和对理想坚贞不渝的品格的形象写照。

名家点评

明·卓人月：末句想见劲节。(《古今词统》)

明·沈际飞：排涤陈言，大为梅誉。(《草堂诗余·续集》)

明·钱允治：言梅虽零落，而香不替如初，岂群芳所能妒乎？(《类编笺释续选草堂诗余》)

箫鼓追随春社近，衣冠简朴古风存

游山西村

宋·陆游

莫笑农家腊酒浑，丰年留客足鸡豚。

山重水复疑无路，柳暗花明又一村。

箫鼓追随春社近，衣冠简朴古风存。

从今若许闲乘月，拄杖无时夜叩门。

注释

足鸡豚：准备了丰盛的菜肴。豚，小猪，代指猪肉。

山重水复：一座座山、一道道水重叠的样子。

春社：古代把立春后第五个戊日作为春社日，拜祭社公(土地神)和五谷神，祈求丰收。

若许：如果这样。

闲乘月：有空的时候趁着月色而来。

简析

这是一首纪游抒情诗，首句渲染出一片丰收之年的宁静和欢悦，一个"足"字，表达了农家对客人的盛情款待。次句描写了山间水畔的迤逦景色，写景中寓含哲理，"山重水复疑无路，柳暗花明又一村。"作者在青翠可掬的山峦间漫步，穿行于清澈的山泉当中，山径蜿蜒，正愁找不到路，突然前面花明柳暗，农家茅舍隐现于花木扶疏之间，让人豁然开朗，此时的喜形于色的兴奋之状，可以想见。

随后，作者由自然引入人事，描绘了南宋初年的农村风俗画卷。农家祭社祈年，满怀丰收的期待。作者用"衣冠简朴古风存"来赞美这里古老的乡土风俗，显示了对土地和人民的挚爱。

前三句写了外界的情形和自己情感的相互交融，后面"从今若许闲乘月，拄杖无时夜叩门"转而描写游览一天之后，明月高悬，大地笼罩在淡淡的月色中，给春社过后的村庄也染上一层静谧的色彩，别有一番情趣。

整首诗结构严谨，主线突出，全诗八句无一"游"字，而处处切"游"字，游兴十足，游意不尽，同时将一个热爱家乡和农民，愿意与乡村紧密相连的诗人形象表现得淋漓尽致。

背景

这首诗作于宋孝宗乾道三年（1167）初春，当时陆游因遭到朝廷中主和投降派的排挤打击，以"交结台谏，鼓唱是非，力说张浚用兵"的罪名，从隆兴府通判任上罢官归里。即便闲居在家，陆游也没有心灰意冷，而是将自己在农村生活中感受到的希望和光明及慷慨的爱国情绪，写在了自己的诗歌中。

名家点评

清·爱新觉罗·弘历：有如弹丸脱手，不独善写难状之景。(《唐宋诗醇》)

清·方东树：以游村情事作起，徐言境地之幽，风俗之美，愿为频来之约。(《昭昧詹言》)

钱钟书：陆游这一联才把它写得"题无剩义"。(《宋诗选注》)

春如旧，人空瘦，泪痕红浥鲛绡透

钗头凤·红酥手

宋·陆游

红酥手，黄縢酒，满城春色宫墙柳。
东风恶，欢情薄，一怀愁绪，几年离索。错、错、错！
春如旧，人空瘦，泪痕红浥鲛绡透。
桃花落，闲池阁，山盟虽在，锦书难托。莫、莫、莫！

注释

黄縢：或作"黄藤"，是一种酒的名字。

离索：离群索居。

浥：湿润。

鲛绡：神话传说鲛人所织的绡，非常薄，泛指薄纱，这里指手帕。

池阁：水池上的楼阁。

简析

这首词描写了诗人自己的爱情悲剧。

词的上片通过追忆往日美满幸福的爱情生活，感叹被迫分离的痛苦。"红酥手，黄滕酒，满城春色宫墙柳"，回忆当年与唐氏偕游沈园时的美好情景，"东风恶，欢情薄，一怀愁绪，几年离索。错、错、错"，写妻子被迫离异后的巨大哀痛，前面三句写两人在沈园重逢时的情形，最后几句写重逢时的痛苦心情。这首词始终围绕着沈园这一特定的空间来安排自己的笔墨，下片回到现实，"春如旧"与上面的"满城春色"相呼应，"桃花落。闲池阁"与上片"东风恶"句相照应，把同一空间不同时间的情事和场景描绘出来，更加映衬心情的沉重和痛苦。

背景

这首诗写于陆游与原配夫人唐琬在离异后第七年的春日，在家乡山阴（今浙江省绍兴市）城南禹迹寺附近的沈园，与偕夫同游的唐氏邂逅，唐氏备酒抚慰陆游，陆游心中感触很深，乘醉吟赋这首词，信笔题于园壁之上。

小楼一夜听春雨，深巷明朝卖杏花

临安春雨初霁

宋·陆游

世味年来薄似纱，谁令骑马客京华。
小楼一夜听春雨，深巷明朝卖杏花。

矮纸斜行闲作草，晴窗细乳戏分茶。
素衣莫起风尘叹，犹及清明可到家。

注释

霁：雨后或雪后晴天的样子。

世味：社会人情，人世滋味。

矮纸：用来书写的短小的纸张。

细乳：沏茶时水面呈白色的小泡沫。

分茶：宋元时煎茶的一种方法，注汤后用筷子搅茶乳，使汤水波纹幻变成种种形状。

素衣：这里是人对自己的谦称。

简析

这首诗虽然描写了春天，却不是欢春，也不是伤春，而是"薄"春。春天虽美，但心情沉重的诗人对此并没有太多留恋。

首联"世味年来薄似纱，谁令骑马客京华"，当时已经62岁的诗人，一开口就提到了世态炎凉，这也难怪，这么多年宦海沉浮，而且壮志未酬，又兼个人生活的种种不幸，诗人发出这种悲叹，也是情理之中的。颔联点出"诗眼"："小楼一夜听春雨，深巷明朝卖杏花。"听了一夜的风雨声，清晨隐约听到了叫卖杏花的声音，这让诗人想到了江南湿漉漉、绿幽幽、亮晶晶、香喷喷的春色，浓而又淡，淡而又深，深而且远。从这里我们可以看出，诗人一夜无眠。颈联"矮纸斜行闲作草，晴窗细乳戏分茶"，这里并没有给出答案，而是写到了诗人的"闲"和"戏"，一个一生戎马，惯游于天南海北，时刻思虑着报国和爱民的人，居然有闲情逸致做这些事情，可见这里是多么让人消沉，临安春色清淡寡味，人情冷漠，世味索薄，壮志更是无从提及，只能在

"闲""戏"中打发时光了。尾联"素衣莫起风尘叹，犹及清明可到家"，清明眼看就要到了，应该早日回家，而不是在这个所谓的"人间天堂"南临安久留。

背景

这首诗写于淳熙十三年（1186），此时他已62岁，在家乡山阴（今浙江绍兴）赋闲了五年，这一年春天，他被起用为严州知府，赴任之前，先到临安（今浙江杭州）去觐见皇帝，住在西湖边上的客栈里听候召见，在百无聊赖中，写下了这首佳作。

名家点评

清·舒位：小楼深巷卖花声，七字春愁隔夜生。（《书剑南诗集序》）

殷光熹："小楼"一联，从诗的意境看，有三个层次：身居小楼，一夜听雨，是一诗境；春雨如丝，绵绵不断，杏花开放，带露艳丽，另一诗境；深巷卖花，声声入耳，又一诗境。（《宋诗名篇赏析》）

伤心桥下春波绿，曾是惊鸿照影来

沈园二首·其一

宋·陆游

城上斜阳画角哀，沈园非复旧池台。
伤心桥下春波绿，曾是惊鸿照影来。

注释

画角：涂着色彩的军乐器，发声凄厉哀怨。

惊鸿：以喻体态轻盈的美人，这里指唐琬。语出三国魏曹植《洛神赋》。

简析

这是陆游回忆沈园相逢，表达内心悲伤的诗作。

"城上斜阳"点明了时间在傍晚，这种悲凉的氛围配上"画角哀"的听觉形象，更增悲哀之感。这种有声有色的悲境，衬托了"沈园非复旧池台"。此刻的沈园早已物是人非，不仅"三易主"，而且池台景物也不复可认。这里是他与唐琬离异之后唯一相见的地方，也是永别之处。他多么渴望往日再现，即便是悲剧，也希望可以看到唐琬的身影，然而这一切不过是幻想而已，旧梦无法重温，现实太过残酷，不仅心上人早已作古，如今连景物也没有了往日的风采，诗人此刻的心境，可想而知。"伤心桥下春波绿，曾是惊鸿照影来。"他并没有死心，努力寻找当年的景物，"桥下春波绿"一如往日，但此景带来的，不过是伤心的回忆罢了。

背景

这《沈园二首》创作于宋宁宗庆元五年己未（1199），当时陆游75岁，距离在沈园邂逅唐氏已40余年。

名家点评

陈衍：无此绝等伤心之事，亦无此绝等伤心之诗。就百年论，谁愿有此事？就千年论，不可无此诗。(《宋诗精华录》)

徐中玉、金启华：陆游作此诗时已75岁。40多年前发生的悲剧，一直啮嚼着老诗人的心。故地重游，触景生情，仍禁不住伤心泪下。(《中国古代文学作品选》)

朱熹

朱熹（1130—1200），字元晦，号晦庵，晚号晦翁，别称紫阳。徽州婺源（今属江西）人，后迁至建阳（今属福建）。南宋著名理学家、思想家、哲学家、教育家和文学家，世称朱子，是孔孟之后杰出的儒学大师。曾任秘阁修撰、焕章阁待制等职。卒谥"文"，称朱文公。

朱熹著述丰富，代表作品有《四书章句集注》《伊洛渊源录》《名臣言行录》《资治通鉴纲目》《楚辞集注》等。

等闲识得东风面，万紫千红总是春

春日

宋·朱熹

胜日寻芳泗水滨，无边光景一时新。
等闲识得东风面，万紫千红总是春。

注释

胜日：天气晴朗的日子，人的心情也很好。

寻芳：游春，踏青。

滨：水边，河边。

等闲：随意。"等闲识得"是容易识别的意思。

东风：春风。

简析

"胜日寻芳泗水滨"，"胜日"指天气晴朗，"泗水滨"指景物的地点。"寻芳"，寻觅美好的春景，点明了主题。下面三句都是写"寻芳"所见所得。"无边光景一时新"，写观赏春景中获得的初步印象。用"无边"形容视线所及的全部风景。"一时新"，既写出了春回大地，自然景物焕然一新，也写出了作者郊游时耳目一新的欣喜感觉。"等闲识得东风面"，春天的面容与特征是很容易辨认的。"万紫千红总是春"，这万紫千红的景象全是由春光点染而成的，人们从这万紫千红中认识了春天，感受到了春天的美。

背景

仅从字面来看，这像是一首游春观感，细想并非如此，因为此时泗水已经被金人占领，朱熹不会前往，这里的"泗水"暗指孔门，所谓"寻芳"即是指求圣人之道。"万紫千红"喻孔学的丰富多彩。诗人将圣人之道比作催发生机、点染万物的春风。

朱淑真

朱淑真（约1135—1180），号幽栖居士，宋代女诗人，亦为唐宋以来留存作品最丰富的女作家之一。南宋初年时在世，浙中海宁人，一说浙江钱塘（今浙江杭州）人。生于仕宦之家。夫为文法小吏，因志趣不合，夫妻不睦，终致其抑郁早逝。又传淑真过世后，父母将其生前文稿付之一炬。其余生平不可考，素无定论。现存《断肠诗集》《断肠词》传世，为劫后余篇。

欲系青春，少住春还去

蝶恋花·送春
宋·朱淑真

楼外垂杨千万缕。欲系青春，少住春还去。
犹自风前飘柳絮，随春且看归何处。
绿满山川闻杜宇。便做无情，莫也愁人苦。
把酒送春春不语，黄昏却下潇潇雨。

注释
系：拴住。

少住：稍稍停留一下。

莫也：岂不也。

潇潇雨：形容雨势很大。

简析

这是一首惜春词。上片化景物为情思，抒发了对春的眷恋之情，从"楼外垂杨"着笔，写出想把春天系住，可是尽管杨柳多情，春也无意"少住"。柳絮随风，春归何处？下片描写了暮春的景致，抒发伤春的情怀。山川蔓延着绿色，杜宇声声啼叫，潇潇暮雨，春将归去，令人不胜眷恋。自此一个多愁善感，把酒送春的女主人公形象跃然纸上，词句清丽，意境深远。这种丰富的想象力和贴切的拟人手法，将暮春景色表现得委婉多姿，细腻动人。

背景

朱淑真少女时曾经历过一段纯美的爱情，但婚后并不如意，最终抑郁而终，这首词是她对于昔日美好一去不返的追思之作。

名家点评

田汝成："淑真诗词多柔媚，独《清昼》一绝，《送春》一词，颇疏俊可喜。"(《西湖游览志馀·香奁艳语》)

明·沈际飞：朱淑真《送春》，满怀妙趣，成片里出。体物无问之言，淡情深感。(《草堂诗余续集》)

南北朝·陆昶："淑真诗好，词不如诗。受其'黄昏却下潇潇雨'句，又词好于诗也。"(《历朝名媛诗词》)

清·李佳：情致缠绵，笔底毫无沉冈。(《左庵词话》)

卢梅坡

卢梅坡，宋朝末年人，具体生卒年不详，以两首《雪梅》留名千古。

梅雪争春未肯降，骚人阁笔费评章

雪梅·其一

宋·卢梅坡

梅雪争春未肯降，骚人阁笔费评章。
梅须逊雪三分白，雪却输梅一段香。

注释

降：认输，服输。

阁笔：阁，同"搁"，放下的意思。

评章：评议的文章，这里指评议梅与雪谁更厉害。

简析

这首诗既有情趣，也有理趣，值得反复吟诵。在诗人卢梅坡的笔下，梅花和雪花都认为各自占了春色，谁都不肯认输，这让人颇感为难，不知该如何评判。于是诗人说了一句公道话，梅花须逊让雪花三分晶莹洁白，雪花却输给梅花一段清香。这种"争宠"的写法，新颖别致，出人意料，诗的后两句巧妙地托出二者的长处与不足：梅不如雪白，雪没有梅香，回答了"骚人阁笔费评章"的原因，也道出了雪、梅各执一端的根据。

事实上，除了字面上梅花和雪花的争执不下，作者还借着雪梅的争春，告诫我们人各有所长，也各有所短，要有自知之明。取人之长，补己之短，才是正理。

元好问

元好问（1190—1257），字裕之，号遗山，世称遗山先生。太原秀容（今山西忻州）人。元好问擅作诗、文、词、曲。其中以诗作成就最高，其"丧乱诗"尤为有名；其词为金代一朝之冠，可与两宋名家媲美；其散曲虽传世不多，但当时影响很大，有倡导之功。有《元遗山先生全集》《中州集》。

爱惜芳心莫轻吐，且教桃李闹春风

同儿辈赋未开海棠

金·元好问

枝间新绿一重重，小蕾深藏数点红。
爱惜芳心莫轻吐，且教桃李闹春风。

注释

"同儿辈赋"句：和孩子们一起为没有开放的海棠花作赋。

一重重：这里是形容新生的绿叶茂盛繁密。

芳心：一语双关，一指海棠的花心，二指儿辈们的心。

轻吐：轻易地开放。

闹春风：在春天里争妍斗艳。

简析

"枝间新绿一重重，小蕾深藏数点红。"春天的海棠树枝叶茂盛，但是并没有开花，不过仔细观察的话，可以看到花蕾透露出的点点红晕。这种细致的观察和发现，让读者觉得俏皮、可爱，仿佛这个花蕾是位悄悄来到世界上，不断成长而且日益成熟的少女，娇羞可人，惹人怜爱。"爱惜芳心莫轻吐，且教桃李闹春风。"海棠的旁边也许有桃树、梨树、李子树在争奇斗艳，但这些花儿的热闹只是短暂的，几场风雨就会纷纷凋零，而海棠虽无意争春，却可以从容绽放。这首诗字里行间透露着诗人对于海棠的深爱，同时表达着自己对美好生活的渴望，深究下来，还能体会到诗人因年迈而不能报国的惆怅。

背景

嘉熙四年（1240）前后，已经暮年的诗人回到故乡，抱着与世无争的态度，过着遗民生活，面对无力报国的遗憾，写下了这首诗。

于谦

于谦（1398—1457），字延益，号节庵，杭州钱塘（今浙江省杭州市）人。明代杰出政治家、军事家和改革家，明末贤相。历任监察御史、河南山西巡抚、兵部尚书、太子少保等。"土木之变"后，于谦力主御敌，反对议和，整饬军队、加强防范，最终使大明王朝转危为安。后明英宗复辟，于谦以谋逆罪被杀。

于谦的诗不事雕琢，朴实易懂。其诗作内容丰富，多表达爱国忧民的情感和表现坚强信念与坚贞节操。

春风来不远，只在屋东头

除夜太原寒甚
明·于谦

寄语天涯客，轻寒底用愁。
春风来不远，只在屋东头。

注释

太原：又名三关镇，是一座军镇的名字，在今山西省。

寒甚：非常寒冷。

天涯客：居住在很远地方的人。

底用：有什么用，底是"何"的意思。

屋东头：春天解冻的东风已经吹到屋东头，意思是说春天马上就要来了。

简析

除夕之夜原本是合家团聚的日子，然而身处远方的诗人却无法归家，恰逢大寒，心中的寂寞和凄楚不言而喻。不过虽然所处的环境艰苦，但诗人想到春天即将到来，所以安慰自己不必忧愁，表现出他乐观向上的积极态度。

前两句"寄语天涯客，轻寒底用愁"出语平淡，描写了旧年过去，不能回到温暖的南方与家人团聚，只能滞留在寒冷的北方，难免充满思乡的情怀。不过还是要鼓励自己和同僚，流落天涯的他乡之客，不要为了这点寒冷而发愁。紧接着"春风来不远，只在屋东头"这两句指明前途，加强信心，更加鼓舞人心。在诗人看来，虽然风寒冰坚，但除夜一过，新的一年就会到来，春天随之来临。春风是那么逼近，似乎就在屋子的东头。这里也暗喻新的一年，诗人将舒展自己的抱负，建立新的功业。

背景

这首诗是于谦在正统初年任山西巡抚时所作。当时诗人独自一人，寒夜守岁，想到即将到来的春天，于是寄语新春，写下此诗。

名家点评

朱邦薇：这首诗写的是除夜的寒冷，读来却给人以春天的

喜悦和暖意。(《历代绝句精华鉴赏辞典》)

孙育华：诗人以平白轻松的语气，抒发激越豪情，显示了诗人铮铮骨气与刚毅果敢的上进精神。(《古代词曲名篇选编》)

金鞍玉勒寻芳客，未信我庐别有春

观书

明·于谦

书卷多情似故人，晨昏忧乐每相亲。
眼前直下三千字，胸次全无一点尘。
活水源流随处满，东风花柳逐时新。
金鞍玉勒寻芳客，未信我庐别有春。

注释

故人：老朋友。这里用拟人的手法，将书卷比喻成老朋友。

晨昏：一天到晚。

三千字：这里是泛指，说明作者读书多且快，同时也写出作者如饥似渴的情态。

"活水"句：化用朱熹《观书有感》中的："问渠那得清如许，为有源头活水来。"

金鞍：泛指马鞍、笼头的贵美。

庐：村房或小屋的通称，这里是指书房。

简析

这首诗是评价读书现状，劝人读书的。在诗人看来，读书可以明理，可以赏景，可以观史，可以鉴人，这种美好的感觉，要比玩物丧志，游手好闲强过百倍。

首句"书卷多情似故人，晨昏忧乐每相亲"运用拟人手法，将书卷比作多情的老朋友，每天从早到晚形影不离，形象地表明诗人读书不倦，乐在其中。第二句"眼前直下三千字，胸次全无一点尘"运用夸张和比喻的手法来描写读书情态，一眼扫过三千字，读得又快又多，展现出诗人如饥似渴的读书心情和胸无杂念的状态，一个专心致志的读书人的形象跃然纸上。第三句"活水源流随处满，东风花柳逐时新"运用典故和自然景象做对比，证明读书的益处，坚持经常读书，就像池塘不断有活水注入，不断得到新的营养，永远清澈，持续读书能够增长知识，就像东风催开百花，染绿柳枝一样，让人心旷神怡，点明读书需要持之以恒。最后一句"金鞍玉勒寻芳客，未信我庐别有春"用贵公子来反衬，显示读书人的书房里四季如春的景象。

背景

于谦对读书的热爱不同凡响，他不仅酷爱读书，养成了读书的习惯，还希望更多人像自己一样爱读书，面对以做官为目的，达到目的而后放弃书本的官场恶习，他写下此诗抒发胸臆，批评读书现状。

李梦阳

李梦阳（1473—1530），明代中期文学家，复古派前七子的领袖人物。字献吉，号空同，祖籍河南扶沟。他善工书法，师法颜真卿，结体方整严谨，不拘泥规矩法度，精于古文词，提倡"文必秦汉，诗必盛唐"。

齐唱宪王春乐府，金梁桥外月如霜

汴京元夕

明·李梦阳

中山孺子倚新妆，郑女燕姬独擅场。
齐唱宪王春乐府，金梁桥外月如霜。

注释

中山孺子：泛指中原地区的青年。
郑女燕姬：泛指北方少女。
擅场：技艺高超出众，压倒全场。

简析

这首诗虽然只有四句，却完美再现了汴京元宵之夜演出戏曲时演员技压全场，众人齐欢的场面，文笔流畅，清丽可喜，颇有唐竹枝民歌风味，是七绝中的佳作。

开头的两句"中山孺子倚新妆，郑女燕姬独擅场"先从各地前来的伶人粉墨登场写起，虽然旨在点明演唱的人员，但又并非是纯乎客观的介绍，还藏着相互竞争和比赛的意思，将男女的情态表现得淋漓尽致，同时凸显了热烈、欢乐而又兴奋的场面。从这里可以看出，汴京作为古时都会，在历受金元劫难之后，经明初的休养生息，此时已经恢复生机，重现繁华了。"齐唱宪王春乐府"作为全诗的中心，终于写到了歌唱，还是男女生齐唱。"金梁桥外月如霜"这一句不仅没有提到歌声，反而宕开笔端，写起了戏曲表演场地旁金梁桥外的夜景和天上的月色。这一句神来之笔以淡墨衬浓彩，余韵婉转。到了这时，男女齐唱"春乐府"的歌声，不仅响彻全城，而且在月光中也更加清亮，仿佛从地上一直飘向了月宫。

背景

诗人的原籍在甘肃庆阳，但因父亲李正曾担任开封周王府教授，于是举家迁徙到开封，后来诗人在庆阳时回忆汴中的繁华景况，写下了这首诗。

名家点评

明·陈子龙：汴城风月，遂不可问，读此作转觉凄然。（《皇明诗选》）

羊春秋：写汴京元夕的欢乐情景，男倚新妆，女唱乐府，彻宵达旦，乐此不疲。不但保存了汴京的民俗资料，也为宪王乐府的流行汴京，提供了历史的见证。（《明诗三百首》）

刘明今：此诗意蕴很丰富，前三句都是实写，写汴京杂剧演出的场面，末一句独能一笔宕开，专写月色光华，这样既扣紧诗题"元夕"二字，又使前三句的实况描写空灵起来，有了神采。读到这里，诗的境界豁然开朗，一幅元宵节月光下，许多台杂剧争妍斗丽的感况顿时浮现在读者眼前了。(《中国古代诗歌欣赏辞典》)

纳兰性德

> 纳兰性德（1655—1685），字容若，号楞伽山人。明珠之子，满洲正黄旗人。康熙十五年（1676）进士，授乾清门侍卫，深得康熙宠幸。

> 纳兰性德被誉为"清代第一词人"，风格与南唐李煜相近，今存词300余首。著有《通志堂集》《饮水词》等。

红泪偷垂，满眼春风百事非

采桑子·当时错
清·纳兰性德

而今才道当时错，心绪凄迷。
红泪偷垂，满眼春风百事非。
情知此后来无计，强说欢期。
一别如斯，落尽梨花月又西。

注释

红泪：女子的眼泪。

满眼春风百事非：源自李贺《三月》诗"东方风来满眼春，花城柳暗愁杀人"。

欢期：二人重逢的日期。

简析

　　这首词率直平白，词人的一片深情和被迫分离永难相见的痛苦和思念一览无余。"而今才道当时错，心绪凄迷。"当时究竟错在何处？是不该相识，还是不该从相识走得更近，或者当时应该把握机会，不让对方离开？这里留够了想象的空间。"红泪偷垂，满眼春风百事非"，这个偷偷垂泪的女子是词人还是对方，并没有说清楚，春天万物复苏的时候暗自垂泪，在繁花似锦的喜景里独自感受百事皆非的悲怀，尤为痛楚。"情知此后来无计，强说欢期。"明明知道再也没有见面的机会了，但还是编织着谎言，约定将来会面的样子，此时此刻欲哭无泪，这种感觉让人尤其伤感。"一别如斯，落尽梨花月又西。"风吹梨花，淡烟软月中，翩翩归来的，是佳人的一点幽香，化作梨花落入手心。用写景来抒情，既是词人的修辞，也是情人的无奈。

背景

　　康熙二十三年，词人在顾贞观的介绍下结识了江南才女沈宛，并一见如故，但因为沈宛是风尘女子，在当时的环境下，是不能成婚的。沈宛经过长久的煎熬和等待后，提出了分手，纳兰性德无力挽留，只好写下这首词。

名家点评

　　王国维："以自然之眼观物，以自然之舌言情，此由初入中原，未染汉人风气，故能真切如此。北宋以来，一人而已。"

　　梁启超："容若的词，自然以含蓄蕴藉的小令为最佳。""古之伤心人，别有怀抱。""哀乐无端，情感热烈到十二分，刻入到十二分。"

唱罢秋坟愁未歇，春丛认取双栖蝶

蝶恋花·辛苦最怜天上月

清·纳兰性德

辛苦最怜天上月，一昔如环，昔昔都成玦。
若似月轮终皎洁，不辞冰雪为卿热。
无那尘缘容易绝。燕子依然，软踏帘钩说。
唱罢秋坟愁未歇，春丛认取双栖蝶。

注释

"一昔"句：昔，同"夕"，比喻不满的月亮。一月之中，天上的月亮只有一夜是圆满的，其他的夜晚都有亏损。

无那：无可奈何的样子。

软踏：轻轻地踏在帘钩上。

认取：取，语助词，注视着。

简析

这是一首悼亡词。先从"天上月"写起，借月亮的圆缺来比喻爱情的欢乐转瞬即逝，恨多乐少。随后写到如果爱情能够如月亮一样皎洁圆满，付出再大的代价都愿意。"一昔如环，昔昔都如玦"，在上片中，作者对亡妻无限的哀伤和怀念在这里展露无遗，而下片用燕子在帘间呢喃，反衬人去楼空，描写未亡人的孤寂和伤逝中的悲痛。结语化用"双栖蝶"的典故，表达了词人与亡妻生死不渝的爱情，抒发了无穷尽的思念和哀悼，将永恒的感情寄托在了化蝶的理想中。上片，以月喻人，亦以人喻月，为布景。下片说情，谓十分无奈，人间情缘如此容易断绝，但帘幕间的燕子却年复一年辛苦奔波，鬼唱秋坟，心中的愁与恨无从消解，只能用想象中的双栖蝶安慰自己了。

背景

这是词人于康熙十六年（1677）重阳前三日，亡妇百日之后，自梦中得句，写下的佳作。

名家点评

盛冬玲：这首《蝶恋花》是容若的代表作之一，历来受到论者和选家的重视。词上阕因月起兴，以月为喻，回忆当初夫妇间短暂而幸福的爱情生活，则曰"若似月轮终皎洁，不辞冰雪为卿热"，真是深情人作深情语。下阕借帘间燕子，花丛双蝶来寄托哀思，设想亡妻孤魂独处的情景，则曰："唱罢秋坟愁未歇，春丛认取双栖蝶"，这又是伤心人作伤心语。纳兰词既凄婉又清丽的风格在这里得到了充分的体现，称它为传世的名篇，是当之无愧的。(《纳兰性德词选》)

吴世昌：容若《蝶恋花》："辛苦最怜天上月，一昔如环，昔昔都成玦。若似月轮终皎洁，不辞冰雪为卿热。无那尘缘容易绝。燕子依然，软踏帘钩说。唱罢秋坟愁未歇，春丛认取双栖蝶。"此亦悼词。"昔"即"夕"字，见《左传》。(《词林新话》)

相思相望不相亲，天为谁春

画堂春·一生一代一双人

清·纳兰性德

一生一代一双人，争教两处销魂。
相思相望不相亲，天为谁春。
浆向蓝桥易乞，药成碧海难奔。
若容相访饮牛津，相对忘贫。

注释

一生一代一双人，争教两处销魂：唐骆宾王《代女道士王灵妃赠道士李荣》：“相怜相念倍相亲，一生一代一双人。”争教，怎教。销魂，形容极度悲伤、愁苦或极度欢乐。

蓝桥：古代地名，在陕西蓝田县东南蓝溪上，传说此处有仙窟，是裴航遇仙女云英的地方。

药成碧海难奔：《淮南子·览冥训》：“羿请不死之药于西王母，姮娥窃之，奔月宫。”这里借用此典故，说明即便有不死之药，也很难像姮娥那样飞入月宫，借指纵有深情却难以相见。

饮牛津：指传说中的天河边，这里是借指与恋人相会的地方。

简析

这首诗上片的首句“一生一代一双人，争教两处销魂”没有任何交代，也没有故事情节，直接写相亲相爱的一对情侣无端被拆散，这样的句子似乎没有经过构思和推敲，平铺直叙，脱口而出。"相思相望不相亲，天为谁春"这句话中的感慨同样非常直白。下片开始有所转折，接连采用典故，"浆向蓝桥易乞，药成碧海难奔"，这里的用典非常讲究，丝毫没有生涩和堆砌的感觉，虽然两个典故截然相反，却一点儿没有感觉到冲突，结尾的"若容相访饮牛津，相对忘贫"采用了诗词的暗示力量，表达了词人的决心，如果能与她相见，一个像牛郎，一个像织女，就能够相对忘言了。如若能结合，即便过着贫贱夫妇的生活，也心满意足。

名家点评

清·顾贞观：容若天资超逸，悠然尘外，所为乐府小令，婉丽凄清，使读者哀乐不知所主，如听中宵梵呗，先凄婉而后喜悦。容若词一种凄忱处，令人不能卒读，人言愁，我始欲愁。(《通志堂词序》)

高鼎

　　高鼎，生卒年不详，大约生活在清咸丰年间。字象一，又字拙文。浙江仁和（今浙江省杭州市）人，清代著名诗人。其诗擅长描绘自然景物，语言通俗生动。

草长莺飞二月天，拂堤杨柳醉春烟

村居

清·高鼎

草长莺飞二月天，拂堤杨柳醉春烟。
儿童散学归来早，忙趁东风放纸鸢。

注释

　　村居：居住在乡村所见到的情形。
　　拂堤杨柳：就像杨柳一样抚摸堤岸。
　　春烟：春季的水泽、草木所蒸发形成的烟雾般的水汽。
　　纸鸢：用纸做的形状像老鹰的风筝，也泛指风筝。

简析

　　这首诗写了诗人居住农村亲眼看到的景象，勾画出一幅生机勃勃、色彩缤纷的"乐春图"。全诗充满了生活情趣，诗情画意，落笔明朗，用词精练，全诗洋溢着欢快的情绪，字里行间透露着对春天来临的喜悦。

首联"草长莺飞二月天"描写时间和自然景物，用生动的文字描写了春日里农村特有的明媚、迷人的景色。颔联"拂堤杨柳醉春烟"描写村中原野上的杨柳"拂"，"醉"，把静止的杨柳人格化了。颈联"儿童散学归来早"勾画出一群活泼的儿童蹦蹦跳跳回家的情形，尾联"忙趁东风放纸鸢"描写了孩子们在大好春光里放风筝的生动情景。诗人采取动静结合的手法，将早春二月的勃勃生机展露无遗。

背景

这是清代诗人高鼎晚年归隐于上饶地区，闲居农村时所写的一首七言绝句，当时他遭到议和派的排斥和打击，志不得伸，在远离战争前线的村庄隐居。

中国文化·古典诗词品鉴

飞花令·夏

素心落雪 编著

中国文史出版社

图书在版编目（ＣＩＰ）数据

飞花令.夏 / 素心落雪编著.— 北京：中国文史出版社，2018.5

ISBN 978-7-5205-0270-2

Ⅰ.①飞… Ⅱ.①素… Ⅲ.①古典诗歌－诗集－中国 Ⅳ.①I222

中国版本图书馆CIP数据核字（2018）第104482号

责任编辑：徐玉霞

出版发行：中国文史出版社

社　　址：北京市海淀区西八里庄路69号院　邮编：100142

电　　话：010－81136606　81136602　81136603（发行部）

传　　真：010－81136655

印　　装：廊坊市海涛印刷有限公司

经　　销：全国新华书店

开　　本：787mm×1092mm 1/32

印　　张：6.75　　字数：155千字

版　　次：2018年8月第1版

印　　次：2024年3月第3次印刷

定　　价：36.80元

解读飞花令

　　飞花令，原是饮酒助兴的游戏之一，输者罚酒。源自古人的诗词之趣，得名于唐代诗人韩翃《寒食》中的名句"春城无处不飞花"。古代的飞花令要求，对令人所对出的诗句要和行令人吟出的诗句格律一致，而且规定好的字出现的位置同样有着严格的要求。

　　而现行"飞花令"的游戏规则相对宽松得多，只要围绕关键字背诵出相应的诗句即可。即使这样，"飞花令"仍是真正高手之间的对抗，因为这不仅考察对令者的诗词储备，更是临场反应和心理素质的较量。

飞花令

目录

夏

夏

夏

夏

飞花令

冬雷震震，夏雨雪

上邪

佚名

上邪！
我欲与君相知，长命无绝衰。
山无陵，江水为竭。
冬雷震震，夏雨雪。
天地合，乃敢与君绝！

注释

上邪（yé）：上天啊。上：指天。邪：语气助词，表示感叹。

相知：结为知己。

命：古与"令"字通，使。衰：衰减、断绝。

陵（líng）：山峰、山头。

震震：形容雷声。

天地合：天与地合二为一。

简析

"上邪！我欲与君相知，长命无绝衰"，天哪！我要和你相知相爱，让我们的感情永久不衰减、不破裂。

"山无陵，江水为竭。冬雷震震，夏雨雪。天地合，乃敢与君绝"，要想背叛我们的誓言，除非山平了，江水干了，冬日雷雨阵阵，夏天纷纷大雪，天与地合而为一，我才将对你的情意抛弃决绝！

《上邪》是产生于汉代的一首乐府民歌。

这是一首情歌，是女主人公忠贞爱情的自誓之词。此诗自"山无陵"一句以下连用五件不可能的事情来表明自己生死不渝的爱情，充满了磐石般坚定的信念和火焰般炽热的激情。

这种缺乏理智、夸张怪诞的奇想，是这位痴情女子表示爱情的特殊形式。而这些根本不可能实现的自然现象都被女子当作"与君绝"的条件，无异于说"与君绝"是绝对不可能的。结果呢？只有自己和"君"永远地相爱下去。

全诗准确地表达了热恋中人特有的绝对化心理，新颖泼辣，奇思妙想，气势豪放，深情款款，感人肺腑。这种无与伦比的表达爱情的方式，是古今中外的绝唱之作。

背景

《上邪》为《铙歌十八曲》之一，属乐府《鼓吹曲辞》。《上邪》是一首民间情歌，是一首感情强烈、气势奔放的爱情诗。诗中女子为了表达她对情人忠贞不渝的感情，她指天发誓，指地为证，要永远和情人相亲相爱。

名家点评

明·胡应麟："《上邪》言情，短章中神品！"（《诗薮》）

清·王先谦："五者皆必无之事，则我之不能绝君明矣。"（《汉铙歌释文笺证》）

　　清·张玉谷："首三，正说，意言已尽，后五，反面竭力申说。如此，然后敢绝，是终不可绝也。选用五事，两就地维说，两就天时说，直说到天地混合，一气赶落，不见堆垛，局奇笔横。"（《古诗赏析》）

翩翩堂前燕，冬藏夏来见

艳歌行
汉·佚名

翩翩堂前燕，冬藏夏来见；
兄弟两三人，流宕在他县。
故衣谁当补，新衣谁当绽？
赖得贤主人，览取为吾绽。
夫婿从门来，斜柯（倚）西北眄。
语卿且勿眄，水清石自见。
石见何累累，远行不如归。

注释
　　翩翩：疾飞貌。
　　流宕：同"流荡"。
　　他县：外县。
　　谁当补："谁给补"的意思。
　　绽：同"组"，原义是"裂缝"，这里是解裂布帛，缝制新衣的意思。

贤主人：指女房东。

览：是"揽"的假借字，取。这二句是说多亏好心的女房东给我补旧衣，缝新衣。

夫婿：女房东的丈夫。

斜柯：叠韵连绵字，犹今口语"歪斜"。一作"斜倚"。

晲：斜着眼。这句是说丈夫发生了猜疑。

卿：古人相互之间的尊称，犹今口语的"您"。

水清石自见：比喻事情真相终能弄清楚。这二句是说请您别怒目相待，真相终可大白。

简析

"翩翩堂前燕，冬藏夏来见；兄弟两三人，流宕在他县"，在堂前翩翩飞翔的燕子，冬去夏来能相见。而我兄弟几人流落他乡，久出不归，用比兴手法开头，概括了流浪汉有家归不得的凄苦生涯。这是第一层凄苦。

"故衣谁当补，新衣谁当绽？赖得贤主人，览取为吾绽"，旧衣破了谁来补，新衣又有谁来缝？幸而得到贤惠的女主人的帮助，替我裁补衣裳。写主人公的憔悴落魄，第二层凄苦。

"夫婿从门来，斜柯（倚）西北晲。语卿且勿晲，水清石自见"，她的丈夫外出归来，斜倚着西北角的枝杈瞟眼斜视。我告诉你且不必观看，水澄清时石子自然显现。矛盾冲突似乎缓和了，但其内心之凄苦却可想而知。

"石见何累累，远行不如归"，水清石见了，事情真相虽已清清楚楚，但出门在外，还是不如回自己的家好。再一次点出凄苦，收束全诗。

背景

　　古代由于交通工具的落后，行旅和流浪往往是重要的诗歌题材之一。这首《艳歌行》就是为表现反映汉代的普通百姓流落在外的惆怅哀伤而作的，其具体创作时间未详。

名家点评

　　明·王夫之："古人于尔许事，闲远委蛇如此，乃以登之管弦，遂无赧色。擢骨戟髯，以道大端者，野人哉！"（《古诗评选》）

陶渊明

陶渊明（365—427），一名潜，字元亮，世称"靖节先生"。浔阳柴桑人（今江西九江）人，出身仕宦家庭，曾做过江州祭酒，镇军参军，建威参军、彭泽令等小官。由于厌倦官场，41岁弃官归乡，过起躬耕隐居的田园生活。陶渊明诗文辞赋风格淡雅、感情真挚、语言质朴自然，是田园诗派的创始人。有《陶渊明集》存世。

孟夏草木长，绕屋树扶疏

读山海经·其一

晋·陶渊明

孟夏草木长，绕屋树扶疏。
众鸟欣有托，吾亦爱吾庐。
既耕亦已种，时还读我书。
穷巷隔深辙，频回故人车。
欢言酌春酒，摘我园中蔬。
微雨从东来，好风与之俱。
泛览《周王传》，流观《山海》图。
俯仰终宇宙，不乐复何如？

注释

《读山海经》组诗共十三首，这是第一首。山海经：一部记载古代神话传说、史地文献、原始风俗的书。

孟夏：初夏。农历四月。

扶疏：枝叶茂盛的样子。

欣有托：高兴找到可以依托的地方。

深辙：轧有很深车辙的大路。

频回故人车：经常让熟人的车掉头回去。

与之俱：和它一起吹来。

泛览：浏览。《周王传》：即《穆天子传》，记载周穆王西游的书。

流观：浏览。《山海》图：《山海经图》。古人疑《山海经》依图画而述之。

简析

"孟夏草木长，绕屋树扶疏。众鸟欣有托，吾亦爱吾庐"，孟夏时节草木茂盛，绿树围绕着我的房屋。众鸟快乐的好像有所寄托，我也喜爱我的茅庐。

"既耕亦已种，时还读我书。穷巷隔深辙，频回故人车"，耕种过之后，我时常返回来读我喜爱的书。居住在僻静的村巷中远离喧嚣，即使是老朋友驾车探望也掉头回去。

"欢言酌春酒，摘我园中蔬。微雨从东来，好风与之俱"，与友人欢快地谈话，饮的是春天酿的酒，吃的是从我的菜园中摘采的蔬菜，清爽的风夹着细雨从东方飘忽而来。

"泛览《周王传》，流观《山海》图。俯仰终宇宙，不乐复何如？"读着《周王传》，浏览着《山海经图》。在俯仰之间纵览宇宙，还有什么比这个更快乐呢？

背景

这是陶渊明隐居时所写十三首组诗的第一首。逯钦立认为这组诗大约作于义熙四年（408）之前，陶渊明处于归园田居前期，耕种之余便以琴书自娱。这期间他读了《山海经》及另一些神话、历史书如《穆天子传》之类，有感而作十三首诗。

名家点评

明·黄文焕："（其九）寓意甚远甚大。天下忠臣义士，及身之时，事或有所不能济，而其志其功足留万古者，皆夸父之类，非俗人目论所能知也。胸中饶有幽愤。"（《陶诗析义》卷四）

清·温汝能："此篇（其一）是渊明偶有所得，自然流出，所谓不见斧凿痕也。大约诗之妙以自然为造极。陶诗率近自然，而此首更令人不可思议，神妙极矣。"（《陶集汇评》）

清·邱嘉穗："日者，君象也。天子当阳，群阴自息，亦由时有忠臣硕辅浴日之功耳。此诗殆借日以思盛世之君臣，而怨晋室之遂亡于宋也，岂非以君弱臣强而然耶？"（《东山草堂陶诗笺》卷四）

龚望："《读山海经诗十三首》，除首篇外，比之他诗为降格。（《陶渊明集评议》）

春水满四泽，夏云多奇峰

四时

晋·陶渊明

春水满四泽，夏云多奇峰。
秋月扬明晖，冬岭秀寒松。

注释

泽：水田。

晖：光辉。

简析

"春水满四泽，夏云多奇峰"，隆冬过去，一泓春水溢满了田野和水塘。夏天的云变幻莫测，如奇峰骤起，千姿百态。

"秋月扬明晖，冬岭秀寒松"，秋月清照，月光下的景物都蒙上了一层迷离的色彩。冬天的山岭上，严寒中的松树依然苍翠挺拔，生机勃勃。

诗人借助景物赞美自然，渲染气氛，抒发个人情怀，揭露社会黑暗。充分展示了诗歌言志、言情的功能，运用自然质朴的语言创造出自然美好与社会动荡及命运多舛不同的意境。

背景

此诗作者有争议。《许彦周诗话》曰："此诗乃顾长康诗，误入彭泽集。"

春别犹春恋，夏还情更久

子夜四时歌·春别犹春恋

南北朝·佚名

春别犹春恋，夏还情更久。
罗帐为谁褰，双枕何时有？

注释

犹：尚且。还。
罗帐：轻软有稀孔的丝织品制作的帷帐。
褰：揭起。撩起衣服。

简析

"春别犹春恋，夏还情更久"，春天远去了还念念不忘，夏天来了，这份情会更加长久。

"罗帐为谁褰，双枕何时有"，这薄如罗纱的帐幔为谁揭起？那鸳鸯双枕也不知何时才能拥有。

《子夜四时歌》是《子夜歌》的变体。用《子夜歌》的调子吟唱春夏秋冬四季，故名。此诗为《夏歌》第四首，以简洁、流丽的语言描绘女子渴望幸福爱情的心理活动。

暑盛静无风，夏云薄暮起

子夜四时歌·暑盛静无风

南北朝·佚名

暑盛静无风，夏云薄暮起。
携手密叶下，浮瓜沉朱李。

注释

薄暮：薄薄的暮色。傍晚，太阳快落山的时候。

密叶：稠密的树叶。

浮瓜：浮在水中的甜瓜。

朱李：红色的李子。果名。李子的一种。

简析

"暑盛静无风，夏云薄暮起"，这炽热的盛夏寂静无风，太阳快落山的时候，天上才飘来几缕云彩。

"携手密叶下，浮瓜沉朱李"，我们手拉着手在茂密的树荫下，吃着浸在冷水中的甜瓜和红色的李子，消除夏天的酷热。

此诗为《夏歌》第九首。以明快、质朴的调子唱出虽然酷暑难当，但人们仍然能"浮瓜沉李"，快乐消夏。

林鹊改初调，林中夏蝉鸣

子夜四时歌·适见戴青幡

南北朝·佚名

适见戴青幡，三春已复倾。
林鹊改初调，林中夏蝉鸣。

注释

适见：刚才见到。适，方才，适间。

戴：戴帽。悬挂。

青幡：青幡，古代春令作劝耕、护花等用的青旗。

三春：春季三个月：农历正月称孟春，二月称仲春，三月称季春。

复倾：再次倾倒，再次衰败。倾，用尽，竭尽，衰败。

初调：初始的声调，当初的叫声。

简析

"适见戴青幡，三春已复倾"，刚才还看见悬挂着的劝耕、护花的青旗，转眼春季的三个月都过去了。

"林鹊改初调，林中夏蝉鸣"，树林里的喜鹊已经改变了当初的声调，夏天的知了也开始鸣叫了。

此诗为《夏歌》第十一首，以简明的语言描述了季节的变更。

朱夏花落去，谁复相寻觅

子夜四时歌·春桃初发红

南北朝·佚名

春桃初发红，惜色恐侬摘。
朱夏花落去，谁复相寻觅。

注释

初发红：开始发红，刚刚发红绽放。

恐：恐怕，担心。

侬：我（古语，多见于旧诗文）。你。

摘（zhāi）：古同"摘"。

朱夏：夏季。《尔雅·释天》："夏为朱明。"

简析

"春桃初发红，惜色恐侬摘。"春桃刚刚绽放出红色的花朵，为爱惜桃花的娇艳，常担心被人摘去。

"朱夏花落去，谁复相寻觅"，等到夏天桃花谢了，又有谁来寻觅呢？

此诗为《夏歌》第十二首，用比兴的手法描述了一个像桃花一样娇媚的女子欣赏春桃，而爱慕她的男子正在欣赏着她。但她自负貌美，对求爱的男子不理不睬。当春天逝去，桃花凋零，终于只剩下她一人时，后悔莫及，生出"谁复相寻觅"的感叹。

昔别春风起，今还夏云浮

子夜四时歌·昔别春风起

南北朝·佚名

昔别春风起，今还夏云浮。路遥日月促，非是我淹留。

注释

昔别春风起，今还夏云浮。路遥日月促，非是我淹留。

注释

今还：今日归还。

夏云：夏天的云彩。

路遥：路途遥远。

日月促：日子和岁月仓促紧促。

非是：不是。

淹留：长期逗留，羁留，羁绊。

简析

"昔别春风起，今还夏云浮"，当年分别时，是春光明媚春风荡漾之时，如今归来却是夏云飘忽。

"路遥日月促，非是我淹留"，路途遥远日子过得仓促而紧迫，我并不想在外面长期逗留。

此诗为《夏歌》第十三首，男子在一个春风摇漾的日子外出办事，至夏天才回。他是真的因为路途遥远日子紧迫而不能回家吗？或者是在外面有相好的也未可知。

春倾桑叶尽，夏开蚕务毕

子夜四时歌·春倾桑叶尽

南北朝·佚名

春倾桑叶尽，夏开蚕务毕。
昼夜理机缚，知欲早成匹。

注释

春倾：春天倾倒。倾，用尽，竭尽。衰败。

夏开：夏天开始。

蚕务：养蚕的事务。

机：织布机。

缚（zhuàn）：丝线卷。

知欲：知道想要。

成匹：织成绢匹或布匹。匹，相当，相敌，比得上。

简析

"春倾桑叶尽，夏开蚕务毕"，春天已经过去了，桑树上的叶也老了，夏天养蚕的事务也已结束。

"昼夜理机缚，知欲早成匹"，我白昼和黑夜都整理织布机上的白色丝绢，只想早点织成匹。

此诗为《夏歌》第十七首。女子忙完春末夏初的养蚕事务，就日夜织布，想早点把织布机上的布织成匹。暗示希望与心上人早点成为夫妻。

情知三夏熬，今日偏独甚

子夜四时歌·情知三夏熬

南北朝·佚名

情知三夏熬，今日偏独甚。
香巾拂玉席，共郎登楼寝。

注释

情知：深知；明知。

三夏：旧称阴历四月为孟夏，五月为仲夏，六月为季夏，合称三夏。亦指夏季的第三个月。

熬：苦熬。熬人。

独甚：独特甚于。特甚。表示程度特别严重。

香巾：香味的汗巾。

玉席：席的美称。白玉般的席子。

共郎：共同与郎君。

登楼寝：登楼就寝。

简析

"情知三夏熬，今日偏独甚"，深知三夏酷热难熬，今日却偏偏热得更厉害。

"香巾拂玉席，共郎登楼寝"，用有香味的汗巾擦拭白玉般的凉席，与郎君一同登楼就寝。

此诗为《夏歌》第十八首，三夏虽然酷热难熬，但夫妻间的爱情比夏天更炽热。

怀人重衾寝，故有三**夏**热

子夜四时歌·天寒岁欲暮

南北朝·佚名

天寒岁欲暮，朔风舞飞雪。
怀人重衾寝，故有三夏热。

注释

岁欲暮：岁月将晚。一年将尽。

朔风：朔方之风。北风。寒风。

怀人：怀念中的人。所怀念的人。

重衾（chóng qīn）：双层被子。重叠的衣衾。《说文》衾，大被。段注："寝衣为小被（夹被），则衾是大被（棉被）。"

寝：就寝。睡觉。

故有：因故有。因此有。

三夏：旧称阴历四月为孟夏，五月为仲夏，六月为季夏，合称三夏。亦指夏季的第三个月。

简析

"天寒岁欲暮，朔风舞飞雪"，天气寒冷，一年将尽。北风吹着雪花漫天飞舞。

"怀人重衾寝，故有三夏热"，怀念着心上的人儿，就像睡在双层的被子里，因此有三夏天的炽热。

此诗为《冬歌》第九首，情深似海，情炽如火。怀念心上的人竟能抵挡三九严寒。语短情长，感人肺腑。

背景

《子夜四时歌》为南朝乐府民歌,收录在宋代郭茂倩所编《乐府诗集》中,属"清商曲辞·吴声歌曲",相传是晋代一名叫子夜的女子创制,多写哀怨或眷恋之情。现存七十五首,其中春歌二十首,夏歌二十首,秋歌十八首,冬歌十七首。又称《吴声四时歌》或《子夜吴歌》,简称《四时歌》。

南朝乐府民歌大多是女子所唱的情歌。与后世婉约派词风的含蓄不同,乐府民歌大多质朴坦率,简单易懂。虽然这类情歌中也有轻俗浮艳的作品,但纵观《子夜四时歌》全篇,婉约清丽者有之,质朴清新者有之,细腻缠绵者有之,大胆率真者有之,且因民歌本身的歌谣性质,音节摇曳,朗朗上口,实为值得一读的好诗。

谢灵运

谢灵运（385—433），原名公义，字灵运，以字行于世，小名客儿，世称谢客。少即好学，博览群书，工诗善文。其诗与颜延之齐名，并称"颜谢"。南北朝时期杰出的诗人、文学家、旅行家。开创了中国文学史上的山水诗派，他还兼通史学，擅书法，曾翻译外来佛经，并奉诏撰《晋书》。明人辑有《谢康乐集》。

首夏犹清和，芳草亦未歇

游赤石进帆海
南北朝·谢灵运

首夏犹清和，芳草亦未歇。
水宿淹晨暮，阴霞屡兴没。
周览倦瀛壖，况乃陵穷发。
川后时安流，天吴静不发。
扬帆采石华，挂席拾海月。
溟涨无端倪，虚舟有超越。
仲连轻齐组，子牟眷魏阙。
矜名道不足，适己物可忽。

请附任公言，终然谢天伐。

注释

首夏：初夏。

亦未歇：也没有停止生长。

水宿（sù）：生活在水中，即住宿舟船之上。

淹晨暮：将晨暮连成一体，分不清早晚。

阴霞：阴云和彩霞。

屡兴没：多次变换，即或雨或晴，时而阴云密布，时而彩霞满天。

周览：遍观，即全都游览过了。

倦瀛壖（yíng rú）：对海边岸上的景物已觉得厌倦。

况乃：何况是。

陵：凌驾，漂游。

川后：波神。

天吴：水伯。

不发：不动作，不激荡，不掀起波涛。

扬帆、挂席：都是张帆行舟的意思。

石华、海月：两种可食用的海味水产。

溟（míng）涨：泛指海洋。

无端倪（ní）：无头无尾，无边无际。

虚舟：没有载物的空船。

超越：超然漂行。

仲连轻齐组：鲁仲连轻视齐国的封赏。组：系冠帽或印章的丝带，借指官爵。

子牟眷（juàn）魏阙（què）：公子牟留恋王室的高官厚禄。

魏阙：代指政界官场。

矜名：崇尚空名。

道不足：不足道，不值得称道。

适己：顺从自己的本性。

物可忽：万事万物（所有的功名利禄）都可以忘记。

附：依附，遵从。

任公言：指任公教导孔子的一段话。

终然：自然老死，全命而终。

谢：辞去，避免。

天伐：与"终然"相对，指人为因素或外力影响而致损毁夭折。

简析

"首夏犹清和，芳草亦未歇"，初夏仍然清爽暖和，小草也没有停止生长，仍是欣欣向荣的景象。点明此游节令。

"水宿淹晨暮，阴霞屡兴没"，在水上行船不分早晚，对日复一日的云霞变换失去了新鲜感。

"周览倦瀛壖，况乃陵穷发"，遍观海边岸上的景物已觉厌倦，何况漂游游览。

"川后时安流，天吴静不发"，波神使河流安静地流淌，水伯也不掀起波涛。

"扬帆采石华，挂席拾海月"，张帆行舟去采石华，扬帆起航去捡海月。

"溟涨无端倪，虚舟有超越"，大海无边无际，没有载物的空船超然漂行。

"仲连轻齐组，子牟眷魏阙"，鲁仲连轻视齐国的封赏，公子牟留恋王室的高官厚禄。

"矜名道不足，适己物可忽"，崇尚功名有愧于道，适己所安，物欲也可以摆脱。

"请附任公言，终然谢天伐"，将听从任公之言，弃功名利禄以全吾身。

诗人在逐层的写景抒情中，表达了出海目睹汪洋所引起的感慨，情与理与典实契合。此诗的情理都在自然精美的写景记游中自然体现，足见谢诗结构之精。

背景

南亭之游后，谢灵运开始了他在永嘉境内的探奇搜胜。一方面山水并不能真正抚平他心中的幽愤，所以这一段时间中，他的诗中经常出现"倦"游的字样；然而另一方面，山水又时时给他以新的感受，使他失去平衡的心态，至少获得宣泄而趋于暂时的平衡。景平元年（423）初夏，作者由山入海，即景思昔，为表达自己全身保真的意愿，创作了这首诗。

名家点评

宋·鲍照："如初发芙蓉，自然可爱。"（《南史·颜延之传》）

清·杨伦："公晚年七律渐近自然，如此首之高浑，非老手不办。"（《杜诗镜铨》）

谢朓

谢朓（464—499），南朝齐诗人，并善辞赋和散文。字玄晖。陈郡阳夏（今河南太康）人。高祖据为谢安之兄，父纬，官散骑侍郎。母为宋文帝之女长城公主。他广结诗友，家世既贵，少又好学，为南齐藩王所重。东昏侯永元元年（499），始安王萧遥光谋夺帝位，谢朓未预其谋，被诬死于狱中。

首夏实清和，余春满郊甸

别王丞僧孺诗
南北朝·谢朓

首夏实清和，余春满郊甸。
花树杂为锦，月池皎如练。
如何当此时，别离言与宴。
留襟已郁纡，行舟亦遥衍。
非君不见思，所悲思不见。

注释

王僧孺：诗人的好友。

余春：春末。

郊甸：城外，城郊。

月池：月光下的池塘。

留襟：留者的襟怀。

郁纡：郁结沉闷。

遥衍：越去越远。

简析

"首夏实清和，余春满郊甸"，初夏的天气真是清明和暖，春末的景色遍布城郊。

"花树杂为锦，月池皎如练"，杂树繁花交错相映，犹如鲜艳的彩锦，月池水宛如洁白的丝绸。这是一首写离别的诗，开头四句不见一丝半点离情别绪，而是描写气候宜人，城郊景色明丽。

"如何当此时，别离言与宴"，怎么在这美好的时刻，谈论分别并设宴饯行呢？笔锋一转，设问，以盛赞风景之美来反衬别离之苦。

"留襟已郁纡，行舟亦遥衍"，留下来的人心里依依不舍，郁结沉闷，离去的人却渐行渐远。

"非君不见思，所悲思不见"，我不是因为看不见你而对你思念不已，而可悲的是今后想念你时却不能随时看见了。

背景

公元493年（齐武帝永明十一年）正月，王僧孺"补晋安（今福建泉州）郡丞"，四月离京赴任。这时谢朓刚从荆州奉诏回京，因专诚来与王僧孺饯行。这首诗就写于当时。

名家点评

清·刘熙载：语皆自然流出。(《艺概》)

清·沈德潜：觉笔墨之中，笔墨之外，别有一段深情妙理。(《古诗源》)

徐陵

徐陵（507—583），字孝穆，东海郡郯县（今山东郯城县）人。南朝著名诗人和文学家，戎昭将军、太子左卫率徐摛之子。八岁能撰文，十二岁通《庄子》《老子》。梁武帝萧衍时期，任东宫学士，常出入禁闼，为当时宫体诗人，与庾信齐名，并称"徐庾"。今存《徐孝穆集》6卷和《玉台新咏》10卷。

园林才有热，<mark>夏</mark>浅更胜春

侍宴诗

南朝·徐陵

园林才有热，夏浅更胜春。
嫩竹犹含粉，初荷未聚尘。
承恩豫下席，应阮独何人。

注释

下席：犹末座。古人常以居下席表示谦敬。
应阮：建安文人应场、阮瑀的并称。

简析

这是一首奉和应令诗。诗的前四句描绘出了一幅初夏景象，园中竹子娇嫩，"初荷"未染尘，一片清新之感。而后一句"承恩豫下席"点题，说明场景是为侍宴的背景。最后作者以应玚、阮瑀侍宴曹氏比自己之侍宴，既颂扬了萧氏，又自比"应阮"，显示出了几分自信和张扬。

背景

是诗人的一首奉和应令诗。

卢照邻

卢照邻（约636—约680），字升之，自号幽忧子，幽州范阳（治今河北省涿州）人，初唐诗人。尤工诗歌骈文，以歌行体为佳，不少佳句传颂不绝，如"得成比目何辞死，愿作鸳鸯不羡仙"等，更被后人誉为经典。与王勃、杨炯、骆宾王以文词齐名，世称"王杨卢骆"，号为"初唐四杰"。有7卷本的《卢升之集》、明张燮辑注的《幽忧子集》存世。

瀑水含秋气，垂藤引夏凉

初夏日幽庄

唐·卢照邻

闻有高踪客，耿介坐幽庄。
林壑人事少，风烟鸟路长。
瀑水含秋气，垂藤引夏凉。
苗深全覆陇，荷上半侵塘。
钓渚青凫没，村田白鹭翔。
知君振奇藻，还嗣海隅芳。

注释

高踪客：隐士，高士。

耿介：正直，不同流俗。

林壑：树木和山谷。

风烟：风尘，烟雾，云气。

瀑水：瀑布。

覆陇：覆盖着田垄。

渚：水中小块陆地。

青凫：野鸭。

奇藻：超卓的才华。

嗣：继承、子孙。这里是传到的意思。

海隅：海边。常指偏远僻静的地方。

简析

"闻有高踪客，耿介坐幽庄"，听说有不同流俗的隐士，居住在清幽的山庄之中。起句点明隐士与隐士居住的清幽之地。

"林壑人事少，风烟鸟路长"，茂密的树林与幽深的山谷人烟稀少，唯有鸟的踪迹在云雾缭绕中时隐时现。

"瀑水含秋气，垂藤引夏凉"，飞溅的瀑布包含着秋天清凉的气息，垂挂着的青翠藤蔓带给夏天一片凉爽。

"苗深全覆陇，荷上半侵塘"，已经长高的庄稼将田垄完全覆盖，荷花也遮掩了半个池塘。

"钓渚青凫没，村田白鹭翔"，在水边垂钓，常有野鸭子出没于水中，农田上有白鹭飞翔。

"知君振奇藻，还嗣海隅芳"，知道居士才华超卓，你的芳名已传到我这偏远的海边。

这是一首写仰慕世外隐者的诗，表现了诗人对田园生活的向往。

背景

卢照邻当时与王勃、杨炯、骆宾王以文词齐名，世称"王杨卢骆"，号为"初唐四杰"。卢照邻擅长七言歌行，代表作品：《长安古意》《十五夜观灯》《元日述怀》。这首《初夏日幽庄》写于诗人罢官后。

名家点评

陈伯海：照邻长于七言歌行，词采富艳，境界开阔，与王勃、杨炯、骆宾王齐名，并称"四杰"。(《唐诗汇评》)

明·胡应麟：卢、骆五言，骨干有余，风致殊乏。至于排律，时自铮铮。(《诗薮》)

宋之问

宋之问（约656—约712），字延清，名少连，汉族，汾州隰城（今山西汾阳市）人，初唐时期的诗人，与沈佺期并称"沈宋"。

与陈子昂、卢藏用、司马承祯、王适、毕构、李白、孟浩然、王维、贺知章称为"仙宗十友"。

冬花采卢橘，夏果摘杨梅

登粤王台

唐·宋之问

江上粤王台，登高望几回。
南溟天外合，北户日边开。
地湿烟尝起，山晴雨半来。
冬花采卢橘，夏果摘杨梅。
迹类虞翻枉，人非贾谊才。
归心不可见，白发重相催。

注释

粤王台：一作越台，遗址在今广州越秀山上。

登高：上到高处。

南溟：南边的大海。

天外：天之外。极言高远。谓极远的地方，意想不到之处。

合：闭，对拢。聚集。

北户：古国名。亦借指南方边远地区。向北开的门。

日边：太阳的旁边。犹言天边。指极远的地方。

卢橘：金橘。生时青卢色，黄熟时则如金。指枇杷。

迹类：迹：脚印、追寻踪迹，指据实考知。类：相似，好像。

虞翻：三国时期吴国经学家。字仲翔，会稽余姚人。因触犯孙权被谪戍。

贾谊：西汉政治家、文学家。洛阳人。十八岁时，以能诵读诗书，善文章为郡人称誉。后遭排遣，被贬为长沙王太傅。

简析

"江上粤王台，登高望几回。南溟天外合，北户日边开"，江岸上的粤王台，我上到高处向远方看过几回。南边的大海在天之外聚集，向北的门户在太阳的旁边开启。

"地湿烟尝起，山晴雨半来。冬花采卢橘，夏果摘杨梅。"因为地面上水多常常烟雾缭绕，晴天的山上会突然下一阵雨。卢橘在冬天开花夏天结果，夏天也可以摘杨梅。

"迹类虞翻枉，人非贾谊才。归心不可见，白发重相催"，追寻踪迹，虞翻是被冤枉的。我也没有贾谊那样的才华，归去的心非常诚恳却无人看见，头上的白发不断地在催促。

名家点评

明·胡应麟：延清排律，如《登粤王台》《虚氏村》《禹穴》《韶州清远峡》《法华寺》等篇，叙状景物，皆极天下之

工。且繁而不乱，绮而不冗。可与谢灵运游览诸作并驰，古今
排律绝唱也。(《诗薮》)

清·吴瑞荣：宋于末弩偏着力，此般结句，寻常语，独隽
永有味。(《唐诗笺要》)

陈子昂

陈子昂（659—702），字伯玉，梓州射洪（今四川省遂宁市射洪县）人，唐代诗人，初唐诗文革新人物之一。因曾任右拾遗，后世称陈拾遗。其诗风骨峥嵘，寓意深远，苍劲有力。其中最有代表性的诗作有组诗《感遇》38首、《蓟丘览古》7首和《登幽州台歌》等。

兰若生春夏，芊蔚何青青

感遇诗三十八首·其二

唐·陈子昂

兰若生春夏，芊蔚何青青。
幽独空林色，朱蕤冒紫茎。
迟迟白日晚，袅袅秋风生。
岁华尽摇落，芳意竟何成？

注释

兰若：兰，兰草。若：杜若、杜衡，生于水边的香草。

芊蔚，青青：指草木茂盛状。

幽独：《楚辞·九章·悲回风》："兰茝而独芳。"

朱蕤：朱，红色。蕤，下垂的花朵。朱蕤，指下垂的红花。

迟迟：舒缓、徐徐的样子。

岁华：花草一年一枯荣，故云岁华。

摇落：凋零。

简析

"兰若生春夏，芊蔚何青青。幽独空林色，朱蕤冒紫茎"，兰草与杜若开放在春夏之间，花叶相映，茂密繁盛而又绚丽多姿。兰若花红茎紫，叶子青翠，在空寂的山林中显得幽雅清秀，独具风采。

"迟迟白日晚，袅袅秋风生。岁华尽摇落，芳意竟何成"，渐渐的由夏入秋，白天变短，秋风缭绕而来，清寒而萧瑟，芬芳的花草凋零殆尽，美好的心愿究竟怎样实现？

此诗全用比兴手法，诗的前半着力赞美兰若压倒群芳的风姿，实则是以其"幽独空林色"比喻自己出众的才华。后半以"白日晚""秋风生"写芳华逝去，寒色威逼，充满美人迟暮之感。"岁华""芳意"用语双关，借花草之凋零，悲叹自己的年华消逝，理想破灭，寓意凄婉，感慨遥深。

背景

《感遇》是陈子昂写的以感慨身世与时政为主旨的组诗，共三十八首，本篇是其中的第二首。诗中以兰若自比，寄托了个人的身世之感。陈子昂颇有才干，但屡受排挤，41岁为射洪县令段简所害。这正像清秀幽独的兰若，在风刀霜剑的摧残下枯萎凋谢了。组诗写于此时。

名家点评

南宋·刘克庄：唐初王、杨、沈、宋擅名，然不脱齐、梁之体，独陈拾遗首倡高雅冲淡之音，一扫六朝之纤弱。(《后村诗话》)

元·方回：陈拾遗子昂，唐之诗祖也。不但《感遇》诗三十八首为古体之祖，其律诗亦近体之祖也。(《瀛奎律髓》)

明·胡应麟：子昂《感遇》，尽削浮靡，一振古雅，唐初自是杰出。(《诗薮》)

索居犹几日，炎夏忽然衰

感遇诗三十八首·其三十二

唐·陈子昂

索居犹几日，炎夏忽然衰。
阳彩皆阴翳，亲友尽睽违。
登山望不见，涕泣久涟洏。
宿梦感颜色，若与白云期。
马上骄豪子，驱逐正蚩蚩。
蜀山与楚水，携手在何时？

注释

索居：孤身独居。

衰：微弱，衰败。

阳彩：阳光。

阴翳：阴云遮蔽。

暌违：分离。

涟洏：泪流不止。

骄：自高自大的。

豪子：豪门子弟。

驱逐：驱赶或强迫离开。

蚩蚩：敦厚的样子。

简析

"索居犹几日，炎夏忽然衰。阳彩皆阴翳，亲友尽暌违"，孤身独居还能几日，夏天的炎热忽然减弱了。阴云遮蔽了阳光，亲朋好友分离了好久。

"登山望不见，涕泣久涟洏。宿梦感颜色，若与白云期"，登上高山也望不见，独自哭泣着泪流不止。夜里睡梦中的印象，你就像白云一样。

"马上骄豪子，驱逐正蚩蚩。蜀山与楚水，携手在何时"，那骑着骏马的自高自大的豪门子弟，正驱赶着敦厚的人，我们隔着蜀山与楚水，不知何时才能聚会。

贺知章

贺知章（约659—约744），字季真，自号四明狂客，越州永兴（今浙江杭州萧山）人。证圣进士，官至秘书监。后还乡为道士。为人旷达不羁，有"清谈风流"之誉。好饮酒，与李白友善，是"吴中四士"之一。其诗以绝句见长，诗多祭神乐章和应制之作。写景抒情之作，风格独特，清新潇洒。《全唐诗》尚存其诗作十九首。

陇云晴半雨，边草夏先秋

送人之军

唐·贺知章

常经绝脉塞，复见断肠流。
送子成今别，令人起昔愁。
陇云晴半雨，边草夏先秋。
万里长城寄，无贻汉国忧。

注释

绝脉塞：指长城险塞。绝脉，断绝地脉。

断肠流：指陇头流水。《陇头歌辞》曰："陇头水流，鸣声幽咽。遥望秦川，心肠断绝。"

陇云：陇头之云。陇，陇山，为陕甘要隘。

万里长城：喻重要支柱，此以军队为长城。

汉国：指唐王朝。唐人多以汉喻唐。

简析

这是首送别诗，也是一首边塞诗，表达了诗人对国家安全的关切和期望。

"常经绝脉塞，复见断肠流"，国家边关衢道及其险关经常被断绝。送人至军的路上多次看到军人被杀的场面。断肠已流出在体外了，这是多么的残忍啊！

"送子成今别，令人起昔愁"，父送子去从军，成为今日之分别，也有可能是永别。想起昔日的忧愁，战争连年不断，儿子在边塞能否回家，以前不就有父母盼不到儿子回来吗？

"陇云晴半雨，边草夏先秋"，陇右道的气候变化无常，晴、雨天各半。夏天，关外的草就已枯黄，比内地先进入秋天。

"万里长城寄，无贻汉国忧"，军人守边，犹如万里长城一样。国家寄托于戍边的军人，能抵挡外国的入侵。有了巩固的边防，就无用汉国（大唐）的忧虑了。

背景

这首诗大约作于唐开元二十五年（737），当时唐与吐蕃等国在青海西部陇右道进行大战。《送人之军》是反映这一历史背景的佳作。

名家点评

明·凌宏宪：蒋春甫曰：精切流动，结亦正。(《唐诗广选》)

明·陆时雍：五六指点如次，语致复雅，如卢象《竹里馆》"腊月闻山鸟，寒崖见蛰熊"，太觉粗笨矣。(《唐诗镜》)

明·周珽：开口便是凄恻，以"常经""复见"应带"成今别""起昔愁"来，所谓得意疾书、非关思议者。"陇云"二语要亦"今""昔""经""见"中景意。末致以勉励之辞，不失送人从军本色。昔人赏其典，吾更赏其韵。钟惺曰：三、四浅浅道出，结得郑重。谭元春曰：烂好。(《唐诗选脉会通评林》)

孟浩然

　　孟浩然（689—740），名浩，字浩然，因祖籍为襄州襄阳（今湖北襄樊）而世称"孟襄阳"，与王维合称"王孟"。其诗歌题材范多以山水田园、隐居逸兴及羁旅行役为主，以五言短篇居多，风格冲淡自然，是唐代"山水派"诗人的杰出代表。

念离当夏首，漂泊指炎裔

将适天台留别临安李主簿

唐·孟浩然

枳棘君尚栖，匏瓜吾岂系？
念离当夏首，漂泊指炎裔。
江海非堕游，田园失归计。
定山既早发，渔浦亦宵济。
泛泛随波澜，行行任舻枻。
故林日已远，群木坐成翳。
羽人在丹丘，吾亦从此逝。

注释

　　天台：地名，在今浙江省境内。

枳棘：多刺的树。

匏瓜：一年生草本植物，果实比葫芦大，老熟后可剖制成器具。

夏首：初夏。

炎裔：南方边远之地，当包括天台、永嘉等地。

堕游：谓失业闲游。

失归计：此句承上，言自己远游之由在难于还乡。

宵济：夜渡。

泛泛：荡漾的样子，浮动的样子。

舻枻：代指船。舻，船头。枻，同栧，短桨。

故林：旧时的山林。

坐：旋也，谓转眼之间。

翳：遮盖，指树木茂盛浓密。

羽人：本指神话中的飞仙，后亦称道士为羽人。

丹丘：传说中神仙住地，在海外，昼夜长明。

简析

"枳棘君尚栖，匏瓜吾岂系？念离当夏首，漂泊指炎裔"，你尚且栖身在多刺的树上，而我这样的匏瓜又怎能挂上去？想起与你分离时是初夏，如今漂泊到了南方边远之地。

"江海非堕游，田园失归计。定山既早发，渔浦亦宵济"，我流落江湖并不是失业闲游，而是难于回归故乡。到定山是早晨去的，夜晚又过渡到渔浦。

"泛泛随波澜，行行任舻枻。故林日已远，群木坐成翳"，坐在船上随着波浪荡漾着不停地前行，离开旧时的山林一天比一天遥远，那成片的树木转眼间变得茂盛浓密了。

"羽人在丹丘，吾亦从此逝"，那得道的高人居住在昼夜长明的海外仙山，我也就从此消逝了。

背景

　　此诗乃孟浩然自洛至越以后所作。《旧唐书·地理志三·杭州》："临安（县），垂拱四年，分余杭、於潜，置于废临水县。"唐代诸县皆设主簿，掌文书簿籍。观此诗题，知孟浩然自洛至越，先到杭州，后往天台。

名家点评

　　唐·殷璠：浩然诗，文采丰茸，经纬绵密，半遵雅调，全削凡体。(《河岳英灵集》)

王昌龄

王昌龄（698—757），字少伯，河东晋阳（今山西太原）人，又一说京兆长安（今西安）人，盛唐著名边塞诗人。其诗以七绝见长，尤以登第之前赴西北边塞所作边塞诗最著，情景妙合，意与境浑，有"诗家夫子王江宁"之誉，又被后人誉为"七绝圣手"。

沅溪夏晚足凉风，春酒相携就竹丛

龙标野宴

唐·王昌龄

沅溪夏晚足凉风，春酒相携就竹丛。
莫道弦歌愁远谪，青山明月不曾空。

注释

龙标：唐代的县名，今湖南黔阳县。

足：远足，散步。

春酒：春天酿的酒。

相携：互相挽扶；相伴。

就：到。

谛：贬谛。

简析

    这首诗看似写安逸悠闲的生活，实则吐露了诗人被贬谛的愁苦。

    "沅溪夏晚足凉风，春酒相携就竹丛"，清朗的夏夜，凉爽的风，潺潺的溪流，三五好友带着美酒，相伴着走进溪边的竹林。

    "莫道弦歌愁远谛，青山明月不曾空"，不要说我们纵酒高歌是倾诉被贬谛的哀愁，我们心中那美好的情怀与向往，就像青山明月，从不曾缺失过。

    夏夜，溪流，竹林，美酒。好友聚会，纵情畅饮。幽雅的环境，魏晋名士的风骨。作者却是"黄沙百战穿金甲，不破楼兰终不还"的王昌龄。一个斗志激昂、情怀悲壮的边塞诗人；一个要建功立业却仕途坎坷的盛唐诗人，在这惬意、凉爽的夏日傍晚，有好友相伴，有美酒可饮，被谛的愁苦只是不说而已，终究是难以释怀的。但诗人以"青山明月"自许，体现了诗人寄情山水的旷达之情。

背景

    王昌龄被贬为龙标县（今湖南省黔阳县）县尉时所作。

王维

　　王维（约701—约761），字摩诘，号摩诘居士，世称"王右丞"，河东蒲州（今山西永济）人，是唐代著名的山水派诗人和画家。王维参禅悟理，学庄信道，精通诗、书、画、音乐等，以诗名盛于开元、天宝间，尤长五言，多咏山水田园，与孟浩然合称"王孟"，并有"诗佛"之称。其诗清新淡远、自然脱俗，苏轼评曰："味摩诘之诗，诗中有画；观摩诘之画，画中有诗。"

漠漠水田飞白鹭，阴阴夏木啭黄鹂

积雨辋川庄作

唐·王维

积雨空林烟火迟，蒸藜炊黍饷东菑。
漠漠水田飞白鹭，阴阴夏木啭黄鹂。
山中习静观朝槿，松下清斋折露葵。
野老与人争席罢，海鸥何事更相疑。

注释

　　辋（wǎng）川庄：即王维在辋川的宅第，在今陕西蓝田终南山中，是王维隐居之地。

空林：疏林。

烟火迟：因久雨林野润湿，故烟火缓升。

藜：一年生草本植物，嫩叶可食。

黍：谷物名，古时为主食。

饷东菑（zī）：给在东边田里干活的人送饭。饷：送饭食到田头。菑：已经开垦了一年的田地，此泛指农田。

漠漠：形容广阔无际。

阴阴：幽暗的样子。

夏木：高大的树木，犹乔木。夏：大。

啭（zhuàn）：小鸟婉转的鸣叫。

习静：谓习养静寂的心性。亦指过幽静生活。

槿：植物名。落叶灌木，其花朝开夕谢。古人以此悟人生荣枯无常之理。

清斋：谓素食，长斋。

露葵：经霜的葵菜。葵为古代重要蔬菜，有"百菜之主"之称。

野老：村野老人，此指作者自己。

争席罢：指自己要隐退山林，与世无争。

海鸥句：典出《列子·黄帝篇》：海上有人与鸥鸟相亲近，互不猜疑。一天，父亲要他把海鸥捉回家来，他又到海滨时，海鸥便飞得远远的，心术不正破坏了他和海鸥的亲密关系。这里借海鸥喻人事。

何事：一作"何处"。

简析

"积雨空林烟火迟，蒸藜炊黍饷东菑"，连天阴雨，空气湿润，静谧的丛林上空，炊烟袅袅。山下农家正烧火做饭，女人们把饭菜准备好，送往东面田头。写田家秩序井然而富有生活气息，使人想见农妇田夫怡然自乐的心情。

"漠漠水田飞白鹭，阴阴夏木啭黄鹂"，广阔无际、烟雨空蒙的水田上，白鹭翩翩起舞，仪态安闲；远近高低、郁郁葱葱的密林中，黄鹂互相唱和，歌声婉转清脆。写自然景色，诗中有画。

"山中习静观朝槿，松下清斋折露葵"，我独处空山之中，幽栖松树之下，参木槿而悟人生之无常，采露葵以作长斋素食。

"野老与人争席罢，海鸥何事更相疑"，我已是野老村夫，与人无碍，与世无争了，还有谁会无端地猜忌我呢？山中生活孤寂寡淡，但诗人从中领略到极大的兴味，已去心机、绝俗念，随缘任遇，与世无争。

此诗形象鲜明，兴味深远，表现了诗人隐居山林、脱离尘俗的闲情逸致，流露出诗人对淳朴田园生活的挚爱。是王维田园诗的代表作。

背景

此诗作于王维隐居辋川蓝田时期。

名家点评

宋·刘辰翁：写景自然，造语又极辛苦。顾云：结语用庄子忘机之事，无迹，此诗首述田家时景。次述己志空泊，末写事实，又叹俗人之不知己也。东坡云：摩诘"诗中有画，画中有诗"者，此耳。（《王孟诗评》）

明·高棅：周云：妙在四叠字，易此便如嚼蜡。（《增订评注唐诗正声》）

明·高棅："水田飞白鹭，夏木啭黄鹂"，人皆能为，比诸惟下"漠漠""阴阴"四字，诗意便胜。(《批点唐诗正声》)

明·钟惺、谭元春：钟云："烟火迟"又妙于烟火新，然非积雨说不出("积雨空林"句下)。谭云：悟矣("山中习静"句下)。(《唐诗归》)

清·范大士：诗中写生画手，人境皆活，耳目长新，真是化机在掌握矣。(《历代诗法》)

清·高步瀛：方曰：写景极活现("阴阴夏木"句下)。赵松谷曰：淡雅幽寂。(《唐宋诗举要》)

萋萋芳草春绿，落落长松夏寒

田园乐·萋萋芳草春绿
唐·王维

萋萋芳草春绿，落落长松夏寒。
牛羊自归村巷，童稚不识衣冠。

注释
萋萋：草茂盛的样子。
落落：零落、孤独。此处形容高大的松树。
夏寒：夏日的松树葱茏茂盛，给人凉爽之意。
童稚：儿童。
衣冠：衣服和帽子。此处指做官的人。

简析

"萋萋芳草春绿"，秋天，茂盛的芳草还呈现出生机勃勃的绿色。

"落落长松夏寒"，夏天，高大挺直的松树葱茏如盖，绿阴凉爽。

"牛羊自归村巷"，傍晚，在野外吃草的牛羊无须人们驱赶，自己回村进巷。

"童稚不识衣冠"，天真烂漫的孩童在村中玩耍，不认识达官显贵。

这是一首田园诗。诗中描绘了环境幽宜、民风纯朴、安闲自在的村居生活。一、二句写自然景色，三、四句写人事环境。诗人写景造境，由实见虚，一句一景，就像一幅幅图画一样。这些画面连接在一起，构成了含蕴丰富的"辋川闲居图"。诗中有画，便是这首诗的特点。

背景

这首诗是王维退居辋川别业时所作。

名家点评

明·俞见龙：盖诗以咏性情，圆融则易遣兴，直方则难措辞，是以（六言诗）古今俱鲜。(《唐诗画谱·六言画谱》)

青草瘴时过夏口，白头浪里出湓城

送杨少府贬郴州

唐·王维

明到衡山与洞庭，若为秋月听猿声。
愁看北渚三湘远，恶说南风五两轻。
青草瘴时过夏口，白头浪里出湓城。
长沙不久留才子，贾谊何须吊屈平？

注释

郴州：治所在今湖南郴县。

若为：犹言怎堪。

北渚：指湘水上的小洲。

五两轻：谓风大。南风大，则北上之船航行甚速，然杨不得北返，故恶说之。

青草瘴：一指青草涨。一指瘴气名。

夏口：古城名，故址在今武昌西北黄鹄山上。

湓城：晋时柴桑的湓城，指在今江西九江。

简析

这是一首赠别诗。

"明到衡山与洞庭，若为秋月听猿声"，明天你就要到遥远荒凉的衡山和洞庭湖去了，怎堪对着秋月，常常听那猿猴凄厉的啼声。

"愁看北渚三湘远，恶说南风五两轻"，杨少府越是看到通往帝京的水路很近时，越是发愁；当看到可以扬帆的南风很大时，反而要产生厌恶情绪。（因为杨少府是被贬的，没有命令不能回去，所以越是看到能回去的路和风，就越心烦。）

"青草瘴时过夏口，白头浪里出溢城"，青草初生之时，你必定要被朝廷重用，那时你乘坐的船经过夏口，船儿斩波劈浪，在白色的浪涛中驶出溢城而奔赴帝京。（这两句祝福杨少府很快就会被朝廷召回去。）

"长沙不久留才子，贾谊何须吊屈平"，汉代的才子贾谊虽曾贬谪长沙，但时间不很长久，因此你不必像贾谊那样去作凭吊屈原诗赋。

最后两句引用贾谊的典故，劝慰杨少府不要过于伤心自怨。

背景

这是王维给杨少府的赠别诗。杨少府，其名不详，少府是杨氏的官位。他因事受贬将去郴州。郴州，即今湖南郴县。杨少府原来是在京城长安任职的，这次被贬到郴州做县尉，即任州的武官。少府是县尉的敬称。这首诗是杨少府将要离别京城，诗人赠送给远谪之人的。

名家点评

清·沈德潜：不能北归，反恶南风，语妙意曲。（《唐诗别裁集》）

清·赵殿成：送人迁谪，用贾谊事者多矣。然俱代为悲忿之词。惟李供奉《巴陵赠舍人》诗云："圣主恩深汉文帝，怜君不遣到长沙。"与右丞此篇结句，俱得忠厚和平之旨。可为用事翻案法。（《王右丞集笺注》）

岑参

　　岑参（约715—770），荆州江陵（现湖北江陵）人，唐代著名的边塞诗人，与高适并称"高岑"。其诗的主要思想倾向是慷慨报国的英雄气概和不畏艰难的乐观精神。艺术上气势雄伟，想象丰富，造意新奇，风格峭拔。他擅长以七言歌行描绘壮丽多姿的边塞风光，抒发豪放奔腾的感情，代表作有《白雪歌送武判官归京》等。

秋来唯有雁，夏尽不闻蝉

首秋轮台

唐·岑参

异域阴山外，孤城雪海边。
秋来唯有雁，夏尽不闻蝉。
雨拂毡墙湿，风摇毳幕膻。
轮台万里地，无事历三年。

注释

　　首秋：初秋之意，为阴历七月。
　　异域：指西域。

　　轮台：为北庭州属下辖一县，今新疆乌鲁木齐附近，具体位置至今未得确定。

　　阴山：今乌鲁木齐以东之天山东段山脉。

　　雪海：浩瀚之沙漠雪原，为当时轮台北面之沙海。

　　毡墙：毡帐之围墙。

　　毦幕：毡帐。毦（cuì）：鸟兽的细毛。

　　膻（shān）：羊等牲畜的腥臊气。

简析

　　"异域阴山外，孤城雪海边。秋来唯有雁，夏尽不闻蝉"，身在异域的阴山西面，轮台孤城位于浩瀚的沙漠边。秋天只见到雁行，夏季还没有结束就听不到蝉鸣。

　　"雨拂毡墙湿，风摇毦幕膻。轮台万里地，无事历三年"，秋打湿毡墙，秋风把牲畜的腥臊气吹进帐篷。轮台之地距离家乡万里，在边境无所事事已经过去三年。

　　这首诗描绘初秋边塞景物，抒写久居边塞的惆怅心情。开头两句写边地荒远苦寒，起调极为沉重。

　　诗的三、四句从时间落笔，其所见所闻证实边地苦寒。

　　诗的五、六两句从居住环境写边地初秋气候的恶劣，点染秋景气氛，勾划出一个极为凄苦的环境。

　　诗的最后两句仍从地点时间两方面来写边塞之远，戍边之长，环境之苦。秋日又至，家乡万里，归去无期，思念家乡心切是不言而喻的。因而这两句实为诗人之所感。

　　这首诗由诗人所居异域，以及诗人首秋所见所想，由远及近，层层写拢来，久居边塞的苦闷心情在首秋轮台的景物描绘中得到自然而又含蓄的表露。

背景

这首诗作于公元756年（唐肃宗至德元年），岑参42岁，距第二次赴北庭整三年。公元756年秋，岑参在西域北庭已度过三年时光。第二年，岑参回到内地凤翔，经杜甫等举荐，授右补阙。根据上述时间推算，岑参作《首秋轮台》之时，应该是已经做好了返回内地之准备，因此，诗歌短短五言八句，却似总结西域生活一般，使人读之，马上即可感受西域之生活情形。

名家点评

清·何焯：中四句历尽苦辛。(《瀛奎律髓汇评》)

清·纪昀："毡墙"二字乃《乌孙公主歌》中语，不得为新字。(《瀛奎律髓刊误》)

杜甫

杜甫（712—770），字子美，自号少陵野老，襄阳人，后徙河南巩县，是唐代伟大的现实主义诗人，与李白合称"李杜"。杜甫生活在唐朝由盛转衰的历史时期，其诗大多是反映当时的社会面貌和民间疾苦，题材广泛，寄意深远，抒发了忧国忧民的情怀，因而被誉为"诗史"。杜诗沉郁顿挫，语言精练，格律严谨，感情真挚，达到了极高的艺术水平。

人生几何春已夏，不放香醪如蜜甜

绝句·漫兴九首其八

唐·杜甫

舍西柔桑叶可拈，江畔细麦复纤纤。
人生几何春已夏，不放香醪如蜜甜。

注释

绝句：诗歌的一种体裁，兴盛于唐朝，一般四句一首，亦称"联句"。

漫兴：随兴所至，信笔写来。

舍西：房屋的西面。

柔桑：柔嫩的桑叶。

纤纤：细长而柔美。

几何：多少。

香醪：香气浓郁。

简析

"舍西柔桑叶可拈，江畔细麦复纤纤"，房舍西边的嫩桑叶可以摘来养蚕了，江畔麦子青青，纤细柔美。

"人生几何春已夏，不放香醪如蜜甜"，转眼又是春去夏来季节更迭，管他人生能有多少时日，喝上没有香醪的酒也像蜜一样甘甜。

诗人通过时令节气，写浣花溪畔的农桑之乐。更是以此书写情怀：人生几何春已夏，不放香醪如蜜甜。春去夏来，时光荏苒，忧愁满怀的诗人或许是想起曹操的诗："对酒当歌，人生几何。"然而，正因为生命短促，那没有香醪的酒喝起来也是甘甜的。实则是诗人心忧家国，效法曹操以酒解忧，借酒浇愁。

背景

此诗写于杜甫寓居成都草堂的第二年，即唐代宗上元二年（761）。杜甫草堂坐落在成都市西门外的浣花溪畔，景色秀美，诗人在这宜人而安定的环境里，本应休养生息。然而饱尝乱离之苦的诗人，以天下为己任，忧国忧民，依然有远客孤居的诸多烦扰。

名家点评

明·王夫之：杜甫擅长以乐景写哀，则哀感倍生。（《姜斋诗话》）

清江一曲抱村流，长夏江村事事幽

江村

唐·杜甫

清江一曲抱村流，长夏江村事事幽。
自去自来梁上燕，相亲相近水中鸥。
老妻画纸为棋局，稚子敲针作钓钩。
但有故人供禄米，微躯此外更何求。

注释

江村：江畔村庄。

清江：清澈的江水。江：指锦江，岷江的支流，在成都西郊的一段称浣花溪。

曲：曲折。

抱：怀拥，环绕。

长夏：长长的夏日。

幽：宁静，安闲。

画纸为棋局：在纸上画棋盘。

稚子：年幼的儿子。

禄米：古代官吏的俸给，这里指钱米。"但有"句一说为"多病所须惟药物"。

微躯：微贱的身躯，是作者自谦之词。

简析

这是一首描写自然风光与村居闲适生活的七律诗。

"清江一曲抱村流，长夏江村事事幽"，清澈的江水曲折地绕村流过，悠长的夏日里，村中的一切都显得宁静安闲。

"自去自来梁上燕，相亲相近水中鸥"，梁上的燕子自由自在地飞来飞去，水中的白鸥相亲相近，相伴相随。

"老妻画纸为棋局，稚子敲针作钓钩"，老妻正在用纸画一张棋盘，小儿子把一枚针锤打成钓鱼钩。

"但有故人供禄米，微躯此外更何求"，只要有老朋友给一些吃的、用的，我还有什么奢求呢？

诗人用清淳质朴的语言，点染出浣花溪畔幽美宁静的自然风光和村居生活的清悠闲适。将夏日江村最寻常、最富于特色的景象，描绘得真切生动，自然可爱，颇具田园诗萧散恬淡、幽雅浑朴的风韵。

然而，结句忽转凄婉。杜甫有两句诗自道其作诗的甘苦，说"愁极本凭诗遣兴，诗成吟咏转凄凉"。此诗本是写闲适心境，但他写到结尾处，也不免吐露落寞不欢之情，使人有怅怅之感。

背景

唐肃宗上元元年（760）夏，杜甫在朋友的资助下，在四川成都郊外的浣花溪畔盖了一间草堂。在饱经战乱之苦后，生活暂时得到了安宁，与妻子儿女团聚，重享天伦之乐。这首诗正作于这期间。

名家点评

明·胡应麟：（杜七言律）太易者，"清江一曲抱村流"之类；杜则可，学杜则不可。（《诗薮》）

清·黄生：杜律不难于老健，而难于轻松。此诗见潇洒流逸之致。（《杜诗说》）

明·许学夷：（杜甫）七言律，如"清江一曲""一片花飞""朝回日日"等篇，亦宛似宋人口语。(《诗源辨体》)

味苦夏虫避，丛卑春鸟疑

苦竹

唐·杜甫

青冥亦自守，软弱强扶持。
味苦夏虫避，丛卑春鸟疑。
轩墀曾不重，剪伐欲无辞。
幸近幽人屋，霜根结在兹。

注释

苦竹：竹的一种，又称伞柄竹。味苦。

青冥：形容青苍幽远。这里指青山。

守：操守。

软弱：指苦竹柔弱的枝干。

丛卑：苦竹丛矮小。

轩墀：富贵人家的厅堂。这里指朝廷。

剪伐：剪枝，砍伐。

幽人：隐者。

霜根：经冬不死有竹根。

兹：这里。

简析

这是一首咏物诗，寄寓了诗人为世所弃的感伤，表现出欲苦守而避世的思想波动。情感哀婉深沉，表达方式迂折回旋，沉郁中见顿挫之力。

"青冥亦自守，软弱强扶持"，苦竹生长在青苍幽远的崇山峻岭之中也能坚守节操，即便躯干软弱也能强自支持。诗人此时仕途失意、理想破灭、生活困顿，际遇、心境与苦竹之境暗合。

"味苦夏虫避，丛卑春鸟疑"，因为苦竹味道苦涩虫子都回避，竹丛低矮鸟儿们也不愿驻足。诗人明里写竹咏竹，暗里自哀自伤，逐层推进，渐次加深。

"轩墀曾不重，翦伐欲无辞"，苦竹不曾被富贵人家看重栽在庭院，即便被人砍伐也没有说辞。表现了苦竹即使遭受不平也宽厚隐忍的态度，体现出诗人仁者之心和儒家温柔敦厚的涵养，从而使诗人的悲愁与感伤变得深沉和凝重。

"幸近幽人屋，霜根结在兹"，所幸靠近隐士的茅屋，这才能将经冬不死的根扎在这里。以庆幸自许之情收束全诗，表明诗人要扎根于山林。

背景

唐肃宗乾元二年（759），杜甫因房琯事件被肃宗疏远，贬华州司功参军，不久弃官奔赴秦州。寓居秦州三个多月，《苦竹》写于此时。

名家点评

清·浦起龙：公素不作软语，此二诗乃睹其物而哀之，不觉自露苦衷。（读杜心解）

仲夏苦夜短，开轩纳微凉

夏夜叹

唐·杜甫

永日不可暮，炎蒸毒我肠。
安得万里风，飘飖吹我裳？
昊天出华月，茂林延疏光。
仲夏苦夜短，开轩纳微凉。
虚明见纤毫，羽虫亦飞扬。
物情无巨细，自适固其常。
念彼荷戈士，穷年守边疆。
何由一洗濯，执热互相望。
竟夕击刁斗，喧声连万方。
青紫虽被体，不如早还乡。
北城悲笳发，鹳鹤号且翔。
况复烦促倦，激烈思时康。

注释

永日：夏日昼长，故称。

不可暮：言似乎盼不到日落。

毒我肠：热得我心中焦躁不安。我，一作"中"。

昊天：夏天。

华月：明月。

延：招来。

仲夏：夏季的第二个月，即阴历五月。

轩：窗。

虚明：月光。

羽虫：夜飞的萤火虫。

巨细：大小。

自适：自得其乐。

荷戈士：戍卒。

穷年：一年到头。

洗濯：洗涤，沐浴。

执热：苦热。

竟夕：整夜。

刁斗：古代军中用具，铜制，三足有柄。白天用来做饭，夜晚敲击示警。

青紫：贵官之服。

北城：指华州。

鸂鶒：水鸟名，即鹭，长嘴，能捕鱼。

复：一作"怀"。

时康：天下安康太平。

简析

"永日不可暮，炎蒸毒我肠。安得万里风，飘飘吹我裳。"漫长的白昼难以天黑，暑热使我焦躁不安，如何唤来万里长风，飘飘然吹起我的衣裳？

"昊天出华月，茂林延疏光。仲夏苦夜短，开轩纳微凉。"天空升起皎洁的月亮，茂林映着稀疏的月光。仲夏之夜苦短，打开窗子享受微凉。

"虚明见纤毫，羽虫亦飞扬。物情无巨细，自适固其常。"夜色空明能见细微之物，昆虫也在振翅飞翔。生命之体无论大小，都以自得其乐为常情。

"念彼荷戈士，穷年守边疆。何由一洗濯，执热互相望。"我想到那些执戈的士兵，一年到头守卫边疆。他们怎么洗澡呢？酷暑难当却无可奈何地互相观望。

"竟夕击刁斗，喧声连万方。青紫虽被体，不如早还乡。"整夜敲击刁斗忙于警戒，喧呼声响遍四面八方。青紫色的官服虽然穿在身上，还不如早日回故乡。

"北城悲笳发，鹳鹤号且翔。况复烦促倦，激烈思时康。"城北响起悲凉的胡笳，鹳鹤哀号着飞翔。这乱世已令人忧伤，天热烦躁，我热切期盼天下太平安康。

背景

乾元二年（759）夏，华州及关中大旱，造成严重灾荒，灾民到处逃荒，流离失所。杜甫从洛阳回到华州以后，仍然时时忧虑动荡的局势和苦难的人民，但似乎对唐肃宗和朝廷中把持大权的重臣们已失去了信心。这一年夏天他写下《夏夜叹》，明确地表达了这种心情。

名家点评

明·王嗣奭：本苦炎蒸之毒，而偏说"华月""疏光""羽虫""飞扬"，虽微物亦有苦中之适。而后转到荷戈之士，得情得势。（《杜臆》）

夏日出东北，陵天经中街

夏日叹
唐·杜甫

夏日出东北，陵天经中街。
朱光彻厚地，郁蒸何由开。
上苍久无雷，无乃号令乖。
雨降不濡物，良田起黄埃。
飞鸟苦热死，池鱼涸其泥。
万人尚流冗，举目唯蒿莱。
至今大河北，化作虎与豺。
浩荡想幽蓟，王师安在哉。
对食不能餐，我心殊未谐。
眇然贞观初，难与数子偕。

注释
　　陵天：升上天空。
　　陵天经：一作"经天陵"。
　　中街：古人指日行的轨道。此指太阳当顶直射。
　　朱光：日光。
　　彻厚地：晒透大地。
　　郁蒸：闷热。开：散释。
　　乖：违背，反常。
　　濡：湿润。
　　万人：百姓。
　　流冗：流离失所，无家可归。

唯蒿莱：田园荒芜景象。

大河：黄河。

化：一作"尽"。

虎与豺：喻安史叛军。

幽蓟：幽州（范阳郡）和蓟州（渔阳郡），安史叛军老巢。

未谐：指心情不愉快，不安稳。

眇然：遥想。

贞观：唐太宗年号（627—649），贞观之治为唐初盛世。

数子：指贞观名臣长孙无忌、房玄龄、杜如晦、魏征等。

偕：同。

简析

"夏日出东北，陵天经中街。朱光彻厚地，郁蒸何由开。上苍久无雷，无乃号令乖。雨降不濡物，良田起黄埃"，夏天，太阳从东北方升起，正午太阳当顶，晒透了厚厚的土地，酷热难熬，能有什么法子释放这难忍的闷热？上天久不打雷降雨，莫不是号令反常了？即使下雨也无法滋润万物，因为田地都已经干得尘土飞扬了。

"飞鸟苦热死，池鱼涸其泥。万人尚流冗，举目唯蒿莱。至今大河北，化作虎与豺。浩荡想幽蓟，王师安在哉"，飞鸟、池鱼因为干旱和酷热而死了。千万民众仍然流离失所，举目望去，田园一片荒芜。黄河以北大片地区都变成叛军的巢穴，动乱使人想起幽蓟二郡，唐王朝的军队如今在哪里呢？

"对食不能餐，我心殊未谐。眇然贞观初，难与数子偕"，我忧心如焚，吃不下，睡不安，心情很不舒畅。抚今思昔，叹当朝没有贤臣良相。

诗的前半部分写旱灾，后半部分写战乱，并对天灾人祸表达了自己的感慨，极言民生疾苦。

背景

这首诗是杜甫于公元759年（乾元二年）在华州所作。那一年关中大旱，灾荒严重，灾民流离失所。杜甫从洛阳回到华州后，仍然时时忧虑动荡的局势和苦难的人民，但似乎对唐肃宗和朝廷中把持大权的重臣们已失去了信心。这一年夏天他写下《夏日叹》一诗，明确地表达了这种心情。

名家点评

清·卢元昌：李辅国专掌禁兵，事无大小，制敕皆其所为。诗云"号令乖"，指此。宰相李岘言辅国专权乱政，辅国忌而罢之。若李揆执子弟礼于辅国，呼为五父。吕諲、第五琦，率皆碌庸臣。此所以思贞观诸贤也。（《杜诗阐》）

百顷风潭上，千章夏木清

陪郑广文游何将军山林

唐·杜甫

百顷风潭上，千章夏木清。
卑枝低结子，接叶暗巢莺。
鲜鲫银丝脍，香芹碧涧羹。
翻疑柁楼底，晚饭越中行。

注释

郑广文：即郑虔。杜甫倾倒其三绝才华，又哀其不遇，二人交情极笃。《新唐书》《唐摭言》《唐才子传》有传。《全唐诗》存其诗一首。

何将军：名无考。赵汸曰："何于郑为旧交，因而并招及己。"

章：大树。

脍：切细的鱼肉。

香芹：楚葵，又名水英，可作羹。

柂楼：柂，通舵，即船舵。楼，有叠层的游船。

简析

"百顷风潭上，千章夏木清。卑枝低结子，接叶暗巢莺"，风吹着百顷水潭，碧波荡漾；夏天高大的树林，郁郁葱葱。累累的水果压低了树枝，茂密的枝叶间隐藏着莺巢。

"鲜鲫银丝脍，香芹碧涧羹。翻疑柂楼底，晚饭越中行"，把活鲜的鲫鱼切成银丝煲脍，用碧水涧傍的香芹熬成香羹。这像是在越州吃晚饭啊，哪里是在陕西的柂楼底下用餐呢？

背景

此组诗共十章，当作于公元753年（唐玄宗天宝十二年）初夏，当时杜甫与广文馆博士郑虔同游何将军山林，故作此组诗。

名家点评

明·仇兆鳌：二章，志林中景物之胜。首二为纲，三四承夏木，五六承风潭。末乃触景而念昔游。风潭覆以夏木，见其

萧森可爱。(《杜诗详注》)

明·朱鹤龄：卑枝接叶二句，古人所谓叠韵诗。食有芹卿，乃初到而留饮，末云晚饭，盖至暮而留宿矣。(《杜工部诗集辑注》)

贾至

贾至（718—772），字幼隣，河南洛阳人，贾曾之子。擢明经第，为单父尉。安禄山乱，从唐玄宗幸蜀，知制诰，历中书舍人。时肃宗即位于灵武，玄宗令至作传位册文。至德中，将军王去荣坐事当诛，肃宗惜去荣材，诏贷死。至切谏，谓坏法当诛。广德初，为礼部侍郎，封信都县伯。后封京兆尹，兼御史大夫。卒，谥文。至著有文集三十卷，《唐才子传》有其传。

怀君晴川上，伫立夏云滋

寓言

唐·贾至

春草纷碧色，佳人旷无期。
悠哉千里心，欲采商山芝。
叹息良会晚，如何桃李时。
怀君晴川上，伫立夏云滋。

注释

纷：众多，杂乱。

旷无期：荒废了时日而遥遥无期。

商山芝：用商山四皓采芝事。喻隐居。

川：河流。

伫立：长久地站立。

滋：滋生、生长。

简析

"春草纷碧色，佳人旷无期。悠哉千里心，欲采商山芝"，茂盛的春草一片碧绿，美好的人却相见无期。想要远遁像商山的采芝者那样隐居。

"叹息良会晚，如何桃李时。怀君晴川上，伫立夏云滋"，可惜正当盛年见面却已晚，可又会怎样呢？更何况桃李盛开之时。伫立在晴朗的河边怀念你，久久站立看初夏的云慢慢生成。

背景

这首诗是贾至因事由中书舍人贬为岳州司马时所写。

名家点评

明·唐汝询：按本传，至为起居舍人，坐小事贬岳州司马。此放逐而思君也。(《唐诗解》)

戴叔伦

戴叔伦（732—789），字幼公，一作次公，润州金坛（今属江苏）人。少从萧颖士学，有才名。曾历任秘书省正字、东阳县令、抚州刺史、容州刺史等职。其诗多表现隐逸生活和闲情逸致，能寄深意于恬澹之中，对晚唐诗人影响尤大。一些反映民生疾苦的作品，开中唐元白新乐府的先河，也颇有特色。著作有《戴叔伦集》。

却望夏洋怀二妙，满崖霜树晓斑斑

过故人陈羽山居

唐·戴叔伦

向来携酒共追攀，此日看云独未还。
不见山中人半载，依然松下屋三间。
峰攒仙境丹霞上，水绕渔矶绿玉湾。
却望夏洋怀二妙，满崖霜树晓斑斑。

注释

向来：从来。一向。

峰攒：山峰林立。攒，聚集。

丹霞：红霞。比喻红艳的色彩。

崖：高地的边，陡立的山边。亦喻边际。

夏洋：夏天清澈的水。

斑斑：有很多斑点。

简析

"向来携酒共追攀，此日看云独未还。不见山中人半载，依然松下屋三间"，以前，我们都是带着酒一起在山峰间游览，今日却只有我一人独自看云，你还未归来。半年没有见到你了，松树下的三间茅屋还像往日一样。

"峰攒仙境丹霞上，水绕渔矶绿玉湾。却望夏洋怀二妙，满崖霜树晓斑斑"，山峰林立，红霞满天如仙境，清澈的水绕着水中可垂钓的岩石，像环绕着一湾碧绿的玉。欣赏着山中夏天清澈的水与山头的僧寺，悬崖峭壁的树上已挂上了斑斑晓霜。

名家点评

明·金圣叹：前解，特访高人不遇，必有无数惋惜。此只闲闲云向来遍遍寻着，今日独相失耳。便自说得来访是偶然，不在亦是偶然，以偶然之人，有偶然之事，而适值偶然之时，于怀虽不大佳，于兴亦不恶也。三、四便缩取王摩诘门外青山。一解只作二句，言虽不睹其人，不妨且看其屋。夫三间之屋，既曰依然，便亦无大足看也，而必又写入诗者，所谓美人影也好，此纯是性情边事，不能以笔墨求也。后解，前解且看其屋，后解再算其人，言陈君此时当安在乎？为在高高朱霞之上乎？为在低低绿玉之湾乎？末言使我伫望必归之路，惟见一带烟树斑斑，想见先生此日迁延而不能即去也。(《贯华堂选批唐才子诗》)

韦应物

韦应物（737—792），中国唐代诗人，长安（今陕西西安）人。今传有10卷本《韦江州集》、两卷本《韦苏州诗集》、10卷本《韦苏州集》。散文仅存一篇。因出任过苏州刺史，世称"韦苏州"。诗风恬淡高远，以善于写景和描写隐逸生活著称。

夏条绿已密，朱萼缀明鲜

夏花明

唐·韦应物

夏条绿已密，朱萼缀明鲜。
炎炎日正午，灼灼火俱燃。
翻风适自乱，照水复成妍。
归视窗间字，荧煌满眼前。

注释

夏条：夏天树木的枝条。

朱萼：朱，红色。萼，包在花瓣外面的一圈绿色叶状薄片，花开时托着花瓣。这里指花朵。

缀：衬托。

灼灼：耀眼的、明亮的。

妍：美丽。

荧煌：辉煌。

简析

这是一首写夏天的山水田园诗。

"夏条绿已密，朱萼缀明鲜"，夏天，树木的枝条已十分茂密，绿意盎然，红色的花朵衬托在上面，明媚鲜艳。

"炎炎日正午，灼灼火俱燃"，晴天的正午，烈日炎炎，红灿灿的花朵更加耀眼，像燃烧的火一样。

"翻风适自乱，照水复成妍"，一阵风吹来，花叶翻卷凌乱，倒映在水面上，更加妩媚娇艳。

"归视窗间字，荧煌满眼前"，外出归来在书窗下读书，（因为被花的艳光晃花了眼睛）眼前一片闪烁。

诗人辞官幽居山林，享受大自然的清流、茂树、云物而心安理得。他的山水诗景致优美，感受深细，清新自然而饶有生意。

背景

脱离官场后，闲居苏州时所写。

名家点评

明·宋濂：一寄秾秾鲜于简淡之中，渊明以来，盖一人而已。（《宋文宪公集》）

坐使青灯晓，还伤夏衣薄

寺居独夜寄崔主簿

唐·韦应物

幽人寂无寐，木叶纷纷落。
寒雨暗深更，流萤渡高阁。
坐使青灯晓，还伤夏衣薄。
宁知岁方晏，离居更萧索。

注释

崔主簿：诗人的挚友。

幽人：幽隐之人。指隐士。

暗：使动用法，"寒雨"使"深更"更暗。

渡：穿行。

伤：因还穿着夏天的单薄衣服而忧伤。

宁知：怎么知道。宁，表反问，怎么。

晏：迟，晚。

萧索：萧条；凄凉。

简析

"幽人寂无寐，木叶纷纷落"，我寄居在这远离尘世喧嚣的深山寺庙里，寂静的夜晚不能入眠，听得见屋顶有零乱的树叶飘落。

"寒雨暗深更，流萤渡高阁"，雨下个不停，深夜的天空更加黑暗，有闪着微光的萤火虫飞过对面的楼阁。

"坐使青灯晓，还伤夏衣薄"，伴着荧荧青灯孤寂地坐着，直至拂晓。虽是酷热的夏季，山里的雨增加了夜的清寒，身上的夏衣显得有些单薄。

"宁知岁方晏，离居更萧索"，在以后的日子里，我将如何排遣这离群索居的凄凉与寂寞。

诗人以细腻的笔触，写独居深山寺庙的孤独与凄凉，以大背景写柔情。

名家点评

宋·朱熹：杜子美"暗飞萤自照"，语只是巧。韦苏州云："寒雨暗深更，流萤渡高阁。"此景色可想，但则是自在说了。其诗无一字做作，直是自在。其气象近道，常意爱之。（《朱子全书》）

夏衣始轻体，游步爱僧居

游开元精舍

唐·韦应物

夏衣始轻体，游步爱僧居。
果园新雨后，香台照日初。
绿阴生昼静，孤花表春余。
符竹方为累，形迹一来疏。

注释

开元：唐玄宗年号。

精舍：道士、僧人修炼居住之所。

符竹：一种竹子。此处借指郡守之职。汉郡守受竹使符，后因以符竹为郡守称谓。

简析

"夏衣始轻体，游步爱僧居"，凉爽的夏装使身体轻快，信步来到熟悉的开元精舍。

"果园新雨后，香台照日初"，雨过天晴，太阳照在香台上，果园一片清新明丽。

"绿阴生昼静，孤花表春余"，浓郁的树荫使白天也显得非常幽静，孤零零的花朵，还展示着春天的余韵。

"符竹方为累，形迹一来疏"，寺院周围长出了很多竹子挡住了视线，使诗人觉得这个过去经常来的地方有些陌生。(因郡守职务所累，无暇出游，这个过去经常来的地方竟显得有些陌生了。)

背景

此诗当作于诗人在长安任职时。

名家点评

宋·曾季狸："春晚景物说得出者，惟韦苏州'绿阴生昼静，孤花表春余'最有思致。"(《艇斋诗话》)

清·沈德潜："绿阴"二语，写初夏景入神，"表"字尤见作意。(《唐诗别裁》)

燕居日已永，夏木纷成结

燕居即事

唐·韦应物

萧条竹林院，风雨丛兰折。
幽鸟林上啼，青苔人迹绝。
燕居日已永，夏木纷成结。
几阁积群书，时来北窗阅。

注释

萧条：寂寥冷落，草木凋零。

燕居：闲居，安居，特指退朝休闲。

永：长，夏日昼长。

丛兰：丛生的兰花。喻指美好的人与物。

幽鸟：隐蔽于林中的鸟。

几阁：几格。橱架。书橱。

积：屯积。收藏。

北窗：向北的窗。喻指悠闲自在的隐居生活。

简析

"萧条竹林院，风雨丛兰折"，连日风雨使幽静的竹林院寂寥冷落，一丛丛的兰花也折断凋零。

"幽鸟林上啼，青苔人迹绝"，小径布满青苔，人迹罕至，只听见隐蔽在树林深处的鸟儿啼鸣。

"燕居日已永，夏木纷成结"，闲居的日子很久了，夏天的树木茂密繁盛，枝条已连成了一片。

"几阁积群书，时来北窗阅"，橱架上满是经史典籍，时常会坐在北窗下阅读。

诗人用陶渊明隐居的故事。陶渊明隐居，夏日临北窗高卧，凉风徐至，闲逸自得，俨如远古的高人。后遂用"北窗高卧、高枕北窗、北窗眠、北窗风、北窗兴、北窗凉、陶窗"等表示悠闲自适；用"北窗叟、羲皇人、羲皇上人、羲上人、羲皇上"等喻闲逸自适的人。

名家点评

明·高棅：句句实状。(《唐诗品汇》)

乔木生夏凉，流云吐华月

同德寺雨后，寄元侍御、李博士

唐·韦应物

川上风雨来，须臾满城阙。
岩峤青莲界，萧条孤兴发。
前山遽已净，阴霭夜来歇。
乔木生夏凉，流云吐华月。
严城自有限，一水非难越。
相望曙河远，高斋坐超忽。

注释

博士：学官名。唐国子监诸学皆置博士，掌教授生徒。

川上：指河流的源头。

须臾：一会儿。

城阙：城市。

岧峣：高峻。

青莲：青色莲花，瓣长而广，青白分明，原产印度。佛书常以青色莲花比喻佛眼，也借指僧、寺等。

萧条：寂寥冷清。

孤兴：指独发的诗兴。

遽：疾，速。

阴霭：阴云。

严城：戒备森严的城池。

限：限度，限制。

一水：指洛水。

曙河：天将亮时的天河。

远：指银河将落。

超忽：精神高逸貌。

简析

"川上风雨来，须臾满城阙。岧峣青莲界，萧条孤兴发"，大风大雨从河流的源头骤然而来，一会儿就覆盖了城市。那高峻的寺庙，在风雨中更显寂寥冷清，我独自发了诗兴。

"前山遽已净，阴霭夜来歇。乔木生夏凉，流云吐华月"，前面的山林被雨水很快地冲洗干净，夜间雨停了天空布满阴云。高大挺直的树木为炎热的夏天带来清凉，云如水般流动飘逸，露出晶莹皎洁的月亮。

"严城自有限，一水非难越。相望曙河远，高斋坐超忽"，戒备森严的城池自有限制，洛水使人难以渡过。天快亮了，遥望天上银河渐渐隐没，在这庄严高雅的庙堂中坚守，精神已经超然物外了。

背景

韦应物弃官闲居洛阳时，游同德寺遇雨而作，赠友人元侍御、李博士。

名家点评

清·纪昀：其诗七言不如五言，近体不如古体。五言古诗源出于陶，而熔化于二谢，故真而不朴，华而不绮。但以为步趋柴桑，未为得实。如"乔木生夏凉，流云吐华月"，陶诗安有是格耶？（《四库全书总目》）

夏木已成阴，公门昼恒静

立夏日忆京师诸弟

唐·韦应物

改序念芳辰，烦襟倦日永。
夏木已成阴，公门昼恒静。
长风始飘阁，叠云才吐岭。
坐想离居人，还当惜徂景。

注释

改序：谓季节改变。

芳辰：美好的时光，多指春季。也指生日，生辰。

烦襟：烦闷的心怀。

倦：疲乏，厌倦。

日永：指夏至。夏至这一天白昼最长，故云。指夏天白昼长。

公门：古称国君之外门为"公门"。借指官署，衙门。

恒：持久。这里表示经常的，普通的。

长风：远风。暴风、大风。

叠云：堆积的云层。

岭：山，山脉。

坐：因为，由于。

离居：离开居处，流离失所。

惜：爱，重视。舍不得。

徂景：徂：过去、逝。景：风光。逝去的光景、岁月。

简析

"改序念芳辰，烦襟倦日永。夏木已成阴，公门昼恒静"，季节改变时想念那美好的春光，对这长长的白昼已心生烦闷厌倦。夏天的树木茂密繁盛，浓绿成阴，衙门里的通常是寂静的。

"长风始飘阁，叠云才吐岭。坐想离居人，还当惜徂景"，远处而来的大风刚刚飘进楼阁，那堆积的云层才缓缓分散，露出山顶。因为常常想念流离失所的人，更加应该珍惜逝去的岁月。

张籍

张籍（约766—约830），字文昌，唐代诗人，和州乌江（今安徽和县乌江镇）人。先世移居和州，遂为和州乌江（今安徽和县乌江镇）人。世称"张水部""张司业"，为韩愈大弟子。其乐府诗与王建齐名，并称"张王乐府"。代表作有《秋思》《节妇吟》《野老歌》等。

夏木多好鸟，偏知反舌名

徐州试反舌无声

唐·张籍

夏木多好鸟，偏知反舌名。
林幽仍共宿，时过即无声。
竹外天空晓，溪头雨自晴。
居人宜寂寞，深院益凄清。
入雾暗相失，当风闲易惊。
来年上林苑，知尔最先鸣。

注释

徐州：今江苏徐州一带。

反舌：鸟名，即百舌鸟。

试反舌无声：张籍于贞元十三年（797）十月，在汴州结识韩愈。第二秋，汴州举进士，韩愈为考官，试题为《反舌无声诗》，张籍参加了这次考试，名列榜首，列为首荐参加全国的进士考试。

简析

"夏木多好鸟，偏知反舌名。林幽仍共宿，时过即无声"，夏天的树木郁郁葱葱，有很多极好的鸟，偏偏只知反舌鸟很有名。它们栖息在浓郁幽静的树林里，过了时令季节便悄无声息。

"竹外天空晓，溪头雨自晴。居人宜寂寞，深院益凄清"，透过竹叶，天色已经破晓；溪流的源头，雨已经停了。喜欢随人住在安宁清静的地方，幽深的院落更显幽寂冷清。

"入雾暗相失，当风闲易惊。来年上林苑，知尔最先鸣"，它们飞进雾中就悄悄消失了，风来时又容易受惊。只有在来年的长安宫城美丽的园林，才听得见反舌鸟最先最优美的鸣唱。

此诗前五联铺写百舌鸟无声之妙，末联则托物自喻，尽显诗人得志昂扬之情

背景

贞元十五年（799）二月，张籍在长安登进士第。登第后从长安返回和州，途经徐州时，曾去探望已由汴州转调为徐州节度推官的韩愈。这首诗写于当时。

名家点评

清·曹锡彤：曹植诗曰："好鸟鸣高枝。"此点明题义。鸟

声或以报晓，或以唤晴，若无声则空晓自晴矣。居人傍溪，深院多竹，此就无声写景情。后四句此就无声结出有声则妙矣。（《唐诗析类集训》）

刘禹锡

刘禹锡（772—842），字梦得，河南洛阳人，有"诗豪"之称。刘禹锡诗文俱佳，涉猎题材广泛，与柳宗元并称"刘柳"，与韦应物、白居易合称"三杰"，并与白居易合称"刘白"。其诗大多自然流畅、简练爽利，有《陋室铭》《竹枝词》《乌衣巷》等名篇传世。

薤叶照人呈夏簟，松花满碗试新茶

送蕲州李郎中赴任

唐·刘禹锡

楚关蕲水路非赊，东望云山日夕佳。
薤叶照人呈夏簟，松花满碗试新茶。
楼中饮兴因明月，江上诗情为晚霞。
北地交亲长引领，早将玄鬓到京华。

注释

蕲州李郎中：李播，时赴蕲州（今湖北蕲春）刺史任。

楚关：楚国关塞，泛指楚境。

赊：买卖货物时延期付款或收款时间。这里指长、远。

日夕佳：傍晚的景色非常美好。

蒻叶：一种竹编凉度。

夏簟：夏天用的凉席。

松花：茶名。

交亲：谓相互亲近，友好交往的朋友。或亲戚。

玄鬓：黑色的鬓发。

简析

"楚关蕲水路非赊，东望云山日夕佳"，楚国境内的蕲水县路途不是很遥远，登高远眺，青山白云，傍晚的景色非常秀丽。

"蒻叶照人呈夏簟，松花满碗试新茶"，用蒻叶编织的凉席能照见人的影子。满满地斟一碗松花，尝尝新茶的味道。

"楼中饮兴因明月，江上诗情为晚霞"，在楼中酒兴大发，是因为明月当头；在江上诗兴大发，是因为晚霞满天。

"北地交亲长引领，早将玄鬓到京华"，有北地的朋友引领着，早早地将年轻人带到京城。

背景

刘禹锡送好友李播赴蕲州（今湖北蕲春）任刺史时所写。

名家点评

清·顾嗣立：作诗用故实以不露痕迹为高，昔人所谓使事如不使也。刘宾客"明月""晚霞"一联，一用庾亮，一用谢朓，读之使人不觉。(《寒厅诗话》)

沉沉夏夜兰堂开，飞蚊伺暗声如雷

聚蚊谣

唐·刘禹锡

沉沉夏夜兰堂开，飞蚊伺暗声如雷。
嘈然欻起初骇听，殷殷若自南山来。
喧腾鼓舞喜昏黑，昧者不分聪者惑。
露华滴沥月上天，利觜迎人看不得。
我躯七尺尔如芒，我孤尔众能我伤。
天生有时不可遏，为尔设幄潜匡床。
清商一来秋日晓，羞尔微形饲丹鸟。

注释

沉沉：昏黑貌。

兰堂：芳洁的厅堂。厅堂的美称。一作"闲堂"。

伺：等待，趁着。

嘈然：声音杂乱貌。

欻（xū）：忽然。

殷（yǐn）殷：震动声，形容雷声很大。

南山：即终南山。

喧腾：喧闹沸腾。鼓舞：鼓翅飞舞。

昧者：糊涂人。

露华：露水。

利觜（zī）：尖利的嘴。

看不得：看不清楚。

芒：草木茎叶、果实上的小刺。

遏：阻止。

幄：帐幕，指蚊帐。

匡床：安适的床。一说方正的床。

清商：谓秋风。

羞：进献食物。

丹鸟：萤火虫的异名。《大戴礼记·夏小正》："丹鸟羞白鸟。丹鸟者、谓丹良也；白鸟者，谓蚊蚋也。"

简析

"沉沉夏夜兰堂开，飞蚊伺暗声如雷。嘈然歘起初骇听，殷殷若自南山来。喧腾鼓舞喜昏黑，昧者不分聪者惑。露华滴沥月上天，利觜迎人看不得。我躯七尺尔如芒，我孤尔众能我伤"，夏夜沉沉，清静的堂屋门窗大开，飞蚊趁着黑暗，发出雷鸣般的声响喧嚣而来，起初听了吃惊，像隆隆的雷声从南山传来。蚊子在昏暗的夜里嗡嗡地飞舞，糊涂人分辨不清，聪明人也感到迷惘。在月上中天、露水滴落时，尖嘴叮人，难于觉察提防。虽然我有七尺之躯，你小如芒刺，但是我寡你众，所以你能伤我。

"天生有时不可遏，为尔设幄潜匡床。清商一来秋日晓，羞尔微形饲丹鸟"，天生蚊子有一定时节，我不可阻遏，为了避开你的叮刺，我只好躲进蚊帐。等到凉风吹来，在秋天的拂晓，你这细微东西就要给丹鸟吃光。

诗歌前八句集中笔墨写蚊子的特性，刻画出了腐朽官僚的丑恶嘴脸。"我躯七尺尔如芒"句，写诗人对待"飞蚊"的态度。最后两句，诗人以坚定的信念，预言了"飞蚊"的必然灭亡。

背景

此诗作于元和（806—820）年间刘禹锡任朗州（治所在今湖南常德）司马时期。当时，王叔文政治集团失败，诗人受到牵连，被贬谪朗州。朝中政敌——腐朽官僚乘机对参与王叔文政治集团的人大肆进行造谣中伤，不断排挤打击，掀起了一阵阵鼓噪。诗人在严酷的政治现实面前，有感于腐朽官僚的狠毒，便写了这首诗。

名家点评

宋·黄彻：退之《咏蚊蝇》云："凉风九月到，扫不见踪迹。"梦得《聚蚊》云："清商一来秋日晓，羞尔微形饲丹鸟。"小人稔恶，岂漏恢网，但可侥幸目前耳。《左氏》曰："天之假助不善。非右之也，将厚其恶而降之罚也。"其是之谓乎？（《巩溪诗话》）

白居易

白居易（772—846），字乐天，号香山居士，又号醉吟先生，原籍山西太原，生于河南新郑，有"诗魔""诗王"之称。白居易与元稹共同倡导新乐府运动，世称"元白"，与刘禹锡并称"刘白"。白居易的诗歌题材广泛，形式多样，语言平易通俗，代表诗作有《长恨歌》《琵琶行》《卖炭翁》等。

风吹古木晴天雨，月照平沙夏夜霜

江楼夕望招客

唐·白居易

海天东望夕茫茫，山势川形阔复长。
灯火万家城四畔，星河一道水中央。
风吹古木晴天雨，月照平沙夏夜霜。
能就江楼消暑否？比君茅舍较清凉。

注释

江楼：杭州城东楼，又叫"望潮楼"或"望海楼"，也叫"东楼"。

四畔：四边。

星河：银河，也叫天河。

晴天雨：风吹古木，飒飒作响，像雨声一般，但天空却是晴朗的，所以叫"晴天雨"。

平沙：平地。

夏夜霜：月照平沙，洁白似霜，但却是夏夜，所以叫"夏夜霜"。

就：近，到。

消暑：消除暑气。

较：又作"校"。

简析

这首诗是诗人写黄昏时在江楼之上所看到的杭州城夏夜景色。

"海天东望夕茫茫，山势川形阔复长"，傍晚时分，登楼东望，海天一色，一片苍茫。山川环绕，壮阔绵长。

"灯火万家城四畔，星河一道水中央"，城的四周闪烁着万家灯火，一道银河倒映在水中央。

"风吹古木晴天雨，月照平沙夏夜霜"，风吹着参天古树，飒飒作响，天晴的时候，也像在下雨。月光照在平整的沙地上，即便是夏夜，沙地上也像落了霜一样。

"能就江楼消暑否？比君茅舍较清凉"，能到江楼之上避暑消热吗？比你的茅舍可清凉多了。

开篇便是"夕望"之景。诗人引用众多的寻常景物：海、天、山川、灯火、星河、风吹树木、月下霜，描绘出一幅幅清新优美的画面。这些画面组合起来，就像一幅疏朗悠远的山水画，最后以人的心情作结，使整幅画更增加了人情之美。

背景

公元823年（唐穆宗长庆三年）夏天，诗人任杭州刺史，在一次招朋友夜晚饮酒时，从楼上看到了杭州城外的景色，写下了这篇即兴之作。

名家点评

宋·赵令畤：东坡云："白公晚年诗极高妙。"（《候鲭录》）

清·爱新觉罗·弘历：高瞻远瞩，坐驰可以役万景也。他人有此眼力，无此笔力。（《唐宋诗醇》）

清·薛雪：章法变化，条理井然。（《一瓢诗话》）

水积春塘晚，阴交夏木繁

池上早夏

唐·白居易

水积春塘晚，阴交夏木繁。
舟船如野渡，篱落似江村。
静拂琴床席，香开酒库门。
慵闲无一事，时弄小娇孙。

注释

春塘：暮春的水塘。

阴交：浓荫交错。

夏木繁：夏天的树木茂密繁盛。

篱落：篱笆。

琴床：琴案，琴台。

慵闲：慵懒闲散。

简析

"水积春塘晚，阴交夏木繁"，暮春夏初的一个晚上，刚下过雨，池塘里积满了水，院子里的树木长出繁盛交错的枝丫。

"舟船如野渡，篱落似江村"，远处几只船好像没有组织的渡家一样散乱地排着，旁边村落篱笆疏散，好像只是一个小的江村。

"静拂琴床席，香开酒库门"，心静时就坐在席子上弹弹琴，有时也会打开酒窖，取酒独自品味。

"慵闲无一事，时弄小娇孙"，终日无事，时常逗逗还不懂事的小孙子。

这是一首写夏天村居生活的小诗，诗人已步入晚年，还不适应风平浪静的生活，显出了对生活的无奈与心中的烦闷。

背景

诗人晚年退居乡村所写。

夏早日初长，南风草木香

早夏游平原回
唐·白居易

夏早日初长，南风草木香。
肩舆颇平稳，涧路甚清凉。
紫蕨行看采，青梅旋摘尝。
疗饥兼解渴，一盏冷云浆。

注释

紫舆：轿子，由人抬着走。

颇：很。相当。

涧：山间流水的沟。

甚：极，很。

紫蕨：一种草本植物，嫩叶可食，根茎供药用。

行看：看了又看。

旋：立即。

疗饥：解饿，充饥。

云浆：仙酒。

简析

"夏早日初长，南风草木香。肩舆颇平稳，涧路甚清凉"，早夏的白天渐渐变长了，南风习习吹过，带着草木的淡淡香气。坐的轿子相当平稳，走在深涧边的小路上，极为清凉。

"紫蕨行看采，青梅旋摘尝。疗饥兼解渴，一盏冷云浆"，路边长满了紫蕨，看了又看忍不住摘取，枝头的青青梅子随即摘来品尝，既充饥又解渴，像饮了一杯仙酒。

孟夏爱吾庐，陶潜语不虚

寄皇甫七

唐·白居易

孟夏爱吾庐，陶潜语不虚。
花樽飘落酒，风案展开书。
邻女偷新果，家僮漉小鱼。
不知皇甫七，池上兴何如。

注释

孟夏：初夏，指农历四月。

不虚：真实不虚假。

樽：酒杯。

邻女：邻家的小女孩。

家僮：亦作"家童"。旧时对私家奴仆的统称。

漉：漉网。

简析

"孟夏爱吾庐，陶潜语不虚。花樽飘落酒，风案展开书"，
初夏时节，我最爱我的屋舍，陶渊明的话是真实不虚假的。花
飘落在我的酒杯里，风吹开书桌上的书。

"邻女偷新果，家僮漉小鱼。不知皇甫七，池上兴何如"，
邻家的小女孩偷偷地摘树上刚刚成熟的果子，家童在小溪里用
漉网捞小鱼。不知皇甫七在池边乘凉赏荷花，兴致怎么样？

贾弇

　　贾弇，唐代长乐（今河北冀县）人，登大历进士第，为校书郎。

江南孟夏天，慈竹笋如编

孟夏

唐·贾弇

江南孟夏天，慈竹笋如编。
蜃气为楼阁，蛙声作管弦。

注释

　　孟夏：初夏，农历四月。

　　慈竹：竹名。又称义竹、慈孝竹、子母竹。丛生。

　　笋：竹子初从土里长出的嫩茎、芽，又称"竹笋"，可以做菜吃。

　　蜃气：亦作"蜄气"。一种大气光学现象。光线经过不同密度的空气层后发生显著折射，使远处景物显现在半空中或地面上的奇异幻象。

简析

　　谷雨前后，江南处处竹园中，春笋伴随着雷声雨声，争先恐后地顶破园土，有秩序地排列着。把阳光在空气中折射的奇异幻象当作楼阁，把青蛙的鸣唱当作管弦乐。

李昂

李昂（809—840），即唐文宗（826—840年在位），原名李涵，唐朝第十四位皇帝（除武则天和唐殇帝外），唐穆宗李恒次子，唐敬宗李湛之弟，唐武宗李炎之兄。母为贞献皇后萧氏。李昂恭俭儒雅，听政之暇，博通群籍。喜作五言诗，古调清峻。《全唐诗》等录有其诗6首、联句2句。

人皆苦炎热，我爱夏日长

夏日联句

唐·李昂

人皆苦炎热，我爱夏日长。
熏风自南来，殿阁生微凉。

注释

熏风：和暖的南风或东南风。

简析

"人皆苦炎热，我爱夏日长"，人们都苦于夏日的炎热，我却喜欢夏天时日子那么长。

"熏风自南来，殿阁生微凉"，和暖的风从东南方吹来，楼台亭阁都有了些许凉意。

《夏日联句》整首诗前两句是李昂写的，后两句是柳公权续的。开成三年夏日，唐文宗李昂与学士联句。文宗作首二句，五个学士同时续。文宗独取柳公权，评为"词清意足"。前两句说偏喜夏日，续句阐明喜爱的原因，故"意足"，诗句出落天然，故曰"词清"。

贾岛

贾岛（779—843），字阆仙，自号"碣石山人"，唐朝河北道幽州范阳县（今河北省涿州）人，与孟郊并称"郊寒岛瘦"。其诗语言清淡朴素，以铸字炼句取胜，刻意求工。题材窄狭，缺少社会内容，多为写景、送别、怀旧之作，情调偏于荒凉凄苦。

相逢新夏满，不见半年馀

喜无可上人游山回

唐·贾岛

一食复何如，寻山无定居。
相逢新夏满，不见半年馀。
听话龙潭雪，休传鸟道书。
别来还似旧，白发日高梳。

注释

一食：又名一坐食，即一日只在午前食一餐。

复：又。

何如：怎么样。

听话：等候回话。

龙潭雪：龙潭瀑布像飞雪一样。

鸟道：只有鸟才能飞越的路，比喻狭窄陡峻的山间小道。

简析

"一食复何如，寻山无定居。相逢新夏满，不见半年馀"，一日只在午前食一餐又能怎么样呢？游山没有固定的安居之处。我与你有半年多没有见面了，如今相逢正是初夏时节。

"听话龙潭雪，休传鸟道书。别来还似旧，白发日高梳"，我在龙潭前看瀑布飞雪等候着你的回话，你不要在那只有鸟才能飞越的狭窄陡峻的山间小道传信给我。离别以来还像旧时一样，满头的白发整日梳成发髻高高地盘在头顶。

杜牧

杜牧（803—约852），字牧之，号樊川居士，京兆万年（今陕西西安）人。杜牧因晚年居长安南樊川别墅，故后世称"杜樊川"。杜牧的诗歌以七言绝句著称，内容以咏史抒怀为主，其诗英发俊爽，多切经世之物，在晚唐成就颇高。杜牧人称"小杜"，以别于杜甫，与李商隐并称"小李杜"。

菱透浮萍绿锦池，夏莺千啭弄蔷薇

齐安郡后池绝句

唐·杜牧

菱透浮萍绿锦池，夏莺千啭弄蔷薇。
尽日无人看微雨，鸳鸯相对浴红衣。

注释

齐安郡：即黄州。唐代在天宝年间曾改州为郡。

绝句：诗歌的一种体裁，兴盛于唐朝，一般四句一首，亦称"联句"。

菱：一年生水生草本植物，叶子略呈三角形，深绿色，泛紫红。夏天开白色小花。

浮萍：浮生在水面上的一种草本植物。叶扁平，呈椭圆形或倒卵形，表面绿色，背面紫红色，叶下生须根，花白色。

绿：此处作动词用，使动用法。

锦池：即题中的"齐安郡后池"。

啭（zhuàn）：指鸟婉转地鸣叫。

蔷薇：植物名。落叶灌木，茎细长，蔓生，枝上密生小刺，羽状复叶。花白色或淡红色，有芳香，可供观赏。

尽日：终日，整天。

鸳鸯：鸟名。似野鸭，体形较小，旧传雌雄偶居不离。

红衣：指鸳鸯的彩色羽毛。

简析

"菱透浮萍绿锦池，夏莺千啭弄蔷薇"，菱叶掩着青萍绿透一池锦水，夏莺歌喉婉转嬉弄蔷薇花枝。

"尽日无人看微雨，鸳鸯相对浴红衣"，整日无人来观赏这细雨景色，只有一对对鸳鸯在洗浴红色羽衣。

这是一首优美、引人入胜的小诗。它描绘了一幅生动的画面：一座幽静无人的园林，在蒙蒙丝雨的笼罩下，有露出水面的菱叶、铺满池中的浮萍，有穿叶弄花的鸣莺、花枝离披的蔷薇，还有双双相对的浴水鸳鸯。

首句"菱透浮萍绿锦池"和末句"鸳鸯相对浴红衣"，描绘的是池面景，点明题中的"后池"。次句"夏莺千啭弄蔷薇"，则是写岸边景。这是池面景的陪衬，而从这幅池塘夏色图的布局来看，又是必不可少的。第三句"尽日无人看微雨"，虽然淡淡写来，却极为关键。它为整幅画染上一层幽寂、迷蒙的色彩。句中的"看"字，则暗暗托出观景之人。四句诗安排得错落有致，而又融会为一个整体，具有赏心悦目的美感。

背景

此诗作于杜牧受人排挤，被外放为黄州刺史之时。

名家点评

吴鸥：以生动的笔触描绘出初夏的后池景物。（《杜牧诗文选》）

李商隐

李商隐（约813—约858），字义山，号玉溪生，又号樊南生，祖籍怀州河内（今河南焦作沁阳），晚唐著名诗人。和杜牧合称"小李杜"，与温庭筠合称为"温李"。其诗构思新奇，风格秾丽，尤其是一些爱情诗和无题诗写得缠绵悱恻，优美动人，广为传诵。但部分诗歌过于隐晦迷离，难于索解。

深居俯夹城，春去夏犹清

晚晴

唐·李商隐

深居俯夹城，春去夏犹清。
天意怜幽草，人间重晚晴。
并添高阁迥，微注小窗明。
越鸟巢干后，归飞体更轻。

注释

夹城：城门外的曲城。
幽草：幽暗地方的小草。

并：更。

高阁：指诗人居处的楼阁。

迥：远。

微注：因是晚景斜晖，光线显得微弱和柔和，故说"微注"。

越鸟：南方的鸟。

简析

"深居俯夹城，春去夏犹清"，这一联点明住处、时令，紧扣题意。在这僻静的地方深居简出，俯瞰夹城，春已远去，夏季清朗。

"天意怜幽草，人间重晚晴"，生长在角落的小草饱受阴雨的浸淹，终于得到上天的怜爱，云收雾散，雨过天晴。

"并添高阁迥，微注小窗明"，登上高阁，凭栏远眺，天高地远。夕阳柔和的余晖透过小窗，带来一线光明。

"越鸟巢干后，归飞体更轻"，越鸟的窝巢也干了，它们飞翔归巢的体态更灵巧轻盈。

这是一首有寓托的诗，写法接近于"在有意无意之间"的"兴"。诗人也许本无托物喻志的明确意图，只是在登高览眺之际，恰巧与物接而触发联想，情与境谐，从而将一刹那间别有会心的感受融化在对晚晴景物的描写之中。所以显得自然浑成，不着痕迹。

背景

这首诗是李商隐受到排挤离开长安，在桂林当幕僚时所作。

名家点评

明·俞弁：唐李义山诗，有"天意怜幽草，人间重晚晴"之句。世俗久雨，见晚晴辄喜，自古皆然。(《逸老堂诗话》)

清·吴乔：次联澹妙。(《围炉诗话》)

清·黄周星：不必然，不必不然，说来却便似确然不易，故妙("天意"二句下)。(《唐诗快》)

清·吴瑞荣："并添高阁迥"，妙空迹象，下句便落筌蹄。第三句亦胜对句。(《唐诗笺要》)

清·许印芳：前半深厚，后半细致，老杜有此格律。(《律髓辑要》)

薛能

　　薛能（817—880），晚唐著名诗人。仕宦显达，官至工部尚书。唐代诗僧无可称其"诗古赋纵横，令人畏后生"。主要作品有《薛能诗集》十卷，又《繁城集》一卷。

春刻几分添禁漏，夏桐初叶满庭柯

投杜舍人

唐·薛能

床上新诗诏草和，栏边清酒落花多。
闲消白日舍人宿，梦觉紫薇山鸟过。
春刻几分添禁漏，夏桐初叶满庭柯。
风骚委地苦无主，此事圣君终若何。

注释

　　床：供人睡卧的家具。古时指井上围栏。
　　诏草：指帝王所发的文书命令。
　　清酒：古代指祭祀用的陈酒。清醇的酒；美酒。
　　闲消：清闲。
　　紫薇：一指紫薇花，一指紫微星象。

禁漏：宫中计时漏刻。亦指漏刻发出的声响。

庭柯：庭院中的树木。

风骚：1.风指《诗经》里的《国风》，骚指屈原所作的《离骚》，后代用来泛称文学。2.指妇女举止轻佻放荡。

委地：蜷伏于地。散落或丢弃于地。

终：毕竟，到底。

若何：如何。怎样。

简析

"床上新诗诏草和，栏边清酒落花多。闲消白日舍人宿，梦觉紫薇山鸟过"，井台边新作的诗与皇帝的诏书相安、协调，倚着栏杆喝着清醇的酒，乱红飞舞，落花满地。白日里清闲在舍人屋里睡觉，梦醒后人一生的辉煌就像山鸟一样飞过。

"春刻几分添禁漏，夏桐初叶满庭柯。风骚委地苦无主，此事圣君终若何"，春天刻下的计时漏刻还在响，初夏的梧桐已长出叶子，庭院中已是枝丫茂密的树木。可惜空有才华却被弃之于地，对这件事，圣明的君主到底会怎样呢？

高骈

　　高骈（821—887），字千里。幽州（今北京西南）人，晚唐诗人、名将。南平郡王高崇文之孙。高骈出生于禁军世家，历右神策军都虞候、秦州刺史、安南都护等。咸通六年（865），高骈率军破峰州蛮。次年，进兵收复交趾，出任首任静海军节度使。后历任天平、西川、荆南、镇海、淮南等五镇节度使，其间多次重创黄巢起义军，被唐僖宗任命为诸道行营兵马都统，封渤海郡王。高骈能诗，计有功称"雅有奇藻"。他身为武人，而好文学，被称为"落雕侍御"。《全唐诗》编诗一卷。

绿树阴浓夏日长，楼台倒影入池塘

山亭夏日

唐·高骈

绿树阴浓夏日长，楼台倒影入池塘。
水晶帘动微风起，满架蔷薇一院香。

注释

　　浓：指树丛的阴影很浓稠（深）。

水晶帘：（一作水精帘）形容质地精细而色泽莹澈的帘。此处指清澈的池水。李白《玉阶怨》："却下水晶帘，玲珑望秋月。"

蔷薇：植物名。落叶灌木，茎细长，蔓生，枝上密生小刺，羽状复叶。花白色或淡红色，有芳香，可供观赏。

简析

这是一首描写夏日风光的七言绝句。

"绿树阴浓夏日长"，指绿树茂密，暗示此时是夏日正午。烈日炎炎，树荫浓密，给人"夏日长"的感觉。

"楼台倒影入池塘"，清澈的池水中，楼台的倒影十分清晰。"入"字用得极好，写出此时楼台倒影的真实情景。

"水晶帘动微风起"，此句含蓄精巧。烈日下的池水，晶莹透澈；微风吹来，波光粼粼。池水犹如一挂水晶做成的帘子，在微风中泛起微波。楼台倒影随着水波荡漾。诗人先看见池水波动，然后才感觉到起风了，所以先写"水晶帘动"，然后才有"微风起"，生动逼真。

"满架蔷薇一院香"，微风中，蔷薇轻轻摇曳，沁人心脾的清香，在院子里飘逸。这一句为前面幽静的景致，增添了鲜艳的色彩与迷人的芬芳。

诗人将绿树阴浓，楼台倒影，池塘水波，满架蔷薇等真实的情景，构成了一幅色彩鲜丽、情调清和的图画，体现出诗人热爱生活而悠闲自在的闲适情趣。

背景

高骈能诗，计有功称"雅有奇藻"。他身为武人，而好文学，被称为"落雕侍御"。

乾符五年（878），高骈先后任荆南、镇海节度使，多次击败黄巢，降服叛将秦彦、毕师铎、李罕之等数十人。广明元年（880），又任诸道行营兵马都统，传檄征集天下兵，且广招募，共得兵7万，声威大震。唐廷对其深为倚重。不久，黄巢起义军自广州北上，进趋江淮，击杀张璘，高骈坐守扬州（今属江苏），保存实力，此后再未出兵。这首诗估计作于此时。

名家点评

南宋·谢枋得：此诗形容山亭夏日之光景，极其妙丽，如图画然。想山亭人物，无一点尘埃也。"水晶帘"乃微风吹池水，其波纹如水精帘也。（《注解选唐诗》）

清·宋宗元：盛唐格调。（《网师园唐诗笺》）

皮日休

皮日休（834—902），字袭美，一字逸少，曾居于鹿门山，自号鹿门子，又号间气布衣、醉吟先生。晚唐文学家、散文家，与陆龟蒙齐名，世称"皮陆"。咸通八年（867）进士及第，在唐时历任苏州军事判官、著作佐郎、太常博士、毗陵副使。后参加黄巢起义，任翰林学士，起义失败后不知所踪。诗文兼有奇朴二态，且多为同情民间疾苦之作。《新唐书·艺文志》录有《皮日休集》《皮子》《皮氏鹿门家钞》多部。

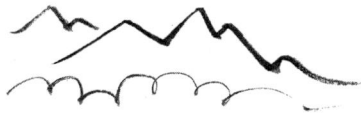

晓入清和尚袷衣，夏阴初合掩双扉

夏首病愈，因招鲁望

唐·皮日休

晓入清和尚袷衣，夏阴初合掩双扉。
一声拨谷桑柘晚，数点春锄烟雨微。
贫养山禽能个瘦，病关芳草就中肥。
明朝早起非无事，买得莼丝待陆机。

注释

夏首：始夏，初夏，指农历四月。

鲁望：陆龟蒙，皮日休的好友。

清和：天气清明和暖。

裕衣：没有棉絮的两层布做的衣裳。

拨谷：即布谷鸟。

桑柘：桑木与柘木，指农桑之事。

春锄：白鹭。

简析

"晓入清和尚裕衣，夏阴初合掩双扉"，早晨天气清明和暖还穿夹衣，初夏的树枝开始茂密遮掩了双门。

"一声拨谷桑柘晚，数点春锄烟雨微"，傍晚，布谷鸟啼鸣着似在告诉人们应该农耕与蚕桑了，几点白鹭在烟雨朦胧中翩飞。

"贫养山禽能个瘦，病关芳草就中肥"，贫乏的山中，鸟儿凭借自己觅食犹如此瘦。我生病之时门外的芳草却茂盛葱茏。

"明朝早起非无事，买得莼丝待陆机"，明天早晨早起来并不是没有事情做，我要买好莼菜招待陆龟蒙。

背景

这是诗人病愈后写给好友陆龟蒙的诗，请他来做客。

名家点评

南宋·胡仔：《类苑》云："荆公题王昂霄水亭云：'萧萧拨黍声中日，漠漠春锄影外天。'事实人多不知，拨黍，盖黄鹂也。黍方熟时，鸣于桑间，或谓之黄鹂。见《诗》疏。春锄，鹭也。《尔雅》曰：鹭春锄，亦取其鹭之行步云。"皮日休诗云："数点春锄烟雨微"盖言此耳。(《苕溪渔隐丛话》)

韦庄

韦庄（约836—910），字端己，长安杜陵（今中国陕西省西安市附近）人，诗人韦应物的四代孙，唐朝花间派词人，词风清丽，有《浣花词》流传。曾任前蜀宰相，谥文靖。

才见早春莺出谷，已惊新夏燕巢梁

和人春暮书事寄崔秀才

唐·韦庄

半掩朱门白日长，晚风轻堕落梅妆。
不知芳草情何限，只怪游人思易伤。
才见早春莺出谷，已惊新夏燕巢梁。
相逢只赖如渑酒，一曲狂歌入醉乡。

注释

朱门：古代王公贵族的住宅大门漆成红色，表示尊贵。这里意为红色的门。

落梅妆：即梅花妆。相传南朝宋武帝女寿阳公主，人日卧入含章殿檐下，梅花落额上，成五出花，拂之不去，宫女竞效之，称梅花妆。

渑酒：渑，水名。渑水出山东今临淄镇西北古齐城外，西北流，经博兴县入时水。像渑水一样多的酒。

狂歌：纵情歌咏。

简析

"半掩朱门白日长，晚风轻堕落梅妆。不知芳草情何限，只怪游人思易伤"，暮春之时，白日初长，半掩着红色的门扉，晚风轻拂，梅花飘零。游人只为春光易逝伤感，却不知此时芳草之情无限。

"才见早春莺出谷，已惊新夏燕巢梁。相逢只赖如渑酒，一曲狂歌入醉乡"，早春时节，才见黄莺啼鸣着从幽谷出来，转眼已惊觉初夏的燕子在梁间筑巢。只盼望与你相逢的时候，饮渑水一样多的美酒，纵情歌咏，沉醉在另一番境界里。

背景

暮春时节，诗人倍感伤怀，写下此诗寄给友人崔秀才。

名家点评

清·钱牧斋、何义门：首言朱扉半掩，白日初长，晚风又堕落梅妆矣。此时芳草之情无限，而游人之思易伤，盖以春光徂谢，不自知其有感耳。若时序迁流，初见出谷之春莺，又逢巢梁之紫燕，人生若梦，为时几何？固应相逢而饮美酒，狂歌而入醉乡也。徒损游思，何为哉？前六句皆暮春书事，末见寄意。（《唐诗鼓吹评注》）

江村入夏多雷雨，晓作狂霖晚又晴

暴雨

唐·韦庄

江村入夏多雷雨，晓作狂霖晚又晴。
波浪不知深几许，南湖今与北湖平。

注释

江村：江畔村庄。
狂霖：狂风暴雨。

简析

"江村入夏多雷雨，晓作狂霖晚又晴"，江村的夏天，是多雷雨的季节。早晨狂风暴雨，到了晚上天又晴了。

"波浪不知深几许，南湖今与北湖平"，下雨时湖上波翻浪涌，不知有多深，雨后，南湖与北湖的水面一样平静。

诗的前两句写夏天雷雨多，天气变化快，早上还是狂风暴雨，到晚上天又放晴。后两句描绘下雨时湖上波浪滔天，雨后南湖北湖水面持平，突出夏天风狂雨猛量多的特点。

背景

诗人弃官游历时所写。

名家点评

明·许学夷：韦庄律诗七言胜于五言……绝句在唐末诸人之上。(《诗源辨体》)

韩偓

　　韩偓（842—923）。唐代诗人。乳名冬郎，字致光，号致尧，晚年又号玉山樵人。陕西万年县（今樊川）人。自幼聪明好学，10岁时，曾即席赋诗送其姨夫李商隐，令满座皆惊，李商隐称赞其诗是"雏凤清于老凤声"。龙纪元年（889），韩偓中进士，初在河中镇节度使幕府任职，后入朝历任左拾遗、左谏议大夫、度支副使、翰林学士。其诗多写艳情，称为"香奁体"。

长夏闲居门不开，绕门青草绝尘埃

午寝梦江外兄弟

唐·韩偓

长夏闲居门不开，绕门青草绝尘埃。
空庭日午独眠觉，旅梦天涯相见回。
鬓向此时应有雪，心从别处即成灰。
如何水陆三千里，几月书邮始一来。

注释

　　长夏：指农历六月。夏日，因其白昼较长，故称长夏。

闲居：避人独居。

尘埃：飞扬的尘土，比喻污浊的东西。

空庭：幽深的庭院。

旅梦：旅人思乡之梦。这里指梦中外出。

成灰：《庄子·齐物论》："形固可使如槁木，而心固可使如死灰乎？"

水陆：水上与陆地。

书邮：《世说新语·任诞》："殷洪乔作豫章郡，临去，都下人因附百许函书，既至石头，悉掷水中，因祝曰：'沉者自沉，浮者自浮，殷洪乔不能作致书邮。'"邮，古代传递文书的驿站。后遂以"书邮"指传送书信的人。

简析

"长夏闲居门不开，绕门青草绝尘埃。空庭日午独眠觉，旅梦天涯相见回"，炎热的夏日，日长人倦，避人独居，门都不曾打开。萋萋青草长藤在门外围绕，杜绝了灰尘。我独自在幽深的庭院里睡觉，梦中去遥远的地方与兄弟相见了才回。

"鬓向此时应有雪，心从别处即成灰。如何水陆三千里，几月书邮始一来"，此时，我的鬓边已有如雪的白发，我的心牵挂另一个地方也成了灰烬。怎么隔着三千里的水路与陆路，几个月才得一书信？

背景

韩偓退隐之后想念在外漂泊的兄弟所写。

名家点评

清·钱牧斋、何义门：首言长夏时闭门闲居，绕门青草，绝少尘埃。时午睡梦中若或相见而嘉会未卜，良可叹也。乃吾思君之至发已生雪。心亦成灰，庶几音书时至有以慰我，何以水陆三千，几月之久始得一书哉！(《唐诗鼓吹评注》)

明·金圣叹：前解，既言门不开矣，又言青草绕门，此便是写梦痴笔也。亦想亦固。自颠自倒，千里跬步，十年一刻，旁人见是独眠始觉，我自省是相见乍回，视门不开，视草无迹，真成一笑，却又欲哭矣。后解，向此时，是顺写梦后；从别后，是逆写梦前。从后陡地逆转到梦前，言此梦实有因缘，不是无端之事也。(《贯华堂选批唐才子诗》)

杜荀鹤

　　杜荀鹤（846—904），唐代诗人。字彦之，号九华山人，池州石埭（今安徽石台）人。大顺进士，以诗名，自成一家，尤长于宫词。大顺二年，第一人擢第，复还旧山。自序其文为《唐风集》十卷，今编诗三卷。事迹见孙光宪《北梦琐言》、何光远《鉴诫录》《旧五代史·梁书》本传、《唐诗纪事》及《唐才子传》。

蚕无夏织桑充寨，田废春耕犊劳军

题所居村舍

唐·杜荀鹤

家随兵尽屋空存，税额宁容减一分。
衣食旋营犹可过，赋输长急不堪闻。
蚕无夏织桑充寨，田废春耕犊劳军。
如此数州谁会得，杀民将尽更邀勋。

注释

　　税额：规定应缴赋税的数字。宁容：岂容，不许。

　　旋营：临时对付。

赋输长急：官府常年都在急迫地催缴赋税。输，送。

充寨：充作修营寨的木料。

犊劳军：将耕牛牵去慰劳官军。犊，小牛。

"如此"二句：多州县都处于如此水深火热之中，没谁去理会，那些做地方官的却一味不顾人民的死活，只管敲榨勒索，争取立功受赏、升官发财。

简析

"家随兵尽屋空存，税额宁容减一分"，随着军兵的离去，家里的财物被掠夺一空，男子抓了丁，税赋的数额又哪里容许减去一分？

"衣食旋营犹可过，赋输长急不堪闻"，缺衣少食尚可勉强过活，赋税常交又急迫，听到传令让人心惊。

"蚕无夏织桑充寨，田废春耕犊劳军"，夏天，桑树疯长充塞村寨，却无人养蚕，无丝可织。到了春耕时节，田野荒芜，因为耕牛都被犒劳了军队。

"如此数州谁会得，杀民将尽更邀勋"，这样下去，哪一州县会得到好处呢？只有那些酷吏靠宰杀榨取百姓得到更多功勋。

离乱之后，诗人寄居在一个被战争蹂躏的满目疮痍的村庄里，这首墙头诗，是作者写在所住村舍的墙上，意在叫大家看，所以写得很通俗。某些前人和今人以"鄙俚近俗"贬斥杜荀鹤反映民间疾苦的诗，殊不知既反映民间疾苦，又力图写得通俗易懂，尽可能争取更多的读者，正是杜荀鹤的难能可贵之处。

背景

这是一首战乱纪实诗，诗人将村居耳闻目见的情景，绘成一幅广大农民被压迫、被剥削的悲惨图画，篇中揭露了社会政治昏暗，民不聊生，反映了当时人民的疾苦与呼声，是当时社会生活的真实写照。写战乱造成的农村萧条凋散，声讨了一群屠杀人民起家的官吏。

名家点评

何宝民：全诗语言浅近，对比鲜明，感情强烈。(《中国诗词曲赋辞典》)

郑谷

郑谷（约851—910），唐末诗人。字守愚，江西宜春人。僖宗时进士，官都官郎中，人称郑都官。又以《鹧鸪诗》得名，人称郑鹧鸪。其诗多写景咏物之作，表现士大夫的闲情逸致。风格清新通俗，但流于浅率。曾与许裳、张乔等唱和往还，号"芳林十哲"。原有集，已散佚，存《云台编》。

侵阶藓拆春芽进，绕径莎微夏荫浓

竹

唐·郑谷

宜烟宜雨又宜风，拂水藏村复间松。
移得萧骚从远寺，洗来疏净见前峰。
侵阶藓拆春芽进，绕径莎微夏荫浓。
无赖杏花多意绪，数枝穿翠好相容。

注释

宜：适合、适当；应该、应当；当然、无怪。
萧骚：形容景色冷落。这里形容风吹树叶等的声音。
莎：草名，香附子。

　　无赖：无奈。这里有可爱的意思。

　　相容：同时并存，互相包容。

简析

　　"宜烟宜雨又宜风，拂水藏村复间松。移得萧骚从远寺，洗来疏净见前峰"，翠竹与烟雨、清风最为相宜，它拂动流水，掩映村庄，与松树相伴。把它从遥远的寺庙移来，还带着萧瑟的声响，经过濯洗，清疏的枝叶间露出前面的山峰。

　　"侵阶藓拆春芽迸，绕径莎微夏荫浓。无赖杏花多意绪，数枝穿翠好相容"，春天的嫩笋芽从阶前的苔藓中迸出，夏日浓荫掩映着长着莎草的小径，那可爱多情的杏花嫣然含笑，有几枝从翠竹林中穿过，与它相互映衬着。

　　这是一首吟咏竹的七律诗，通篇不着一个"竹"字，但句句均未离开竹。诗中不仅描写了竹的形象，还特别写了竹拂动流水、掩映村庄、与松相伴的美。此诗意境优美，句句如画，给人以不尽的美的享受。诗人对竹的喜爱之情溢于字里行间。

吴融

吴融（850—903），晚唐诗人。字子华，越州山阴（今浙江绍兴）人。他生当晚唐后期，一个较前期更为混乱、矛盾、黑暗的时代，他死后三年，曾经盛极一时的大唐帝国进入历史。因此，吴融可以说是整个大唐帝国走向灭亡的见证者之一。

傍岩依树结檐楹，夏物萧疏景更清

书怀

唐·吴融

傍岩依树结檐楹，夏物萧疏景更清。
滩响忽高何处雨，松阴自转远山晴。
见多邻犬遥相认，来惯幽禽近不惊。
争得便夸饶胜事，九衢尘里免劳生。

注释

檐楹：屋檐下厅堂前部的梁柱。
萧疏：冷清疏散，稀稀落落。
九衢：纵横交错的大道，繁华的都市。
劳生：指辛苦劳累的生活。

简析

"傍岩依树结檐楹，夏物萧疏景更清"，靠着高峻的山崖，依着大树盖的房子，炎热的夏季植物稀稀落落，景色却更清朗。

"滩响忽高何处雨，松阴自转远山晴"，河滩忽然传来很响的流水声，不知何处在下雨。晴朗的山峰间，松树的阴影自动转了方向。

"见多邻犬遥相认，来惯幽禽近不惊"，邻家的狗见的次数多了，远远地就认识我；来往惯了，叫声幽雅的禽鸟近在身边也不惊恐。

"争得便夸饶胜事，九衢尘里免劳生"，怎敢说真有这样好的去处？若真能在这样的地方也满足了，好过在喧嚣的街市里辛苦地活着。

背景

唐朝自"安史之乱"后，即一蹶不振，到了晚唐正是最复杂、最矛盾的时期。吴融生当晚唐后期，处境较前期更为混乱，梦想有个安静、和谐的去处。

名家点评

明·金圣叹：前解，须知此为九衢尘里，受劳不过，酒醒梦觉，无端设想。言如幸得有庐如此，真是快无量也。看他满心满意，先写出"景更清"三字，且不论人间何处有此快境，只据其才动笔便早说至此，便知亦是世上第一怕夏人。嗟乎！安有怕夏人而又能奔走九衢尘里者哉。三、四忽雨忽晴，撰景灵幻，桑经郦注，必真有之。人言唐诗难看，只是自己忘却其题是"书怀"。后解，五、六正写是山中忘机，反写是九衢多惧也。七、八又自随笔迅扫，言何敢便说真有此处，但得免在此间已足。言外可见九衢之犬吠禽惊，殆有不可胜道者也。（《贯华堂选批唐才子诗》）

寇准

寇准（961—1023），字平仲，华州下邽（今陕西渭南）人。北宋政治家，善诗能文，七绝尤有韵味。太平兴国五年进士，授大理评事。天圣元年（1023）九月，贬为衡州司马，病故于竹榻之上。今传《寇忠愍诗集》三卷。

重门寂寂经初夏，尽日垂帘细雨中

初夏雨中

宋·寇准

绿树新阴暗井桐，杂英当砌坠疏红。

重门寂寂经初夏，尽日垂帘细雨中。

注释

井桐：井边的梧桐树。

杂英：谓五彩相映。这里指各色花卉。

当砌：当：对着。砌：台阶。

坠：落，掉下。

疏：稀少。稀疏。

重门：宫门。亦指层层设门。

尽日：整日。

简析

"绿树新阴暗井桐，杂英当砌坠疏红"，绿树新生的枝叶逐渐茂密，遮蔽了天井边的梧桐。各色花卉向着台阶缓缓落下稀疏的红色。

"重门寂寂经初夏，尽日垂帘细雨中"，一层层的门寂静无声地经历初夏，在细雨淅淅中整日垂挂着窗帘。

用清新明丽和笔墨写初夏，绿树浓荫，落红飘坠，细雨纷纷，重门静寂。一座彩色鲜丽而静谧的院落呈现在眼前。

柳永

柳永（约984—约1053），原名三变，字景庄，后改名柳永，因排行第七，又称柳七。福建崇安人，北宋著名词人，婉约派代表人物。柳永对宋词进行了大胆革新，他大力创作慢词，将敷陈其事的赋法移植于词，同时充分运用俚词俗语，对宋词的发展产生了深远影响。

麦秋霁景，夏云忽变奇峰、倚寥廓

女冠子·淡烟飘薄

宋·柳永

淡烟飘薄。莺花谢、清和院落。树阴翠、密叶成幄。麦秋霁景，夏云忽变奇峰、倚寥廓。波暖银塘，涨新萍绿鱼跃。想端忧多暇，陈王是日，嫩苔生阁。

正铄石天高，流金昼永，楚榭光风转蕙，披襟处、波翻翠幕。以文会友，沉李浮瓜忍轻诺。别馆清闲，避炎蒸、岂须河朔。但尊前随分，雅歌艳舞，尽成欢乐。

注释

女冠子：唐教坊曲名，后用作词牌名。小令始于温庭筠，长调始于柳永。《乐章集》注"仙吕调"。双调一百十一字，上片十句六仄韵，下片十一句四仄韵。

飘薄：同"飘泊"。这里有飘荡的意思。

莺花谢：意谓春天故去了。莺花，莺啼花开之意，用以泛指春天的景物。

清和：指天气清明和暖。

幄：篷帐。

麦秋：指农历四五月麦子成熟的时候。

霁（jì）景：雨后放晴的景色。

寥廓：辽阔的天空。

银塘：清澈明净的池塘。

"涨新"句：意谓池塘弥漫着新生的浮萍，变得很绿，鱼儿不时跳出水面。

新萍：新生的浮萍。

"想端"三句：意谓想起现在有很多空闲的时间，一定不会如曹植初丧好友应刘之时一般，无心赏玩，楼阁台榭长满绿苔，积满尘土。

陈王：曹植的封号。

"正铄"二句：意谓天气渐热，昼长夜短。

铄（shuò）石、流金：形容天气炎热，可使金石熔化。

楚榭：台榭。

光风转蕙：《楚辞·招魂》："光风转蕙，氾崇兰些。"王逸注："光风，谓雨已日出而风，草木有光也。转，摇也。"

"披襟"句：意谓游兴正浓时，只见波光涌动，好像翠幕在翻滚。以文会友：通过文字结交朋友。

沉李浮瓜：将瓜果浸在水中，即今之"冰镇"。

轻诺：轻易许诺。

别馆：客馆。

河朔：古代泛指黄河以北的地区。

尊前：酒樽前。

随分：随我本性。

简析

"淡烟飘薄。莺花谢、清和院落。树阴翠、密叶成幄"，轻烟缕缕飘荡，清明和暖的院落里莺花谢了。翠绿的树叶密集成荫，如布帛围起来的帐幕。细写天气晴好的氛围，透出闲雅的情调。

"麦秋霁景，夏云忽变奇峰、倚寥廓"，麦秋四月，雨后景色清明，夏云变幻莫测，如奇峰般倚傍着天空。

"波暖银塘，涨新萍绿鱼跃，想端忧多暇，陈王是日，嫩苔生阁"，清澈明净的池塘荡着波浪，涨满新生绿萍，鱼儿时时跃出水面。想起离别以后有很多空闲的时间，不会如陈王曹植初丧应刘的日子一样，无心游娱，以致亭阁生了绿苔。

"正铄石天高，流金昼永，楚榭光风转蕙，披襟处、波翻翠幕"，正是昼长酷热的天气，雨停风吹，草木有光，兰蕙芬芳。游兴正浓时，只见波光涌动，好像翠幕在翻滚。

"以文会友，沉李浮瓜忍轻诺"，不忍轻易许诺，那以文会友、沉李浮瓜的消夏乐事。

"别馆清闲，避炎蒸、岂须河朔。但尊前随分，雅歌艳舞，尽成欢乐"，客馆清静悠闲，避开暑热熏蒸，何须去黄河以北。只需在酒宴上，随我本分，当为即为，吟雅诗、观艳舞，都是快乐。

背景

此词具体作年不可考。观词首数句，所写之景乃四月之景，故而此词当作于四月份。词中有"以文会友"句，可见此词作于柳永离开汴京游历江南之时，而所会之友，已无法考证。

名家点评

薛瑞生：此词以写景为主，由景生情，抒发其客中落寞情怀。(《柳永词选》)

晏殊

晏殊（991—1055），字同叔，抚州临川人。北宋著名文学家、政治家。晏殊能诗、善词，文章典丽，书法皆工，而以词最为突出，有"宰相词人"之称。他的词，风格含蓄婉丽，吸收了南唐"花间派"和冯延巳的典雅流丽词风，开创北宋婉约词风，被称为"北宋倚声家之初祖"。

宜春耐夏，多福庄严，富贵长年

诉衷情·秋风吹绽北池莲

宋·晏殊

秋风吹绽北池莲，曙云楼阁鲜。画堂今日嘉会，齐拜玉炉烟。斟美酒，祝芳筵，奉觥船。宜春耐夏，多福庄严，富贵长年。

注释

吹绽：吹开。

曙：天刚亮。

鲜：有光彩。

画堂：古代宫中有彩绘的殿堂。泛指华丽的堂舍。

嘉会：欢乐的聚会。多指美好的宴集。

拜：行礼祝贺。

玉炉烟：玉炉中的熏香。

芳筵：美好的筵席。

奉：恭敬地用手捧着。尊重，遵守。

觥船：容量大的酒杯。

宜：适合，适当。

耐：忍，受得住。

庄严：以福德净化身心。

简析

"秋风吹绽北池莲，曙云楼阁鲜。画堂今日嘉会，齐拜玉炉烟"，秋风吹开了北池的莲花，天刚亮时，云彩飘逸，楼台亭阁显得很有光彩。今日在华丽的堂屋里举办盛大的宴席，大家一起行礼祝贺，玉炉里香烟袅袅。

"斟美酒，祝芳筵，奉觥船。宜春耐夏，多福庄严，富贵长年"，恭敬地捧着大酒杯，斟满美酒，在宜人的春天，而又受得住的夏天祝愿大家以福德净化身心，富贵到永远。

华丽的词语，美好的祝愿。

苏舜钦

苏舜钦（1008—1048），字子美，号沧浪翁。开封人。北宋景祐年间进士，性格坚强，敢于痛陈时弊。在诗歌方面反对时文，喜作古歌诗杂文。诗与梅尧臣齐名，时称"苏梅"，其风格雄健豪放，独出机杼。有《苏学士文集》。

别院深深夏簟清，石榴开遍透帘明

夏意

宋·苏舜钦

别院深深夏簟清，石榴开遍透帘明。
树阴满地日当午，梦觉流莺时一声。

注释

别院：大宅院旁侧的小院。

簟（diàn）：竹席。

清：清凉。

透：穿透。

觉（jué）：睡醒。

简析

"别院深深夏簟清", "夏"字点明节令; "别院", 大宅院旁边的小院; "深深", 极深极静。虽是夏天, 小院幽深静谧, 竹席清凉。

"石榴开遍透帘明", 石榴花开如火, 透过帘栊, 也可见其明艳的风姿。

"树阴满地日当午", 此时虽是正午, 却是浓阴满地, 一片清凉。

"梦觉流莺时一声", 一觉醒来, 园林深处, 偶尔有一两声黄莺婉转清脆的啼鸣。

背景

庆历四年, 诗人被革职削籍为民后, 于苏州修建沧浪亭, 隐居不仕。《夏意》作于苏州隐居之时。

名家点评

赵昌平: 此诗无一句不切夏景, 又句句透散着清爽之意, 读之似有微风拂面之感。(《宋诗鉴赏辞典》)

黄庭坚

黄庭坚（1045—1105），字鲁直，号山谷道人，晚号涪翁，洪州分宁（今江西九江修水县）人，北宋著名文学家、书法家。黄庭坚的诗以唐诗的集大成者杜甫为学习对象，提出了"点铁成金"和"夺胎换骨"等诗学理论，成为了江西诗派作诗的理论纲领和创作原则。其诗注重用字，讲究章法，法度严谨，说理细密，对后世的诗歌创作产生了深远的影响。

生物趋功日夜流，园林才夏麦先秋

北窗

宋·黄庭坚

生物趋功日夜流，园林才夏麦先秋。
绿阴黄鸟北窗簟，付与来禽安石榴。

注释

生物：自然界中的各种事物。

麦先秋：秋，一指节气，一指收获。而麦子是在夏天收成的。

北窗：北边的窗。借指陶渊明事喻过悠闲的隐逸生活。

来禽：林檎，俗称花红。

安石榴：石榴。

简析

"生物趋功日夜流，园林才夏麦先秋"，自然界的万事万物都有各自追求的目的，它们成长、繁衍，像长江大河，日夜流淌不息；你看那园林之中花木茂盛，刚刚进入夏天，但麦子却已经成熟，在等待着收割。第一句诗起突兀，像一篇文章的总结。一"才"一"先"，生动写出了生物代谢变化中的差异，饱含诗人的感慨：自然如此，人生何尝不是如此。

"绿阴黄鸟北窗簟，付与来禽安石榴"，我坐在北窗下铺着竹席的床上，悠闲地听窗外树上绿阴中黄鹂的鸣唱，任那窗外林檎与石榴花开得正艳。既是实写眼前之景，也是概括陶渊明文章之意，以凝练的笔墨写出内心对陶渊明隐逸生活的向往。

背景

元祐四年四月，黄庭坚亦师亦友的苏轼遭朋党陷害外放，以龙图阁学士知杭州。黄庭坚心情郁闷，但他生性豁达，相信这种状况迟早会有变化，就像自然界的生物。这首诗写于此时。

名家点评

宋·任渊：末句盖有所寄，言物化用事于一时，姑听其自然耳。（《山谷诗集注》）

秦观

秦观（1049—1100），字少游，一字太虚，别号邗沟居士，扬州高邮人。官至太学博士、国史馆编修。一生坎坷，所写诗词，高古沉重。他长于议论，文丽思深，兼有诗、词、文赋和书法多方面的艺术才能，尤以婉约之词驰名于世。著有《淮海集》40卷、《淮海词》（又名《淮海居士长短句》）3卷、《劝善录》《逆旅集》等。为"苏门四学士""苏门六君子"之一。

芳菲歇去何须恨，夏木阴阴正可人

三月晦日偶题

宋·秦观

节物相催各自新，痴心儿女挽留春。
芳菲歇去何须恨，夏木阴阴正可人。

注释

晦日：农历每月最后的一天。
节物：各个季节的风物景色。
儿女：这里泛指男女。

芳菲：香花芳草。

何须：何必，何用。

可人：称人心意。

简析

"节物相催各自新，痴心儿女挽留春"，季节更迭，风物更换，各自都有新的变化；痴心的儿女们，都在苦苦地挽留着春天。

"芳菲歇去何须恨，夏木阴阴正可人"，鲜艳芬芳的花朵凋谢了何必心生恼恨，夏天的树木郁郁葱葱，浓阴遍地，更合人心意。

文人伤春是永恒的主题。春雨潇潇，落红遍地，令人感伤。但这首诗一反旧例，没有悲伤的情调，而是顺其自然，豁达通变。

诗人借此阐述自己的处世观：人生是处在不断转换之中，好的可以变坏，祸福相倚。因此，当你失去了什么时，不要过分抱憾，要正视现实，知足常乐。春天有令人留恋的地方，夏天也有使人可心之处。顺境有顺境的快乐，逆境何尝不可磨炼人，使人步入顺境。通过这首诗，我们理解了诗人宽广的胸怀，并从中得到勉励。

背景

诗人于暮春游玩时所作。

贺铸

贺铸（1052—1125），北宋词人。字方回，号
庆湖遗老。卫州（今河南卫辉）人。宋太祖贺皇
后族孙，所娶亦宗室之女。自称远祖本居山阴，
是唐贺知章后裔，以知章居庆湖（即镜湖），故
自号庆湖遗老。

阴阴夏木啭黄鹂

南歌子·疏雨池塘见

宋·贺铸

疏雨池塘见，微风襟袖知。阴阴夏木啭黄鹂。何处飞来白
鹭、立移时。

易醉扶头酒，难逢敌手棋。日长偏与睡相宜。睡起芭蕉叶
上、自题诗。

注释

疏雨：稀疏的雨。

襟袖：衣襟衣袖。亦借指胸怀。

阴阴：幽暗。深邃。荫蔽覆盖。

啭：鸟婉转的鸣叫。

简析

稀疏的雨点落在池塘里，微风吹动衣袖。夏天的树枝茂密荫浓，有黄鹂婉转的啼鸣。不知从何处飞来一只白鹭，在池边久久不愿离去。喝烈性的扶头酒容易醉，下棋却难逢对手。长长的白日适合睡觉，醒后在芭蕉叶上写诗。

这是一首集句体的抒怀词。

"疏雨"二句：杜牧《秋思》诗："微雨池塘见，好风襟袖知。"

"阴阴"句：王维《积雨辋川庄作》诗："阴阴夏木啭黄鹂。"

"何处"句：苏轼《江城子·湖上与张先同赋》词："何处飞来双白鹭？如有意，慕娉婷。"

扶头酒：姚合《答友人招游》诗："赌棋招敌手，沽酒自扶头。"

"日长"句：苏轼《和子由送将官梁左藏仲通》诗："日长惟有睡相宜。"

"睡起"句：韦应物《闲居寄诸弟》诗："尽日高斋无一事，芭蕉叶上坐题诗。"

贺裳论"集句"曾说："集之佳者，亦仅一斑斓衣也，否则百补破衲矣。"而这首词通篇皆从前人诗句化来，经贺铸妙手点化，整首词语意连属，情景交融，浑成脱化，如出诸己，表现出作者善于融化前人成句的能力。

背景

贺铸出身于没落贵族家庭，是孝惠后的族孙，且娶宗室之女。但他秉性刚直，不阿权贵，因而一生屈居下僚，郁郁不得志。这种秉性与身世际遇，使他像许多古代文人一样，建功立业的胸襟之中，常常流动着痛苦、孤寂、无奈的波澜。这种心绪时时反映在他的词作中，《南歌子》便是一例。

名家点评

李维新：用笔轻灵，含而不露，貌似闲适而实执着。（《唐宋词鉴赏辞典》）

云观登临清夏，璧月留连长夜，吟醉送年华

台城游（水调歌头）

宋·贺铸

南国本潇洒，六代浸豪奢。台城游冶，襞笺能赋属宫娃。云观登临清夏，璧月留连长夜，吟醉送年华。回首飞鸳瓦，却羡井中蛙。

访乌衣，成白社，不容车。旧时王谢、堂前双燕过谁家？楼外河横斗挂，淮上潮平霜下，樯影落寒沙。商女篷窗罅，犹唱《后庭花》。

注释

台城：本系东吴后苑城，东晋成帝时改建为新宫。遂成富城，历宋、齐、梁、陈，皆为台省（中央政府）及官殿所在地，故名台城。故地在今南京鸡鸣山前、干河沿北。

该调即《水调歌头》，然与他词有异，夏敬观批云："平仄通叶，句句押韵。"此为该篇特色。

南国：国之南方。

六代：即六朝，三国吴、东晋、宋、齐、梁、陈，均建都于今南京。

浸：渐进。

襞（bì）笺能赋属宫娃：陈后主沉湎酒色，在宫中宴会，常先令八妇人襞彩笺作诗，十客赓和，文思稍慢，便要罚酒，君臣酣饮，常常通宵达旦。襞笺，即指此。襞，折叠。

云观：高耸入云的楼观。实指陈后主所建的结绮、临春、望仙三座高达数十丈的楼阁。

璧月：陈后主选择宠姬、狎客赋艳诗，配乐歌唱，其中有"璧月夜夜满，琼树朝朝新"之句，多为描写张、孔二妃的美丽姿色。

飞鸳瓦：喻陈宫门被毁。鸳瓦，华丽建筑物上覆瓦的美称。井中蛙，陈宫城破后，后主偕二妃躲入井中，隋军窥井，扬言欲下石，后主惊叫，于是隋军用绳索把他们拉出井外。这里用来讽刺后主穷途末路，欲为井蛙亦不可得。

乌衣：即乌衣巷，在秦淮河南，东吴时是乌衣营驻地，故名。晋南渡后，王、谢等名家豪居于此。

白社：洛阳地名，晋高士董京常宿于白社，乞讨度日。这里作为贫民区的代名词。

旧时二句：化用刘禹锡《乌衣巷》诗："旧时王谢堂前燕，飞入寻常百姓家"。

河横：银河横斜。斗挂：北斗星挂在天际。

淮上：指秦淮河上。

樯影：桅杆的影子。寒沙：是指河边的沙石，因是秋天月夜，所以称寒沙。

商女：歌女。

篷：船篷，代指船。

罅（xià）：缝隙。

商女二句：用杜牧《夜泊秦淮》"商女不知亡国恨，隔江犹唱后庭花"！

后庭花：即陈后主所制《玉树后庭花》，为靡靡之音，时人以为陈亡国的预兆。

简析

"南国本潇洒，六代浸豪奢。台城游冶，襞笺能赋属宫娃"，南方清丽风雅，六朝贵族逐渐到台城去游乐，宫中美人能在信笺上作诗。从大处落笔，高屋建瓴，气度不凡。

"云观登临清夏，璧月留连长夜，吟醉送年华。回首飞鸳瓦，却羡井中蛙"，清朗的初夏之夜，登上高大的楼台，璧玉般的圆月流连夜空，人们吟诗醉酒打发时光。回想陈朝宫殿被焚毁，却羡慕井中之蛙。

上片写史实，表现了作者鲜明的态度和强烈的爱憎。

"访乌衣，成白社，不容车。旧时王谢、堂前双燕过谁家？"探访乌衣巷，竟成了穷乡，路窄容不下车。往日王谢两家堂前的燕子，飞进过谁的家？

"楼外河横斗挂，淮上潮平霜下，槛影落寒沙。商女篷窗罅，犹唱《后庭花》。"楼外天空，银河横天，北斗斜挂，明月柔辉梦幻般地笼罩着秦淮河，把桅影清晰地映在铺满银霜的寒沙上，卖唱的歌女隔着船窗在唱《后庭花》。

下片化用唐人诗意，由咏史转入抚今，着重写沧桑巨变、兴亡之感，表达了作者空怀壮志，报国无门的心事。

背景

这首词作于哲宗元祐三年至五年（1088—1090）。当时贺铸正在历阳石碛戍任管界巡检，只不过是一个供人驱遣的武弁而已。他空怀壮志，报国无门，只能把自己吊古伤今、抑塞磊落之情融入历史的反思和凄清冷寂的画面之中，发人深省。

名家点评

清·陈廷焯："情景兼到，用笔亦洒落有致。又：去路甚别致。"(《词则·别调集》)

俞陛云："节短而韵长，调高而音凄，其雄恢才笔，可与放翁、稼轩争驱夺槊矣。"(《宋词选释》)

晁说之

晁说之（1059—1129），字以道、伯以，因慕司马光之为人，自号景迂生，济州钜野（今山东巨野）人。与晁补之、晁冲之、晁祯之都是当时有名的文学家。

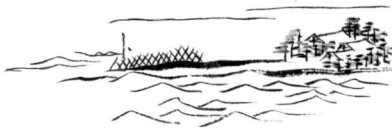

长夏清江倚碧岑，人间尘土莫相侵

揽冀亭榴花

宋·晁说之

长夏清江倚碧岑，人间尘土莫相侵。
榴花不得春工力，颜色何如桃杏深。

注释

长夏：指阴历六月。夏日因其白昼较长，故称长夏。

倚：靠着。倚靠。倚傍。倚托。

碧岑：青山。

人间：世间。

尘土：指细小的尘土。指尘世间的凡俗事。

莫：不要。不能。

相侵：相侵犯。

工力：工夫和力量。

何如：如何。怎么能。

简析

"长夏清江倚碧岑，人间尘土莫相侵"，炎炎夏日，清江倚傍着苍翠的青山，人世间的凡俗之事不能相侵犯。

"榴花不得春工力，颜色何如桃杏深"，石榴花如果不是得益于春天的工夫与力量，它的颜色怎么能比桃杏红得更深而娇艳。

张耒

张耒（1054—1114），字文潜，号柯山，人称宛丘先生、张右史。宋神宗熙宁进士，历任临淮主簿、著作郎、史馆检讨。哲宗绍圣初，以直龙阁知润州。宋徽宗初，召为太常少卿。苏门四学士之一。受唐音影响最深的作家。其诗平易舒坦，不尚雕琢，但常失之粗疏草率；其词流传很少，语言香浓婉约，风格与柳永、秦观相近。著有《柯山集》《宛邱集》。词有《柯山诗余》，赵万里辑本。后被指为元祐党人，数遭贬谪，晚居陈州。

长夏村墟风日清，檐牙燕雀已生成

夏日三首·其一

宋·张耒

长夏村墟风日清，檐牙燕雀已生成。
蝶衣晒粉花枝舞，蛛网添丝屋角晴。
落落疏帘邀月影，嘈嘈虚枕纳溪声。
久斑两鬓如霜雪，直欲渔樵过此生。

注释

村墟：村庄。亦指乡村集市。

檐牙：屋檐如牙齿一般。

蝶衣：蝴蝶的翅膀。

晒粉：蝴蝶的翅膀上多粉。

落落：稀疏的样子。

嘈嘈：杂乱的声音。

简析

"长夏村墟风日清，檐牙燕雀已生成"，夏日昼长，江村风日清丽，屋檐上栖息着许多小燕雀，羽翼都已长成。幼雀雏燕整天在房檐前飞舞鸣叫，喧闹不已。鸟儿的嬉闹，衬托出乡村的清幽。

"蝶衣晒粉花枝舞，蛛网添丝屋角晴"，蝴蝶展翅停在午间的花枝上，在晴朗的天气里，蜘蛛在屋角悠然织网。显得幽静之极。

"落落疏帘邀月影，嘈嘈虚枕纳溪声"，如水的月光透帘而入，如同邀请而来；溪声传至耳边，仿佛被纳入枕函之中。月影、溪声本已凉爽之极，而诗人又于枕上感受到这一切，则心境之清，不言而喻。

"久斑两鬓如霜雪，直欲渔樵过此生"，早已花白的头发如今像霜雪一般白了，只想做个樵夫或渔翁在此过一生。

这首诗通过夏日燕雀、蝴蝶、蜘蛛、月影和溪声等意象的描写，表现了诗人对乡村清净安宁生活的喜爱。抒发了诗人淡泊名利、厌恶世俗、想要归隐田园的情怀。

背景

此诗是张耒罢官闲居乡里之作。

名家点评

清·吴之振：张耒诗效白居易，"近体工警不及白，而蕴藉闲远，别有神韵"。(《宋诗钞》)

陆游

陆游（1125—1210），字务观，号放翁，越州山阴（今浙江绍兴）人，南宋爱国诗人。历任福州宁德县主簿、敕令所删定官、隆兴府通判等职，因坚持抗金，屡遭主和派排斥。陆游性格豪放，胸怀壮志，在诗歌风格上追求雄浑豪健，形成了气势奔放、境界壮阔的诗风。其诗语言平易晓畅，章法整饬谨严，在南宋诗坛上占有重要的地位。

纷纷红紫已成尘，布谷声中夏令新

初夏绝句

宋·陆游

纷纷红紫已成尘，布谷声中夏令新。
夹路桑麻行不尽，始知身是太平人。

注释

纷纷：多而杂乱，或接二连三。

布谷：杜鹃鸟，因叫声像"布谷布谷"而得名。

夏令：夏天的节令、气候。夏令新即夏天刚刚开始。

桑麻：桑树和麻。

简析

"纷纷红紫已成尘，布谷声中夏令新"，春天开得姹紫嫣红的花朵都凋谢零落成尘，布谷鸟流丽而欢快的啼鸣，迎来了清新明丽的夏天。

"夹路桑麻行不尽，始知身是太平人"，路两边种的桑麻茂密葱茏，绵延不尽，恍惚之间，才知自己是生活在太平盛世中的人。

南宋著名爱国诗人陆游，他的诗多是慷慨悲歌，壮怀激烈之作。

他所处的时代，正是我国历史上民族矛盾异常尖锐的时代。北宋亡国，南宋在临安的政权不但不发愤图强，收复失地，反而向金人屈膝求和。

然而此诗语言清新，格调明快。

前两句写夏景清澈、传神，没有愤怒也没有呼喊。后两句写农作物生长茂盛，并说自己是太平之人。在混乱的局势中，诗人为什么如此说呢？也许是对夏日作物欣欣向荣之景而生此感，也许是身处乱世而对盛世的期盼。

背景

陆游所处的时代，正是我国历史上民族矛盾异常尖锐的时代。北宋亡国，南宋在临安的政权不但不发愤图强，收复失地，反而一意向金人屈膝求和。时代混乱，陆游为什么如此说呢？可能是有夏日作物欣欣之景而生此感，也可能是生于乱世而对盛世的期盼，也可能是自然的美景暂时让他忘记了愁烦。

初<u>夏</u>暑犹薄，纱幮怯夜深

枕上偶赋

宋·陆游

初夏暑犹薄，纱幮怯夜深。
孤萤入窗罅，斜月下墙阴。
静养观书眼，穷悲济世心。
吾衰亦久矣，徂岁苦骎骎。

注释

纱幮（shā chú）：纱帐。室内张施用以隔层或避蚊。

怯：胆小，害怕。

罅（xià）：裂缝。

徂（cú）岁：光阴流逝。

骎骎（qīn qīn）：迅疾。指光阴似箭。

简析

"初夏暑犹薄，纱幮怯夜深"，初夏时节，暑气还很浅淡。夜深人静，我睡在纱帐内有些不安。

"孤萤入窗罅，斜月下墙阴"，孤单的萤火虫从窗户的缝隙飞进屋内，从窗口斜斜照进来的月光落在墙角的阴暗处。

"静养观书眼，穷悲济世心"，安静的岁月培养了我读书的眼睛，不得志的人生却常常使我哀叹自己空有一颗济世之心。

"吾衰亦久矣，徂岁苦骎骎"，我已经很衰老了，可悲光阴似箭，岁月不饶人啊。

这首诗是陆游晚年的作品，诗人一生以收复失地、匡时济

世为己任，却屡遭投降派打击，壮志难酬，只得将满腔愤懑发泄于诗文中。

背景

晚年退居家乡时所作。

古来江左多佳句，夏浅胜春最可人

初夏

宋·陆游

槐柳成阴雨洗尘，樱桃乳酪并尝新。
古来江左多佳句，夏浅胜春最可人。

注释

乳酪：糕点。

并：合在一起，一齐。

尝新：尝尝新鲜。

江左：江东。江左乡。

佳句：诗文中精辟的语句。

夏浅：初夏。

胜：超过。

可人：适合人的心意。

简析

"槐柳成阴雨洗尘，樱桃乳酪并尝新"，槐树与柳树茂密葱茏，细雨洗净了尘埃，空气清新。新上市的乳酪和樱桃可以一起尝鲜。

"古来江左多佳句，夏浅胜春最可人"，自古以来，就有很多精辟的诗文赞美江左这个地方，这里的初夏景色秀美，气候温润超过了春天，最适合人的心意。

语句清新，调子明快，赞美江左初夏胜过春天。

客来莫说人间事，且共山林夏日长

示客

宋·陆游

桑柘成阴百草香，缫车声里午风凉。
客来莫说人间事，且共山林夏日长。

注释

桑柘：桑木与柘木。

缫车：缫丝所用的器具。

客：外来的人。

且：尚，还是。

简析

"桑柘成阴百草香，缫车声里午风凉"，桑木与柘木枝繁叶茂覆盖成荫，各种花草馥郁芬芳。缫丝车的吱吱声中，午后凉爽的风轻轻吹拂。

"客来莫说人间事，且共山林夏日长"，外来的客人请你不要说尘世间的俗事，还是与我一同享受这幽静山林中悠长而凉爽的夏日吧。

陆游一生笔耕不辍，诗词文俱有很高成就，其诗语言平易晓畅、章法整饬谨严，兼具李白的雄奇奔放与杜甫的沉郁悲凉，尤以饱含爱国热情对后世影响深远。他的诗多为抒发壮志难酬的苦闷悲哀，这首诗一反常态，写山林闲适的生活。或许诗人已厌倦了"人间事"，而向往安逸悠闲的隐居生活吧。

剑南无剧暑，长夏更宜人

晨至湖上

宋·陆游

剑南无剧暑，长夏更宜人。
啼鸟常终日，幽花不减春。
荷香浮绿酒，藤露落乌巾。
莫作天涯想，翛然梦里身。

注释

剑南：唐代的道名。以地区在剑阁之南而得名。

剧暑：酷暑。

常：长久，经久不变。

终日：从早到晚。

幽花：幽静偏僻之处的花。

不减：不次于。

绿酒：未经过滤的酒。新酿的酒，未滤清时，酒面浮起酒渣，色微绿，细如蚁，称为"绿蚁"。古人称漂有"绿蚁"的新酒为绿酒。

乌巾：黑头巾。即乌角巾。古代多为隐居不仕者的帽子。

天涯：意为在天的边缘处，喻距离非常遥远。

脩然：形容无拘无束的样子。超脱或自由自在的样子。

简析

"剑南无剧暑，长夏更宜人。啼鸟常终日，幽花不减春"，剑南没有炎热的酷暑，长长的夏日更适合人居住。鸟儿常常从早到晚地啼鸣，幽静偏僻之处的花丝毫不次于春天的色彩。

"荷香浮绿酒，藤露落乌巾。莫作天涯想，脩然梦里身"，新酿的酒漂浮着荷花的芳香，长藤上清新的露水滴落在帽子上。不要去抱有像天涯一样遥远的希望，在梦里做个无拘无束，自由自在的人。

陆游具有多方面文学才能，尤以诗的成就为最。他的诗具有宏肆奔放的风格，充满战斗气息及爱国激情。晚年蛰居故乡山阴后，诗风趋向质朴而沉实，表现出一种清旷淡远的田园风味，并不时流露着苍凉的人生感慨。

萧然巾履茅堂上，不畏人间 夏 日长

夏日

宋·陆游

斫取溪藤便作香，炼成崖蜜旋煎汤。
萧然巾履茅堂上，不畏人间夏日长。

注释

斫：斩断。

崖蜜：山崖间野蜂所酿的蜜。又称石蜜、岩蜜。色青，味微酸。

旋：随即，立即。

萧然：潇洒，悠闲。

巾履：头巾和鞋子。

茅堂：草盖的屋舍。

简析

"斫取溪藤便作香，炼成崖蜜旋煎汤"，斩断溪边的古藤做香料，把山崖间野蜂所酿的蜜炼成了，随即煮茶汤。

"萧然巾履茅堂上，不畏人间夏日长"，戴着头巾，穿着鞋子悠闲自在地在草盖的屋舍里，不怕人间那酷热的悠长的夏日。

嫩日轻风夏未深，曲廊倚杖得闲吟

夏初湖村杂题

宋·陆游

嫩日轻风夏未深，曲廊倚杖得闲吟。
地偏草茂无人迹，一对茭鸡下绿阴。

注释

嫩日：不强烈的阳光。指初出的太阳。

倚杖：倚赖。拄着手杖。

得闲：有空闲时间。

地偏：偏僻之地。

茭鸡：水鸟名。大如凫，高脚长喙，群栖泽畔，为我国鹭
类中之常见者。

下：落下，降下。

绿阴：有叶树木底下的阴地。

简析

"嫩日轻风夏未深，曲廊倚杖得闲吟"，阳光浅淡，微风吹
拂，夏天刚刚开始，还不是很炎热。我有空闲时间拄着手杖在
曲廊里吟唱。

"地偏草茂无人迹，一对茭鸡下绿阴"，这里偏僻幽静，野草
蔓延滋长，没有人家。一对茭鸡从远处飞来，降落在绿树阴下。

陆游这首诗于优美的景致中透出致仕后日长无事的闲静，
清代文学家翁方纲评价陆游"笔墨之清旷，与心地之淡远，夷
然相得于无言之表"。

胎发茸茸漆不如，夏初安健胜春初

夏初湖村杂题

宋·陆游

胎发茸茸漆不如，夏初安健胜春初。
双瞳嬾看公卿面，却解灯前读细书。

注释

安健：平安健康。

胜：超过。

双瞳：是指一个眼睛里有两个瞳孔。

嬾：同"懒"。意为懒惰，懈怠。

公卿：三公九卿的简称。泛指高官。

解：晓悟、明白。

细书：小字。南朝梁元帝《金楼子·聚书》："又聚得细书《周易》《尚书》《周官》《仪礼》《礼记》《毛诗》《春秋》各一部。"

简析

"胎发茸茸漆不如，夏初安健胜春初"，我们这些黑发人连那胎发茸茸的都不如，清和的初夏平安健康胜过春天。

"双瞳嬾看公卿面，却解灯前读细书"，一个眼睛里有两个瞳孔也懒得去看那些高官，却懂得在灯前认真地读《周易》《尚书》《春秋》。

夏景遽如许，先从草木知

初夏即事

宋·陆游

夏景遽如许，先从草木知。
朱樱连蒂剪，红药带花移。
病起单衣怯，身闲昼漏迟。
空斋无长事，帘影看参差。

注释

夏景：夏天的景色。

遽：遂，就。

如许：如此，像这样的。

朱樱：樱桃之一种，成熟时呈深红色，故称。

红药：芍药花。

病起：病愈。

怯：不合时，不大方。

昼漏：谓白天的时间。漏，漏壶，古代计时的器具。

迟：缓，慢。

空斋：空房间。

参差：长短、高低不齐的样子。

简析

"夏景遽如许，先从草木知。朱樱连蒂剪，红药带花移"，夏天的景色就是这样，先从花草树木上知道的。红色的樱桃连果蒂一起剪，芍药带着花朵一起移来。

"病起单衣怯，身闲昼漏迟。空斋无长事，帘影看参差"，病愈后的单衣显得不合时，坐在空荡荡的房子里无所事事，看那帘上的影子长短不一，高低不齐。

淡霭轻飔入夏初，一窗新绿鸟相呼

初夏

宋·陆游

淡霭轻飔入夏初，一窗新绿鸟相呼。
出门易倦常归卧，著句难工但自娱。
花径蝶闲无堕蕊，酒楼人散有空垆。
闽川茶笼犹沾及，肺渴朝来顿欲苏。

注释

淡霭：轻烟薄雾。

轻飔：微风。

著句：写出来的句子。

工：精巧，精致。

但：只，仅仅，只是。

自娱：使自己在娱乐或愉快的状态中得到消遣。

花径：花丛中的小路。

堕蕊：堕落的花蕊。

垆：卖酒处安置酒瓮的砌台。

肺渴：谓燥热思饮。

简析

　　"淡霭轻飔入夏初，一窗新绿鸟相呼。出门易倦常归卧，著句难工但自娱"，夏天刚刚开始，轻烟薄雾，微风飘忽，郁郁葱葱的树木映入窗来，鸟儿在林间喧闹。出门容易疲倦常常回来休息，写的诗句不精巧，只是自娱自乐。

　　"花径蝶闲无堕蕊，酒楼人散有空垆。闽川茶笼犹沾及，肺渴朝来顿欲苏"，花丛中的小路上，蝴蝶悠闲自在，没有掉下的花蕊。闽川那边的茶笼仍然能得到，早晨燥热想喝茶时顿时清醒过来。

江乡初夏暑犹轻，霁日园林有晚莺

初夏

宋·陆游

江乡初夏暑犹轻，霁日园林有晚莺。
聊置尊罍师北海，尽除屏障学东平。
绿槐露湿单衣爽，红药风翻病眼明。
每感流年成绝叹，白头自笑未忘情。

注释

　　霁日：晴日。

　　晚莺：晚上的鸟，比喻夜幕降临，天色暗了。

　　聊：姑且。置：摆放，购买。

　　尊罍：泛指酒器。

师：出兵征伐，进军。

流年：如水般流逝的光阴、年华。

绝叹：极为感叹。

忘情：无动于衷。不能节制感情。

简析

"江乡初夏暑犹轻，霁日园林有晚莺。聊置尊罍师北海，尽除屏障学东平"，江乡的初夏还不太热，晴天的傍晚，园林里有莺在啼鸣。我姑且摆放酒杯置酒，我们的军队出兵征伐北海，彻底除去屏障效法东平。

"绿槐露湿单衣爽，红药风翻病眼明。每感流年成绝叹，白头自笑未忘情"，在翠绿的槐树下，露水打湿了身上的单衣，芍药花随风摇曳，照亮了昏花老眼。每当感叹年华如水般流逝，看着自己一头的白发又笑自己，还没有放下世俗的一切。

好景入新夏，幽人卧弊庐

初夏夜赋

宋·陆游

好景入新夏，幽人卧弊庐。
廊腰得风远，树罅见星疏。
门掩鸦栖后，钟鸣月上初。
青灯尚堪近，起了读残书。

注释

幽人：幽居之人。指隐士。

弊：古同"蔽"。隐蔽。庐：房舍。

廊腰：走廊，回廊的转折处。

罅：缝隙，裂缝。

青灯：光线青荧的油灯。

堪：可以，足以。

残书：未读完的书。

栖：鸟禽歇宿。亦指居留、停留。

简析

"好景入新夏，幽人卧弊庐。廊腰得风远，树罅见星疏"，美好的景色都在夏天刚刚到来的时候，幽居之人睡在隐蔽的房舍里，回廊的转折处有遥远的风吹来，从树枝的缝隙中可以看到稀疏的星星。

"门掩鸦栖后，钟鸣月上初。青灯尚堪近，起了读残书"，乌鸦栖息后关了院门，月亮刚刚升起来时传来钟声。青荧荧的油灯可以再拿近些，开始读那未读完的书。

雨霁逢初夏，胡床荫绿槐

初夏幽居杂赋

宋·陆游

雨霁逢初夏，胡床荫绿槐。

半酣方岌峨，假寐忽哈台。

小穗闲簪麦，微酸细嚼梅。
衰翁不禁老，更著物华催。

注释

雨霁：雨停了，天放晴。

胡床：一种可以折叠的轻便坐具。又称交床。

荫：树木遮住日光所成的阴影。

半酣：指已喝了一半程度，还未尽酒兴的样子。

哈台：睡觉时打鼾声。

簪麦：古时清明节有"戴麦""簪麦叶"习俗。簪：插，戴。

衰翁：老翁。

更著：又遭到。

物华：自然景物。物的精华。

催：使事物的产生、发展变化加快。

简析

"雨霁逢初夏，胡床荫绿槐。半酣方岿峨，假寐忽哈台"，连天的雨停了，天放晴时正是初夏时节。在绿枝繁茂的槐树下安放了胡床。酒未尽兴却有了醉态，打盹时忽然鼾声响起。

"小穗闲簪麦，微酸细嚼梅。衰翁不禁老，更著物华催"，麦子刚刚抽穗，无事时折了麦叶戴在头上，吃着梅子嘴里有些酸味。衰老的人经不住岁月沧桑，又遭到物华的催逼。

城上朱旗夏令初，溪头绿水蘸菰蒲

初夏闲居

宋·陆游

城上朱旗夏令初，溪头绿水蘸菰蒲。
花贪结子无遗蕚，燕接飞虫正哺雏。
箫鼓赛蚕人尽醉，陂塘移稻客相呼。
长女青盖金羁马，也有农家此乐无？

注释

朱旗：红色的旗帜。

夏令：夏季的节令、气候。

蘸：在液体、粉末或糊状的东西里蘸一下就拿出来。

菰：多年生草本植物，生在浅水里，嫩茎称"茭白""蒋"，可做蔬菜。果实称"菰米""雕胡米"，可煮食。

蒲：菖蒲。

贪：求多，不知足。

青盖：青色的车盖。汉制用于皇太子、皇子所乘之车。借指高官。

金羁：亦作"金羁"。金饰的马络头。借指马。

简析

"城上朱旗夏令初，溪头绿水蘸菰蒲。花贪结子无遗蕚，燕接飞虫正哺雏"，城头插上了表示夏天已经到来的红色旗帜，茭白和菖蒲在水边长得茂密葱茏。花朵为了多结子没有漏掉一朵花蕊，燕子捕捉飞虫正喂小燕子。

"箫鼓赛蚕人尽醉，陂塘移稻客相呼。长女青盖金羁马，也有农家此乐无"，赛蚕会上吹箫打鼓，尽情欢乐。水田里插稻秧的人喧闹着。谁家的长女坐在豪华的马车里，看到这一切，心里猜想，农家也这样欢乐吗？

从来夏浅胜春日，儿女纷纷岂得知

初夏游凌氏小园

宋·陆游

水满池塘叶满枝，曲廊危榭惬幽期。
风和海燕分泥处，日永吴蚕上簇时。
闲理阮咸寻旧谱，细倾白堕赋新诗。
从来夏浅胜春日，儿女纷纷岂得知。

注释

危榭：耸立于高台上的屋宇。

惬：快意，满足。

幽期：隐居的时期。

分泥：谓燕子衔泥垒窝。

风和：和风。温暖的风。

日永：指夏至。夏至这一天白昼最长。亦指夏天白昼长。

上簇：将老的家蚕上草束吐丝结茧。又名"上山"。

阮咸：魏晋时期名士，"竹林七贤"之一。

白堕：善酿酒的人，后作美酒的别称。

纷纷：多而杂乱。形容人的思绪纷乱。

简析

"水满池塘叶满枝，曲廊危榭惬幽期。风和海燕分泥处，日永吴蚕上簇时"，池塘里溢满了水，树木长满了翠绿的枝叶，曲廊与高台上的屋宇正可以满足隐居的时候。和暖的风吹着燕子衔泥垒窝，夏日白天长正适合把老蚕送到草束上吐丝结茧。

"闲理阮咸寻旧谱，细倾白堕赋新诗。从来夏浅胜春日，儿女纷纷岂得知"，闲得无事时整理、寻找阮咸的旧曲谱，慢慢地饮着美酒作诗。向来是风景秀美，气候温润的初夏胜过春天，那些青年男女思绪纷乱，怎么能知道呢?

年光佳处惟初夏，儿女纷纷讵得知

初夏山中
宋·陆游

又报东皇促驾归，醉中阙赋送春诗。
佛瓶是处见红药，僧榻有时闻子规。
野客款门聊倒屣，溪潭照影一轩眉。
年光佳处惟初夏，儿女纷纷讵得知。

注释

东皇：指司春之神。
促驾：催车速行。

阙：空缺。缺少。

子规：杜宇、杜鹃、催归。

野客：村野之人，借指隐逸者。

款门：敲门。

聊：姑且。

倒屣：急于出迎，把鞋穿倒了。

轩眉：将眉毛抬起。扬眉、得意的样子。

佳处：优美之处。

纷纷：多而杂乱。形容人的思绪纷乱。

讵：岂。怎。

简析

　　"又报东皇促驾归，醉中阙赋送春诗。佛瓶是处见红药，僧榻有时闻子规"，又告知司春之神驾车带着春天匆匆归去，因为醉酒而错过写送春的诗。佛花瓶里是娇艳的芍药花，睡在僧床上的佛时而听见杜鹃的啼鸣。

　　"野客款门聊倒屣，溪潭照影一轩眉。年光佳处惟初夏，儿女纷纷讵得知"，有隐逸于野外之人来敲门，急于出迎把鞋穿倒了。在清澈的溪潭中照自己的影子，得意地扬起双眉。一年中最美好的时光只有初夏，青年男女思绪纷乱，怎么能知道。

首夏清和真妙语，为君诵此一欣然

初夏出游
宋·陆游

平生与世旷周旋，惟有清游意独便。
小灶炊菰山市口，束刍秣蹇海云边。
春融恨欠舒长日，秋爽已悲摇落天。
首夏清和真妙语，为君诵此一欣然。

注释
平生：终身，一生。向来，素来。

旷：1.空阔。2.长时间。

周旋：打交道。应酬。

清游：清雅游赏。

意：心思，心愿。

独：特别地。

便：便利，方便。喻安适。

山市口：山区集市的地方。

束刍：捆草成束。

秣蹇：饲养蹇驴或驽马。

春融：春气融和。

欠：短少，不够。

秋爽：秋日凉爽。

摇落：凋残，零落。

清和：天气清明和暖。

妙语：指意味深长或说得很俏皮的话。

欣然：非常愉快。

简析

　　"平生与世旷周旋，惟有清游意独便。小灶炊菰山市口，束刍秣蹇海云边"，一生与这个时代长时间的周旋，唯有清雅游赏特别地让自己的心思安适。用小灶在山区集市的地方做饭吃，用成捆的草在海云缥缈的地方喂驴马。

　　"春融恨欠舒长日，秋爽已悲摇落天。首夏清和真妙语，为君诵此一欣然"，春气融和时怨恨短少而想延长日子，秋天凉爽时又哀叹草木凋残零落。只有初夏的天气清明和暖，这真实的美妙的语言，为你吟诵一遍将非常愉快。

　　陆游经历了多年残酷的政治斗争，年老时，远离了政治旋涡，居于乡村，产生了人生如幻的感受，怡情于山水、临帖、读书，诗风也日益恬淡清旷。

范成大

范成大（1126—1193），字致能，号称石湖居士。平江吴县（今江苏苏州）人，谥文穆。南宋诗人，继承了白居易、王建、张籍等诗人新乐府的现实主义精神，自成一家。风格平易浅显、清新妩媚。诗题材广泛，以反映农村社会生活内容的作品成就最高。与杨万里、陆游、尤袤合称南宋"中兴四大诗人"。著有《石湖集》《揽辔录》《吴船录》《吴郡志》《桂海虞衡志》等。

连雨不知春去，一晴方觉夏深

喜晴

宋·范成大

窗间梅熟落蒂，墙下笋出成林。
连雨不知春去，一晴方觉夏深。

注释

连雨：连续下雨。
方觉：才发现。

简析

诗人喜欢在窗前种梅树，夏可尝青梅，冬可赏梅花。

"窗间梅熟落蒂，墙下笋出成林"，窗前的梅子熟了落了花蒂，墙下的竹笋长成了竹林。

"连雨不知春去，一晴方觉夏深"，连天下雨，不知春天已经结束，天晴才发现原来已到深夏。

背景

《喜晴》是诗人集两副对联而成诗。

名家点评

刘逸生：平易浅显、清新妩媚。(《宋诗鉴赏辞典》)

文天祥

文天祥（1236—1283），字宋瑞、履善，号文山，吉州庐陵（今江西吉安）人。南宋理宗宝祐四年（1256）状元。著名抗元英雄、诗人。恭帝德祐元年，元兵南侵，文天祥在家乡起兵勤王，兵败被俘，坚韧不屈，从容就义。诗文多抒爱国之情，慷慨激昂。留有《文山先生全集》。

夏气重渊底，春光万象中

山中立夏用坐客韵

宋·文天祥

归来泉石国，日月共溪翁。
夏气重渊底，春光万象中。
穷吟到云黑，淡饮胜裙红。
一阵弦声好，人间解愠风。

注释

泉石：指山水。

溪翁：溪：山里的小河沟。翁：老人。

夏气：夏天的气候。

渊：深水，深谷，深林。

万象：眼前的一切事物或景象。

穷：尽，极点。

愠：心躁，不冷静。意为含怒，怨恨。

简析

"归来泉石国，日月共溪翁。夏气重渊底，春光万象中"，回归到山水林泉，与溪流共同拥有日月。夏天的气候主要在深谷底，明媚的春光表现在眼前的一切事物和景象中。

"穷吟到云黑，淡饮胜裙红。一阵弦声好，人间解愠风"，诗吟到尽时已天黑了，不经意地饮着酒，一阵优美的琴声传来，消除了内心的烦躁与怨恨。

朱翌

朱翌（1097—1167），字新仲，号潜山居士、省事老人。舒州（今安徽潜山）人，卜居四明鄞县（今属浙江）。政和八年，同上舍出身。

满园菜花开向夏，一双蝴蝶飞上天

南屏

宋·朱翌

正当昼永六十刻，久坐僧斋烹雨前。
满园菜花开向夏，一双蝴蝶飞上天。

注释

正当：正相当。正相称。

昼永：白昼漫长。

六十刻：夏至前后，昼长六十刻，夜短四十刻。

烹雨前：烹煮雨前茶。

简析

"正当昼永六十刻，久坐僧斋烹雨前"，白昼正相当于六十刻时，我久久地坐在幽静的僧斋里煮雨前茶。

"满园菜花开向夏，一双蝴蝶飞上天"，夏天，菜园里开了菜花，一双蝴蝶在天空飞舞。

诗里描绘了一个清新、宁静而欣欣向荣的夏天。

朱淑真

朱淑真（约1135—约1180），号幽栖居士，南宋女词人，钱塘（今浙江杭州）人，祖籍歙州（治今安徽歙县）。生于仕宦之家。幼警慧、善读书，但一生爱情郁郁不得志，抑郁早逝。又传淑真过世后，父母将其生前文稿付之一炬。其余生平不可考，素无定论。现存《断肠诗集》《断肠词》传世，是劫后余篇。

夏日初长候，风棂暑夕眠

夏枕自咏

宋·朱淑真

夏日初长候，风棂暑夕眠。
衣轻香汗透，睡重翠鬟偏。
蹙绿愁眉小，啼红上脸鲜。
起来无个事，纤手弄清泉。

注释

棂：窗户、栏杆或门上雕花的格子。
翠鬟：指女子环形的发髻。

颦：皱眉。

个事：犹一事。

简析

"夏日初长候，风棂暑夕眠"，初夏的天气已渐渐延长，午睡时，有风从雕花格子的门窗吹进来。

"衣轻香汗透，睡重翠鬟偏"，混合着香脂的汗水湿透了薄衣衫，睡觉时压偏了头上环形的发鬟。

"颦绿愁眉小，啼红上脸鲜"，忧愁时皱起两弯秀眉，睡醒时，脸上的红晕像花一样鲜艳。

"起来无个事，纤手弄清泉"，睡觉起来无事可做，纤细的小手玩弄着清清的泉水。

这首小诗写夏日的午后，午睡起来的少女在池边玩水，娇慵可爱的形象跃然纸上。

背景

此诗作于朱淑真出嫁前。

名家点评

明·沈际飞：淑真诗多妙趣。(《草堂诗余续集》)

淡红衫子透肌肤，夏日初长水阁虚

夏日游水阁

宋·朱淑真

淡红衫子透肌肤，夏日初长水阁虚。
独自凭栏无个事，水风凉处读文书。

注释

水阁：临水的楼阁。

个事：犹一事。

文书：书籍文章。

简析

"淡红衫子透肌肤，夏日初长水阁虚"，轻盈的淡红色衫子，衬着雪样的肌肤，夏日渐长的天气，水边的楼阁凉爽宜人。

"独自凭栏无个事，水风凉处读文书"，独自在水阁里凭栏而坐，无事可做，水阁清凉，最宜读书。

这是一幅美丽的画面，夏日的午后，诗人穿着轻透的淡红衫子，眉目如画，独自一人在水阁里凭栏而望，想着少女如花的心事。有风吹来，清新凉爽，她蓦然惊觉，翻开手中的书，认真读着。

背景

朱淑真，号幽栖居士，南宋初年，生于仕宦家庭。家境优裕，自小颖慧，博通经史，能文善画，精晓音律，尤工诗词，素有才女之称，与李清照、吴淑姬、张玉娘被称为宋朝四大女词人。这首小诗写于诗人出嫁前。

名家点评

孟斜阳：朱淑真早期笔调明快，文词清婉。(《闲品断肠集》)。

停针无语泪盈眸，不但伤春夏亦愁

羞燕

宋·朱淑真

停针无语泪盈眸，不但伤春夏亦愁。
花外飞来双燕子，一番飞过一番羞。

注释

盈：充满。

不但：不仅仅。

羞：这里指两只燕子亲热，互相啄着修理对方的羽毛。

简析

"停针无语泪盈眸，不但伤春夏亦愁"，炎热的夏天，诗人坐在阴凉处做针线活，忽然停了手，满眼热泪，她不仅仅对逝去的春天感到伤心，在夏天也满怀忧愁。

"花外飞来双燕子，一番飞过一番羞"，花树那边飞来一双燕子，在屋檐下挤在一起，亲密地啄着对方的羽毛。

这是一首忧伤的小诗。诗人看到燕子双双对对，触景生情。朱淑真婚后，与丈夫感情不和。丈夫纳妾专宠，她未免伤春，夏天亦有难以排遣的忧愁。

背景

朱淑真出嫁后的作品。

名家点评

南宋·魏仲恭：清新婉丽，蓄思含情，能道人意中事。（《断肠集》序）

善住

善住，元代高僧。字无住，别号云屋。曾居于
吴都之报恩寺，闲关念佛，修净土行。著有安养
传。又工于诗，每与仇远、白挺、虞集、宋无诸人
往返酬唱，有谷响集行世。

帘卷薰风夏日长，幽庭脉脉橘花香，闲看稚子引鸳鸯

浣溪沙·夏日

元·善住

帘卷薰风夏日长，幽庭脉脉橘花香，闲看稚子引鸳鸯。
四月雨凉思御夹，三吴麦秀欲移秧，不知身在水云乡。

注释

薰风：和暖的风。初夏时的东南风。

幽庭：幽静隐蔽的庭院。

脉脉：连绵不断。

稚子：幼子，小孩。

引：招，领来。

御夹：御：抵挡。夹：夹衣。

三吴：地名。指吴兴、吴郡、会稽。

麦秀：麦子青秀而未结实。

移秧：育秧移栽，种水稻。

水云：水和云。多指水云相接之景。多指隐居者游居之地。

简析

"帘卷薰风夏日长，幽庭脉脉橘花香，闲看稚子引鸳鸯"，夏日渐长，和暖的东南风卷起窗帘，幽静隐蔽的庭院连绵不断地飘着橘花宜人的芳香，无事的时候看小孩子逗弄鸳鸯。

"四月雨凉思御夹，三吴麦秀欲移秧，不知身在水云乡"，四月的雨有些微凉，令人想抵挡寒气的夹衣。三吴这一带的麦子青秀而未结实，就有人在育秧，要移栽水稻了。初夏时节，这里风景秀美，我忘了自己是在水云弥漫，风景清幽，值得隐居的地方。

作者一首描写三吴地区初夏风景之美的词，用细节向读者讲述了一个令人向往的隐居之地。

王宠

王宠（1494—1533），明代书法家。字履仁、履吉，号雅宜山人，吴县（今属江苏苏州）人。为邑诸生，贡入太学。王宠博学多才，工篆刻，善山水、花鸟，他的诗文在当时声誉很高，而尤以书名噪一时，书善小楷，行草尤为精妙。著有《雅宜山人集》，传世书迹有《诗册》《杂诗卷》《千字文》《古诗十九首》《李白古风诗卷》等。

随山高下野人家，春夏林深不断花

白雀返棹李王二子送余过虞山下作四绝句之三

明·王宠

随山高下野人家，春夏林深不断花。
可奈流莺千百啭，阴阴绿树映红霞。

注释

随：顺着。

野：村外，郊外。这里指不受限制，不受约束。

人家：住户。家庭。

春夏：春夏交替之时。

可奈：怎奈，可恨。这里有可爱的意思。

流莺：莺。流，指其鸣声流畅。

千百啭：千百：极言其多，啭：指鸟婉转的鸣叫。

阴阴：幽暗、深邃。荫蔽覆盖。

映：照射。反照。

简析

"随山高下野人家，春夏林深不断花"，顺着山势的高低，散落着不受约束的几户人家，春夏交替之时，树林深处不断有鲜花开放。

"可奈流莺千百啭，阴阴绿树映红霞"，可爱的莺来来回回地鸣叫着婉转动听，幽深茂密苍翠的树木反照着红霞。

蔡汝楠

蔡汝楠（1514—1565），字子木，号白石，明湖州德清（今属浙江省）人。8岁侍父听讲于甘泉（湛若水）门下，每每有所解悟。18岁中嘉靖十一年（1532）进士，授职行人，不久升刑部外郎，迁职到南京刑部，与尚书顾麟引为忘年交。

一樽开首夏，独对落花飞

山中立夏即事

明·蔡汝楠

一樽开首夏，独对落花飞。幽僻还闻鸟，清和未换衣。
绿帏槐影合，香饭药苗肥。尽日柴关启，蚕家过客稀。

注释

一樽：樽：盛酒的器具。一杯。

开：启，张。

首夏：始夏，初夏。指农历四月。

幽僻：幽静偏僻。

还：仍然，依然。闻：听见。

清和：天气清明和暖。

帏：帐子、幔幕。

香饭：芳香的饭。亦指佛家的饭食。

药苗：芍药花苗。

柴关：柴门，犹寒舍。

蚕家：养蚕的农家。

简析

"一樽开首夏，独对落花飞。幽僻还闻鸟，清和未换衣"，以一杯酒迎来夏天的起始，独自对着飞舞的落花。幽静偏僻之处仍然可以听见鸟的啼鸣，天气清明和暖，还没有换下夹衣。

"绿帏槐影合，香饭药苗肥。尽日柴关启，蚕家过客稀"，绿色的幔幕与槐树的影子合在一处，那芍药花苗也很肥壮。柴门整日里开着，养蚕人家极少有来往的客人。

这是一首写立夏的诗，用平淡的语言描写了清贫的养蚕人家和山中幽静的日常生活。

项鸿祚

项鸿祚（1798—1835），清代词人。原名继章，后改名廷纪，字莲生。钱塘（今浙江杭州）人。道光十二年（1832）举人，两应进士试不第，穷愁而卒，年仅38岁。他与龚自珍同时为"西湖双杰"。其词多表现抑郁、感伤之情，著有《忆云词甲乙丙丁稿》4卷，《补遗》1卷，有光绪癸巳钱塘榆园丛刻本。

水天清话，院静人消夏

清平乐·池上纳凉

清·项鸿祚

水天清话，院静人消夏。蜡炬风摇帘不下，竹影半墙如画。
醉来扶上桃笙，熟罗扇子凉轻。一霎荷塘过雨，明朝便是秋声。

注释

清话：清新美好。

消夏：避暑，乘凉。

蜡炬：蜡烛。

桃笙：指竹席。据说四川闽中万山中，有桃笙竹，节高而皮软，杀其青可做簟，暑月寝之无汗，故人称簟为桃笙。

熟罗：丝织物轻软而有疏孔的叫罗。织罗的丝或练或不练，故有熟罗、生罗的区别。

简析

此词写夏夜在庭院荷塘边乘凉的情景。上片写夜的宁静清幽，下片刻画乘凉时的心情。夏末纳凉，临水扶醉，听荷塘一阵雨过，想到过了今夜，这声音即将变作秋声。自是词人体物感时情怀，然于闲适中亦微含愁意。作者善于以传神之笔，抓住刹那间的愁情，描绘出如画的境界。

背景

写于第二次应试不第之后的一个夏末。

名家点评

清·朱孝臧："无益事，能遣有涯生。自是伤心成结习，不辞累德为闲情，兹意了生平。"(《彊村语业》)

谭献："荡气回肠，一波三折"，"幽艳哀断"。(《箧中词》)

顾太清

顾太清（1799—1876），名春，字梅仙。原姓西林觉罗氏，满洲镶蓝旗人。嫁为贝勒奕绘的侧福晋。她被现代文学界公认为"清代第一女词人"。晚年以道号"云槎外史"之名著作小说《红楼梦影》，成为中国小说史上第一位女性小说家。其文采见识，非同凡响，因而八旗论词，有"男中成容若（纳兰性德），女中太清春（顾太清）"之语。

小扇引微凉，悠悠夏日长

菩萨蛮·端午日咏盆中菊

清·顾太清

薰风殿阁樱桃节，碧纱窗下沈檀爇。小扇引微凉，悠悠夏日长。

野人知趣甚，不向炎凉问。老圃好栽培，菊花五月开。

注释

薰风：和暖的风。指初夏时的东南风。

沈（shěn）檀：用沉香木和檀木做的两种著名的熏香料。

爇（ruò）：烧。

老圃：有经验的菜农。

简析

这是一首咏花词。菊在秋季开放，但这里所咏的盆中菊却在端午节就开放了，词人在初夏欣赏到了秋季的花卉，自然格外欣喜。上片首先渲染盆中菊所开放的夏日气候，"薰风殿阁樱桃节"，说温暖的南风吹满殿阁，樱桃也成熟了。"碧纱窗下沈檀爇"，屋内燃着驱暑的熏香。再以"小扇引微凉，悠悠夏日长"，凸写菊花开放时节。下片以"野人知趣甚，不向炎凉问"，写出因花开而洋溢欣喜之情。她在欣喜之余，唯有赞叹栽培它的花匠："老圃好栽培，菊花五月开"。全词最后才说出这一"菊"字，而惊叹、欣喜之情灵动地展现在其中。

背景

这首词作于丁酉，道光十七年（1837）五月五日端午，太清39岁。

名家点评

孔维增：柔婉出晓畅，蕴藉入清灵。(《论顾太清词的艺术特色及审美成就》)

吴藕汀

吴藕汀（1913—2005），画家，诗人，生于浙江省嘉兴市。幼年便受金蓉镜等前辈影响，酷嗜昆曲及书画。

立夏将离春去也，几枝蕙草正芳舒

立夏

吴藕汀

多年不见小黄鱼，寄客何来樱笋厨。
立夏将离春去也，几枝蕙草正芳舒。

注释

立夏：每年的5月5日或5月6日是农历的立夏。

小黄鱼：江南人最爱的鲥鱼，只有每年的4、5月时候，会从海里游到珠江、长江、钱塘江一带繁殖。因此古人称为"时鱼"，也就是"鲥鱼"。

寄客：寄居他乡之人。

樱笋厨：唐时，每逢春夏之交，樱桃与春笋上市时，朝廷以此物作盛馔，故称。

将离：即将告别。

蕙草：香草名。又名熏草、零陵香。

简析

"多年不见小黄鱼，寄客何来樱笋厨"，很多年没有看见、也没有吃过味道鲜美的小黄鱼了，寄居他乡之人，哪里还能吃到樱桃与春笋做的盛馔呢。

"立夏将离春去也，几枝蕙草正芳舒"，立夏是即将告别春天，是夏天的开始，看那几枝蕙草正舒展芳香的花枝。

作者以寄居他乡之人的淡淡忧伤来说明季节的更换。

中国文化·古典诗词品鉴

飞花令·秋

素心落雪 编著

中国文史出版社

图书在版编目（CIP）数据

飞花令.秋 / 素心落雪编著. —— 北京：中国文史
出版社，2018.4

ISBN 978-7-5205-0254-2

Ⅰ.①飞… Ⅱ.①素… Ⅲ.①古典诗歌－诗集－中国
Ⅳ.①I222

中国版本图书馆CIP数据核字(2018)第095761号

责任编辑：卜伟欣

出版发行：**中国文史出版社**

社　　址：北京市海淀区西八里庄路69号院　邮编：100142

电　　话：010－81136606　81136602　81136603（发行部）

传　　真：010－81136655

印　　装：廊坊市海涛印刷有限公司

经　　销：全国新华书店

开　　本：787mm×1092mm　1/32

印　　张：6.25　　字数：120千字

版　　次：2018年8月第1版

印　　次：2024年3月第3次印刷

定　　价：36.80元

解读飞花令

飞花令，原是饮酒助兴的游戏之一，输者罚酒。源自古人的诗词之趣，得名于唐代诗人韩翃《寒食》中的名句"春城无处不飞花"。古代的飞花令要求，对令人所对出的诗句要和行令人吟出的诗句格律一致，而且规定好的字出现的位置同样有着严格的要求。

而现行"飞花令"的游戏规则相对宽松得多，只要围绕关键字背诵出相应的诗句即可。即使这样，"飞花令"仍是真正高手之间的对抗，因为这不仅考察对令者的诗词储备，更是临场反应和心理素质的较量。

飞花令

目录

秋

飞花令

秋

飞花令

目录

诗经

　　《诗经》是我国最早的一部诗歌总集，收录了西周初年至春秋中叶（前11世纪至前6世纪）的诗歌305篇。诗经在内容上按照歌辞曲调的不同分为风雅颂三部分，在艺术手法上多采用赋比兴，是我国现实主义文学的源头。

彼采萧兮，一日不见，如三秋兮

采葛

诗经·国风·王风

彼采葛兮，一日不见，如三月兮。
彼采萧兮，一日不见，如三秋兮。
彼采艾兮，一日不见，如三岁兮。

注释

　　葛：葛藤，一种蔓生植物，块根可食，茎可制纤维。
　　萧：植物名，有香气，古时用于祭祀。
　　三秋：三个秋季。这里三秋长于三月，短于三年，义同三季，九个月。

艾：多年生草本植物。

简析

  这首诗总的来说表达了相思之情，但是不同的人对该诗的解读有不同的观点，有淫奔说、惧谗说、怀友说、戍卒思妇说等多种看法，一般来讲我们认为这是一首思念恋人的诗。全诗一共有三章，每章有三句，简单质朴，却传颂千年。诗中的采葛、采萧和采艾分别为了织布、祭祀和治病，讲的是女子辛勤的劳动。这个时候，男子思念起自己的情人来，他们认为一天不见自己的情人，就好像隔了三个月、三个季度乃至三年那么久，时间不断增加，情感也不断加深，后人用"一日不见，如隔三秋"来表达相思正是出自此诗。身处爱恋之中的人，最是理解这种相思之苦，心理时间是无法用物理时间来衡量的。这首诗抓住了世人最能理解的普通又痛苦的情感反复吟诵，至今仍然能够引起现代读者的共鸣。

背景

  这首诗创作的具体年代不可考，是表达思念情人的诗歌。

名家点评

  〔南宋〕朱熹："赋也。采葛所以为絺绤，盖淫奔者托以行也。故因以指其人，而言思念之深，未久而似久也。"（《诗集传》）

曹操

　　曹操（155—220），字孟德，东汉末年政治家、军事家、文学家，其文学成就主要表现在诗歌上，今存曹操诗歌20多篇，全部是乐府诗体。内容大体上可以分成时事、感怀和游仙诗三类，与其子曹丕、曹植并称"三曹"。

秋风萧瑟，洪波涌起

观沧海

汉·曹操

东临碣石，以观沧海。水何澹澹，山岛竦峙。
树木丛生，百草丰茂。秋风萧瑟，洪波涌起。
日月之行，若出其中。星汉灿烂，若出其里。
幸甚至哉，歌以咏志。

注释

　　观：欣赏。
　　临：登上，有游览的意思。
　　澹澹：水波摇动的样子。

竦峙：高高地耸立。竦：通"耸"，高起。峙，挺立。
萧瑟：草木被秋风吹的声音。

简析

曹操的这首诗是一首古体诗，以四言为主，是最早出现的四言文人诗之一，艺术价值很高。诗人面对着洪波涌起的大海，借景抒情。"东临碣石"说出了作者"观沧海"的位置，作者居高临下，看到大海的壮阔，赞美之情油然而生。先写了"水何澹澹，山岛竦峙"这两句一动一静总括水、岛之美，"树木丛生，百草丰茂"承接写岛，以静景为主，"秋风萧瑟，洪波涌起"则详写水，是动态描写。接着诗人展开丰富的联想，"日月之行，若出其中。星汉灿烂，若出其里"，这是曹操面对眼前所见而抒发的凌云壮志，他的政治抱负，那种将天下纳入自己掌中的大海一样宽阔的胸襟全都跃然纸上。最后一句"幸甚至哉，歌以咏志"和全诗没有内容上的关系，这继承了一些乐府诗的结束语形式。全诗意境开阔，气势雄浑。

背景

建安十二年（207），曹操亲率大军北上，七月临碣石山时触景生情，写下了这首名篇。

名家点评

〔唐〕吴兢：东临碣石，见沧海之广，日月出入其中。(《乐府古题要解》)

〔清〕张玉榖：此志在容纳，而以海自比也。(《古诗赏析》)

张翰

张翰，出生年月不详，字季鹰，西晋著名文学家。张翰颇有才华，因为身受亡国之痛，所以佯狂避世，放荡不羁，这和曹魏时期的阮籍很像。因为阮籍被称为"阮步兵"，所以张翰当时被称为"江东步兵"。

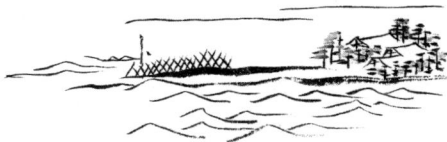

秋风起兮木叶飞，吴江水兮鲈正肥

思吴江歌

魏晋·张翰

秋风起兮木叶飞，吴江水兮鲈正肥。
三千里兮家未归，恨难禁兮仰天悲。

注释

木叶：树叶。

简析

诗的前两句"秋风起兮木叶飞"描述了秋天的景物，从而引出对故乡的思念。秋风萧瑟，天高气爽，这样的美景应该是供人享受的，动人的美景背后却引起了客居异乡的诗人的思乡之情，因为诗人想念的是家乡"吴江水"里的"鲈鱼肥"，这里张翰选取了家乡最具有代表性的事物进行描写，更增加了内心的渴望。此诗作者感受到了政治上的黑暗，自己的失望和忧虑使得他更加思念家乡。后边两句"三千里兮家未归，恨难禁兮仰天悲"暗含了深刻的感情，抒发了未能回到千里之外的故乡的"恨"与"悲"。这首诗中"秋风鲈脍""莼羹鲈脍"的典故，深深地影响了唐宋诗人，本书后边很多写到秋天的诗歌都可以看到张翰这首《思吴江歌》的影子。

背景

这首诗写于"八王之乱"初起之时，当时的齐王对张翰有笼络之心，张翰兴起思归之意时所作。

名家点评

〔北宋〕王贽："吴江秋水灌平湖，水阔烟深恨有余。因想季鹰当日事，归来未必为莼鲈。"

〔近代〕王文濡："季鹰吴江鲈莼与渊明故园松菊，同斯意致。"（《历代诗文名篇评选读本》）

虞世南

虞世南（558—638），字伯施，南北朝至隋唐时期著名书法家、文学家、诗人、政治家。唐太宗称赞他的德行、忠直、博学、文词和书法为"五绝"，尤善书法，与欧阳询、褚遂良、薛稷合称"初唐四大家"。

居高声自远，非是藉秋风

蝉
唐·虞世南

垂緌饮清露，流响出疏桐。
居高声自远，非是藉秋风。

注释

垂緌：古代官帽打结下垂的部分，蝉的头部有伸出的触须，形状好像下垂的冠缨。也指蝉的下巴上与帽带相似的细嘴。

饮清露：古人认为蝉生性高洁，栖高饮露，其实是刺吸植物的汁液。

流：发出。

流响：指蝉长鸣不已，声音传得很远。

藉：凭借、依赖。

简析

这是一首咏物诗，古人往往借物喻人，所以该诗看似写蝉的形体、习性和声音，实际上句句都写了诗人自己的高洁品格。首句"垂緌饮清露"写了蝉的形状与食性较好，这句使用了象征的手法。"垂緌"指的是"冠缨"，而古人常以"冠缨"指代达官贵人，所以"垂緌"二字暗示了显宦身份，这种显赫的身份怎么能够称为"清"呢？但是诗人让"垂緌"和"清"在蝉身上达到了统一。第二句"流响出疏桐"写了蝉声从高大挺拔的梧桐树上传出，将此与上句结合理解，则是写出了人的清华隽朗。诗歌的后两句"居高声自远，非是藉秋风"采用了议论的手法，是全诗的"点睛"之笔。说的是立身高洁之人，不依靠身份地位就能够名声远扬了。作者用蝉自比，表现出一种雍容自得的风韵。

背景

这首诗是作者的自画像，具体创作时间不可考。

名家点评

〔明〕钟惺、谭元春：钟云：与骆丞"清畏人知"语，各善言蝉之德。谭云：于清物当说得如此。(《唐诗归》)

〔清〕沈德潜：命意自高。咏蝉者每咏其声，此独尊其品格。(《唐诗别裁》)

〔清〕李锳：咏物诗固须确切此物，尤贵遗貌得神，然必有命意寄托之处，方得诗人风旨。此诗三、四品地甚高，隐然自写怀抱。(《诗法易简录》)

王绩

王绩（约589—644），字无功，号东皋子，唐代诗人。其山水田园诗朴素自然，意境浑厚。后世公认王绩是五言律诗的奠基人，他在扭转齐梁余风上做出了很大贡献，从而树立了唐诗的早期典范。

树树皆秋色，山山唯落晖

野望

唐·王绩

东皋薄暮望，徙倚欲何依。
树树皆秋色，山山唯落晖。
牧人驱犊返，猎马带禽归。
相顾无相识，长歌怀采薇。

注释

东皋：山西省河津县的东皋村，诗人隐居的地方。

薄暮：傍晚，太阳快落山的时候。

徙倚：徘徊，彷徨。

禽：鸟兽，这里指猎物。

简析

　　这首诗写的是山野秋天的景色，全诗都流露出秋天的萧瑟和安静，作者的孤独之情也就呈现了出来。"东皋薄暮望"中的"东皋"写出地点，当时作者在家乡隐居，常常到北山、东皋游玩，自己甚至有号"东皋子"。"薄暮望"是看的时间，恰在黄昏时分。"徙倚欲何依"一句化用曹操《短歌行》中的"乌鹊南飞，绕树三匝，何枝可依"，说明自己的百无聊赖，彷徨无措。紧接着"树树皆秋色，山山唯落晖。牧人驱犊返，猎马带禽归"写出了举目环望周围的景色。在落日余晖的映衬中，本来就已经显得萧条的秋色更加萧瑟。这四句有静有动，由远及近地恰到好处地渲染出一幅秋季暮色图。但是诗人并没有在隐居的田园生活中找到寄托，所以说"相顾无相识，长歌怀采薇"，希望自己可以和古代隐士为友，以慰藉自己孤苦无依的灵魂。

背景

　　这首诗是诗人王绩入唐后辞官隐居在东皋（在今山西河津）的时候所作。

名家点评

　　〔明〕李攀龙、袁宏道：起句即破题。"秋色"补题不足，且生结意。"落晖"应"薄暮"，且生"返""归"二句。（《唐诗训解》）

卢照邻

卢照邻（约636—约680），字升之，自号幽忧子，初唐诗人。他与王勃、杨炯、骆宾王以文词齐名，世称"王杨卢骆"，号为"初唐四杰"。卢照邻尤其擅长七言歌行体，对推动七言古诗发展有很大的贡献。

常恐秋风早，飘零君不知

曲池荷
唐·卢照邻

浮香绕曲岸，圆影覆华池。
常恐秋风早，飘零君不知。

注释

浮香：荷花的香气。
圆影：指圆圆的荷叶。
飘零：坠落，飘落。

简析

　　作者卢照邻是"初唐四杰"之一，由于其一生多艰辛，所以诗歌多忧苦愤激，这首诗借咏物而抒情，是古人常用的方法。诗歌第一句"浮香绕曲岸"未见荷花已闻花香，这种侧面描写很是独特。第二句"圆影覆华池"写月影照耀，那圆圆的影子和月下荷花相互映衬。前两句重在写荷花的香味和外形，荷花盛开，沿着曲折的岸边已经闻到了它的清香，而月光下的荷花和月影相辅相成，描绘出花好月圆之美好。后两句笔锋一转，"常恐秋风早，飘零君不知"，诗人赋予花朵人的心理，让花朵自我哀悼了起来，而这实际上是诗人自己的感慨，此时人与花相互连通，整个人生志向溶于荷花之中。这两句沿用了屈原《离骚》中"惟草木之零落兮，恐美人之迟暮"的意思，含蓄地抒发了自己怀才不遇之情。

背景

　　卢照邻一生坎坷多舛，志向很大但是官职很小，于永徽三年（652）作此诗抒怀。

名家点评

　　〔唐〕皎然：以荷之芳洁自比，荷受秋风飘零，不为人知，以喻人负异才，流落无人知也。（《诗式》）

　　〔清〕沈德潜：言外有抱才不遇、早年零落之感。（《唐诗别裁》）

　　〔清〕宋宗元：末二句，托兴蕴藉。（《网师园唐诗笺》）

　　〔民国〕刘永济：此诗亦《离骚》"恐美人之迟暮"之意，言为心声，发于不觉也。（《唐人绝句精华》）

骆宾王

骆宾王（约638—684），字观光，是"初唐四杰"中诗作最多的一位。他和卢照邻一样尤擅七言歌行，名作《帝京篇》是初唐罕有的长篇，当时人们就已经竞相传唱了。其五律也是初唐中文学价值较高的。

寒更承夜永，凉夕向**秋**澄

送别
唐·骆宾王

寒更承夜永，凉夕向秋澄。
离心何以赠，自有玉壶冰。

注释

寒更：指寒冷夜晚的敲更声。

承：接续。此句指寒夜漫漫。

凉夕：清凉的晚上。

秋澄：像秋天那般澄澈。

离心：离别的难舍难割之心。

简析

初唐时期，政治还没有稳定下来，诗人面对即将离别的友人道尽了离别之情，这时刻是"寒更""凉夕"，这氛围是"无边落木"。"寒更承夜永，凉夕向秋澄"写寒冷深夜里打更的更点敲个不停，这夜晚冰凉如水，好像秋天的夜晚似的那么澄澈。后两句"离心何以赠，自有玉壶冰"是说诗人就要和朋友离别了，我拿什么赠送给你呢？只有我对你最真诚的友谊了。"玉壶冰"指的是玉壶里装的冰块，因为是送别，所以可以看做是对友谊纯净透明的暗示。有意思的是，这首诗被认为是送别诗，但是并没有告诉我们作者在何处送别，也没有告诉我们他要送别的是何许人也，即使如此，读者仍然可以从中感受出送友千里的情感。也正是诗歌没有特定的送别对象，所以我们可以将其看成是一首纯粹的抒怀诗篇。

背景

这首诗是在初唐政治还不稳定的历史时期下，诗人在秋天面对所谓离别的友人所作的一首赠别诗。

李峤

李峤（645—714），字巨山，唐朝宰相，文学家。他以文辞著称，是武后、中宗时期的文坛领袖，与苏味道并称"苏李"，又与苏味道、杜审言、崔融合称"文章四友"，晚年被人们尊称为"文章宿老"。

解落三秋叶，能开二月花

风
唐·李峤

解落三秋叶，能开二月花。
过江千尺浪，入竹万竿斜。

注释
解：能够。
三秋：农历七到九月，指秋天。
二月：农历二月，指春天。
过：经过。

简析

　　这首诗写的是"风"，但是全诗不着一字，却又没有离开风的作用。全诗写诗人在登山过程中，看到了"叶""花""浪""竹"在大自然风力的影响下都发生了变化。"解落三秋叶，能开二月花"一句中的"叶落"与"花开"本来是大自然赋予植物本身的变化，但是诗人却把叶落花开归结为外力——风的作用，不能不说作者心思之灵机，这就展示出风能够给予万物以温情的关怀。后边又说"过江千尺浪"，风还可以卷起千尺的浪，这又展现了风力之盛，风可以上下千里，让浪直达云霄，也可以横扫千军，所以能"入竹万竿斜"。这两句又写出了风力之大，也能给物体以致命一击，从而将风的变幻莫测展示出来。此诗表面写大自然的力量——风，但是谁又能说诗人写的不是人情呢？如果把风理解为"世风"，那么人间的悲欢离合怎会不体现呢？

背景

　　此诗的创作年代没有明确，很多人认为是李峤、苏味道、杜审言三人登顶泸峰山时李峤诗兴所致，随口吟诵而成。

名家点评

　　〔当代〕杨乃乔：笔法细致，观察敏锐。(《千家诗新编》)
　　〔当代〕崔增亮：语言精练、准确、形象。(《小学古诗教学研究》)
　　〔当代〕羊玉祥：四句皆对，字字皆对，也比较板滞。(《古典诗文鉴赏》)

苏颋

苏颋（670—727），字廷硕，唐代政治家、文学家。苏颋聪颖过人，能过目不忘，是初唐、盛唐之交时期的著名文士，与燕国公张说齐名，二人并称"燕许大手笔"。

心绪逢摇落，秋声不可闻

汾上惊秋

唐·苏颋

北风吹白云，万里渡河汾。
心绪逢摇落，秋声不可闻。

注释

河汾：黄河与汾水的并称。

心绪：此处谓愁绪纷乱。

简析

这首诗即兴咏叹，颇有深意。诗的前两句"北风吹白云，万里渡河汾"一上来就化用了汉武帝《秋风辞》"秋风起兮白云飞"和"泛楼船兮济河汾"的诗意，看似是写了自己所见，实际上他用这两句写出了汉武帝的往事，当年汉武帝到汾阴祭后土，而今联想到唐玄宗的所作所为与当年何其相似，历史的重演也许意味着盛世走向衰败的重演，但是诗人并没有直接点明，一切尽在不言中。后两句"心绪逢摇落，秋声不可闻"又化用宋玉《九辩》"悲哉秋之为气也，萧瑟兮草木摇落而变衰"的诗意，在写萧瑟秋季的时候也写出了自己不得志的人生际遇。

背景

这首诗大概创作于唐开元十一年（723）或次年（724）秋天，主要反映的是苏颋人生失意时期的感慨。

名家点评

〔明〕胡元瑞："不可闻"三字自佳。（《唐诗广选》）

〔明末清初〕唐汝询：急起急收，而含蕴不尽，五绝之最胜者。（《删订唐诗解》）

〔清〕沈德潜：一气流注中仍复含蓄，五言佳境。（《唐诗别裁》）

〔清〕黄叔灿：是秋声摇落，偏言心绪摇落，相为感触写照，秋声愈有情矣。（《唐诗笺注》）

〔清〕宋顾乐：大家气格，五字中最难得此。与王勃《山中》作运意略同，而此作觉更深成。（《唐人万首绝句选评》）

孟浩然

孟浩然（689—740），名浩，字浩然，号孟山人，世称孟襄阳、孟山人，是唐代著名的山水田园派诗人，与王维并称为"王孟"。孟浩然是盛唐山水田园诗派的第一人，"兴象"创作的先行者，对后代诗人影响很大。

愁因薄暮起，兴是清秋发

秋登兰山寄张五
唐·孟浩然

北山白云里，隐者自怡悦。
相望试登高，心随雁飞灭。
愁因薄暮起，兴是清秋发。
时见归村人，沙行渡头歇。
天边树若荠，江畔洲如月。
何当载酒来，共醉重阳节。

注释

北山：指张五隐居的山。

薄暮：傍晚，太阳快落山的时候。

清秋：明净爽朗的秋天。

荠：荠菜。

何当：商量之辞，相当于"何妨"或"何如"。

简析

　　这是孟浩然秋天来临之际登高望远怀念好友的诗。诗歌开头二句"北山白云里，隐者自怡悦"化自晋代陶弘景的《答诏问山中何所有》，说明登高望远是为了自娱自乐。三、四句"相望试登高，心随雁飞灭"开始对友人的思念，其中"相望"更是直接说明了对张五的挂念。诗人极目远眺却看不到朋友，只能看见那南飞的大雁。后边四句"时见归村人，沙行渡头歇。天边树若荠，江畔洲如月"，写了诗人从山上又向下眺望，看到了劳动的人们三两归家，有的走在路上，有的坐在渡头。再往远看，看到了天边的树，因为太远了好像一棵棵的荠菜，离得虽然远，然而清晰可见。最后两句"何当载酒来，共醉重阳节"照应开头的"秋"，进一步表明对友人的思念，从而赞颂了纯真的友谊。

背景

　　孟浩然隐居在岘山附近，当时和万山相对，所以作此诗寄意张五，赞颂纯真的友谊。

名家点评

　　〔清〕张文荪：超旷中独饶劲健，神味与右丞稍异，高妙则一也。结出主意，通首方着实。(《唐贤清雅集》)

　　〔当代〕王文濡："天边""江畔"两句，摹写物象，超然入神。(《历代诗评注读本》)

王昌龄

　　王昌龄（698—757），字少伯，盛唐著名边塞诗人，以写七言绝句见长，其边塞诗善于捕捉典型的情景，有着高度的概括性和丰富的表现力，被人称为"诗家夫子王江宁"，后人赞誉他为"七绝圣手"。

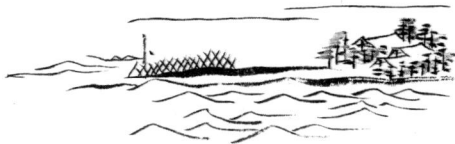

丹阳城南秋海阴，丹阳城北楚云深

芙蓉楼送辛渐二首（其二）

唐·王昌龄

丹阳城南秋海阴，丹阳城北楚云深。
高楼送客不能醉，寂寂寒江明月心。

注释

　　辛渐：诗人的一位朋友。
　　楚云：指楚天之云。
　　寒江：指秋冬季节的江河水面。

简析

　　《芙蓉楼送辛渐二首》是王昌龄在芙蓉楼送别友人辛渐所写的一组诗歌，其中第一首中"洛阳亲友如相问，一片冰心在玉壶"广为流传，这是第二首。诗歌前两句"丹阳城南秋海阴，丹阳城北楚云深"用"秋海阴""楚云深"这样的景物起兴，有着秋光萧瑟之感。诗人看到了浩荡的江水向东流，烟波淼淼，这就如同诗人的心情，朋友就要远去，自己的心情极为沉重。第三句"高楼送客不能醉"说自己送友人的地址是在这座高楼——芙蓉楼上，直接与诗题相呼应，起到了点题的作用。最后一句"寂寂寒江明月心"直接抒情，江水湍流不息，只有自己对朋友的友谊像明月一样纯真持久。全诗情景结合，表达了送友人的依依惜别之情，不负佳作盛名。

背景

　　天宝元年（742），王昌龄出任江宁县丞，辛渐去洛阳途中与王昌龄相遇，这首诗是两人分别时王昌龄所作。

名家点评

　　〔清〕周珽：神骨莹然如玉。薛应旂曰：多写己意。送客有此一法者。（《唐诗选脉会通评林》）

　　〔近代〕邹弢：自夜至晓饯别，风景尽情描出。下二句写临别之语，意在言外。（《精选评注五朝诗学津梁》）

　　〔清〕宋顾乐：唐人多送别妙。少伯请送别诗，俱情极深，味极永，调极高，悠然不尽，使人无限流连。（《唐人万首绝句选评》）

烽火城西百尺楼，黄昏独上海风秋

从军行七首（其一）

唐·王昌龄

烽火城西百尺楼，黄昏独上海风秋。
更吹羌笛关山月，无那金闺万里愁。

注释

从军行：乐府旧题，属相和歌辞平调曲，多是反映军旅辛苦生活的。

关山月：乐府曲名，多为伤离别之辞。

无那：无奈，指无法消除思亲之愁。

简析

盛唐气象下，人民颇有建功立业之心，此时王昌龄写了一组从军行，这是组诗的第一首。诗歌前两句"烽火城西百尺楼，黄昏独上海风秋"写出叙事地点是烽火城西的瞭望台，叙事时间是黄昏，这里漫无人烟，荒凉的原野上又逢秋季，这恰恰是思归的季节，也是思归的时间，荒凉之感油然而生。后两句"更吹羌笛关山月，无那金闺万里愁"写在这种寂寥之中，忽然传来了阵阵笛声，这时候整个边塞战士心中的情感就再也控制不住了，他们好像听到了家中思妇的呼唤。最后一句诗人想写的是征人思乡，但是却调转笔锋写了家中的思妇，使得诗歌更具意趣。诗中所写"关山月"是乐府旧题，常常描写边塞征人久戍不归，思念闺妇的心情，与此诗的主旨相匹配。

背景

《从军行七首》是王昌龄在盛唐时期采取乐府旧题写的一组边塞诗，这是其中的第一首。

名家点评

〔清〕黄王：当黄昏独坐之时，乡思已自"无那"，岂意羌笛更吹《关山月》之曲，闻之使人倍难为情矣。(《唐诗摘钞》)

〔清〕黄白山、朱之荆：己之愁从金闺之愁衬出，便为情深。(《增订唐诗摘钞》)

〔清〕黄叔灿："更吹"，曰"无那"，写出黄昏独上之情，极缠绵悱恻。(《唐诗笺注》)

〔清〕李瑛：不言己之思家，而但言无以慰闺中之思己，正深于思家者。(《诗法易简录》)

撩乱边愁听不尽，高高秋月照长城

从军行七首（其二）

唐·王昌龄

琵琶起舞换新声，总是关山旧别情。
撩乱边愁听不尽，高高秋月照长城。

注释

新声：新的歌曲。

关山：边塞。

撩乱：心里烦乱。

边愁：久住边疆的愁苦。

简析

这是王昌龄一组七首从军行中的第二首，截取了征人生活的一个片段进行了叙述和抒情，全诗明写军中宴乐，实则表现士兵的复杂心情。"琵琶起舞换新声"是说歌曲有了新的曲调，舞蹈有了新的变换，整个诗歌一开篇就是一片声色之景。然而其中"琵琶"这西域的乐器却又透露了大家身处边塞的征人身份。在这里欣赏歌舞的都是背井离乡的战士，心中充满了离情别恨，所以说"总是关山旧别情"。"撩乱边愁听不尽"是写无论大家听到的曲调是什么，总是扰乱得人心神不宁，那曲调想听不敢听，不听又不断地演奏出来进入耳中。这种愁绪到了最后一句诗人笔锋又一转，"高高秋月照长城"忽然展示出一个朗月照耀着长城的苍茫景象。这一句可以产生读者的多种思考，这既可以看做是征人想念关内的家乡，也可以理解为将士们保家卫国的决心，还能够展现出对祖国山川深沉的爱恋。

背景

《从军行七首》是王昌龄在盛唐时期采取乐府旧题写的一组边塞诗，这是其中的第二首。

名家点评

〔清〕宋顾乐：此首第二句已斩绝矣，第三句转得不迫，落句更有含蓄，愈叹其妙。（《唐人万首绝句选评》）

〔近代〕王闿运：此篇声调高响，明七子皆为之时不厌人意者。（《湘绮楼说诗》）

〔近代〕王闿运：以"新""旧"二字相起，有无限情韵，俗本作"离别"，便索然矣。(《王闿运手批唐诗选》)

胡瓶落膊紫薄汗，碎叶城西秋月团

从军行七首（其六）

唐·王昌龄

胡瓶落膊紫薄汗，碎叶城西秋月团。
明敕星驰封宝剑，辞君一夜取楼兰。

注释

胡瓶：唐代西域地区制作的一种工艺品，可用来储水。

敕：专指皇帝的诏书。

星驰：像流星一样迅疾奔驰，也可解释为星夜奔驰。

简析

这是王昌龄一组七首从军行中的第六首，主要描写了将军要奔赴边关、建功立业的迫切心情。诗歌的第一句"胡瓶落膊紫薄汗"写一位将军臂膊上绑缚着胡瓶，骑着紫薄汗马，急于奔赴战场。这句里边使用了胡人的东西，暗指将军将要去的地方。第二句"碎叶城西秋月团"写碎叶城的空中挂着一轮明月，这是边塞的景色。这里的"碎叶城"在唐朝的西部，是现在吉尔吉斯斯坦的托克马克城，盛唐诗人李白当年就出生于此地，说明所去之地的远。诗的后两句"明敕星驰封宝剑，辞君一夜取楼兰"豪气大发，说边境传来了非常紧急的军情，皇上传召将军，带着尚方宝剑上战场杀敌，相信很快就大获全胜。这交代了将军飞驰奔赴边疆的原因，展现出大唐威风，从而抒发了盛唐时代军民的自信和自豪。

背景

　　《从军行七首》是王昌龄在盛唐时期采取乐府旧题写的一组边塞诗，这是其中的第六首。

王维

　　王维（约701—761），字摩诘，号摩诘居士，唐朝著名诗人、画家。山水田园诗派代表人物，诗歌清新淡远，自然脱俗，被称为"诗佛"。苏轼说："味摩诘之诗，诗中有画；观摩诘之画，画中有诗。"

荒城临古渡，落日满秋山

归嵩山作
唐·王维

清川带长薄，车马去闲闲。
流水如有意，暮禽相与还。
荒城临古渡，落日满秋山。
迢递嵩高下，归来且闭关。

注释

　　清川：清清的流水。

　　去：行走。

　　闲闲：从容自得的样子。

迢递：遥远的样子。

且：将要。

简析

这首诗写出了王维辞官之后在归隐途中看到的景色，抒发了诗人闲适的心情。第一联"清川带长薄，车马去闲闲"先描写了自己归隐山林准备出发，清凌凌的河水环绕着一片草场，自己的车马信步其间，作者的悠闲可见一斑。然后用"流水如有意，暮禽相与还"进一步使用了拟人的修辞方法，详细叙述途中所见，流水缓缓流淌，鸟儿回归巢中，这都是和诗人作伴同行。第三联"荒城临古渡，落日满秋山"十个字写出了荒城、古渡、落日、秋山四种景物，这都是暗淡之景，充满了凄清之情。最后两句"迢递嵩高下，归来且闭关"点明作者的归隐主题，诗人打算从此以后不再问俗世事务，要安心在这隐居之所过恬淡的田园生活，这个时候诗人的情感又回归于悠闲自得。

背景

开元年间，王维从济州回到洛阳附近的嵩山处隐居，这是他一次从长安回嵩山时所作。

名家点评

〔南宋〕方回：闲适之趣，澹泊之味，不求工而未尝不工者，此诗是也。(《瀛奎律髓》)

〔明〕顾璘：起是《选》语。(《批点唐音》)

〔明〕钟惺、谭元春：钟云："如有意"深于无意（"流水"句下）。(《唐诗归》)

空山新雨后，天气晚来秋

山居秋暝
唐·王维

空山新雨后，天气晚来秋。
明月松间照，清泉石上流。
竹喧归浣女，莲动下渔舟。
随意春芳歇，王孙自可留。

注释

暝：日落，天色将晚。

空山：空旷，空寂的山野。

新：刚刚。

喧：喧哗，这里指竹叶发出沙沙声响。

浣：洗涤衣物。

随意：任凭。

歇：消散，消失。

王孙：原指贵族子弟，后来也泛指隐居的人。

简析

这首诗是诗人用自然美来表现自己的人格美和社会的理想之美的一首诗，体现了王维山水田园诗创作的水平。"空山新雨后，天气晚来秋"是说山中宛若桃源胜地一般，万物被雨水洗刷，空气清新。当时天色已晚，但是皓月当空，虽然花朵多谢，可是青松依然挺立。这皓月、这青松正是诗人自己的人格追求，他以此来象征自己的心志高洁。就在这个时候，他听到了竹林中传来姑娘们的嬉笑声,这是那些天真无邪的女子洗完了衣服回家了。这让整个诗歌在静景中出现了动态美,这样一个自己理想中的自在所在诗人不得不吟咏出"随意春芳歇,王孙自可留"的佳句。《楚辞·招隐士》说:"王孙兮归来,山中兮不可久留!"这里,王维反其义而用,更加坚定了作者归隐山水的决心。

背景

　　王维曾经隐居在终南山下的辋川别墅,这是他当时见到初秋时节山居雨后黄昏景色的时候所作。

名家点评

　　〔南宋〕刘辰翁:总无可点,自是好。(《王孟诗评》)

　　〔明〕郭云:色韵清绝。(《增订评注唐诗正声》)

　　〔明〕钟惺、谭元春:说偈("明月"二句下)。钟云:"竹喧""莲动"细极!静极!(《唐诗归》)

　　〔清〕周珽:月从松间照来,泉由石上流出,极清极淡,所谓洞口胡麻,非复俗指可染者。"浣女""渔舟",秋晚情景;"归"字、"下"字,句眼大妙;而"喧""动"二字属之"竹""莲",更奇入神。(《唐诗选脉会通评林》)

寒山转苍翠，秋水日潺湲

辋川闲居赠裴秀才迪

唐·王维

寒山转苍翠，秋水日潺湲。
倚杖柴门外，临风听暮蝉。
渡头余落日，墟里上孤烟。
复值接舆醉，狂歌五柳前。

注释

辋川：水名，在今陕西省蓝田县南终南山下。

裴迪：诗人，王维的好友。

潺湲：水流声。这里指水流缓慢的样子。

暮蝉：秋后的蝉，这里是指蝉的叫声。

墟里：村落。

值：遇到。

五柳：陶渊明。

简析

王维的诗歌"诗中有画画中有诗"，这首诗不仅仅是诗画的结合，还是与音乐的完美结合。这首诗的前边写景，"寒山转苍翠，秋水日潺湲"是山中的秋景，这里有山有水，纯属天然。第二联"倚杖柴门外，临风听暮蝉"描绘了辋川附近深秋时分的山水田园风光，和陶渊明《归去来辞》的"策扶老以流憩，时矫首而遐观"表达的田园生活非常相似。"渡头余落日，墟里上孤烟"取自陶渊明的"暧暧远人村，依依墟里烟"，写出了美丽的原野暮色。最后一联"复值接舆醉，狂歌五柳前"写人，这里提到的接舆是春秋时期楚国人，他假装疯子，乐于山水而不出去做官，作者用接舆比裴迪；而诗人则以五柳先生陶渊明自比。简单几笔就分别描绘出诗人自己和好友裴迪两个人的隐者形象。

背景

　　裴迪是王维的好友，两人曾经一起在终南山隐居，这首诗就是他们相互唱和之作。

名家点评

　　〔清〕张文荪：神韵止可意会，才拟议便非。(《唐贤清雅集》)

　　〔清〕孙洙：又从上"暮"字生出("墟里"句下)。(《唐诗三百首》)

　　〔清〕高步瀛：自然流转，时气象又极阔大。(《唐宋诗举要》)

桂魄初生秋露微，轻罗已薄未更衣

秋夜曲

唐·王维

桂魄初生秋露微，轻罗已薄未更衣。
银筝夜久殷勤弄，心怯空房不忍归。

注释

秋夜曲：属乐府《杂曲歌辞》。

轻罗：轻盈的丝织品，在此代指夏装。

殷勤弄：频频弹拨。

空房：谓独宿无伴。

简析

　　王维的诗歌清新脱俗，本诗前两句写景，后两句抒情，是很典型的叙事抒情诗。诗歌前两句写到"桂魄初生秋露微，轻罗已薄未更衣"，"桂魄"是月亮的代称，这句话是说夜幕降临月亮升起，此时已经生起了稀薄的露水，说明天气逐渐凉爽，这和整首诗要表达的清冷之感融为一体；然后写女主人公穿的薄薄的衣服根本不足以抵挡如此寒气，但是到了夜半时分她还没有换上厚衣服，这是因为相思入骨，忘记了寒冷。第三句"银筝夜久殷勤弄"写女子频频弹琴，在这月夜中抒发自己的情感，她并不是喜爱弹琴啊！所有的情绪在最后一句"心怯空房不忍归"的心理活动中展现出来，从而将女子的幽怨哀婉极生动地写了出来。这首诗歌的语言极为含蓄，情思细腻，通过描写主人公的心理活动来说明其哀怨的情感。

背景

　　该诗创作时间不可考，是诗人借助古乐府题目展现女主人公独守空房哀怨的诗歌。

李白

李白（701—762），字太白，号青莲居士，又号"谪仙人"，是盛唐伟大的浪漫主义诗人，被誉为"诗仙"，与杜甫并称为"李杜"。其乐府、歌行及绝句成就为最高，诗歌汪洋恣肆，想象奇特，对后世影响很大。

峨眉山月半轮秋，影入平羌江水流

峨眉山月歌

唐·李白

峨眉山月半轮秋，影入平羌江水流。
夜发清溪向三峡，思君不见下渝州。

注释

半轮秋：谓秋夜的上弦月形似半个车轮。
发：出发。
下：顺流而下。
渝州：唐代州名，即今重庆市。

简析

　　这首诗是李白最脍炙人口的名篇之一，是他早年初出蜀地，来到峨眉所作。全诗第一句"峨眉山月半轮秋"从"峨眉山月"开始写，一个"半轮秋"点出了自己离开蜀地开始游历的季节。"影入平羌江水流"暗示诗人月夜乘舟的景象，在这里塑造了月影清江的美景。后两句"夜发清溪向三峡，思君不见下渝州"写诗人连夜从清溪一路驶向三峡再到渝州，自己虽然怀着对家乡的眷恋，但是要建功立业的豪情可见。全诗仅有四句，却写出了从峨眉山经平羌江、清溪、三峡直至渝州的经历，俨然一幅蜀江千里旅行图。除了"峨眉山月"四字而无过多写景，除了"思君"二字而无过多抒情，但是景色之美、情感之深又让读者感同身受，时空随心所欲的转换，想象力的肆意驰骋也只有诗仙李白能够做得到。

背景

　　开元十二年（724）秋天，李白离开蜀地的时候写下了这首诗。

名家点评

　　〔明〕高棅：且不问太白如何，只此诗谁复能知？（《批点唐诗正声》）

　　〔明〕凌宏宪：如此等神韵，岂他人所能效颦（首二句下）？（《唐诗广选》）

　　〔明〕王世贞：此是太白佳境，然二十八字中，有峨眉山、平羌江、清溪、三峡、渝州，使后人为之，不胜痕迹矣。益见此老炉锤之妙。（《艺苑卮言》）

霜落荆门江树空，布帆无恙挂秋风

秋下荆门

唐·李白

霜落荆门江树空，布帆无恙挂秋风。
此行不为鲈鱼鲙，自爱名山入剡中。

注释

　　荆门：山名。
　　空：指树枝叶落已尽。
　　剡中：指今浙江省嵊州市一带。

简析

　　这首诗在艺术表现上体现出了李白七言绝句的特点。全诗仅仅四句，但是包含了写景、叙事、议论，集中地抒发了诗人年轻时伟大的政治抱负和仗剑去国的人生追求。全诗连用了两个典故，"布帆无恙"取自《晋书·顾恺之传》，当时顾恺之从上司殷仲堪那里借到了布帆，驶船回家，行至中途的时候遇到大风，后来写信给上司说"行人安稳，布帆无恙"，以此来表示旅途平安。而"鲈鱼鲙"则出《世说新语》，当时张翰在洛阳做官时，见秋风起，想到家乡菰菜、鲈鱼鲙的美味，遂辞官回乡。诗人虽然使用了张翰的典故，但是和张翰表达的感情却完全不同，李白初出蜀地写此诗，以为自己的政治抱负和人生理想都能够得到实现，所以写的虽是秋景但是表达的是喜悦之情，用的是思乡的典故，却展示的是人生抱负。

背景

唐玄宗开元十三年（725），李白在楚地漫游，这首诗写于他离开荆门之时。

名家点评

〔清〕宋顾乐：清景幽情，自然深出，若着一点俗思，作不得亦读不得。此等句点拨入神，笔端真有造化。（《唐人万首绝句选评》）

〔南宋〕严羽：后半自清胜，然"思鲈鱼"是晋人偏趣，翻作"爱山"是唐人，便痴。翼云云："霜落"则叶空矣，先写秋意。次句以题中"下"字意承。"此行"便紧接上文作转，以"张翰见秋风起，思吴中莼鲈"事开一笔。剡县隶会稽，多佳山水，"自"字合上"不为"二字。（《李太白诗醇》）

阴生古苔绿，色染秋烟碧

南轩松

唐·李白

南轩有孤松，柯叶自绵幂。

清风无闲时，潇洒终日夕。

阴生古苔绿，色染秋烟碧。

何当凌云霄，直上数千尺。

注释

南轩：当南的窗外。

柯叶：枝叶。

绵幂：密密层层的样子，枝叶稠密而相覆之意。

何当：犹言何日、何时。

凌云霄：直上云霄。

简析

这首诗写了松树的高贵品格，一、二句"南轩有孤松，柯叶自绵幂"铺陈叙事，写出一棵孤独的松树生长的地点，然而枝叶延绵，展示出松树的苍劲，三、四句"清风无闲时，潇洒终日夕"写了松树在风中更是挺拔，即使在夕阳之中还是那么潇洒。"阴生古苔绿，色染秋烟碧"通过写松树生长环境的恶劣来从侧面衬托松树的高大苍翠。上面六句，主要描绘出诗人看到的孤松的景色，这棵松树枝叶繁茂，潇洒自得。全诗最后两句"何当凌云霄，直上数千尺"则有"一鸣惊人"的意思，诗人借助松树来表达个人意愿，体现出诗人自己心怀凌云壮志，渴望建功立业的感情，属于典型的咏物抒情。

背景

这首诗写于开元十五年（727），通过描写松树的品格来表现诗人的内心情绪。

登舟望秋月，空忆谢将军

夜泊牛渚怀古

唐·李白

牛渚西江夜，青天无片云。
登舟望秋月，空忆谢将军。
余亦能高咏，斯人不可闻。
明朝挂帆席，枫叶落纷纷。

注释

牛渚：山名，在今安徽省当涂县西北。

西江：从南京以西到江西境内的一段长江，古代称西江。

谢将军：东晋谢尚。

高咏：谢尚赏月时，曾闻诗人袁宏在船中高咏，大加赞赏。

斯人：此人，指谢尚一样的人。

挂帆席：扬帆驶船。一作"洞庭去"。

简析

这首诗的内容简单，但是韵味深远。开篇前两句"牛渚西江夜，青天无片云"写出夜泊牛渚江边，抬头望去天空清澈没有一片云彩，营造出一幅怡人的夜晚景色。后边四句"登舟望秋月，空忆谢将军。余亦能高咏，斯人不可闻"从现实到怀古，又从怀古回到现实。这里的古人指的是"谢将军"谢尚，谢尚是东晋人，做镇西将军的时候曾经镇守牛渚，他秋夜泛舟赏月的时候碰到袁宏吟诵自己的作品《咏史》诗，因为袁宏诗作音辞俱佳，所以得到谢尚的称赞，袁宏因此名扬天下。这隐隐地抒发了李白知音难求的心声。最后"明朝挂帆席，枫叶落纷纷"又从写景中荡漾开去，直接抒发自己难遇知音的寂寞。全诗写景疏朗有致，写情含蓄不露，体现出了李白五言诗歌自然明丽的特色。

背景

这首诗大多数学者认为作于开元十五年（727）秋，当时李白的名声尚未传开。

名家点评

〔清〕黄叔灿：不粘不脱，历落情深。（《唐诗笺注》）

〔清〕李瑛：通首单行，一气旋折，有神无迹。（《诗法易简录》）

举头千古，独往独来，此为佳作，一清如水，无迹可寻。（《精选五七言律耐吟集》）

涉江玩秋水，爱此红蕖鲜

折荷有赠

唐·李白

涉江玩秋水，爱此红蕖鲜。
攀荷弄其珠，荡漾不成圆。
佳人彩云里，欲赠隔远天。
相思无因见，怅望凉风前。

注释

涉：本义是步行渡水，这里有泛舟游历之意。

红蕖：荷花盛开的样子。

弄：有把玩、欣赏之意。

荡漾：水波微动。

远天：遥远的天宇，说明空间距离之远。

简析

这首诗具有非常强烈的拟古风味，诗歌开头两句"涉江玩秋水，爱此红蕖鲜"点明了时间是在秋季，地点是在江边，从而写出了秋高气爽的感觉，为全诗奠定了情感基调。而后"攀荷弄其珠，荡漾不成圆"这两句诗暗示出了主人公的内心活动，这和《西洲曲》中"低头弄莲子，莲子清如水"颇为相似。"佳人彩云里，欲赠隔远天"则表现了女子对远方情人思念却又无可奈何的情感。全诗最后二句"相思无因见，怅望凉风前"是进一步抒发主人公的相思之苦与惆怅无奈。这首诗以一位女子的口吻展示了相思之情，而实际上暗含了李白个人理想不能实现的惆怅和无奈。古人经常用女性的口吻来写诗，我们在欣赏的时候可以结合诗人当时的境遇进行理解。

背景

唐玄宗开元十七年（729），李白29岁时和许氏夫人居住在安陆（今属湖北）的时候创作了这首诗。

名家点评

〔清〕萧士赟：喻贤者慕君，始得位而害之者至，欲有献而为谗所间也。辞微意显，怨而不诽。（《唐宋诗醇》）

〔南宋〕严羽：只须起四句，成古乐府。（《李太白诗醇》）

霜威出塞早，云色渡河秋

太原早秋

唐·李白

岁落众芳歇，时当大火流。
霜威出塞早，云色渡河秋。
梦绕边城月，心飞故国楼。
思归若汾水，无日不悠悠。

注释

岁落：光阴逝去。

众芳歇：花草已凋零。

大火：星名，二十八宿之一，即心宿。

塞：关塞，指长城。

故国：家乡。当时李白家在湖北安陆。

简析

这首诗写了太原早秋的景象。首联"岁落众芳歇，时当大火流"说秋天的时候大自然中的花草树木已经凋零了。本联中的"大火流"好似《诗经·七月》中所说"七月流火"，并不是说天气热，而是指大火星开始下沉，古人观天象发现这个天文现象出现之后天气逐渐转凉，所以表示秋天的到来。颔联中"霜威出塞早，云色渡河秋"两句展现了当时太原的自然气候。其实这个时候，诗歌已经在诗句中将内容与题目密切地结合起来了。第三联诗人从对景色的描述上转到了自己对家乡亲人的思念。最后两句"思归若汾水，无日不悠悠"，用水来比喻自己的感情，进一步强调自己的"思归"之情。这个时候的李白因为政治抱负得不到施展所以心绪并不高，但是格调却很高，并且隐隐显示出边塞诗的雄健。

背景

　　唐玄宗开元二十三年（735）秋天，李白应好朋友元演的邀请来到太原施展自己的政治抱负，但是却没有机会，在有怀归之心时写下了这首诗。

名家点评

　　〔明〕凌宏宪：只是一个直捷（末二句下）。（《唐诗广选》）

　　〔清〕高步瀛：格调高逸。（《唐宋诗举要》）

　　【日】近藤元粹：严沧浪曰："出塞"字，更用得好。（《李太白诗醇》）

白酒新熟山中归，黄鸡啄黍秋正肥

南陵别儿童入京

唐·李白

白酒新熟山中归，黄鸡啄黍秋正肥。
呼童烹鸡酌白酒，儿女嬉笑牵人衣。
高歌取醉欲自慰，起舞落日争光辉。
游说万乘苦不早，著鞭跨马涉远道。
会稽愚妇轻买臣，余亦辞家西入秦。
仰天大笑出门去，我辈岂是蓬蒿人。

注释

南陵：一说在东鲁，曲阜县南有陵城村，人称南陵；一说在今安徽省南陵县。

起舞落日争光辉：指人逢喜事光彩焕发，与日光相辉映。

西入秦：即从南陵动身西行到长安去。

蓬蒿人：草野之人，也就是没有当官的人。

简析

这首诗是一首歌行体诗作，是研究李白的学者非常重视的一首诗，因为诗歌描述了李白人生的一件大事。诗歌的前两句非常平实自然地写出了丰收景象，这也衬托了诗人的情绪。二、三句着重写了几个事物，只是为了进一步渲染其心情，这种高兴的心情已经感染了家人，所以才有"儿女嬉笑牵人衣"一句。继而诗人一边高歌一边饮酒，内心希望能够"起舞落日争光辉"。然而，作者并没有将这种喜悦的情感一成不变地写下去，所以后面"苦不早"反衬了自己的复杂心情，恨不得自己能够早早地见到皇上以实现自己的人生理想。诗人进一步联想到朱买臣，发出了"会稽愚妇轻买臣，余亦辞家西入秦"的感慨，同时把当年轻视自己的人比作了"愚妇"，自己则"仰天大笑出门去"，诗人的扬扬自得跃然纸上，"我辈岂是蓬蒿人"更是展示了李白踌躇满志的自负心理。这首诗，李白由表及里，层层推进，真挚而又活灵活现地表达了自己的情感。

背景

天宝元年（742），李白得到了唐玄宗召他入京的诏书，他异常兴奋，回家中与儿女告别的时候写下了这首诗。

名家点评

〔明〕高棅：刘云：草草一语，倾倒至尽。起四句，说得还山之乐，磊落不辛苦，而情实畅然，不可胜道。(《唐诗品汇》)

【日】近藤元粹：淡淡有致。(《李太白诗醇》)

塞虏乘秋下，天兵出汉家

塞下曲六首（其五）

唐·李白

塞虏乘秋下，天兵出汉家。

将军分虎竹，战士卧龙沙。

边月随弓影，胡霜拂剑花。

玉关殊未入，少妇莫长嗟。

注释

虎竹：兵符。

龙沙：在这里指塞外沙漠地带。

剑花：剑刃表面的冰裂纹。

殊：远。

嗟：感叹。

简析

这首诗的首联两句“塞虏乘秋下，天兵出汉家”指出了战争的性质，说秋天丰收的时候，北方的胡人又侵扰大唐，于是天子派兵讨伐，这里诗人对当时北方少数民族的入侵持有轻蔑、贬斥的态度，大唐的军队则堂堂正正地出击对方，所以叫做"天兵"，明确地表现出了诗人爱憎分明。颔联"将军分虎竹，战士卧龙沙"两句是说将领接到征战的诏令，而军队也已经到达了战场。天朝的军队上下同心，同仇敌忾。颈联"边月随弓影，胡霜拂剑花"，描写了边塞风光和战斗中的生活，诗中弓与月的形状相似，剑与霜的颜色相同，在景物描写中将艰苦的军旅生活衬托得轻松、愉快。尾联"玉关殊未入，少妇莫长嗟"则抒发了必胜信念，全诗达到了高潮。

背景

唐玄宗天宝元年（742），李白第一次进到长安城，胸怀政治抱负，第二年作了一组诗，这是其中的一首。

名家点评

〔明〕邢昉：以太白之才咏关塞，而悠悠闲澹如此，诗所以贵淘炼也。（《唐风定》）

〔清〕沈德潜：只"弓如月""剑如霜"耳，笔端点染，遂成奇彩。结意亦复深婉。（《唐诗别裁》）

〔清〕萧士赟：高调入云，于声律中行俊逸之气，自非初唐可及。（《唐宋诗醇》）

秋水明落日，流光灭远山

杜陵绝句

唐·李白

南陵杜陵上，北望五陵间。
秋水明落日，流光灭远山。

注释

杜陵：在今陕西省西安市东南。
秋水：秋天的河水。
流光：流动的光彩或光线。

简析

　　这首诗的第一句"南陵杜陵上"中的"南"字首先告诉我们作者所处的地理位置，而"北望五陵间"则刻画出了作者眼底的风光，两句"南""北"呼应，引出下面句子中的风景描写。这里的"五陵"指长陵、安陵、阳陵、茂陵、平陵，分别安葬了汉高祖、汉惠帝、汉景帝、汉武帝和汉昭帝，后来就用"五陵"来代指豪门贵族或者豪门贵族聚集之所。第三句"秋水明落日"中的"秋"字又告诉我们诗歌的创作时间，说明当时秋水映衬得落日余晖更加明亮。但是"流光灭远山"，太阳本身的余晖却因为远山的遮掩，于是慢慢地消失了。这两句是李白遭受朝中他人排挤之时的无限感慨，颇有"夕阳无限好，只是近黄昏"之感。

背景

唐玄宗天宝二年(743),李白遭受政治上的排挤,产生了隐居之心,故作此诗。

名家点评

【日】近藤元粹:严沧浪曰:此景从无人拈出("秋水"二句下)。(《李太白诗醇》)

城边有古树,日夕连秋声

沙丘城下寄杜甫

唐·李白

我来竟何事?高卧沙丘城。
城边有古树,日夕连秋声。
鲁酒不可醉,齐歌空复情。
思君若汶水,浩荡寄南征。

注释

沙丘:指唐代兖州治城瑕丘。

来:将来,引申为某一时间以后,这里意指自从你走了以后。

竟:究竟,终究。

高卧:高枕而卧,这里指闲居。

秋声:秋风吹动草木之声。

空复情：徒有情意。

汶水：鲁地河流名。

南征：南行，指代往南而去的杜甫。也有人认为南征指南
流之水。

简析

这首诗主要抒发了送别友人之后无法排遣的"思君"之情。
"我来竟何事？"是诗人自己对自己的询问，从而造成悬念，
读者会跟随着这样带有自责意味的询问读下去。"高卧沙丘
城"一句既描写了现在的生活，也回应了上边的问题。紧跟着
的三、四句"城边有古树，日夕连秋声"描写了景物，此时此
地只有城边的老树在秋风中发出瑟瑟的声音。此情此景中酒不
能消愁，歌也不能消愁。诗的前六句中并没有出现一个"思"
字，也没有出现一个"君"字，直到最后两句，才豁然开朗，
表达出作者思念朋友的情感。前六句的所有描写都是为了最后
两句"思君若汶水，浩荡寄南征"的情感抒发，这样的构思能
从各个角度、各种感受展示日常生活中透露出来的诗味。

背景

李白离开长安，漫游途中碰到杜甫，唐玄宗天宝四载
（745）秋，两人分手，杜甫西去长安。李白因怀念杜甫，写下
此诗。

名家点评

〔明〕高棅：散淡有深情。（《批点唐诗正声》）

〔明〕钟惺、谭元春：钟云："连"字下得奇（"日夕"句
下）。钟云：一片真气，自是李白寄杜甫之作，工拙不必论也。

（《唐诗归》）

　　〔清〕沈德潜：沙丘在莱州，汶水出沂水，在青州，境地相接，故欲因水以寄情也。（《唐诗别裁》）

不觉碧山暮，秋云暗几重

听蜀僧濬弹琴

唐·李白

蜀僧抱绿绮，西下峨眉峰。
为我一挥手，如听万壑松。
客心洗流水，馀响入霜钟。
不觉碧山暮，秋云暗几重。

注释

　　蜀僧濬：即蜀地一位名叫濬的僧人。

　　绿绮：琴名。

　　一：助词，用以加强语气。

　　挥手：这里指弹琴。

　　万壑松：形容琴声如无数山谷中的松涛声。

　　客：诗人自谓。

　　馀响：指琴声余音。

　　霜钟：指钟声。

　　暗几重：意即更加昏暗了。

简析

　　这首诗描绘了诗人听蜀地一位法名叫濬的和尚弹琴的事。首联"蜀僧抱绿绮，西下峨眉峰"交代了琴师的来历，说蜀地的僧人抱着名琴从峨眉而来。颔联"为我一挥手，如听万壑松"两句是对琴师的正面描写，其中"为我"表明了琴师与作者的友情。"挥手"则具体写弹琴动作，这两句表现出琴声的铿锵有力。颈联"客心洗流水，馀响入霜钟"写诗人听琴的感受，上句运用了《列子·汤问》中俞伯牙、钟子期"高山流水遇知音"的典故，下句的"馀响入霜钟"出于《山海经》，这也是用典，颇有"馀音绕梁，三日不绝"之感。尾联"不觉碧山暮，秋云暗几重"两句则写诗人听完琴声，发现不知何时天色已晚，这就从表现时间过得极快，侧面说明琴师技艺高超。

背景

　　这首诗是唐玄宗天宝十二载（753）李白在宣城（今属安徽）期间听蜀地僧人弹琴所作。

名家点评

　　〔清〕宋宗元：逸韵铿然，是能得弦外之音者。（《网师园唐诗笺》）

　　〔清〕高步瀛：一气挥洒，中有凝炼之笔，便不流入轻滑。（《唐宋诗举要》）

人烟寒橘柚，秋色老梧桐

秋登宣城谢朓北楼

唐·李白

江城如画里，山晚望晴空。
两水夹明镜，双桥落彩虹。
人烟寒橘柚，秋色老梧桐。
谁念北楼上，临风怀谢公？

注释

　　江城：泛指水边的城，这里指宣城。

　　山：指陵阳山，在宣城。

　　双桥：指横跨溪水的上、下两桥。

　　人烟：人家里的炊烟。

　　北楼：即谢朓楼。

　　谢公：谢朓，魏晋时期著名诗人。

简析

　　谢朓北楼就是谢朓楼，又名谢公楼。谢朓是南朝萧梁期间的诗人，被称为当时出色的诗人，和之前的谢灵运分别称为大谢、小谢，李白对其十分推崇，曾经在《宣州谢朓楼饯别校书叔云》中写"蓬莱文章建安骨，中间小谢又清发"，用小谢来自比，这首诗是他登临谢朓楼所作。开头两句"江城如画里，山晚望晴空"，诗人写出了他登上谢朓楼所见的景色，将读者引入到自己诗歌的意境中。中间四句非常有层次地具体写出所见景色，其中三、四句"两水夹明镜，双桥落彩虹"是写江城如画，五、六句"人烟寒橘柚，秋色老梧桐"又展示出"山晚晴空"。结尾两句"谁念北楼上，临风怀谢公"，从表面看好像只是为了和一、二句相呼应，实际上是在慨叹自己"临风怀谢公"的心情。

背景

　　唐玄宗天宝十二载（753）与天宝十三载（754）的秋天，李白两度来到宣城，此诗当作于其中一年的中秋节后。

名家点评

　　〔明〕凌宏宪：王元美：太白"人烟"二语，黄鲁直更之曰："人家围橘柚，秋色老梧桐。"只易两字，而丑态毕具，直点金作铁手耳。句法（"山晚"句下）。（《唐诗广选》）

　　〔南宋〕严羽：五、六入画品中，极平淡，极绚烂。岂必王摩诘？（《李太白诗醇》）

秋浦长似秋，萧条使人愁

秋浦歌十七首（其一）

唐·李白

秋浦长似秋，萧条使人愁。
客愁不可度，行上东大楼。
正西望长安，下见江水流。
寄言向江水，汝意忆侬不。
遥传一掬泪，为我达扬州。

注释

秋浦：唐时属池州郡，在今安徽省池州市贵池区西。

简析

李白离开长安已经十年了，这期间他遍游大江南北，在幽蓟地区，亲眼看到安禄山的势力坐大，于是怀着悲愤之情再次来到秋浦，写下了17首《秋浦歌》，这第一首是其中最长的一首。"秋浦长似秋"是说秋浦这个地方好像永远都是秋天，这是为了说明"萧条使人愁"。紧接着的三、四句"客愁不可度，行上东大楼"承继上边详细写一个"愁"字，而"正西望长安，下见江水流"中一个"望"字又凝聚了诗人对祖国深沉的爱。最后面四句诗人"寄言向江水，汝意忆侬不。遥传一掬泪，为我达扬州"对着江水诉说，因为扬州是去长安的必经之路，所以这首诗道尽了作者的忧思，他是多么希望自己的一片赤子之心能够顺着江水传达到长安城啊。

背景

天宝十三年（754）李白第二次游秋浦的时候创作了一组17首诗，这首诗是其中的第一首。

名家点评

〔南宋〕刘克庄：《秋浦》十五首云："秋浦长似秋，萧条使人愁……"又云："秋浦锦驼鸟，人间天上稀。山鸡羞绿水，不敢照毛衣。"又云："山川如剡县，风日似长沙。"又云："两鬓入秋浦，一朝飒已衰。猿声催白发，长短尽成丝。"虽五古，然多佳句。(《后村诗话》)

愁作**秋**浦客，强看**秋**浦花

秋浦歌十七首（其六）

唐·李白

愁作秋浦客，强看秋浦花。
山川如剡县，风日似长沙。

简析

　　《秋浦歌》是李白的优秀组诗，第六首诗依然谈"愁"，全诗以"愁"字起，写自己愁的是作秋浦之客，在这里强看秋浦之花。后边两句"山川如剡县，风日似长沙"用比喻的方式写出秋浦的山川之美就如浙江的剡县，风光之美又似长沙一带的潇湘。这首诗看似写景，实则情真意切不离"愁"字，展现出诗人在看到安禄山势力坐大之后对现实的一种深刻认识，李白面对着即将爆发的战乱无能为力，这种苦闷难以排解，所以观赏秋色的时候也只能强打精神，诗人的低落情绪可见一斑。李白忧国忧民，即使自己被赐金还乡，但是依然有报国之心，他从幽州游历之后再进长安，想要拜见玄宗说以安禄山在北方的情况，但是宫门似海，李白终究没有实现自己的抱负。

背景

　　天宝十三年（754）李白第二次游秋浦的时候创作了一组17首诗，这首诗是其中的第六首。

名家点评

　　〔明〕唐汝询：不言怀抱而言风日，正见诗人托兴深微处。
（《唐诗解》）

不知明镜里，何处得秋霜

秋浦歌十七首（十五）

唐·李白

白发三千丈，缘愁似个长。
不知明镜里，何处得秋霜。

注释

个：如此，这般。

秋霜：形容头发白如秋霜。

简析

　　这首诗是李白《秋浦歌》组诗中流传最广的一首，诗人写这首诗的时候已经50多岁了，其人生理想依然未遂，想来伤怀。开头的一句"白发三千丈"力拔山兮，李白汪洋恣肆的夸张展现眼前。"白发三千丈"的说法让人难以理解，但是一接上"缘愁似个长"又让人恍然大悟，当一个人的愁绪过多的时候，恐怕生出长三千丈的白发也不能将这哀愁说清。一般来说，人看到自己华发主要是因为照镜，于是诗人在后边自然写道："不知明镜里，何处得秋霜！"这里又使用借代手法，用秋霜来代指白发。这最后一句中的"得"字使用极为巧妙，将其与诗人一生政治抱负不得伸张，在朝中为官却受人排挤，郁郁不得志的情况相结合，就知道诗人因愁而生白发的亲身经历是何其伤人了。

背景

天宝十三年（754）李白第二次游秋浦的时候创作了一组
17首诗，这首诗是其中的第十五首。

名家点评

〔清〕吴烶：兴到语绝，有神韵。（《唐诗直解》）

〔明〕唐汝询：托兴深微，当求之意象之外。（《唐诗解》）

〔明〕胡震亨：古人云"发短心长"，此却缘心长，发为俱
长。（《李杜诗通》）

今日云景好，水绿<u>秋</u>山明

九日

唐·李白

今日云景好，水绿秋山明。
携壶酌流霞，搴菊泛寒荣。
地远松石古，风扬弦管清。
窥觞照欢颜，独笑还自倾。
落帽醉山月，空歌怀友生。

注释

九日：农历九月九日重阳节。

流霞：美酒名。

搴：采取。

寒荣：寒冷天气开放的花，指菊花。

觞：古时的酒杯。

简析

重阳节是我国的传统节日，有登高的习俗。这首诗一、二句"今日云景好，水绿秋山明"写出了秋日的天空一碧如洗，一朵朵的白云飘浮其中，在这样的天气中可以看见层峦叠嶂，松柏挺立，江水奔流，水色山光美丽无比。三、四句"携壶酌流霞，搴菊泛寒荣"写重阳之日诗人带着酒登高，一边赏美景，一边畅饮菊花酒。后边四句"地远松石古，风扬弦管清。窥觞照欢颜，独笑还自倾"写了诗人的见闻，并抒发了他的感受。尤其"还自倾"三个字表现了诗人重阳登高饮酒的悠然自乐。最后两句"落帽醉山月，空歌怀友生"诗人进入了抒情，从眼前的美景想到自己的孤独，那种怀才不遇的感慨油然而生，然而李白之所以是李白，是因为他不会被现实打垮，即便是孤独抑郁，依然不能压制他怡情自然的心情。

背景

这首诗是李白于唐肃宗至德元年（756）重阳节在庐山登高饮酒时所作，表达自己怀才不遇的同时也表达了他怡情自然的心情。

名家点评

〔当代〕李月辉："全诗朴素清新，雄浑奔放，挥洒自如，具有浓烈的感情色彩。"（《名画唐诗佳句欣赏》）

〔当代〕邵愈强："诗人通过描写自己登高独酌的自娱自乐表达了自己怀才不遇壮志难酬的心情。"（《中国节令诗歌选》）

南湖秋水夜无烟，耐可乘流直上天

游洞庭湖五首·其二

唐·李白

南湖秋水夜无烟，耐可乘流直上天。
且就洞庭赊月色，将船买酒白云边。

注释

耐可：哪可，怎么能够。

赊：赊欠。

简析

　　这首诗的第一句"南湖秋水夜无烟"写出了诗人等三人是在秋天游览的洞庭湖，句子看似平淡无奇，实际上写出了夜晚的洞庭湖与白天不同的美丽景色。在秋夜怎能看见湖上有没有烟呢？诗人偏偏如此一笔，不仅仅是他观察仔细，更是对月夜澄清明净的侧面描写。面对如此美景，诗人紧接着发出了感慨"耐可乘流直上天"，怎么能够乘着湖水登上天呢？后边两句"且就洞庭赊月色，将船买酒白云边"是说既然我们不能抛却人世间的烦恼，那就向洞庭湖赊来一些月色，痛快地赏月喝酒好了。李白曾在《襄阳歌》中写"清风朗月不用一钱买"，那么如何去占有这美妙的风景呢？那就"赊"来一些好了，诗人大胆的想象和真正的超脱的性格自然而然地展现到了我们面前。

背景

　　肃宗乾元二年（759）秋，李白和李晔、贾至三人相约一起在洞庭湖游览，李白写下一组七绝，这是其中的一首。

名家点评

　　〔明〕谢榛："以兴为主，漫然成篇，此诗之入化也。"（《四溟诗话》）

海上碧云断，单于秋色来

秋思

唐·李白

燕支黄叶落，妾望自登台。
海上碧云断，单于秋色来。
胡兵沙塞合，汉使玉关回。
征客无归日，空悲蕙草摧。

注释

　　燕支：山名。

　　海上：指北地的大湖大池。

　　单于：匈奴天子，此处指匈奴单于的领地。

　　蕙草摧：花草衰败。

简析

这首诗的前四句"燕支黄叶落，妾望自登台。海上碧云断，单于秋色来"写一个女子想象的少数民族地区秋天的景色，所以是从思念丈夫开始写的。其中燕支、白登、海上、单于等词语展示了写的地点——北方少数民族地区，黄叶落、碧云断、秋色来等则进一步描写秋色。下四句"胡兵沙塞合，汉使玉关回。征客无归日，空悲蕙草摧"则写双方交战，使节往来，可是自己的丈夫却没有回到家中。时光如流水，花草一年年的兴盛又衰败，此时自己的青春也随之飞逝，所以伤心欲绝。古人常常以花之凋零暗示时光易逝，红颜易老，这首诗中的"蕙草摧"一语双关，既悲伤秋天的时节，也哀愁自己红颜老去，女子在这样的等待中无比忧伤。

背景

本诗创作时间不可考，主要是抒发时间易逝青春易老的感慨。

名家点评

〔明末清初〕王夫之：神藻飞动，乃所谓龙跃天门，虎卧凤阙也。以此及"塞虏乘秋下"相比拟，则知五言近体正闰之分。(《唐诗评选》)

渌水明秋月，南湖采白蘋

渌水曲

唐·李白

渌水明秋月，南湖采白蘋。
荷花娇欲语，愁杀荡舟人。

注释

渌水曲：古乐府曲名。渌水：即绿水，清澈的水。
明秋月：在秋夜的月亮下发光。月：一作"日"。
南湖：即洞庭湖。
白蘋：一种水生植物。
欲语：好像要说话。

简析

古人往往伤春悲秋，在秋风萧瑟中感怀万分，李白却反其道而行，这首诗写的虽然是秋天的景色，但是更胜春光。诗人先写农家劳作的环境、时间、地点和劳作内容，"渌水明秋月，南湖采白蘋"说明这里的环境优美，风光无限，在一个秋天的夜晚，女子在南湖这个地方采白蘋。三、四句构思更加精巧，尤其是"荷花娇欲语"这一句，巧妙地运用了比喻、拟人的修辞手法，荷花好像是清秀妖媚的女子，"欲语"二字更加传神，说明了花苞正欲绽开，花瓣将要张口时的景象。但是这样的美景却让诗人发了愁，顺口一句"愁杀荡舟人"作结，诗人的情怀和眼前的景物有机地连接在一起，表现了诗人愉悦的情绪。

背景

此诗写作的年代现在很难考证，主要描写了劳作之事。

名家点评

〔清〕黄叔灿："愁杀"两字，反复读之，通首俱摄入矣。（《唐诗笺注》）

〔清〕马位：少陵"春去春来洞庭阔，白蘋愁杀白头人"、太白"荷花娇欲语，愁杀荡舟人"，风神摇漾，一语百情。李、杜洵敌手也。（《秋窗随笔》）

秋风吹不尽，总是玉关情

子夜吴歌·秋歌

唐·李白

长安一片月，万户捣衣声。
秋风吹不尽，总是玉关情。
何日平胡虏，良人罢远征。

注释

捣衣：把衣料放在石砧上用棒槌捶击，使衣料绵软以便裁缝；将洗过头次的脏衣放在石板上捶击，去浑水，再清洗。

玉关：玉门关，故址在今甘肃省敦煌县西北，此处代指戍边之地。

良人：古时妇女对丈夫的称呼。

罢：结束。

简析

　　这首诗是李白沿用乐府旧题创作的诗歌，写了戍守边疆的战士的妻子在秋天的夜晚怀念远征边陲的良人。"长安一片月，万户捣衣声"化用张若虚《春江花月夜》中"玉户帘中卷不去，捣衣砧上拂还来"的诗意，说长安城上月亮如水，千家万户都传来了捣衣之声。这是在家的女眷给在外的丈夫张罗秋冬的衣服。"秋风吹不尽，总是玉关情"是说秋风瑟瑟绵长，可是女子们对在玉门关外征战的家人的相思之情也绵长不断。最后两句"何日平胡虏，良人罢远征"表达了女子希望能够结束战争，只有这样丈夫才能免征战早日回家的美好愿望。诗中并没有直接写夫妻之间的爱情，却又渗透着妻子对丈夫的深情厚谊。全诗情真意切，颇有边塞诗的风韵。

背景

　　这首诗的创作时间难以考证。

名家点评

　　〔明〕钟惺、谭元春："钟云：毕竟是唐绝句妙境，一毫不像晋宋。然求像，则非太白矣。"(《唐诗归》)

　　〔清〕沈德潜："不言朝家之黩武，而言胡虏之未平，立言温厚。"(《唐诗别裁》)

　　〔清〕田同之："余窃谓删去末二句作绝句，更觉浑含无尽。"(《西圃诗说》)

却下水晶帘，玲珑望秋月

玉阶怨

唐·李白

玉阶生白露，夜久侵罗袜。
却下水晶帘，玲珑望秋月。

注释

玉阶怨：乐府古题，是专写"宫怨"的曲题。
罗袜：丝织的袜子。
却下：回房放下。
水晶帘：即用水晶石穿制成的帘子。

简析

西汉时候班婕妤失宠作了《自悼赋》，其中有"华殿尘兮玉阶苔"之句，后来南朝的谢朓就从这一句诗作了《玉阶怨》。李白的这首诗是拟谢朓诗而作的，所以名字叫"宫怨"。李白的这首诗全诗不需要一个"怨"字，也没有写一个"怨"字就能写得主人公幽怨丛生。诗歌前两句"玉阶生白露，夜久侵罗袜"写女主人公一个人无语地站在玉阶前，因为夜已深沉，所以露水渐浓。她在这里孤苦伶仃，站得时间太久了，久到露水浓重得已经湿透了她的罗袜，然而她却没有离去，依旧痴痴地等待。后两句"却下水晶帘，玲珑望秋月"写秋天的寒气逼人，女主人公不得不回房放下水晶窗帘，即便是这样她依然痴痴地望着月亮。"却下"二字使用传神，不由让我们想到李清照"才下眉头，却上心头"中那无奈的相思之情。

背景

李白写这首诗是拟谢朓诗而作的，展示出幽邃深远之美，然而具体创作年代无法考证。

名家点评

〔明〕高棅：矜丽素净，自是可人。(《唐诗品汇》)

〔明〕高棅：怨而不怨，可入风雅，后之作者多少，无此浑雅。(《批点唐诗正声》)

〔明〕郭云：怨而不怨，浑然风雅。(《增订评注唐诗正声》)

〔明〕李沂：从未有过下帘望月者，不言怨而怨自深。(《唐诗援》)

〔清〕刘邦彦：是"玉阶怨"，而诗中绝不露怨意，故自佳。(《唐诗归折衷》)

高适

高适（704—765），字达夫，一字仲武，唐代著名边塞诗人，与岑参并称"高岑"，与岑参、王昌龄、王之涣合称"边塞四诗人"。其诗气势磅礴，展现出盛唐时期特有的时代精神。

青枫江上秋天远，白帝城边古木疏

送李少府贬峡中王少府贬长沙

唐·高适

嗟君此别意何如，驻马衔杯问谪居。
巫峡啼猿数行泪，衡阳归雁几封书。
青枫江上秋天远，白帝城边古木疏。
圣代即今多雨露，暂时分手莫踌躇。

注释

峡中：此指夔州巫山县（今属重庆）。
谪居：贬官的地方。

简析

作者面对李、王两位好友遭到贬谪的情况，开篇就用"嗟君此别意何如，驻马衔杯问谪居"表达了自己对他们的叹息。"巫峡啼猿数行泪"再现了"巴东三峡巫峡长，猿鸣三声泪沾裳"的悲哀，想到李少府要到荒原之地，不由流下眼泪。"衡阳归雁几封书"则写出王少府要去的地方是衡阳，传说衡山的回雁峰大雁都至此不过，同时归雁传书又化苏武雁足系书典故，说明路途遥远，书信难通。后边两句"青枫江上秋天远，白帝城边古木疏"话锋一转，又转写两人到了自己上任的地方，先叙述王少府到了长沙看到的美景，再叙述李少府到了夔州看到的名胜，这也许可以扫除两人心中的烦恼。最后一联作者开始抒情，用"圣代即今多雨露，暂时分手莫踟蹰"展望未来，是一个很乐观的结局。

背景

这首诗创作年代不能考证，表达了对李、王二人遭到贬谪的愁怨。

名家点评

〔清〕沈德潜：连用四地名，究非律诗所宜。五六浑言之，斯善矣。（《唐诗别裁》）

〔当代〕李庆甲：中二联从次句生下。何义门：中四句神往形留，直是与之俱去。结句才非世情常语，乃嗟惜之极致也。纪昀：通体清老，结更和平不逼。（《瀛奎律髓汇评》）

〔清〕吴汝纶：起得丰神（首句下）。又曰：分疏有色泽敷佐，便不枯寂（"巫峡啼猿"联下）。又曰：意思沉着。又曰：一气舒卷，复极高华朗曜，盛唐诗极盛之作。（《唐宋诗举要》）

杜甫

杜甫（712—770），字子美，唐代伟大的现实主义诗人，后人称之为"诗圣"，其诗被称为"诗史"。后世称其老杜、杜拾遗、杜工部、杜少陵、杜草堂。他的诗歌沉郁顿挫，内容上忧国忧民，对后世文人的影响很大。

秋来相顾尚飘蓬，未就丹砂愧葛洪

赠李白

唐·杜甫

秋来相顾尚飘蓬，未就丹砂愧葛洪。
痛饮狂歌空度日，飞扬跋扈为谁雄。

注释

相顾：相视，互看。

飘蓬：草本植物，用来比喻人的行踪飘忽不定。

丹砂：即朱砂。道教认为炼砂成药，服之可以延年益寿。

葛洪：东晋道士，自号抱朴子，入罗浮山炼丹。

狂歌：纵情歌咏。

飞扬跋扈：不守常规，狂放不羁。此处作褒义词用。

简析

　　这首诗是杜甫现存创作最早的一首绝句。诗歌写到"秋来相顾尚飘蓬，未就丹砂愧葛洪"，这看似是在劝慰李白，要像东晋的道士葛洪那样潜心于道家的修炼。后边说"痛饮狂歌空度日，飞扬跋扈为谁雄"是对朋友的进一步规劝，说希望李白不要虚度时光，肆意饮酒，更不要狂放不羁，得罪他人。然而，这并不是杜甫的本意，作为李白的好友，杜甫深知李白生性豁达，藐视权贵，有纵横之术而无法施展抱负，杜甫既赞叹李白的才华，又感慨李白的一生，在这种情况下他创作了这首诗。这是对李白的同情和叹息，但是更充满了愤懑之情。由此推到自己，难道自己不也是这样吗？这首诗的诗意在字里行间流露出来，正是对李白、对自己人生不平的诘问。

背景

　　天宝三年（744）夏天，李白被赐金还乡漫游东都的时候碰到杜甫，这首诗就写于这个时候。

名家点评

　　〔南宋〕刘克庄：《赠李白》云："岂无青精饭，使我颜色好……"公与岑参、高适诗，皆人情世法。与谪仙唱和，皆世外一种说话。（《后村诗话》）

　　〔明〕王嗣奭："'亦有''方期'，语不虚下。"（《杜臆》）

　　〔清〕杨伦：雅调亦近太白。太白好学仙，故赠诗亦作出世语；却前八句俱说自己，后方转入李侯，可悟宾主、虚实之法。

鸿雁几时到，江湖秋水多

天末怀李白

唐·杜甫

凉风起天末，君子意如何。
鸿雁几时到，江湖秋水多。
文章憎命达，魑魅喜人过。
应共冤魂语，投诗赠汨罗。

注释

天末：天的尽头。秦州地处边塞，如在天之尽头。

鸿雁：喻指书信。古代有鸿雁传书的说法。

江湖：喻指充满风波的路途。

命：命运，时运。

简析

这首诗被称为古代抒情名作。首句"凉风起天末，君子意如何"一开始就用秋风起兴，直接给全诗奠定了悲愁的基调，然后问李白最近如何，这就是老友的书信，是非常真挚的问候。第二联"鸿雁几时到，江湖秋水多"写到传书的鸿雁，可是江湖秋水多风浪，也不一定就能与友人通信。后边的"文章憎命达，魑魅喜人过"说的是李白被流放夜郎终身不能回来，这都是遭人诬陷。最后一联"应共冤魂语，投诗赠汨罗"使用典故，这里的冤魂说的是屈原，因为屈原被放逐，投汨罗江而死。李白从永王李璘并非谋反而是出于深深的爱国之情，但是也被放逐，这就和屈原一样。所以说李白只能和屈原一起诉说冤屈了。这首诗百转千回，就好像读好朋友的书信，那种发自内心的感触，那种对友人的关怀令人感动。

背景

此诗当作于唐肃宗乾元二年（759）秋，当时杜甫弃官远游，客居在现在的甘肃天水，而李白长流夜郎后逢天下大赦而归。

名家点评

〔清〕浦起龙：太白仙才，公诗起四语，亦便有仙气，竟似太白语。五、六，直隐括《天问》《招魂》两篇。(《读杜心解》)

胸中有千万言说不出，忽有此四十字来。(《精选五七言律耐吟集》)

〔清〕宋宗元："鸿雁"四句，《骚》经之遗。(《网师园唐诗笺》)

戍鼓断人行，秋边一雁声

月夜忆舍弟

唐·杜甫

戍鼓断人行，秋边一雁声。
露从今夜白，月是故乡明。
有弟皆分散，无家问死生。
寄书长不达，况乃未休兵。

注释

舍弟：家弟。

戍鼓：戍楼上用以报时或告警的鼓声。

断人行：指鼓声响起后，就开始宵禁。

秋边：秋天边远的地方，此指秦州。

露：白露。

长：一直，老是。

况乃：何况是。

简析

这首诗的题目中含有"月夜"二字，作者却不从月夜写起，而是"戍鼓断人行，秋边一雁声"，直接描绘出作者秋天所见所闻，这是凄凉的秋景，尤其是"断人行"更加说明了当时不断出现的各种战乱。"露从今夜白，月是故乡明"写出了白露季节的晚上寒意顿生，作者看着天上的明月开始怀念家乡。这是古人秋夜怀思的传统。第三联"有弟皆分散，无家问死生"，作者由望月过渡到抒情，同时和诗题中的"忆舍弟"相连，"有弟皆分散"讲的是兄弟分散各地，"无家问死生"是说家都不存在了，怎么能知道兄弟的生死存亡呢？整个战争中人们的沧桑展露无遗。最后一联"寄书长不达，况乃未休兵"作者进一步抒发内心情感，呈现出杜甫沉郁顿挫的诗歌风格。

背景

这首诗是杜甫在安史之乱爆发四年后唐肃宗乾元二年（759）秋在秦州所作，表达了战争中对兄弟的忧虑和思念。

名家点评

〔清〕周珽：浅浅语使人愁。周珽曰：……结联所谓"人稀不到，兵在见何由"也。征战不已，道路阻隔，音书杳莫，存亡难保，伤心断肠之语。令人读不能终篇。(《唐诗选脉会通评林》)

〔明〕王嗣奭：只"一雁声"便是忆弟。对明月而忆弟，觉露增其白，但月不如故乡之明，忆在故乡兄弟故也，盖情异而景为之变也。(《杜臆》)

〔清〕张谦宜："戍鼓断人行，秋边一雁声。"若作"雁一声"，便浅俗；"一雁声"便沉雄。诗之贵炼，只在字法颠倒间便定。(《茧斋诗谈》)

瞿塘峡口曲江头，万里风烟接素秋

秋兴八首·其六
唐·杜甫

瞿塘峡口曲江头，万里风烟接素秋。
花萼夹城通御气，芙蓉小苑入边愁。
珠帘绣柱围黄鹄，锦缆牙樯起白鸥。
回首可怜歌舞地，秦中自古帝王州。

注释

曲江：在长安之南，名胜之地。

万里风烟：指夔州与长安相隔万里之遥。

素秋：秋尚白，故称素秋。

花萼：即花萼相辉楼，在长安南内兴庆宫西南角。

黄鹄：鸟名，即天鹅。

锦缆：彩丝做的船索。

牙樯：用象牙装饰的桅杆。

秦中：此处借指长安。

帝王州：帝王建都之地。

简析

　　《秋兴八首》是诗人感慨秋日萧瑟，国家衰败而作，这是其中的第六首。"瞿塘峡口曲江头，万里风烟接素秋"渲染了一种萧瑟、迷茫、冷清的氛围，这足以和下文对万里之外的京城昔日繁盛的描写形成鲜明的对比。而后诗人进入对当年盛世的回忆，极力刻画帝王歌舞游宴之地的繁华景象，尤其"珠帘绣柱围黄鹄，锦缆牙樯起白鸥"一联更是通过写帝王庭院中的飞禽写出了当时的盛景，黄鹄在庭院内高飞，白鸥被游人的舟楫惊得离开水面。这里使用了借代的修辞手法，用"珠帘绣柱"代指行宫别院，用"缆""樯"借代游船。然而这样的情景也已是过去了，诗人惋惜盛景既过，同时又隐含了对帝王盛世中随意娱乐的情况的斥责。

背景

　　《秋兴八首》是唐大历元年（766）秋，杜甫在夔州因感秋日凉风萧瑟，而国家战乱频发，所以创作了一组七言律诗。

名家点评

　　〔明〕王嗣奭：此章直承首章以来，乃结上生下，而仍归宿

于故园之思也。(《杜臆》)

〔明〕王夫之：揉碎乱点，掉尾孤行以显之。如万紫乘风，回飙一合。"接素秋"，妙在"素秋"二字止；此之外，不堪回首。(《唐诗评选》)

〔明末清初〕金人瑞：御气用一"通"字，何等融和！边愁用一"入"字。出入意外。先生不尚纤巧，而耀人心目如此("花萼夹城"二句下)。(《杜诗解》)

怅望千秋一洒泪，萧条异代不同时

咏怀古迹五首（其二）

唐·杜甫

摇落深知宋玉悲，风流儒雅亦吾师。
怅望千秋一洒泪，萧条异代不同时。
江山故宅空文藻，云雨荒台岂梦思。
最是楚宫俱泯灭，舟人指点到今疑。

注释

摇落：凋残，零落。

风流儒雅：指宋玉文采华丽潇洒，学养深厚渊博。

空文藻：斯人已去，只有诗赋留传下来。

楚宫：楚王官。

简析

这是一首赞颂战国时期楚国辞赋家宋玉的诗篇，宋玉是战国时期楚国人，他是屈原诗歌艺术的直接继承者，有的人甚至认为宋玉就是师从屈原的。宋玉的作品描绘物象十分细腻，情境结合自然，在楚辞、汉赋之间起着沟通前后的桥梁作用，李白曾说"屈宋长逝，无堪与言"。在政治生涯上，宋玉也和屈原一样遭谗被贬，政治理想彻底破灭。杜甫的这首诗，前半部分写到了宋玉文采之高，然而一生怀才不遇，后半部分作者从自己的角度为他鸣不平，幸亏在茫茫人世还有这样的一处宋玉故宅。世人大多知道宋玉的文采，但是却很少人能够理解他的政治抱负，这就如同杜甫本人。诗人触景生情，将对宋玉的认识和自己的身世联系起来，以阐述自己的志向。

背景

杜甫于唐代宗大历元年（766）从夔州出三峡，到江陵游历了很多古迹，于是写下了一组五首咏古迹怀古人，实际感怀自己的作品。这是其中的第二首。

名家点评

〔清〕仇北鳌：（"怅望千秋"一联）二句乃流对。此诗起二句失粘。（《杜诗详注》）

〔清〕钱良择：义山诗"楚天云雨俱堪疑"从此生出。（《唐音审体》）

〔清〕爱新觉罗·弘历：李义山诗云："襄王枕上元无梦，莫枉阳台一段云。"得此诗之旨。（《唐宋诗醇》）

万里悲秋常作客，百年多病独登台

登高

唐·杜甫

风急天高猿啸哀，渚清沙白鸟飞回。
无边落木萧萧下，不尽长江滚滚来。
万里悲秋常作客，百年多病独登台。
艰难苦恨繁霜鬓，潦倒新停浊酒杯。

注释

猿啸哀：指长江三峡中猿猴凄厉的叫声。

渚：水中的小块陆地。

鸟飞回：鸟在急风中飞舞盘旋。

萧萧：风吹落叶的声音。

常作客：长期漂泊他乡。

百年：一生，这里借指晚年。

繁：这里作动词，增多。

潦倒：衰颓，失意。

新停：新近停止。

简析

这首诗是杜甫的名篇，全诗描绘了登高所见的秋江之景，展现出杜甫在长期漂流之后的复杂内心。首联"风急天高猿啸哀，渚清沙白鸟飞回"诗人用"猿啸"展现出夔州当地独特的环境，第二联"无边落木萧萧下，不尽长江滚滚来"集中展示夔州秋天的典型特征。面对着滚滚长江，诗人听到的是风吹落叶的声音，看到的是长江的东逝。这时候诗人无限感慨，时间如流水，稍纵即逝，而自己却已老矣，由此感慨自己的壮志未酬。第三联"万里悲秋常作客，百年多病独登台"终于将"秋"字点出，说自己"常作客"，说自己"独登台"，诗人的漂泊人生和内心的孤独联系在了一起。尾联"艰难苦恨繁霜鬓，潦倒新停浊酒杯"两句，分别承接了第五、六句，自己潦倒零落，国家千疮百孔，真是平添了无限哀愁。该诗前半段写景，后半段抒情，真可谓是杜甫呕心沥血之佳作。

背景

唐代宗大历二年（767）秋天，当时安史之乱虽已结束，但是战乱频仍，杜甫在极端穷困的情况下于夔州作此诗。

名家点评

〔南宋〕杨万里："词源倒流三峡水，笔阵独扫千人军。""无边落木萧萧下，不尽长江滚滚来。"前一联蜂腰，后一联鹤膝。（《诚斋诗话》）

〔南宋〕刘克庄：此两联（按指"无边落木"四句）不用故事，自然高妙，在樊川《齐山九日》七言之上。（《后村诗话》）

〔南宋〕方回：此诗已去成都分晓。旧以为在梓州作，恐亦未然。当考公病而止酒在何年也。长江滚滚，必临大江耳。（《瀛奎律髓》）

〔明〕凌宏宪：杨诚斋曰：全以"萧萧""滚滚"唤起精神，见得连绵，不是装凑赘语。刘会孟曰：三、四句自雄畅，结复郑重。（《唐诗广选》）

〔明〕王世贞：老杜集中，吾甚爱"风急天高"一章，结亦微弱。（《艺苑卮言》）

〔明〕李东阳："无边落木萧萧下，不尽长江滚滚来。""万里悲秋常作客，百年多病独登台。"景是何等景，事是何等事？宋人乃以《九日崔氏蓝天庄》为律诗绝唱，何耶？（《麓堂诗话》）

十年蹴鞠将雏远，万里秋千习俗同

清明二首（其二）

唐·杜甫

此身飘泊苦西东，右臂偏枯半耳聋。
寂寂系舟双下泪，悠悠伏枕左书空。
十年蹴鞠将雏远，万里秋千习俗同。
旅雁上云归紫塞，家人钻火用青枫。
秦城楼阁烟花里，汉主山河锦绣中。
春水春来洞庭阔，白苹愁杀白头翁。

注释

蹴鞠：指打球，与荡秋千等都是清明时节游戏。

简析

　　这首诗虽然写于春季清明之时，但是颇有"悲秋"意味。第一联"此身飘泊苦西东，右臂偏枯半耳聋"写诗人苦于漂泊之中，"右臂偏枯半耳聋"说诗人年老，各种病症不约而至。"寂寂系舟双下泪，悠悠伏枕左书空"写出了诗人的无依无靠，连个叠词形象生动。"十年蹴鞠将雏远，万里秋千习俗同"描述了几种清明时节的游戏，尤其使用了一蹴鞠，借以指代战乱，而此时杜甫是在战乱中漂泊，其中艰辛不言而喻。"旅雁上云归紫塞，家人钻火用青枫。秦城楼阁烟花里，汉主山河锦绣中。"这几句是诗人对景物的描写，他写了冬去秋来的形象，想到长安城一定是锦绣一片了，诗人想要回去的急切心情可想而知。最后一联"春水春来洞庭阔，白苹愁杀白头翁"写出滔滔的江水还是隔断了诗人的归路，使得整首诗的情感愁肠万千。

背景

《清明二首》作于大历四年（769）春，此时杜甫已经因为房琯事件被贬，过了十余年的漂泊生活了。

名家点评

〔清〕张惣:孙月峰云:苍郁稳密,当为七言排律第一。(《唐风怀》)

落日心犹壮，秋风病欲疏

江汉

唐·杜甫

江汉思归客，乾坤一腐儒。
片云天共远，永夜月同孤。
落日心犹壮，秋风病欲疏。
古来存老马，不必取长途。

注释

腐儒:本指迂腐而不知变通的读书人,这里是诗人的自称,含有自嘲之意。

落日：比喻自己已是垂暮之年。

病欲疏：病都要好了。

存：留养。

简析

　　诗人创作此诗的时候已经57岁了，历经了穷困和漂泊，却表现了他老而弥坚的决心。这首诗第一联"江汉思归客，乾坤一腐儒"写了诗人滞留在江汉的困境，这里"思归客"道尽了作者的无奈，他想回乡但是又不能回，只能浪迹天涯，说自己是天下的一介儒生。紧接着说"片云天共远，永夜月同孤"，通过描写景物表达思乡之情。到了第三联"落日心犹壮，秋风病欲疏"两句又展现了自己积极入世的思想，虽然自己历经磨难，但是却壮心不已。最后的尾联诗人写"古来存老马，不必取长途"，这两句杜甫借用了"老马识途"的典故，再进一步表明杜甫身处困境却老当益壮的情怀。这首诗含蓄深情，诗人漂泊已久，那种"烈士暮年，壮心不已"的精神实在令人感动。

背景

　　这首诗创作于杜甫57岁的时候，此时杜甫历经了磨难，生活越来越困窘，表达了诗人长期漂泊的感慨。

名家点评

　　〔清〕吴乔：《江汉》诗云："古来存老马，不必取长途，怨而不怒。"（《围炉诗话》）

　　〔清〕查慎行：牢落之况，经子美写出，气概亦自高远。（《初白庵诗评》）

严武

严武（726—765），字季鹰，唐代中期诗人，《全唐诗》中录存六首。严武与杜甫的关系极其密切，诗歌往往起承开合，思维跳跃，展现出雄壮的气概，与统帅本色融为一体。

昨夜**秋**风入汉关，朔云边月满西山

军城早秋

唐·严武

昨夜秋风入汉关，朔云边月满西山。
更催飞将追骄虏，莫遣沙场匹马还。

注释

汉关：汉朝的关塞，这里指唐朝军队驻守的关塞。
朔：北方。
更催：再次催促。
骄虏：指唐朝时入侵的吐蕃军队。
莫遣：不要让。

简析

严武是一名大将，写的这首诗展现出自己的武功才略，表现出了作为一名统帅的大将之才。第一句"昨夜秋风入汉关"看似写景，实际上说明了少数民族向大唐王朝进军，边关吃紧。第二句"朔云边月满西山"说自己作为统帅的反应，他注视着西山方向，看到北边的云掩盖了边关的月，这句展示了暴风雨到来之前的沉默。而后"更催飞将追骄虏，莫遣沙场匹马还"说自己已经做了战略部署，显示出我军势如破竹的气势，也暗含了胜利之意。诗歌一、二句写景，三、四句写自己的战争部署，看似跳跃实际合乎常理。因为战争之中只有知己知彼才能百战百胜，严武作为指挥官在前两句的景物描写中已经暗含了他对形势的把握能力，只有这样他才能带领大军打败吐蕃。

背景

安史之乱以后，吐蕃趁机进攻中原，唐代宗广德二年（764），严武率兵击破吐蕃军，收复了失地。这首诗创作于这次战争之中。

名家点评

〔明〕高棅、桂天祥：风格矫然，唐人塞下诸作为第一。（《批点唐诗正声》）

〔明〕凌宏宪、田子艺：气概雄壮，武将本色。（《唐诗广选》）

〔清〕贺裳：《军城早秋》自写英雄本色耳。严武《寄题杜拾遗锦江野亭》云："腹中书籍幽时晒。"道得此语出，大非粗材。（《载酒园诗话又编》）

〔清〕沈德潜：英爽与少陵作鲁、卫。(《唐诗别裁》)

〔清〕李瑛：前二句写早秋，即切定军城；三、四句就军城生意，又不能脱早秋。盖秋高马肥，正骄虏入寇时也。(《诗法易简录》)

〔清〕宋宗元：绝类高达夫，结更气概雄伟，不掩大将本色。(《唐诗笺要》)

〔清〕施补华：意尽句中矣，而雄健可喜。(《岘佣说诗》)

戴叔伦

戴叔伦（约732—约789），字幼公，唐代诗人。其诗大多表现隐逸生活和闲适情调，也有一些篇目反映了人民生活的疾苦。其诗体裁皆有所涉猎，无论是五言七言、五律七律，还是古体近体，皆有佳作。

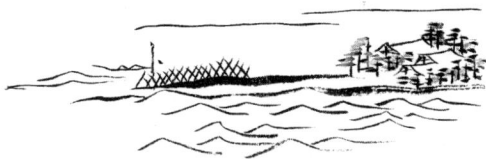

行人无限秋风思，隔水青山似故乡

题稚川山水

唐·戴叔伦

松下茅亭五月凉，汀沙云树晚苍苍。
行人无限秋风思，隔水青山似故乡。

注释

汀沙：指靠近水边的沙洲。
云树：高大的树木。
苍苍：深青色，幽暗。

简析

　　这首诗是一首典型的在旅途中所作的写景抒情诗。第一句"松下茅亭五月凉"是诗人宦游途中所见，随口吟来就告诉了我们诗人创作的时间是在五月仲夏时分，行人傍晚来到松下茅亭，这个时候能够感受到清幽的阵阵凉爽之意。第二句"汀沙云树晚苍苍"是行人所见，他看到江中陆地上的白沙，看到雨雾之下的绿树，这都显得一片苍茫。古人写景往往为了抒情，所以三、四句"行人无限秋风思，隔水青山似故乡"就抒发了行人突然升起的一种乡情。明明是在五月份所写的诗歌，但是诗人却巧妙地融入了"秋风思"的话，就兴起了一股悲秋之意，将眼前之景和自己的思乡之情极佳地融为一体。这首诗最为精巧的地方在于情感的动态发展，这点为后人所称赞。

背景

　　这首诗具体的创作时间不可考，是诗人宦游途中所作，表达了作者的思乡之情。

名家点评

　　〔当代〕周啸天：此诗的妙处不在于它写出一种较为普遍的思乡感情，而在于它写出了这种思想感情独特的发生过程，从而传达出一种特殊的生活况味，耐人涵咏。(《唐诗鉴赏辞典》)

韦应物

韦应物（737—792），中国唐代著名诗人。因出任过苏州刺史，世称"韦苏州"。韦应物的诗歌创作成就很大，是中唐文学艺术成就较高的诗人，其山水田园诗，清丽闲淡，和平之中时露幽愤之情。

淮南秋雨夜，高斋闻雁来

闻雁
唐·韦应物

故园眇何处，归思方悠哉。
淮南秋雨夜，高斋闻雁来。

注释

眇：仔细地察看。

方：刚开始。

悠：远。

闻雁：听到北来的雁叫声。

简析

　　这是一首表达思乡之情的诗歌。前两句"故园眇何处，归思方悠哉"写诗人在秋天的雨夜思归，诗人孤独一人听着窗外淅淅沥沥的雨声，孤灯、孤影衬托得他更加孤独。诗中一个语气词"哉"更是诗人长长的叹息，这就道尽了无限的忧思。后两句"淮南秋雨夜，高斋闻雁来"写诗人听到了大雁的叫声，这意味着秋天来了，这声音在寂寥悠长的雨夜里将诗人带进了无尽相思的深渊之中。全诗戛然而止，给人一种"此时无声胜有声"的感觉。这首诗的结构布局非常巧妙，婉转含蓄，从"故园"写起，然后才到"淮南"，先说出悠长的思念之情，再用大雁的鸣叫来衬托，所以短短二十个字却句句深入，引人入胜。

背景

　　唐德宗建中四年（783），韦应物出任滁州（今安徽滁州市）刺史，这首诗是他上任后不久所作。

名家点评

　　〔明〕凌宏宪、蒋仲舒：更不说愁，愁自不可言。（《唐诗广选》）

　　〔清〕李瑛：前二句先说归思，后二句点到闻雁便住，不说如何思归，而思归之情弥深。（《诗法易简录》）

　　〔清〕钱振锽："淮南秋雨夜，高斋闻雁来""空山松子落，幽人应未眠"，两诗俱清绝，奇在音调悉同。（《摘星诗说》）

　　〔近代〕俞陛云：此诗秋宵闻雁，有归去之思。凡客馆秋声，最易感人怀抱。（《诗境浅说续编》）

怀君属秋夜，散步咏凉天

秋夜寄丘二十二员外

唐·韦应物

怀君属秋夜，散步咏凉天。
空山松子落，幽人应未眠。

注释

属：正值，适逢，恰好。
幽人：幽居隐逸的人，悠闲的人。此处指丘员外。

简析

丘二十二名丘丹，是诗人韦应物的好朋友，曾拜尚书郎，后隐居平山，这首诗写的是对好友丘丹的思念之情。此诗的第一句"怀君属秋夜"告诉我们诗歌创作于秋天的夜晚，这也是表达"怀君"之情的重要时刻。第二句"散步咏凉天"中的"凉天"和上一句的"秋夜"相照应，写出了诗人在一个凄凉的秋夜独自吟诵的情景。第三句"空山松子落"还是讲秋景，只是从眼前之景推想平山的秋景。最后一句"幽人应未眠"说明自己之所以在深夜中没有休息，还在散步，是因为思念远方之人啊！诗人从写实景到想象中的虚景，表达了怀思之情。韦应物的五言绝句历来为人们所称颂，这首诗是他五言绝句的绝佳代表。

背景

这首诗是思念隐居的朋友时所作，具体时间不可考。

名家点评

〔南宋〕刘辰翁：幽情淡景，触处成诗，苏州用意闲妙若此。(《韦孟全集》)

〔明〕凌宏宪：蒋仲舒：浅而远，自是苏州本色。(《唐诗广选》)

〔明〕王夫之：中唐五言绝，苏州最古。寄丘员外作，悠然有盛唐风格。三、四思丘之思己，应念我未眠，妙在含蓄不尽。(《诗绎》)

〔清〕黄生：妙在第三句宛是幽人，故末句脱口而出。(《增订唐诗摘钞》)

李益

　　李益（约750—约830），字君虞，中唐边塞诗的代表诗人，非常善于创作七言绝句。李益的边塞诗不似盛唐时期作品的豪放，整体上偏于感伤，主要抒写边地士卒久戍思归的怨望心情。

明日巴陵道，秋山又几重

喜见外弟又言别
唐·李益

十年离乱后，长大一相逢。
问姓惊初见，称名忆旧容。
别来沧海事，语罢暮天钟。
明日巴陵道，秋山又几重。

注释

　　外弟：表弟。

　　言别：话别。

　　十年离乱：在社会大动乱中离别了十年。

　　一：副词，竟然、忽而。

沧海事：比喻世事的巨大变化，有如沧海变桑田，桑田变沧海那样。

暮天钟：黄昏寺院的鸣钟。

巴陵：即岳州（治今湖南省岳阳市），即诗中外弟将去的地方。

简析

社会动荡，天下战乱的年代，亲人之间的重逢又离别感怀至深。这首诗一开始写"十年离乱后，长大一相逢"，开门见山地告诉我们诗人和表弟重逢的时代背景，然后才正面写二人的重逢。"问姓惊初见，称名忆旧容"是说两人自小分别，再见面只能依稀认出对方，甚至还要询问对方"贵姓"，这里没有直接写战争，却将战争的残酷展露出来。两人阔别已久，今日偶然相遇，还有很多话想说，但是千头万绪又无从说起，沧海桑田令人感慨。诗歌的前六句，从久别重逢，到相互叙旧，可是两人又要说再见了，最后两句作者并没有直接讲述"离别"，但是匆匆相聚又离散的景象已经展现在我们面前了。在社会动乱之中碰到长久未见的亲人，又不得不匆匆离去，这里既有亲人之间最真挚的感情，更展示了动乱给人们带来的巨大伤痛。

背景

唐玄宗天宝十四年（755）爆发安史之乱之后，吐蕃、回纥开始侵扰中原，各地藩镇又有叛乱，此诗创作于上述动乱的社会背景下。

名家点评

〔明末清初〕贺裳：司空文明每作得一联好语，辄力人压占。如"乍见翻疑梦，相悲各问年"，可谓情至之语；李益曰："问姓惊初见，称名忆旧容"，则情尤深，语尤怆，读之几于泪不能收。(《载酒园诗话又编》)

〔清〕沈德潜：一气旋折，中唐诗中仅见者。(《唐诗别裁》)

〔清〕宋宗元：形容刻至（"问姓"二句下）。(《网师园唐诗笺》)

张籍

张籍（约766—约830），字文昌，中唐时期新乐府运动的积极支持者和推动者，世称"张水部""张司业"。张籍的乐府诗多是反映当时社会现实的作品。作为韩愈的大弟子，其乐府诗与王建齐名，并称"张王乐府"。

洛阳城里见秋风，欲作家书意万重

秋思

唐·张籍

洛阳城里见秋风，欲作家书意万重。
复恐匆匆说不尽，行人临发又开封。

注释

意万重：极言心思之多。
行人：指捎信的人。
开封：拆开已经封好的家书。

简析

　　古人使用《秋思》创作的诗篇很多，张籍这首诗明白如话，截取了写家书的生活场景，朴素自然地表现了游子之情。全诗第一句"洛阳城里见秋风"写了"作家书"的原因，只是因为秋风带来了秋的消息，句子平白叙事，并不使用华丽辞藻。第二句"欲作家书意万重"直接告诉我们在这秋风萧瑟的天气中要写一封家书。可是需要写的内容太多了，真不知道如何下笔，因为再多的话也不能道尽自己的情意，因此很自然地说自己是"复恐匆匆说不尽"。当信马上就要寄走了的时候，忽然又想起来还有事没有写上，于是临时加上了一笔，这就需要"临发又开封"了。这首诗最能体现张籍"看似寻常最奇崛，成如容易却艰辛"的创作特点。

背景

　　张籍客居洛阳的时候，因感怀秋天引发了对家乡和亲人的思念之情，于是创作了此诗。

名家点评

　　〔北宋〕王安石：看似寻常最奇崛，成如容易却艰辛。(《题张司业诗》)

　　〔明〕王夫之：七绝之盛境，盛唐诸臣于到此者亦罕，不独乐府古淡，足与盛唐争衡也。(《姜斋诗话》)

　　〔唐〕韩愈：张籍学古淡，轩鹤避鸡群。(《醉赠张秘书》)

令狐楚

令狐楚（766或768—837），字壳士，自号白云孺子，唐代宰相，著名文学家。令狐楚的诗文俱佳，尤其以古文大家闻名于世，非常擅长创作四六骈文，被誉为庾信之后的古文文宗。

弓背霞明剑照霜，秋风走马出咸阳

少年行四首（其三）
唐·令狐楚

弓背霞明剑照霜，秋风走马出咸阳。
未收天子河湟地，不拟回头望故乡。

注释
河湟地：指河西、陇右之地。

简析
令狐楚曾做到了大唐的宰相，他的文采不容小觑，尤其擅长写绝句。《少年行四首》是一组七言绝句的边塞诗，主要写少年们英勇杀敌的场面，而本首诗是一首爱国诗篇。这首诗先描写后抒情，前两句"弓背霞明剑照霜，秋风走马出咸阳"写的是青年出征杀敌的景象，霞光照耀着弓箭，宝剑流露出寒光，自己在凛冽的秋风中骑马出了咸阳城，这个青年其实恰恰是诗人自己的写照。后两句"未收天子河湟地，不拟回头望故乡"写出了自己前去边关，"不破楼兰终不还"的决心，颇有霍去病"匈奴未灭，何以家为"的豪迈。全诗散发着爱国主义思想，抒发了自己要报效国家的心愿。

背景

  这首诗描述了少年勇武杀敌的情形，创作的具体时间不可考。

王建

王建（768—835），字仲初，唐朝诗人，后出为陕州司马，世称王司马，他的乐府、七言歌行以及宫词都有较高的造诣。王建的诗题材广泛，同情百姓疾苦，生活气息浓厚，思想也比较深刻。

今夜月明人尽望，不知秋思落谁家？

十五夜望月寄杜郎中
唐·王建

中庭地白树栖鸦，冷露无声湿桂花。
今夜月明人尽望，不知秋思落谁家？

注释

十五夜：指农历八月十五的晚上，即中秋夜。

中庭：即庭中，庭院中。

地白：指月光照在庭院的样子。

冷露：秋天的露水。

尽：都。

简析

中秋时节是亲友团聚的日子，但是诗人在这天发出了感慨，将我们带到了一个情思绵长的意境之中。诗歌第一句"中庭地白树栖鸦"写出了赏月的环境，暗示出人物的情态，讲到庭院中的地面呈现出雪白色，树上栖息着孤苦的鹊鸦，有马致远《秋思》之美。第二句"冷露无声湿桂花"写了诗人的感受，中秋时分是桂花最美的时候，但是作者感受到桂树仿佛被点点秋露打湿，这就让浓香的桂花沾染上了离愁别绪。同时，这个桂树也可以指望月时看到的月中桂树，不但营造出中秋氛围，也为后边的内容作了铺垫。最后两句"今夜月明人尽望，不知秋思落谁家"，诗人的思维展开了跳跃式发展，从自己望月想到天下人望月，从自己的望月活动升华至对远方亲友的怀念。

背景

此诗是作者在中秋佳节思念朋友杜元颖时所写，具体的年份不可考。

名家点评

〔清〕周珽：妙景中含，解者几人？（《唐诗选脉会通评林》）

〔清〕宋宗元：性情在笔墨之外（末二句下）。（《网师园唐诗笺》）

〔当代〕刘永济：三、四见同一中秋月夜，人之苦乐各别。末句以唱叹口气出之，感慨无限。（《唐人绝句精华》）

张仲素

张仲素（约769—约819），字绘之，唐代诗人。他的边塞诗语言慷慨，意气昂扬，主要歌颂边防将士的战斗精神。他的乐府诗成就最高，善写思妇心情，诗歌刻画细腻，婉转感人。

秋逼暗虫通夕响，征衣未寄莫飞霜

秋夜曲

唐·张仲素

丁丁漏水夜何长，漫漫轻云露月光。
秋逼暗虫通夕响，征衣未寄莫飞霜。

注释

　　丁丁：形容漏水的声音。

　　漏：古代计时器具。

　　漫漫：形容轻云的形状变幻。

　　暗虫：暗处的秋虫。

　　征衣：出征将士之衣，泛指军服。

简析

这首七绝写的是闺中人的相思之情。诗歌的首联"丁丁漏水夜何长，漫漫轻云露月光"使用了叠词，漏壶传来的"丁丁"的声音把时间拉长了，显得长夜"漫漫"，这两句暗写出女子对丈夫的思念时间非常长，长到自己可以看着漏壶中流水一滴滴地逝去，看着月亮一点点地从云中露出。三、四句"秋逼暗虫通夕响，征衣未寄莫飞霜"写在这失眠的长夜里，她又听到了秋天的虫儿一宿一宿地鸣叫，突然想到是时候给丈夫准备冬天的衣服了，充分地写出了女子对出征在外的丈夫的关切。这首诗前三句极力写景，将秋月、秋虫这些撩人的东西收入诗中，最后一句才展露全诗的主旨，给人意味无穷之感，饱含深情地写出了思妇的一片浓情。

背景

张仲素为唐德宗贞元十四年（798）进士，后来来到武宁军亲眼看到边关将士和妻子之间离别相思之情，在这种情况下写了这首诗。

名家点评

〔当代〕陈邦炎：这首诗与《秋闺思》相似，也是写一个因想到要为征夫寄寒衣而通宵不眠的思妇，也是写她在这不眠之夜里一直凝望着秋夜的天空、倾听着静夜的声响，同样饱含深情。(《说诗百篇》)

〔当代〕张桦：这首诗描写了思妇一夜的情思，将秋月、秋虫这些撩人的东西收入诗里，极为生动传神地展现了思妇的愁思，且读来很是意味深长。

白居易

　　白居易（772—846），字乐天，号香山居士、醉吟先生，唐代伟大诗人，诗歌题材广泛，形式多样，语言平易通俗，被称为"诗魔""诗王"。白居易与元稹共同倡导新乐府运动，世称"元白"，与刘禹锡并称"刘白"。

南浦凄凄别，西风袅袅秋

南浦别

唐·白居易

南浦凄凄别，西风袅袅秋。
一看肠一断，好去莫回头。

注释

　　袅袅：吹拂，这里形容西风吹拂。
　　好去：放心前去。

简析

　　这是白居易创作的送别小诗，诗风清新淡雅，如同一汪清水浅浅地带给我们依依惜别的深情。诗歌第一、二句"南浦凄凄别，西风袅袅秋"直接点明送友人的时间和地点，诗中"凄凄"谓内心之哀愁，"袅袅"讲秋景之萧瑟。"南浦"从字面意思上看是南面的水边，实际上代指送别之地。张若虚《春江花月夜》中说"青枫浦上不胜愁"，所以一见这"浦"字就生发出一种离愁别绪。后两句"一看肠一断，好去莫回头"更是情真意切，俗话说"送君千里，终须一别"，可是当离去的人频频回头再望，此情此景真只有"肠一断"可以表达了。白居易的诗歌相比其他诗人之作更容易理解，这首诗选择了一个悲伤的场景，营造了一个秋风萧瑟的氛围，截取了一个生活中送别回望的场景，但这就足以牵动读者心弦了。

背景

这首诗具体创作时间不可考，主要表达了与人依依惜别之情。

名家点评

〔近代〕俞陛云：首句凄凄南浦，为江淹恨别之乡。次句袅袅西风，乃宋玉悲秋之际。寄语征人，不若掉头竟去，强制离情，差胜于留恋长亭，赢得相看肠断也。皇甫曾送友诗云："相望知不见，终是屡回头。"一言行者好去莫回头，一言送行者屡回头，皆情至之语。(《诗境浅说续编》)

刘禹锡

刘禹锡（772—842），字梦得，唐朝文学家、哲学家，被称为"诗豪"。刘禹锡诗歌散文成就都很高，涉猎题材也很广泛，与柳宗元并称"刘柳"，与韦应物、白居易合称"三杰"。其山水诗气象开阔，颇有造诣。

自古逢秋悲寂寥，我言秋日胜春朝

秋词

唐·刘禹锡

自古逢秋悲寂寥，我言秋日胜春朝。
晴空一鹤排云上，便引诗情到碧霄。

注释

悲寂寥：悲叹萧条空寂。

春朝：春初朝，朝，有早晨的意思，这里指的是刚开始。

排：推开，有冲破的意思。

碧霄：青天。

简析

古人自有"悲秋"的传统，但是这首诗一开篇就反其道而行，诗人以议论开篇，"自古逢秋悲寂寥，我言秋日胜春朝"说以前的文人墨客到了秋天就会哀叹秋之寂寥悲伤，但是我认为秋天的景色比春天更为迷人。作者极力否定传统论调，表达出自己的观点，引出了后两句"晴空一鹤排云上，便引诗情到碧霄"的描写。在这秋高气爽的天气里，有一只仙鹤直冲云霄，这样的景象激发了我的诗情。其实，刘禹锡作这首诗的时候并非人生得意之时，而是人生最失意的时候被贬朗州，其人生苦闷可想而知，但是刘禹锡偏偏求异，作的这首《秋词》显示的是他博大的胸襟和非凡的气度。诗人的这一首与众不同的秋天的赞歌，也是诗人留给我们的最珍贵的财富。

背景

公元805年（永贞元年），刘禹锡被贬朗州司马时作了此诗，主要表现自己受到贬谪之后的开阔胸襟。

何处秋风至？萧萧送雁群

秋风引

唐·刘禹锡

何处秋风至？萧萧送雁群。
朝来入庭树，孤客最先闻。

注释

引：一种文学或乐曲体裁，有序奏之意，即引子，开头。

孤客：单身旅居外地的人。

简析

刘禹锡写《秋风引》，全诗都在谈秋风，第一句"何处秋风至"以问开篇，看似是在询问，实际上是告诉我们秋风忽至的情形。第二句"萧萧送雁群"则是诗人的所听所见，他听到的是萧萧的风声，看到的是南飞的大雁，这就构成了一个秋季萧瑟的景象。紧接着写"朝来入庭树，孤客最先闻"，诗人写景采取了从上到下的顺序，这句先写地面上的"庭树"，最终集中到独在异乡的"孤客"。这首诗看似从秋风做文章，实际上题目已经告诉我们秋风只不过是一个"引子"，重在引出秋风之后作者的真正情感：此诗整体上借景抒情，表达了诗人的思归之心。

背景

刘禹锡被贬谪南方的时候，看到大雁南飞兴起悲秋之情，作了此诗。

名家点评

〔清〕李锳：咏秋风必有闻此秋风者，妙在"最先"二字为"孤客"写神，无限情怀，溢于言表。(《诗法易简录》)

〔明〕钟惺、谭元春："不曰'不堪闻'，而曰'最先闻'，语意便深厚。"(《唐诗归》)

〔清〕沈德潜："若说'不堪闻'，便浅。"(《唐诗别裁集》)

今逢四海为家日，故垒萧萧芦荻秋

西塞山怀古
唐·刘禹锡

王濬楼船下益州，金陵王气黯然收。
千寻铁锁沉江底，一片降幡出石头。
人世几回伤往事，山形依旧枕寒流。
今逢四海为家日，故垒萧萧芦荻秋。

注释

王气：帝王之气。

寻：长度单位。

萧萧：秋风的声音。

简析

这是刘禹锡伤古怀今的诗歌。诗的前四句节奏感很强，"王濬楼船下益州，金陵王气黯然收"，作者利用对比手法描绘出了敌我双方，当年晋武帝伐吴的时候曾经派王濬造大船出巴蜀，所以第一句写的是西晋军队，而后则以"金陵"代指东吴。当王濬的战舰沿江东而下进攻东吴的时候，当年显赫无比的金陵城的王气变得黯然失色。而"千寻铁锁沉江底，一片降幡出石头"则展示了进攻路线、攻守方式和战争结局。后边"人世几回伤往事，山形依旧枕寒流"是说人世间能有多少感伤的往事呢？只有西塞山一直依靠着滚滚的长江不曾改变，诗歌的意境也因此显得非常宽阔。诗歌第七句"今逢四海为家日"中又写到了"今逢"之世，第八句"故垒萧萧芦荻秋"则写到往日的军事堡垒已经残破不堪。诗人借古讽今，直点现实。

背景

唐穆宗长庆四年（824），刘禹锡调任和州刺史途中路过西塞山，触景生情写下了这首诗。

名家点评

〔清〕张谦宜："太平既久，向之霸业雄心消磨已净。此方是怀古胜场。"（《絸斋诗谈》）

〔清〕纪昀："第六句一笔折到西塞山是为圆熟。"（方回《瀛奎律髓》纪评）

湖光秋月两相和，潭面无风镜未磨

望洞庭

唐·刘禹锡

湖光秋月两相和，潭面无风镜未磨。
遥望洞庭山水翠，白银盘里一青螺。

注释

湖光：湖面的波光。

青螺：这里用来形容洞庭湖中的君山。

简析

刘禹锡的这首诗描写的是秋夜月光下洞庭湖的美景。第一句"湖光秋月两相和"写清澈的湖水和天上的月光相辅相成，呈现出水天一色之美。第二句"潭面无风镜未磨"使用借喻，写洞庭湖上没有风，湖面隐隐约约的就好像没有磨拭的铜镜。这湖面风平浪静的样子，刚好映衬了上句的水天相融。后两句"遥望洞庭山水翠，白银盘里一青螺"，诗人写景由整体到局部专写君山，说明洞庭山的青翠，洞庭湖的清澈。这幅洞庭月色山水图的描绘表现了诗人对大自然的热爱之情。刘禹锡被称为"诗豪"并非浪得虚名，他举重若轻，把千里洞庭想象成了梳妆台上的妆楼奁镜，看作了茶几上的杯盘，富有浪漫主义色彩。诗人虽然一生仕途不顺，但其人格、品质和审美趣味却高雅豪放。

背景

唐穆宗长庆四年（824）秋，刘禹锡担任和州刺史，途经洞庭湖时作此诗。

名家点评

〔南宋〕葛立方：诗家有换骨法，谓用古人意而点化之，使加工也。……刘禹锡云："遥望洞庭山水翠，白银盘里一青螺。"山谷点化之，则云："可惜不当湖水面，银山堆里看青山。"（《韵语阳秋》）

〔明〕谢榛：意巧则浅，若刘禹锡"遥望洞庭山水翠，白银盘里一青螺"是也。（《四溟诗话》）

严维

严维，字正文，约生活于唐肃宗至德元年前后，以"词藻宏丽"考中进士。因为他和当时有名的诗人文士都有交流，所以诗歌以送别赠酬为多，诗情雅重，与魏晋的奢靡之风形成鲜明对比，铿锵有力。

丹阳郭里送行舟，一别心知两地秋

丹阳送韦参军

唐·严维

丹阳郭里送行舟，一别心知两地秋。
日晚江南望江北，寒鸦飞尽水悠悠。

注释

郭：古代在城外围环城而筑的一道城墙。
行舟：表示友人将从水路离去。
日晚：此处暗示思念时间之久。
悠悠：辽阔无际，遥远。

简析

  诗人和韦参军是好朋友，这首诗主要是赠别友人，赞颂了两人之间的真挚友谊。诗歌第一句"丹阳郭里送行舟"交代了送别地方是在丹阳的内城，这个时候好友将要乘船离去。"一别心知两地秋"实写在这个萧瑟的秋季，好朋友就要分别，这句明写季节，实写惜别之愁。人们常说"一叶知秋"，而此处偏偏写"两地秋"，这是暗含两人已经分离两地。后两句写诗人好友离别后对朋友的思念，"日晚江南望江北，寒鸦飞尽水悠悠"，写自己在江南望着友人所在的江北，可是见到的只有那伤感的寒鸦越飞越远，最后不见踪迹。它们飞去了哪里了？想来已经归巢，可是作者依然伫立江边，他对朋友的思念之情也许只有留给那流淌不息的长江水带给自己的朋友了！

背景

  这首诗创作的具体时间不可考，应该是诗人在丹阳送友人渡江的时候所作。

名家点评

  〔明〕桂天祥：作诗妙处，正不在多道，如"日晚"二句，多少相思，都在此隐括内。(《批点唐诗正声》)

  〔清〕吴烶：首一句完题面，后三句递生出一江之隔，故曰"两地"，曰"南""北"。"悠悠"则实写江水，送别之意渐深渐远，有味。(《唐诗选胜直解》)

  〔清〕宋顾乐：只一"望"字见意，末句转入空际，却自佳。《唐人万首绝句选评》

  〔近代〕俞陛云：临水寄怀，不落边际，自有渺渺予怀之感。(《诗境浅说续编》)

柳宗元

柳宗元（773—819），唐宋八大家之一，唐代文学家、哲学家、散文家和思想家。世称"柳河东""河东先生""柳柳州"。柳宗元与韩愈并称"韩柳"，与王维、孟浩然、韦应物并称"王孟韦柳"。

海畔尖山似剑铓，秋来处处割愁肠

与浩初上人同看山寄京华亲故

唐·柳宗元

海畔尖山似剑铓，秋来处处割愁肠。
若为化得身千亿，散上峰头望故乡。

注释

浩初：作者的朋友。
京华：京城长安。
割：断。
愁肠：因思乡而忧愁，有如肝肠寸断。
若：假若。

散上：飘向。

故乡：这里指长安，而作者的家乡在河东。

简析

柳宗元的这首诗运用奇特的构思，把心底不可遏制的郁抑之情倾吐了出来。诗的第一句"海畔尖山似剑铓"用比喻的手法写出了登山见到的广西特有的风光——突兀的山峰，然后写自己内心的情绪。"秋来处处割愁肠"说秋天的风萧瑟寒冷，甚至能够割断人的愁肠。当时受到顺宗时期永贞革新的影响，一批官员被贬谪到边远之地，面对这样的政治迫害，柳宗元不由发出了感慨。后两句"若为化得身千亿，散上峰头望故乡"是诗人产生的奇异想象，他感觉面前的这许多山峰全都变成了自己的化身，而所有的山峰全都在遥望故乡，实际就是诗人在遥望故乡。在这里柳宗元幻化成山峰，山峰幻化成柳宗元，你中有我，我中有你，巧妙地传达出诗人眷恋故乡之深情。

背景

柳宗元从永州到柳州担任刺史之后，一直怀念朋友思念家乡，内心郁郁之时写下了此诗。

名家点评

〔北宋〕蔡启："子厚之贬，其忧悲憔悴之叹，发于诗者，特为酸楚。"（《蔡宽夫诗话》）

〔南宋〕周紫芝："柳子厚《与浩初上人同看山寄京华亲故》云：'海畔尖山似剑铓，秋来处处割愁肠。若为化得身千亿，散上峰头望故乡。'议者谓子厚南迁，不得为无罪，盖未死而身已在刀山上。"（《竹坡诗话》）

〔明〕周珽：顾璘曰：悲语。周珽曰：留滞他山，愁肠如割，到处无可慰之也。因同上人，欲假释家化身神通，少舒乡国之想。固迁客无聊之思，发为无聊之语耳。(《唐诗选脉会通评林》)

元稹

元稹（779—831），字微之，别字威明，唐朝著名诗人、文学家。其诗文学价值颇高，辞言浅意哀，极为扣人心扉，动人肺腑，号为"元和体"。其乐府诗创作，多受张籍、王建的影响，"新题乐府"直接继承李绅。

秋丛绕舍似陶家，遍绕篱边日渐斜

菊花
唐·元稹

秋丛绕舍似陶家，遍绕篱边日渐斜。
不是花中偏爱菊，此花开尽更无花。

注释
秋丛：指丛丛秋菊。
陶家：陶渊明的家。
遍绕：环绕一遍。
更：再。

简析

我国文学史上第一位田园诗人陶渊明写下了"采菊东篱下，悠然见南山"的名句之后，菊花就成为了隐逸者的象征。后代的文人墨客也都以此为主题进行创作，其中中唐著名诗人元稹的七绝《菊花》便是其中较有情韵的一首。第一句"秋丛绕舍似陶家"写屋外种植的菊花很多，环境幽雅，好像陶渊明的家。第二句"遍绕篱边日渐斜"写诗人在认真地观赏菊花，所以夕阳西下，自己犹自不知。后边两句"不是花中偏爱菊，此花开尽更无花"直接告诉读者自己喜欢菊花的原因，表达了对菊花凌风霜而不凋高贵品格的赞美。元稹使用"咏菊"的传统题材进行创作，但是却不落俗套，全诗没有直接描写菊花，只是通过写自己对菊花的喜爱，侧面说明菊花的优秀品格。

背景

该诗表达了作者对菊花的喜爱和赞美，具体创作时间不可考。

李贺

李贺（约791—约817），字长吉，中唐浪漫主义诗人，其诗多慨叹生不逢时和内心苦闷，诗作想象丰富，经常应用神话传说来托古寓今，开创了"长吉体"。后人称他为"鬼才""诗鬼"，其诗文被称为"鬼仙之辞"。

吴丝蜀桐张高秋，空山凝云颓不流

李凭箜篌引

唐·李贺

吴丝蜀桐张高秋，空山凝云颓不流。
江娥啼竹素女愁，李凭中国弹箜篌。
昆山玉碎凤凰叫，芙蓉泣露香兰笑。
十二门前融冷光，二十三丝动紫皇。
女娲炼石补天处，石破天惊逗秋雨。
梦入神山教神妪，老鱼跳波瘦蛟舞。
吴质不眠倚桂树，露脚斜飞湿寒兔。

注释

中国：即国之中央，意谓在京城。

凤凰叫：形容乐音高亢尖锐。

芙蓉泣露、香兰笑：形容乐声时而低回，时而轻快。

十二门：长安城东西南北每一面各三门，共十二门。

逗：引。

老鱼跳波：鱼随着乐声跳跃。

露脚：露珠下滴的形象说法。

寒兔：指秋月。

简析

李凭是当时非常有名的箜篌演奏家。李贺这首诗从写箜篌精良的制作开始，重在侧面衬托演奏者技艺之高。第三句写演奏的乐声，但是并没有直接写声音，只是告诉读者这样的箜篌声一经传出，云都会为之感动，仙女都会为之感怀。直到第四句诗人才告诉我们演奏者是李凭，这就突破了一般先交代人物的藩篱。五、六句作者终于开始正面写乐声了，箜篌的声音好像凤凰鸣叫，仿佛玉碎山崩，让人想到带着露水的荷花和盛开的兰花。从第七句起到全诗结束，全都写了弹奏的音效。近处来听，长安所有的城门前的寒冷，都能被箜篌声消融。皇城内皇帝也被感染了。听到了这样的乐声，诗人就插上了想象的翅膀，一路飞升，将读者带入到一个瑰丽的境界内。这首诗充满了浪漫主义色彩，展示出诗人奇特的想象。

背景

唐宪宗元和六年（811）至元和八年（813）间，李贺在长安任职，这首诗作于这个时间段。

名家点评

〔明〕郭云：幽玄神怪，至此而极，妙在写出声音情态。（《增订评注唐诗正声》）

〔清〕黄周星：本咏箜篌耳，忽然说到女娲、神姬，惊天入月，变幻百怪，不可方物，真是鬼神于文。（《唐诗快》）

不见年年辽海上，文章何处哭秋风？

南园十三首（其六）

唐·李贺

寻章摘句老雕虫，晓月当帘挂玉弓。
不见年年辽海上，文章何处哭秋风？

注释

寻章摘句：指创作时谋篇琢句。
老雕虫：老死于雕虫的生活之中。
哭秋风：即悲秋的意思。

简析

　　这首诗主要慨叹了怀才不遇，颇有感慨读书无用之意。诗歌第一联"寻章摘句老雕虫"先描述了在书斋读书的无聊艰辛，说自己的青春年华全都放到了"寻章摘句"这样的雕虫小技上，隐隐流露出一丝怨艾。然后使用白描的手法写"晓月当帘挂玉弓"，这展示了自己当年的努力程度，每当夜深人静的时候只有一弯明月和自己相伴，每当天已拂晓，自己还在琢磨篇章。诗人这样刻苦读书又有什么用呢？诗歌三、四句"不见年年辽海上，文章何处哭秋风"悲怆有力，不过是东北边境年年征战，自己只能暗自伤怀了。诗中的"哭秋风"和屈原的"悲回风之摇蕙兮，心冤结而内伤"有着相同意境，曲折隐晦地展示了当时文人怀才不遇，文化沦落的社会原因。

背景

　　李贺的组诗《南园十三首》是作者辞官之后赋闲所作，学术界认为其创作时间应该在唐宪宗元和八年（813）至十一年（816）之间。

名家点评

　　〔清〕黄淳耀、黎简：欲弃毛锥，亦自愤也。（《李长吉集》）

　　〔明〕余光解：裴度伐吴元济，蔡、郓、淮西数十州至是尽归朝廷。贺盖美诸将之功，而复羡其荣宠，故不觉壮志勃生。（《昌谷集注》）

　　〔清〕王琦：观凌烟阁上之像，未有以书生而封侯者，不得不弃笔墨而带吴钩矣。（《李长吉歌诗汇解》）

角声满天秋色里，塞上燕脂凝夜紫

雁门太守行

唐·李贺

黑云压城城欲摧，甲光向日金鳞开。
角声满天秋色里，塞上燕脂凝夜紫。
半卷红旗临易水，霜重鼓寒声不起。
报君黄金台上意，提携玉龙为君死。

注释

黑云：此形容战争烟尘铺天盖地，弥漫在边城附近，气氛十分紧张。

摧：毁。

甲光：铠甲迎着太阳闪出的光。

角：古代军中一种吹奏乐器，多用兽角制成，也是古代军中的号角。

临：逼近，到，临近。

霜重鼓寒：天寒霜降，战鼓声沉闷而不响亮。

声不起：形容鼓声低沉，不响亮。

报：报答。

玉龙：宝剑的代称。

简析

"雁门太守行"是古代乐府的曲调，这首诗一共八句，前两句写景记事，一个"压"字说明了敌军兵临城下人多势众，然而城内守兵毫不畏惧，一个"金"字与上句的"黑"字形成了对比。紧接着三、四句诗人分别从听觉和视觉上进一步铺陈叙事，耳中所听是号角声，眼中所见是惊心动魄的战争。由于敌我双方人数悬殊，我方伤亡惨重，引出了后面四句写援军的内容。"半卷红旗临易水"化用"风萧萧兮易水寒，壮士一去不复还"诗句，展现出将士的壮怀激烈。紧接着"霜重鼓寒声不起"描写除了战争之胶着，夜寒霜重，连战鼓也敲不响了。然而即使是这么困难，将士们也没有放弃。诗人说"报君黄金台上意，提携玉龙为君死"，其中黄金台用了燕昭王的典故，写出将士们誓死报效朝廷的决心。

背景

关于此诗创作年份学术界有两种说法。一说此诗作于唐宪宗元和九年（814），一说此诗作于元和二年（807）。

名家点评

〔清〕沈德潜：阴云蔽天，忽露赤日，实有此景（"黑云压城"二句下）。字字锤炼而成，昌谷集中定推老成之作。（《唐诗别裁》）

〔清〕宋宗元：沉雄乃尔（"黑云压城"二句下）。警绝（"霜重鼓寒"三句下）。（《网师园唐诗笺》）

〔清〕史承豫：闪烁纸上（"黑云压城"句下），结更陡健。（《唐贤小三昧集》）

〔清〕王闿运：长吉诗皆仅成章（"半卷红旗"二句下）。（《王闿运手批唐诗选》）

许浑

许浑（约791—约858），字用晦，也被称为"许丁卯"，晚唐最具影响力的诗人之一。其一生不创作古诗，专攻律诗，题材上以怀古诗、田园诗为上乘之作，内容上多描写水、雨之景，后人甚至将其与杜甫齐名。

鸟下绿芜秦苑夕，蝉鸣黄叶汉宫秋

咸阳城东楼

唐·许浑

一上高城万里愁，蒹葭杨柳似汀洲。
溪云初起日沉阁，山雨欲来风满楼。
鸟下绿芜秦苑夕，蝉鸣黄叶汉宫秋。
行人莫问当年事，故国东来渭水流。

注释

蒹葭：芦苇一类的水草。

行人：过客。泛指古往今来征人游子，也包括作者在内。

东来：指诗人自东边而来。

简析

  这首诗是诗人登上咸阳城东楼的时候所写，第一联化用《诗经·秦风·蒹葭》中表达相思之苦的意境，诗人登上咸阳城东楼远望，仿佛看到了自己的家乡。紧接着的颔联两句"溪云初起日沉阁，山雨欲来风满楼"写出了晚眺所见的景色，只见溪水和云融为一色，一轮红日渐薄西山，慈福寺的影子若隐若现，这时候凉风袭来，马上就要下大雨了。这里明面写雨，实际上是预感大唐王朝大厦将倾。而这两句后常常用来比喻重大事件发生前的紧张气氛，成为了千古名句。第三联"鸟下绿芜秦苑夕，蝉鸣黄叶汉宫秋"由远及近，写到雨前鸟雀、秋蝉的行为。然而又将此动物和深宫联系在一起，虚实结合，哀叹历史兴亡。最后的尾联"行人莫问当年事，故国东来渭水流"直接借景抒情，承接上述秦苑汉宫，感慨时代，让人们在凄婉的景物中感受到历史的悲凉。

背景

  唐宣宗大中三年（849），许浑担任监察御史，这时候大唐王朝已经不复从前，诗人即兴写下了这首诗。

名家点评

  〔清〕吴昌祺：拗句最为有致，然当时长安何至如此？诗人语多太过也。（《删订唐诗解》）

  〔近代〕俞陛云：起句因云起而日沉，为诗心所易到。下句善状骤雨欲来，风先雨至之景，可谓绝妙好词（"溪云初起"二句下）。（《诗境浅说》）

杜牧

杜牧（803—约852），字牧之，号樊川居士，世称"杜樊川"，是晚唐成就颇高的诗人、散文家。其诗作中七言绝句最为优秀，内容以咏史抒怀为主，其诗风英姿勃发，俊朗清爽，多切经世之物。

青山隐隐水迢迢，秋尽江南草未凋

寄扬州韩绰判官
唐·杜牧

青山隐隐水迢迢，秋尽江南草未凋。
二十四桥明月夜，玉人何处教吹箫。

注释

判官：观察使、节度使的属官。

迢迢：指江水悠长遥远。

玉人：貌美之人。

简析

　　这首诗是杜牧的名诗。首句"青山隐隐水迢迢"用了两个叠词，"隐隐"写出了青山的隐约可见，"迢迢"写出了绿水长流，第二句"秋尽江南草未凋"写了南方的秋季草木并未凋零。诗人非常眷恋扬州的青山绿水，四季常青。后两句"二十四桥明月夜，玉人何处教吹箫"中的"二十四桥"有两种说法，北宋时期的科学家沈括在《梦溪笔谈》里曾经说有二十四座桥，并对每座桥的方位和名称做了详细记录。还有一种说法说这座桥的名字是二十四，清朝的李斗所作的《扬州画舫录》中说二十四桥又叫吴家砖桥、红药桥，当年因为有二十四位美人吹箫而得名。这两句借用二十四位美女吹箫的传说与友人调笑。但是李牧才情过人，诗句本身呈现出的优美早已经超越了诗人作诗的本意。

背景

　　专家考证本诗具体的写作时间是文宗大和九年（835）或开成元年（836）秋。当时杜牧担任淮南节度使掌书记。

名家点评

　　〔清〕黄生：作"草未凋"，本句始有意；若作"木"字，读之索然矣……扬州本行乐之地，故以此（按指"玉人"句）讯韩，言外有羡之意。（《唐诗摘钞》）

　　〔清〕黄叔灿："十年一觉扬州梦"，牧之于扬州眷恋久矣。"二十四桥"一句，有神往之致，借韩以发之。（《唐诗笺注》）

　　〔近代〕邹弢：风流秀曼，一片精神。（《精选评注五朝诗学津梁》）

　　〔清〕范大士：丰神摇曳。（《历代诗发》）

〔清〕周咏棠：只此七字，便已妙绝（末句下）。(《唐贤小三昧集续集》)

〔清〕宋顾乐：深情高调，晚唐中绝作，可以媲美盛唐名家。(《唐人万首绝句选评》)

〔清〕孙洙：二语与谪仙"烟花三月"七字，皆千古丽句（末二句下）。(《唐诗三百首》)

南陵水面漫悠悠，风紧云轻欲变秋

南陵道中

唐·杜牧

南陵水面漫悠悠，风紧云轻欲变秋。
正是客心孤回处，谁家红袖凭江楼？

注释

孤回：指孤单。

简析

此诗题为《南陵道中》，但是并未告诉我们诗人走的是水路还是陆路，从诗歌内容来看仿佛更像是水路。诗歌的第一句"南陵水面漫悠悠"写在水面上慢慢前行，看到水面平稳，水流绵长，这体现出诗人心态的从容，当然独自一人也有孤寂之感。第二句"风紧云轻欲变秋"写到天气骤变，风刮得紧了，这时候云彩也有所移动，营造出秋风萧瑟的氛围。最后两句

"正是客心孤回处，谁家红袖凭江楼"写到正当诗人自怜伤怀之时，他忽然看到岸边江楼上有一个女子站在栏杆边上向远处遥望。这个女子是谁并不重要，诗人看到这样一幅美景，心中的孤寂自然冲淡了不少。这时候女子的形象具有不确定性，不管她是思妇还仅仅是观景，都使得诗歌的意境更进了一步。

背景

文宗开成（835—840）年间，杜牧担任宣州团练判官，这首诗是作者在宣州任职期间创作的。

名家点评

〔清〕周咏堂：近人有以诗意入画者，恐未能尽其风景之妙。（《唐贤小三昧集续集》）

〔清〕宋顾乐：恼人客思，每每有此，妙能写出。（《唐人万首绝句选评》）

雨过一蝉噪，飘萧松桂秋

题扬州禅智寺

唐·杜牧

雨过一蝉噪，飘萧松桂秋。
青苔满阶砌，白鸟故迟留。
暮霭生深树，斜阳下小楼。
谁知竹西路，歌吹是扬州。

注释

蝉噪：指秋蝉鸣叫。

飘萧：飘摇萧瑟。

阶砌：台阶。

迟留：徘徊不愿离去。

暮霭：黄昏的云气。

简析

杜牧的弟弟有眼疾，他带着医师去探望自己弟弟时路过扬州禅智寺作了此诗。首联"雨过一蝉噪，飘萧松桂秋"交代了当时是初秋季节，这个时候的蝉虽然也是聒噪，但是只能发出凄婉的嘶哑声音了，而松树、桂树也都呈现出飘摇萧瑟之感。接着的"青苔满阶砌，白鸟故迟留"写出了自己所见，这里人烟稀少，所以环境更加凄清，那不愿意离去的白鸟在此显得格外冷落。后写"暮霭生深树，斜阳下小楼"，这是说禅智寺的树林非常茂密，阳光都透不过来，但是傍晚时分，暮霭又升腾起来。最后一联"谁知竹西路，歌吹是扬州"，诗人用喜景衬哀情，说城市里歌舞喧哗，正是反衬此处的寂静。读完此诗，真有"冠盖满京华，斯人独憔悴"之感。

背景

唐文宗开成二年（837）秋，杜牧从洛阳带眼医前去探视自己得眼疾的弟弟时创作了此诗。

名家点评

〔清〕袁枚：杜司勋诗"谁家唱水调，明月满扬州""谁知竹西路，歌吹是扬州""扬州尘土试回首，不惜千金借与君""二十四桥明月夜，玉人何处教吹箫""春风十里扬州路，卷上珠帘总不如""十年一觉扬州梦，赢得青楼薄幸名"，何其善言扬州也！(《随园诗话》)

〔清〕高步瀛：结笔写寺之幽静，尤为得神。(《唐宋诗举要》)

萧萧山路穷秋雨，浙浙溪风一岸浦

秋浦途中

唐·杜牧

萧萧山路穷秋雨，浙浙溪风一岸浦。
为问寒沙新到雁，来时还下杜陵无？

注释

萧萧：形容雨声。

穷秋：深秋。

浙浙：形容风声。

为问：请问，试问。

寒沙：深秋时带有寒意的沙滩。

简析

杜牧的诗歌经常胜在韵味，此诗便是这样一首。诗歌的前两句"萧萧山路穷秋雨，浙浙溪风一岸浦"使用了一对叠词，"萧萧"指的是山路上落叶纷飞，"浙浙"指的是被秋风吹动的溪水波光粼粼，山里连绵不绝的秋雨下个不停，瑟瑟秋风吹着西边的蒲苇，诗人的凄迷之情展现了出来。整体来说，这两句可以说明诗人善于观察，并且非常细腻地描绘，在细微的地方转达了作者的情感，在平淡的地方显示出情韵。三、四两句"为问寒沙新到雁，来时还下杜陵无"则有虚有实，故意使用一个问句，问那能传信的鸿雁可能到我家，回来的时候还会不会路过我老杜家的陵墓呢？这里的杜陵指的是西汉时期宣帝的陵墓，因为在杜县修建得名，而杜牧家恰好就在杜陵樊川。这时候终于将自己的家乡带了出来，这就直接展示出了诗人的思乡之情和羁旅在外的愁绪。

背景

唐武宗会昌四年（844），杜牧到池州出任刺史，这首诗创作于上任途中，表达了自己羁旅在外的痛苦心情。

江涵秋影雁初飞，与客携壶上翠微

九日齐山登高

唐·杜牧

江涵秋影雁初飞，与客携壶上翠微。
尘世难逢开口笑，菊花须插满头归。
但将酩酊酬佳节，不用登临恨落晖。
古往今来只如此，牛山何必独沾衣？

注释

翠微：这里代指山。

登临：登山临水或登高临下，泛指游览山水。

简析

这又是一首描写重阳节登高远眺的诗，杜牧和朋友携酒上山。诗歌首联"江涵秋影雁初飞，与客携壶上翠微"，诗人写大雁南飞，自己和朋友带着酒登高的情景，处处流露出愉悦之情。第二联"尘世难逢开口笑，菊花须插满头归"是唐诗中的名句，写出自己的矛盾，他又想及时行乐不辜负大好时光，又害怕行乐而虚度时光。第三联"但将酩酊酬佳节，不用登临恨落晖"也是如此，诗人既想用醉酒之行来酬谢重阳佳节，又感慨人生迟暮。尾联"古往今来只如此，牛山何必独沾衣"，诗人用了齐景公牛山泣涕的典故来安慰自己，认为人生无常，何必像齐景公那样因伤感而流泪呢！这首诗处处充满矛盾，诗人的豁达和得过且过的颓废融为一体，实是作者心理的真实反映。

背景

唐会昌五年（845），杜牧在池州，这时候张祜造访，两人在重阳节登高望远，因感怀而作此诗。

名家点评

〔清〕沈德潜：末二句影切齐山，非泛然下笔。(《唐诗别裁》)

〔清〕黄叔灿：通幅气体豪迈，直逼少陵。(《唐诗笺注》)

〔清〕吴烶：通篇赋登高之景，而寓感慨之意。(《唐诗选胜

直解》)

〔当代〕李庆甲：牧之才大，对偶收拾不住，何变之有！查慎行：第四句少陵成语。何义门：此诗变幻不测，体自浑成。纪昀：前四句自好，后四句却似乐天。"不用"、"何必"，字与意并复，尤为碍格。无名氏（乙）：次联名句不磨，胸次豁然。（《瀛奎律髓汇评》）

南山与秋色，气势两相高

长安秋望

唐·杜牧

楼倚霜树外，镜天无一毫。
南山与秋色，气势两相高。

注释

秋望：在秋天远望。
霜树：指深秋时节的树。
镜天：像镜子一样明亮、洁净的天空。
秋色：秋高气爽的天空。

简析

这是一首赞美长安秋色的诗歌。首句"楼倚霜树外"主要告诉读者诗人望秋景的地点是在一座很高的楼上。秋天霜雪之后的树基本上都已落叶纷飞了，这就显得树木更加的高，但是诗人登临远眺所在之地比树还高，就暗示了登临之楼的巍峨。第二句"镜天无一毫"写诗人看到的天空就好像干干净净的一尘不染的镜面，连一丝云彩都没有，这是秋高气爽的天色。后两句"南山与秋色，气势两相高"写远处的终南山，说山的气势如入云霄，可以和秋光争色，甚至可以和天空比高。这首诗极好地将长安的美丽秋色和作者自己的精神层面结合在一起，诗中写的秋色是诗人胸怀的象征，那明净、空阔的景象给人一种宽广之感，诗人的胸怀之大气也展现出来了。

背景

创作这首诗的具体时间难以判断，研究者们大多认为此诗应当是作者晚年在长安居住时所作。

名家点评

〔北宋〕陈师道：世称杜牧"南山与秋色，气势两相高"为警绝。而子美才用一句，语益工，曰"千崖秋气高"也。（《后山诗话》）

〔南宋〕陈知柔：予初喜杜紫微"南山与秋色，气势两相高"语，已乃知出于老杜"千崖秋气高"，盖一语领略尽秋色也。然二家言岩崖间秋气耳，犹未及江天水国气象宏阔处。（《休斋诗话》）

〔清〕翁方纲：诗不但因时，抑且因地。如杜牧之云："南山与秋色，气势两相高"，此必是陕西之终南山。若以咏江西之庐山、广东之罗浮，便不是矣。（《石洲诗话》）

银烛秋光冷画屏，轻罗小扇扑流萤

秋夕

唐·杜牧

银烛秋光冷画屏，轻罗小扇扑流萤。
天阶夜色凉如水，坐看牵牛织女星。

注释

银烛：银色而精美的蜡烛。

画屏：画有图案的屏风。

轻罗小扇：轻巧的丝质团扇。

流萤：飞动的萤火虫。

天阶：露天的石阶。

简析

这首诗写的是失意宫女的孤寂哀怨。诗歌前两句"银烛秋光冷画屏，轻罗小扇扑流萤"写出秋天的晚上，蜡烛发出微光，这给本来就孤寂的屏风平添了一份幽冷之色。女子无处排遣心中的苦闷，只能在这样寂静的夜里独自去扑打萤火虫。第三、四句"天阶夜色凉如水，坐看牵牛织女星"说夜色已深，女子理应进屋休息，但是她却还坐在宫内冰凉的石阶上，抬头凝视分别待在银河两边久久不能相见的牵牛织女。这句话使用了牛郎织女的典故，汉代《古诗十九首》中的"迢迢牵牛星"也使用了这个典故。女子仰望天空自己心中久久不能平静，何况每年七夕，喜鹊搭桥牛郎织女还有相见之日，但是自己的凄凉却没有结束之日。

背景

这首诗写了宫中女子孤寂的生活和凄凉的心情，具体创作时间不可考。

名家点评

〔明〕高棅：吴逸一：词亦浓丽，意却凄婉。末句玩"看"字。(《唐诗正声》)

〔明〕陆明雍：冷然情致。"坐看"不若"卧看"佳。(《唐诗镜》)

〔清〕吴昌祺：隽而小。(《删订唐诗解》)

赵嘏

赵嘏，其出生年月不详，大约生于宪宗元和元年，字承佑，唐代诗人。年轻时四处游历，留寓长安多年，出入豪门以干功名，后参加科举考试中进士。现存诗二百多首，其中七律、七绝最多且较出色。

云雾凄清拂曙流，汉家宫阙动高秋

长安秋望

唐·赵嘏

云雾凄清拂曙流，汉家宫阙动高秋。
残星几点雁横塞，长笛一声人倚楼。
紫艳半开篱菊静，红衣落尽渚莲愁。
鲈鱼正美不归去，空戴南冠学楚囚。

注释

凄清：指秋天到来后的那种乍冷未冷的微寒，也有萧索之意。

流：指移动。

动高秋：形容宫殿高耸，好像触动高高的秋空。

残星：天将亮时的星星。

雁横塞：因为是深秋，所以长空有飞越关塞的北雁经过。

紫艳：艳丽的紫色，比喻菊花的色泽。

红衣：指红色莲花的花瓣。

渚：水中小块陆地。

简析

　　这首诗通过描写深秋时分长安城拂晓的景色，表达了自己的思归之情。诗歌首联"云雾凄清拂曙流，汉家宫阙动高秋"是长安城全景的概括描写，作者看到云雾缭绕，整个长安城都好像在自己的脚下浮动，呈现出一种"凄清"之感。第二联"残星几点雁横塞，长笛一声人倚楼"写作者向上仰视看到了点点残星和南归之雁，与此同时耳中听到了有人吹奏横笛。乐曲悠扬，不知道是在叹息人生转瞬即逝还是与诗人一样也在思念家乡。第三联"紫艳半开篱菊静，红衣落尽渚莲愁"写天已大亮，眼前之景已经很清晰了，这里有紫色的菊花含苞待放，有凋谢的红莲展现憔悴，作者不由得睹物神伤。最后一联写到"鲈鱼正美不归去，空戴南冠学楚囚"，诗人利用张翰的典故来诉说自己的思乡之情。

背景

　　唐文宗大和六年（832），赵嘏科举不中，客居长安，因思乡创作了这首诗。

名家点评

　　〔唐〕王定保：杜紫微览赵渭南卷，《早秋》诗云："残星几点雁横塞，长笛一声人倚楼。"吟咏不已，因目为"赵倚楼"。
(《唐摭言》)

　　〔明〕廖文炳：此在长安因感晚秋之景，而怀故园也。(《唐诗鼓吹注解》)

　　〔明〕陆时雍：三、四景色历寂，意象自成。(《唐诗镜》)

李商隐

李商隐（约813—约858），字义山，号玉溪（谿）生、樊南生，晚唐最出色的诗人之一，与杜牧并称"小李杜"，与温庭筠合称"温李"。其诗构思新奇，风格秾丽，尤其爱情诗和无题诗写得缠绵悱恻，优美动人。

秋阴不散霜飞晚，留得枯荷听雨声

宿骆氏亭寄怀崔雍崔衮
唐·李商隐

竹坞无尘水槛清，相思迢递隔重城。
秋阴不散霜飞晚，留得枯荷听雨声。

注释

崔雍、崔衮：崔戎的儿子，李商隐的从表兄弟。
竹坞：丛竹掩映的池边高地。
水槛：指临水有栏杆的亭榭，此指骆氏亭。
迢递：遥远的样子。
重城：一道道城关。

简析

当年，李商隐因为科考不中曾经投奔自己的表叔崔戎，他的表叔对他极好，他和自己的表兄弟关系也很好。崔戎去世之后，李商隐写了这首诗给自己的表兄弟。首句"竹坞无尘水槛清"写翠竹、清水把亭子装饰得清雅幽静，当人进入其中就直接感受到远离尘嚣的恬淡。第二句"相思迢递隔重城"说自己所在之地与崔氏兄弟二人居住的长安相隔甚远，诗人的相思之情跃然纸上。后边两句"秋阴不散霜飞晚，留得枯荷听雨声"，诗人又从自己的想象中回到眼前景物，说秋日天空中氤氲绵绵，所以霜雪也来得晚了一些，只能看到满地残破的荷花，听着深夜簌簌的雨声，这枯荷、这雨声给我们一种残败之感，这正应了古人悲秋怀人的情感，然而也幸亏还有这样的荷花、这样的冷雨让自己这样一个在异地思念友人的旅客有了一些慰藉。

背景

唐文宗大和八年（835），李商隐表叔崔戎病故，但是他旅行在外，住在一骆姓人家，因怀念崔雍、崔衮两位表兄弟而创作了这首诗。

名家点评

〔清〕屈复：一骆氏亭，二寄怀，三见时，四情景，写"宿"字之神。（《玉溪生诗意》）

〔清〕姚培谦：秋霜未降，荷叶先枯，多少身世之感！（《李义山诗集笺注》）

〔清〕纪昀：分明自己无聊，却就枯荷雨声渲出，极有余味；若说破雨夜不眠，转尽于言下矣。"秋阴不散"起"雨声"，"霜飞晚"起"留得枯荷"，此是小处，然亦见得不苟。（《玉溪生诗说》）

休问梁园旧宾客，茂陵秋雨病相如

寄令狐郎中

唐·李商隐

嵩云秦树久离居，双鲤迢迢一纸书。
休问梁园旧宾客，茂陵秋雨病相如。

注释

令狐郎中：即令狐绹，其时在朝中任考功郎中。

双鲤：指书信。

迢迢：遥远的样子。

休问：别问。

简析

　　这首诗是李商隐寄给好友令狐绹的，第一句"嵩云秦树久离居"就说自己住在洛阳而朋友住在长安，其中"嵩云秦树"化用了杜甫诗歌《春日忆李白》中的名句"渭北春天树，江东日暮云"。第二句"双鲤迢迢一纸书"说自己收到了好友的信，这是最自然的书信问候，平淡却情意绵长。后两句"休问梁园旧宾客，茂陵秋雨病相如"既凝练含蓄又颇有兴致，不需要对方问我的生活艰辛，直说自己就好似秋风秋雨中的司马相如一样。这里李商隐之所以说自己像司马相如，是因为当时他因为家事一直闲居，此时他非常希望施展抱负，但是生活却百无聊赖，身体又出了一些问题，所以说自己像司马相如那样闲居病免。他想着自己的处境觉得深深有愧于朋友的询问，从而感慨自己的落寞之情。这首诗情真意切，诗人虽然落寞但并没有任何乞求对方怜悯和推荐的意思。

背景

武宗会昌五年（845）秋，作者闲居洛阳给长安的好友令狐绹的一首诗。

名家点评

〔清〕冯浩：杨守智：其词甚悲，意在修好。（《玉溪生诗集笺注》）

〔清〕纪昀：一唱三叹，格韵俱高。（《李义山诗集辑评》）

〔清〕宋顾乐：布置工妙，神味隽永，绝句之正鹄也。（《唐人万首绝句选评》）

如何肯到清㊡日，已带斜阳又带蝉

柳

唐·李商隐

曾逐东风拂舞筵，乐游春苑断肠天。
如何肯到清秋日，已带斜阳又带蝉。

注释

舞筵：歌舞的筵席。
断肠天：指繁花似锦的春日。
肯到：会到。

清秋：明净爽朗的秋天。

简析

古人写柳，往往在春天，贺知章一句"不知细叶谁裁出，二月春风似剪刀"成为了咏柳的名句，但是李商隐的这首诗写的却是秋天的柳，别有一番滋味。诗人没有一上来就写当前的柳树的情景，而是写"曾逐东风拂舞筵，乐游春苑断肠天"，先追忆春季柳树低垂的柳枝随风飘舞，好像一位翩翩起舞的美女，把柳树给拟人化了，给读者一种欢愉之感。直到后两句"如何肯到清秋日，已带斜阳又带蝉"，作者的笔锋才转到现在的柳树上，夕阳西下，照耀着柳树的枝条，秋蝉在树上哀鸣，但是诗人偏偏写成"带斜阳又带蝉"，整个情感就从春之愉悦转向了秋柳之不幸。

背景

唐宣宗大中五年（851），李商隐在长安做柳仲郢书记时借府主姓氏抒发感慨而作此诗。

名家点评

〔清〕姚培谦：得意人到失意时，苦况如是。"肯到"二字妙，却由不得你不肯也。（《李义山诗集笺注》）

〔清〕屈复：玩"曾拂""肯到""既""又"等字，诗意甚明。晚节文疏，有托而言，非徒咏柳也。识者详之。（《玉溪生诗意》）

〔清〕冯浩：田兰芳：不堪积愁，又不堪追往，肠断一物矣。

〔清〕冯浩：此种入神之作，既以事征，尤以情会，妙不可穷也。（《玉溪生诗集笺注》）

荷叶生时春恨生，荷叶枯时秋恨成

暮秋独游曲江
唐·李商隐

荷叶生时春恨生，荷叶枯时秋恨成。
深知身在情长在，怅望江头江水声。

注释

曲江：即曲江池。

春恨：犹春愁，春怨。

怅望：惆怅地看望或想望。

简析

　　李商隐的这首诗本是一首七言绝句，可是并不符合格律诗的要求，比方说平仄并不相对，一、二句都写到了"荷叶"，这好像他的《巴山夜雨》中的感觉。此诗一开头写到"荷叶生时春恨生，荷叶枯时秋恨成"，这是说荷花出现的时候春恨跟着出现，荷叶枯萎的时候秋恨就形成了，使用了一种低沉的语气来诉说诗人的内心，即用缓慢沉重的语气喃喃诉说起作者内心的憾恨。后边诗人说"深知身在情长在，怅望江头江水声"，他自己知道只要人生在世就希望得到地久天长的情谊，认为惆怅的只有滚滚东流的江水。"深知身在情长在"和作者的《属疾》诗中"多情真命薄，容易即回肠"一句有异曲同工之妙。总的来说，诗歌前三句情到深处，结句则委婉哀叹。

背景

这首诗是大中十一年（857）的时候，李商隐秋天独自一人游览曲江的时候所作。也有人认为是李商隐哀悼自己妻子所作。

名家点评

〔清〕姚培谦：有情不若无情也。（《李义山诗集笺注》）

〔清〕屈复：江郎"仆本恨人"，青莲云"古之伤心人"，与此同意。（《玉溪生诗意》）

〔清〕朱鹤龄、程梦星："身在情长在"一语，最为凄婉，盖谓此身一日不死，则此情一日不断也。（《重订李义山诗集笺注》）

〔清〕冯浩：调古情深。（《玉溪生诗集笺注》）

〔清〕纪昀：不深不浅，恰到好处。（《玉溪生诗说》）

远书归梦两悠悠，只有空床敌素秋

端居

唐·李商隐

远书归梦两悠悠，只有空床敌素秋。
阶下青苔与红树，雨中寥落月中愁。

注释

端居：闲居。

素秋：秋天的代称。

简析

诗人客居他乡，起句写到"远书归梦两悠悠"，这是诗人迟迟没有收到盼望已久的书信，与此同时归梦遥遥无期，此时作者直接发出深深的哀叹。这和李煜"路迢归梦难成"的用意一样。第二句"只有空床敌素秋"写自己从梦中醒来，发现只有自己孤独地在此，难以重新入睡，这样就把秋天的悲凉寂寥展现了出来。诗歌的三、四两句写"阶下青苔与红树，雨中寥落月中愁"，诗人从室内转移到室外，这里因为无人来往所以长满"青苔"，秋天的红叶也迷蒙，但是这所有的一切都抵不上诗人心中的思乡之情。这两句借助了"青苔""红树"这具有色彩的词句，借助了"雨"景、"月"色，那凄凄落雨、那凉凉月色，全都营造出凄清的氛围，表达了作者独在异乡的悲愁和对家乡亲人的思念。

背景

这首诗是李商隐客处他乡的时候所写的一首诗，主要抒发作者思念家乡、思念亲人的感情。

君问归期未有期，巴山夜雨涨秋池

夜雨寄北

唐·李商隐

君问归期未有期，巴山夜雨涨秋池。
何当共剪西窗烛，却话巴山夜雨时。

注释

寄北：写诗寄给北方的人。

归期：指回家的日期。

何当：什么时候。

却话：回头说，追述。

简析

《夜雨寄北》是李商隐的名篇。第一句"君问归期未有期"有问有答，既有作者羁留之苦，也有无法回去之苦。第二句"巴山夜雨涨秋池"写自己看到巴山连夜暴雨，涨满秋天的河池，这里用绵绵流水比愁苦之长。而后作者说"何当共剪西窗烛，却话巴山夜雨时"，这是诗人展开想象，说自己希望有朝一日能够与友人共同坐在家里的西窗下，一起共剪烛花，这个时候相互倾诉当时巴山夜雨中的思念之情。关于这首诗的创作初衷有两种说法，有些人认为这首诗是李商隐写给自己妻子的，但是大多数学者认为李商隐作此诗的时候其妻已经过世，而且诗名为《夜雨寄北》，而非"寄内"，所以现在学术界一般认为这首诗是李商隐留滞巴蜀地区的时候所作，用来寄怀长安亲友。

背景

《夜雨寄北》这首诗是诗人客居巴蜀之地的时候所作。

名家点评

〔近代〕俞陛云："清空如话，一气循环，绝句中最为擅胜。诗本寄友，如闻娓娓清谈，深情弥见。"（《诗境浅说》）

〔清〕纪昀："作不尽语，不免有做作态，此诗含蓄不露，却只似一气说完，故为高唱。"

〔清〕桂馥："眼前景反作后日怀想，此意更深。"（《札朴》）

〔清〕徐德泓、陆鸣皋："翻从他日而话今宵，则此时羁情，不写而自深矣。"（《李义山诗疏》）

黄巢

黄巢（820—884），唐末农民起义领袖。黄巢五岁时候便可对诗，但成年后却屡试不第。其政治思想主要是封建专制主义，力图用自己的力量改变不合理的社会现实，在诗歌上多是政治抒发之作。

待到秋来九月八，我花开后百花杀

不第后赋菊

唐·黄巢

待到秋来九月八，我花开后百花杀。
冲天香阵透长安，满城尽带黄金甲。

注释

不第：科举落第。

杀：草木枯萎。

黄金甲：指金黄色铠甲般的菊花。

简析

很多人知道"满城尽带黄金甲"是源于张艺谋的电影，但是实际上来自于黄巢的这首诗。这是一首黄巢展示自己人生抱负的诗，第一句"待到秋来九月八"语言十分通俗，就是字面的意思，说明天就是重阳之日了，此处用九月八而不直接说重阳，一是为了押韵，二是因为古人认为到了重阳之日为"九"字，而"九"是最大的阳数，物极必反，如果用了"九"会有衰退的意味。"我花开后百花杀"这句话傲然独立，其他花朵衰败之际恰是自己生机盎然之时。最后两句"冲天香阵透长安，满城尽带黄金甲"是一种憧憬，说菊花的香气浓郁，遍满长安城。这与"花之隐逸者"的菊花形象颇为不同。全诗展现的直冲云天的非凡气势是人民群众的进取精神。

背景

这首诗是黄巢科举落第后所作，主要借赞颂菊花来展现自己的人生抱负。

名家点评

〔明〕郎瑛：《清暇录》载：黄巢下第，有《菊花》诗曰："待到秋来九月八，我花开后百花杀。冲天香阵透长安，满城尽带黄金甲。"尝闻我（朱）太祖亦有咏《菊花》诗："百花发，我不发；我若发，都骇杀。要与西风战一场，遍身穿就黄金甲。"人看二诗，彼此一意：成则为明，而败则为黄也。（《七修类稿》）

林杰

林杰（831—847），字智周，唐代诗人。他小时候就呈现出很高的智慧，六岁能赋诗，下笔即成文，同时精通书法棋艺，可惜英年早逝，去世时年仅17岁，现在《全唐诗》中存其诗两首。

家家乞巧望秋月，穿尽红丝几万条

乞巧

唐·林杰

七夕今宵看碧霄，牵牛织女渡河桥。
家家乞巧望秋月，穿尽红丝几万条。

注释

乞巧：又名七夕，在农历七月初七日。

碧霄：指浩瀚无际的青天。

几万条：比喻多。

简析

　　七夕节是中国传统节日之一，始于汉朝时期，最早来源于对自然的崇拜和女性对穿针织布的劳动向往。最早的时候是农历七月六日或七月七日的晚上古代女性在庭院乞求织女星能够赐予她们一双巧手，所以叫做"乞巧"。后来又因为牛郎织女的传说而变成中国的情人节。唐代诗人林杰的这首《乞巧》描绘的是民间七夕的盛况。诗的前两句写"七夕今宵看碧霄，牵牛织女渡河桥"，简单地叙述了牛郎织女的故事，说一年一度的乞巧节来到了，民间的女性都要向织女乞求一双巧手。后两句"家家乞巧望秋月，穿尽红丝几万条"则生动形象地展示了民间乞巧节的风俗。全诗体现的是人们节日的喜悦之情。

背景

　　幼年时的林杰，对牛郎织女的传说很感兴趣，他在仰头观看天河中两颗璀璨的明星时写下了《乞巧》这首诗。

名家点评

　　〔唐〕唐扶："诗、书并佳，实在难得！"

韦庄

韦庄（约836—910），字端己，是韦应物的四代孙，唐代诗人、花间派词人。其词词风清丽，与温庭筠同为"花间派"代表作家，并称"温韦"。其诗造诣也高，多以伤时、感旧、离情、怀古为主题。

乡书不可寄，秋雁又南回

章台夜思

唐·韦庄

清瑟怨遥夜，绕弦风雨哀。
孤灯闻楚角，残月下章台。
芳草已云暮，故人殊未来。
乡书不可寄，秋雁又南回。

注释

遥夜：长夜。

楚角：楚地吹的号角，其声悲凉。

已云暮：已经晚暮了，指春光快要消歇了。

殊：竟，尚。

乡书：指家书，家信。

简析

　　古人写诗往往情景交融，韦庄这首《章台夜思》也是如此。诗歌首联写"清瑟怨遥夜，绕弦风雨哀"，借乐器——瑟发出的忧怨的声音来写怀。第二联"孤灯闻楚角，残月下章台"写出了"孤灯""楚角""残月""章台"等代表悲伤愁苦的意象，进一步突出自己的思乡之苦。第三联"芳草已云暮，故人殊未来"告诉我们诗人相思的原因，原来在这凄清的时节，期盼的亲人故友都没有出现。那怎么才能获知家人的信息呢？诗人说"乡书不可寄，秋雁又南回"，可惜的是这时候就连写家书都成为不可能的事情，因为大雁已经飞走了。"雁又南回"是用《汉书·苏武传》中雁足寄书的典故，指鸿雁传信。这首诗前半部分写景，后半部分抒情，充分表达了作者的思乡之情。

背景

　　该诗表达了作者的思乡之情，具体创作时间没有定论。

名家点评

　　〔清〕纪昀：高调，晚唐所少。(《删正二冯评阅才调集》)

　　〔明〕钟惺、谭元春：钟云：悲艳动人。谭云：苦调柔情。(《唐诗归》)

高蟾

　　高蟾，生卒年均不详，约唐僖宗中和初前后在世，唐代诗人。生性具有豪侠气，重视义气，他善于作诗，以五绝和七绝为多，诗歌气势雄伟，浸透着个人的凄楚和时代的悲哀，态度谐远，如狂风猛雨之来。

曾伴浮云归晚翠，犹陪落日泛秋声

金陵晚望

唐·高蟾

曾伴浮云归晚翠，犹陪落日泛秋声。
世间无限丹青手，一片伤心画不成。

注释

　　晚翠：傍晚苍翠的景色。
　　丹青手：指画师。

简析

　　诗人登高望远，看到秋风中的景象，所谓"曾伴浮云归晚翠，犹陪落日泛秋声"，我们可以想象到那秋风萧瑟、那树叶掉落、那虫子哀鸣、那秋水渐少。此时又恰逢落日时分，可以说是一年中最寥落的季节，一天中最惨淡的时光都集中在一起了。第三、四句"世间无限丹青手，一片伤心画不成"是作者抒情的部分，这也是古人作诗常用的手法。这两句感慨世间纵然有那么多的绘画高手，可是谁也不能把我此时此刻内心的愁苦画出来啊！诗人想着金陵曾有的繁华，又看着金陵现在的破败，进一步想到了战乱不断的大唐，不由悲从心来。这两句从古看今，诗人为国家命运感到苦恼悲伤，但是自己只能暗自伤怀，无法挽救大厦将倾之势。全诗深沉冷静，又情绪婉转悲伤，令人感同身受。

背景

　　这首诗是晚唐时期登高诗的代表作之一，具体创作时间不可考证。

名家点评

　　〔清〕黄叔灿："浮云""落日"，喻盛衰之不常；"曾伴""犹陪"，感佳丽之凄寂，正所谓"伤心"也。然"晚翠""秋声"，丹青能画，而望中心事，妙手难描。"画不成"三字，是"伤心"二字之神。(《唐诗笺注》)

　　〔近代〕俞陛云：画实境易，画虚景难。昔人有咏行色诗云："赖是丹青不能画，画成应遣一生愁。"与此诗后二句相似。行色固难着笔，伤心亦未易传神。金陵为帝王所都，佳丽所萃，追昔抚今，百端交集，纵有丹青妙手，安能曲绘其心耶？此诗佳处在后二句，迥胜前二句也。(《诗境浅说续编》)

芙蓉生在秋江上，不向东风怨未开

下第后上永崇高侍郎

唐·高蟾

天上碧桃和露种，日边红杏倚云栽。
芙蓉生在秋江上，不向东风怨未开。

注释

天上：指皇帝、朝廷。

和：带着，沾染着。

简析

唐代的时候就已经很重视进士及第的读书人了，当时每次及第之后的新进士都能受到很高的待遇，这首诗是高蟾落榜后所写。诗的前两句写"天上碧桃和露种，日边红杏倚云栽"，一开始就用"天上碧桃"和"日边红杏"来作比，意味着这些人可以前程似锦，大展宏图了。与其相比，诗人自己落第了，所以第三句中用他"秋江芙蓉"自喻，他和那些高中的人相比显然一个江边，一个天上。然而，诗人并没有轻看自己，因为"芙蓉"最是清高，正如《爱莲说》中所写"出淤泥而不染，濯清涟而不妖"，他对自己的才华是相当自信的。全诗最后一句写到"不向东风怨未开"，暗寓自己生不逢时，因为这个时候很多人能够考取功名并非全然凭借自己的真才实学，所以此诗实际上展现了诗人对自己才学的信心。

背景

这首诗是唐咸通十二年（871），高蟾因科考不中向礼部侍郎高湜所作的干谒之诗。

名家点评

〔明〕敖英：谢叠山曰：此诗妙在后二句。(《唐诗绝句类选》)

〔清〕黄生：语含比兴。前二句喻得第者沐知遇之恩；后二句喻己下第，皆时命使然，不敢归怨于主者，犹有诗人温柔敦厚之意。若孟郊之"恶诗皆得官，好诗抱空山"，几于怒骂矣，岂复可以为诗乎!(《唐诗摘钞》)

〔清〕沈德潜：存得此心，化悲愤为和平矣。(《唐诗别裁》)

〔清〕李锳：时命自安，绝无怨尤，唐人下第诗以此为最。(《诗法易简录》)

皇甫松

皇甫松，具体生卒年不详，是当时宰相牛僧孺的外甥，字子奇，自号檀栾子，唐代诗人、词人。《花间集》称他"皇甫先辈"。其作品情味深长，王国维认为在这点上其诗词尚在白居易、刘禹锡之上。

船动湖光滟滟秋，贪看年少信船流

采莲子·船动湖光滟滟秋
唐·皇甫松

船动湖光滟滟秋，贪看年少信船流。
无端隔水抛莲子，遥被人知半日羞。

注释

滟滟：水面闪光的样子。
信船流：任船随波逐流。
无端：无故，没来由。

简析

　　这首诗清新隽永，虽名为《采莲子》，但是并没有写采莲子的动作，而是描绘了少女的神情。第一句写船动的时候使得"湖光滟滟"，这种秋色没有萧瑟之感，而是浪漫动人。第二句"贪看年少信船流"写采莲女被一位年轻英俊的少年所吸引，所以她才让船随波逐流，解释了船动的原因。这里的少女大胆多情，表明了她对美好爱情的向往。第三句"无端隔水抛莲子"中的"莲"一语双关，表露了姑娘的情思，富有江南民歌《西洲曲》的风韵。而少女又更为大胆，她抛出这一颗莲子，当真是不顾什么封建礼法的束缚。最后一句是少女内心的活动，她虽然做了大胆之举，可是内心的羞涩又让自己不好意思起来。总的来说这首诗描绘了一幅江南水乡的少女画，带有一定的民歌韵味。

背景

　　这首诗主要反映了江南水乡的风情人物，具体创作时间不能确定。

名家点评

　　〔清〕况周颐：写出闺娃稚憨情态，匪夷所思，是何笔妙乃尔。(《餐樱庑词话》)

　　〔近代〕刘永济：此二首写采莲女子之生活片段，非常生动，有非画笔所能描绘者。盖唐时礼教不如宋以后之严，妇女尚较自由活泼也。(《唐五代两宋词简析》)

寇准

寇准（961—1023），也做寇準，字平仲，北宋政治家、诗人，与白居易、张仁愿并称"渭南三贤"。政治颇有建树，使宋辽双方订立"澶渊之盟"。他善诗能文，七言意新语工，情景交融，清丽深婉，最有韵味。

萧萧远树疏林外，一半秋山带夕阳

书河上亭壁

宋·寇准

岸阔樯稀波渺茫，独凭危槛思何长。
萧萧远树疏林外，一半秋山带夕阳。

注释

凭：靠。
危：高。
危槛：高高的栏杆。

简析

寇准在黄河边的一个亭子上题诗，一共写了春夏秋冬四首抒情绝句，此诗以"秋"作为书写对象。"岸阔樯稀波渺茫"一句中的"岸阔"简单地缩减了王湾诗中"潮平两岸阔"的意思，全写出了黄河的宽阔、渺茫和樯稀，整体给人一种河上烟波的渺茫感。"独凭危槛思何长"写这个时候诗人自己靠在栏杆上进行深深的思索，也许是感慨黄河的波光，也许是抒发内心的才情，也许是联想到朝中之事，诗人没有说破，我们可以做各种猜测。"萧萧远树疏林外，一半秋山带夕阳"则是作者所见，他眼前看到的是远处那稀疏的树林，树林后耸立着高山，高山后是若隐若现的阳光。这最后一句读起来很有韵味，颇有白居易《暮江吟》"一道残阳铺水中，半江瑟瑟半江红"的感觉。

背景

这首诗是寇准在咸平元年（998）所作，当时他创作了四季组诗，这是其中的第三首。

欧阳修

欧阳修（1007—1072），字永叔，号醉翁，晚号六一居士，北宋政治家、文学家，唐宋八大家之一。他是宋代文学史上最早开创一代文风的文坛领袖，领导北宋诗文革新运动，继承发展韩愈古文理论，对诗风、词风进行革新。

节物岂不好，秋怀何黯然！

秋怀

宋·欧阳修

节物岂不好，秋怀何黯然！
西风酒旗市，细雨菊花天。
感事悲双鬓，包羞食万钱。
鹿车何日驾，归去颍东田。

注释

秋 怀：秋日的思绪情怀。
节 物：节令风物。
包 羞：对所做事感到耻辱不安。

鹿车：用人力推挽的小车。

简析

　　古代诗人写"秋"的诗歌经常是"草木摇落露为霜"的荒凉萧瑟，但是欧阳修的这一首以反问开篇，"节物岂不好，秋怀何黯然"，他问大家谁说秋天不好呢？后边却说在无限风光的秋景中自己为何黯然销魂呢？第二联"西风酒旗市，细雨菊花天"又一次转折，描绘了秋天的美景。凉爽的秋风吹动着酒旗，丝丝的细雨滋润着菊花，这甚至让人感觉到春的美好。第三联"感事悲双鬓，包羞食万钱"，诗人感慨自己苟且偷生，忧国忧民之情立刻展现在我们面前了。最后一联写"鹿车何日驾，归去颍东田"，其中的"鹿车"指的是用人力推的小车，因为车上只能容纳一只鹿，所以得名。也有人认为"鹿车"借用了佛家用语，都是表达了自己想要归隐山林的心意。

背景

　　宋仁宗庆历五年（1045），受到"庆历新政"事件的影响，欧阳修被贬滁州，这是他上任后的一个秋天所作。

李清照

李清照（1084—约1155），号易安居士，宋代女词人，婉约派"一代词宗"，被称为"千古第一才女"。其词前期多写悠闲生活，后期多叹自己。形式上善白描手，语言清丽。论词强调协律，提出词"别是一家"之说。

红藕香残玉簟秋

一剪梅·红藕香残玉簟秋

宋·李清照

红藕香残玉簟秋。轻解罗裳，独上兰舟。云中谁寄锦书来，雁字回时，月满西楼。

花自飘零水自流。一种相思，两处闲愁。此情无计可消除，才下眉头，却上心头。

注释

玉簟：光滑如玉的竹席。

兰舟：船的美称。

锦书：书信的美称。

闲愁：无端无谓的忧愁。

无计：没有办法。

简析

　　李清照被称为婉约派词宗，其词雅致清新，这首《一剪梅·红藕香残玉簟秋》表现了其前期创作的特点。此词起句"红藕香残玉簟秋"用侧面描写的方式告诉我们秋天到来，诗人一个人去泛舟。"云中谁寄锦书来，雁字回时，月满西楼"又写晚上之事。李清照自己独上高楼，却等不来丈夫的信。此时李清照和赵明诚新婚不久，赵明诚因为是太学生而不能长期住家，所以诗人兴起了相思之情。下半阕第一句"花自飘零水自流"承上启下，将相思之情进一步荡漾开来。"一种相思，两处闲愁"由自己推及赵明诚，两人在两地思念对方，但是两人的这种相思之情又是同样的感情。而这种感情又没有办法消除，即便能下眉头，"却上心头"了。

背景

　　此词是李清照嫁给赵明诚后不久所作，属于词人前期作品。

名家点评

　　〔明〕杨慎：离情欲泪。读此始知高则诚、关汉卿诸人，又是效颦。（杨慎批点本《草堂诗余》）

　　〔明〕王世贞：李易安此情无计可消除，才下眉头，又上心头。可谓憔悴支离矣。（《弇州山人词评》）

叶绍翁

　　叶绍翁，生于1194年，卒年不详，字嗣宗，号靖逸，南宋中期文学家、诗人。他原本姓李，家道中落后嗣于龙泉叶氏，其存诗有40余首，大多为上乘佳作，以七言绝句最佳，其"春色满园关不住，一枝红杏出墙来"千古传诵。

萧萧梧叶送寒声，江上秋风动客情

夜书所见

宋·叶绍翁

萧萧梧叶送寒声，江上秋风动客情。
知有儿童挑促织，夜深篱落一灯明。

注释

　　客情：旅客思乡之情。
　　促织：俗称蟋蟀，有的地区又叫蛐蛐。

简析

　　这首诗借景抒情，动静结合。诗中的一、二两句"萧萧梧叶送寒声，江上秋风动客情"写秋天时分，凉风瑟瑟，树叶飘飞，阵阵寒声随风而来，这就感染了诗人漂泊异乡的伤感。后两句"知有儿童挑促织，夜深篱落一灯明"写几个少年晚上挑灯逗弄蟋蟀的生活场景。儿童的天真烂漫能够引起作者对童年时代的回忆，但是不能忘记第二句的"动客情"，所以也有人认为这首诗抒发的是作者客居他乡的孤寂，后两句是乐事反衬的作用。关于诗中"知有儿童挑促织"一句学术界历来有不同看法，有的将"挑"解释为用细长的东西拨动，有的人认为"挑促织"就是捉蟋蟀，我们的解释从第一种"逗弄蟋蟀"。

背景

这首诗是作者客居异乡，有感秋夜所作，具体时间年代不可考。

名家点评

〔现代〕钱钟书："这种景象就是姜夔《齐天乐》咏蟋蟀所谓：'笑篱落呼烟，世间儿女。'"若补上陈廷焯评姜词所云："以无知儿女之乐，反衬出有心人之苦，最为入妙"（《白雨斋词话》卷二），便可想见诗人此时内心深处的悲哀了。（《宋诗选注》）

陆游

陆游（1125—1210），字务观，号放翁，南宋文学家、史学家、爱国诗人，现存诗9000多首。陆游一生笔耕不辍，诗、词、文都有很高的成就，其诗语言平近晓畅、章法整齐严谨，兼具李白的汪洋恣肆与杜甫的沉郁顿挫。

砧杵敲残深巷月，井梧摇落故园㊛

秋思·利欲驱人万火牛

宋·陆游

利欲驱人万火牛，江湖浪迹一沙鸥。
日长似岁闲方觉，事大如天醉亦休。
砧杵敲残深巷月，井梧摇落故园秋。
欲舒老眼无高处，安得元龙百尺楼。

注释

欲：欲望。

浪迹：到处漫游，行踪不定。

井梧：水井边的梧桐树。

元龙：陈元龙，即陈登，三国时人，素有扶世救民的志向。

简析

陆游的诗常常表达自己的爱国热情，这首《秋思》也不例外。诗中看似是在赞美恬淡的生活，第一联写"利欲驱人万火牛，江湖浪迹一沙鸥"，这说的是人们好像火牛四处奔跑是因为利益驱使，那倒不如像沙鸥那样在江湖之间自由自在。"日长似岁闲方觉，事大如天醉亦休"，说的是这样一天一天一年一年，即使是有天大的事情，即使是日日醉酒也与自己无关。可是这样的陆游就不是陆游了，他转笔写到"砧杵敲残深巷月，井梧摇落故园秋。欲舒老眼无高处，安得元龙百尺楼"，在那声声捣衣棒的敲击中，在那西沉的明月中，在那落叶的梧桐中，诗人看到秋天来了，这时候却没有一个能够极目远眺的高楼，这让人如何能够谈论天下大事呢？全诗在后半部分终于写到了主旨：诗人念念不忘的国家大事。

背景

《秋思》是作者秋日感怀所作，陆游于嘉泰三年(1203)秋居住在山阴的时候作了一组诗，这是其中的一首。

表现了他既向往闲适又不能闲居的心情。

诗情也似并刀快，翦得秋光入卷来

秋思·乌桕微丹菊渐开
宋·陆游

乌桕微丹菊渐开，天高风送雁声哀。
诗情也似并刀快，翦得秋光入卷来。

注释
　　并刀：并州快剪，爽利。

简析
　　陆游的诗常常表达自己的爱国热情，但是这首《秋思》却表达了自己的愉悦心情。诗人开始写"乌桕微丹菊渐开，天高风送雁声哀"，这就直接给我们营造出了一个世外桃源，这里乌桕散发出淡淡的红色，秋天的菊花也逐渐开放，秋高气爽，大雁南归，这时候诗人的情思被激起来，所以说"诗情也似并刀快，翦得秋光入卷来"。"并刀"指的是并州的剪刀，当地的剪刀以快著名，所以并刀有爽利的意思。作者这句诗运用了拟物的修辞方法，把自己写成并州的剪刀，是说自己要把这美景都剪进自己的诗篇之中。

背景
　　《秋思》是作者秋日感怀所作，陆游于嘉泰三年(1203)秋居住在山阴的时候作了一组诗，这是其中的一首。

朱熹

朱熹（1130—1200），字元晦，又字仲晦，号晦庵，晚称晦翁，宋代著名的思想家、哲学家、教育家、诗人，与程颢、程颐合称"程朱学派"。闽学派的代表人，儒学集大成者，尊称为朱子，中国教育史上继孔子后的又一人。

未觉池塘春草梦，阶前梧叶已秋声

偶成

宋·朱熹

少年易老学难成，一寸光阴不可轻。
未觉池塘春草梦，阶前梧叶已秋声。

注释

学：学问、学业、事业。
一寸光阴：日影移动一寸的时间，形容时间短暂。
轻：轻视，轻松放过。
未觉：没有感觉、觉醒。

简析

　　这首诗是朱熹讲学的时候写给自己门生的诗，主要是告诫年轻人要珍惜时光，认真学习。全诗和唐代诗人王贞白的《白鹿洞二首·其一》中写的"读书不觉已春深，一寸光阴一寸金"的意味非常相似。前两句"少年易老学难成，一寸光阴不可轻"是诗人总结自己人生之后的经验之谈，人生在世，倏忽即逝，可是很难成就大的学问，这就说明一个人要时刻抓紧时间，珍惜美好的年华，只有这样你才能有时间读更多的书，学更多的知识。后两句"未觉池塘春草梦，阶前梧叶已秋声"形象地说春天和秋天真的只在瞬间，你看那春草还在自己的美梦中酣睡，谁知道秋天的梧桐都已经落叶纷纷了呢！

背景

　　庆元二年（1196），朱熹带着自己的门生在武夷堂讲学，此时他创作了这首《偶成》。

清溪流过碧山头，空水澄鲜一色秋

秋月

宋·朱熹

清溪流过碧山头，空水澄鲜一色秋。
隔断红尘三十里，白云红叶两悠悠。

注释

碧山头：碧绿的山头。指山上树木葱茏、苍翠欲滴。
空水：指夜空和溪中的流水。
澄鲜：明净、清新的样子。
一色秋：指夜空和在融融月色中流动的溪水像秋色一样明
朗、澄清。

简析

这首诗的作者有朱熹、程颢两说，但是现在学术界根据
《朱文公集》认为其作者应该是朱熹。这首诗的名字是《秋
月》，但是整个笔墨都集中在写山间溪水上，实在是侧面描
写的佳作。"清溪流过碧山头，空水澄鲜一色秋"化用谢灵运
《登江中孤屿》中的"云日相辉映，空水共澄鲜"，主要写水中
的倒影，讲了清澈的溪水从碧绿的山头流下来,这时候清水蓝
天笼罩在月色下格外美丽。诗歌后两句"隔断红尘三十里，白
云红叶两悠悠"借景抒情，诗人感觉着美丽的秋色把红尘俗世
都隔断在了三十里之外，那白云、那红叶都是悠闲自在的，可
以说当诗人看到那么美丽的景色之后，心中自然会荡出一种超
脱尘俗的高雅情怀。

背景

诗歌创作的具体时间不可考证，应该是在一个秋高气爽的夜晚创作而成。

戚继光

戚继光（1528—1588），字元敬，号南塘，晚号孟诸，卒谥武毅，明朝抗倭名将，杰出的军事家、书法家、诗人、民族英雄。其有军事著作的同时，诗文亦有一定造诣，其诗格律颇壮，展现燕赵慷慨之音。

繁霜尽是心头血，洒向千峰秋叶丹

望阙台

明·戚继光

十年驱驰海色寒，孤臣于此望宸銮。
繁霜尽是心头血，洒向千峰秋叶丹。

注释

望阙台：在今福建省福清县，为戚继光自己命名的一个高台。

十年：指作者调往浙江，再到福建抗倭这一段时间。

孤臣：远离京师，孤立无援的臣子，此处是自指。

宸銮：皇帝的住处。

简析

　　戚继光是我国的抗倭英雄，这首诗抒发了他的热血丹心。戚继光登高之作也要与自己的人生相对，所以"十年驱驰海色寒"概括地写出了作者一生戎马的战斗经历，后面一句"孤臣于此望宸銮"写自己登上阙台的心情，自己的战士保卫国家但是没有得到朝廷的大力支持，这种矛盾之情溢于言表。这句中的"孤臣"是诗人孤立无援的感觉，"宸銮"使用了借代的修辞方法，用皇帝居住的宫殿代指朝廷。紧接着的"繁霜尽是心头血，洒向千峰秋叶丹"借景抒情，这两句借"繁霜""秋叶"这些意象表达了自己忠贞的报国热情。当诗人看到火红的枫叶，不由心中又升起激情，自己不计较个人得失，重在保家卫国的爱国热情点燃了读者。

背景

　　明嘉靖中，戚继光抗击倭寇，后任福建总督，这首诗就是作者此时所作。

汤显祖

汤显祖（1550—1616），字义仍，号海若、若士、清远道人，中国明代戏曲家、文学家。精通古文诗词，戏曲创作成就最高，其戏剧作品《牡丹亭》(《还魂记》)、《紫钗记》《南柯记》和《邯郸记》合称"临川四梦"。

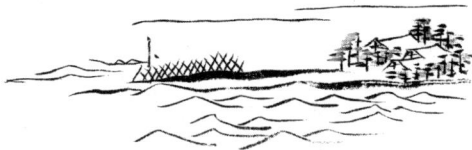

寂历秋江渔火稀，起看残月映林微

江宿

明·汤显祖

寂历秋江渔火稀，起看残月映林微。
波光水鸟惊犹宿，露冷流萤湿不飞。

注释

江宿：宿于江上舟中。

寂历：寂寞、冷落。

渔火：夜间渔船上的灯火。

残月：这里指下弦月。

微：隐约，微弱，这里指残月的清淡光芒。

简析

  汤显祖是明代著名剧作家，他的诗歌也具有很高的艺术价值。此诗全用白描的手法，给我们描绘出一幅美丽的图画，同时也表现出汤显祖安详、平和的内心感受。这首诗前两句"寂历秋江渔火稀，起看残月映林微"是景物描写，静态地写了清冷的秋夜，江上渔火点点呈现，一弯残月照着江边的树木。后两句"波光水鸟惊犹宿，露冷流萤湿不飞"则是动态描写，江中波光闪现，惊醒了已经入睡的鸟儿，萤火虫在江上飞过，谁想到翅膀被露水打湿了，所以好像是停止飞翔一样。这首诗的重心全在一个"光"字上，第一句有渔火之光。第二句有残月之光，第三句有水波之光，第四句有萤火之光，《中华古典诗歌吟味》中说此诗"秋夜天色将明而未明时，江上特有的一种宁静、幽清的境界被生动地表现出来了。"

背景

  作者创作这首诗的具体年份并不能确定，表达的是安详平和之感。

名家点评

  〔当代〕黄绍筠：秋夜天色将明而未明时，江上特有的一种宁静、幽清的境界被生动地表现出来了。(《中华古典诗歌吟味》)

  〔当代〕马雪松：此诗所表现的是江宿中所见的秋夜已深，天色未明时的一种境界。(《明诗三百首详注》)

  〔当代〕艾治平：这首诗句句写景：秋江、渔火、残月映怀，波光、水鸟、露冷萤湿，清幽寂寂，一种不染。(《历代绝句精华全解》)

纳兰性德

纳兰性德（1655—1685），字容若，号楞伽山人，清朝初年著名词人。其词现存348首，内容涉及广泛，悼亡词和边塞词成就最高。其词以"真"取胜，写景逼真传神，词风清丽婉约，哀感顽艳，格高韵远，独具特色。

人生若只如初见，何事秋风悲画扇

木兰词·拟古决绝词柬友

清·纳兰性德

人生若只如初见，何事秋风悲画扇。
等闲变却故人心，却道故人心易变。
骊山语罢清宵半，泪雨零铃终不怨。
何如薄幸锦衣郎，比翼连枝当日愿。

注释

木兰词：词牌名。
柬：给……信札。
故人：指情人。

薄幸：薄情。

锦衣郎：指唐明皇。

简析

　　这是一首拟《决绝词》的词，主人公是一位被抛弃的女子，主要控诉男子无情，表达自己誓要与其分手的决心。词的第一句"人生若只如初见"是一句名句，"何事秋风悲画扇"一句用汉朝班婕妤的典故，说不会有悲戚之事发生。"等闲变却故人心，却道故人心易变"讲的是两人如果只是像初见时那样亲密该有多好，那样就没有可是男子却不这样认为，他说人心变了就是变了，没有什么不可以的。"却道故人心易变"一句再次用典，化用了谢朓的《同王主簿怨情》后两句"故人心尚永，故心人不见"。紧接着两句"骊山语罢清宵半，泪雨零铃终不怨"化用唐明皇与杨玉环的爱情故事，"何如薄幸锦衣郎，比翼连枝当日愿"又化用唐李商隐《马嵬》诗句，这些内容都在向我们展示男子的无情。

背景

　　纳兰性德一生中有三位女性与其关系密切，这首诗创作于其初恋离开之后不久。

名家点评

　　〔当代〕于在春："题目写明：模仿古代的《决绝词》，那是女方恨男方薄情，断绝关系的坚决表态。这里用汉成帝女官班婕妤和唐玄宗妃子杨玉环的典故来拟写古词。虽说意在'决绝'，还是一腔怨情，这就更加深婉动人。"（《清词百首》）

　　〔当代〕盛冬铃："决绝意谓决裂，指男女情变，断绝关系。

唐元稹曾用乐府歌行体，摹拟一女子的口吻，作《古决绝词》。
容若此作题为'拟古决绝词柬友'，也以女子的声口出之。其
意是用男女间的爱情为喻，说明交友之道也应该始终如一，生
死不渝。"（《纳兰性德词选》）

素心落雪 编著

中国文化·古典诗词品鉴

飞花令·冬

中国文史出版社

图书在版编目（CIP）数据

飞花令.冬 / 素心落雪编著. —— 北京：中国文史
出版社，2018.4
ISBN 978-7-5205-0253-5

Ⅰ.①飞… Ⅱ.①素… Ⅲ.①古典诗歌－诗集－中国
Ⅳ.①I222

中国版本图书馆CIP数据核字(2018)第095762号

责任编辑：卜伟欣

出版发行：中国文史出版社

社　　址：北京市海淀区西八里庄路69号院　邮编：100142
电　　话：010－81136606　81136602　81136603（发行部）
传　　真：010－81136655
印　　装：廊坊市海涛印刷有限公司
经　　销：全国新华书店
开　　本：787mm×1092mm　1/32
印　　张：6.25　　字数：120千字
版　　次：2018年10月第1版
印　　次：2024年3月第3次印刷
定　　价：36.80元

解读飞花令

　　飞花令，原是饮酒助兴的游戏之一，输者罚酒。源自古人的诗词之趣，得名于唐代诗人韩翃《寒食》中的名句"春城无处不飞花"。古代的飞花令要求，对令人所对出的诗句要和行令人吟出的诗句格律一致，而且规定好的字出现的位置同样有着严格的要求。

　　而现行"飞花令"的游戏规则相对宽松得多，只要围绕关键字背诵出相应的诗句即可。即使这样，"飞花令"仍是真正高手之间的对抗，因为这不仅考察对令者的诗词储备，更是临场反应和心理素质的较量。

飞花令

目录

冬

冬

冬

汉乐府

乐府最初是秦时专管乐舞演唱教习的机构，汉武帝重建乐府，用来给采集的民间歌谣或文人诗配乐，其搜集整理的诗歌就叫"乐府诗"或"乐府"，最基本的艺术特色为叙事性，是继《诗经》《楚辞》而起的新诗体。

冬雷震震，夏雨雪

上邪

汉乐府

我欲与君相知，长命无绝衰。
山无陵，江水为竭。冬雷震震，夏雨雪。天地合，乃敢与君绝。

注释

邪：语气助词，表示感叹。

衰：衰减、断绝。

震震：形容雷声。

雨雪：降雪。雨，名词活用作动词。

简析

　　这首汉乐府民歌实际上是一首富有浪漫主义色彩的爱情誓言,"上邪"就是"天哪",抒情女主人公说"我欲与君相知,长命无绝衰",我想要和你相爱,直到天荒地老也不会衰减,更不会破裂。然后列举了五种不可能出现的自然现象,说只有这些情况出现,我才可能与你分手。这五种自然现象是大山被夷为平地,江河里的水都干枯了,冬天里打夏雷,夏天里下冬雪,天地合二为一!事实上,这些事情都是匪夷所思的,但是女主人公就是充分发挥了自己的想象力,郑重其事地宣布自己爱的誓言。这首诗对后世影响很大,敦煌曲子词中的《菩萨蛮》"枕前发尽千般愿,要休且待青山烂。水面上秤锤浮,直待黄河彻底枯。"这样的表达显然受了《上邪》的影响。就连《还珠格格》的插曲《当》的歌词"当山峰没有棱角的时候,当河水不再流……"也化用了本诗的诗意。

名家点评

　　〔明〕胡应麟:《上邪》言情,短章中神品!(《诗薮》)

　　〔清〕王先谦:五者皆必无之事,则我之不能绝君明矣。(《汉铙歌释文笺证》)

兰若生春阳，涉冬犹盛滋

兰若生春阳

汉·佚名

兰若生春阳，涉冬犹盛滋。
愿言追昔爱，情款感四时。
美人在云端，天路隔无期。
夜光照玄阴，长叹恋所思。
谁谓我无忧，积念发狂痴。

注释

兰若：香草名。

涉：经历。

愿言：犹"愿然"，沉思貌。

情款：情意诚挚融洽。

美人：犹言君子，指所思的人。

夜光：月。

玄阴：幽暗。

简析

《兰若生春阳》是汉朝无名氏作的民歌，这是作者怀念情人所作的诗。前两句写了兰花虽然生于春天，但是经历寒冬仍然旺盛，尽管受到风霜摧残，但是依然盛开，这是作者在做比喻，说明了自己虽然历尽辛苦但从来没有忘记过自己的爱人。"愿言追昔爱，情款感四时"两句是作者在沉思之中去回忆以前的情人，自己对对方的情感永远如旧。"美人在云端，天路隔无期"写的是所爱之人远游在外，就好像在云端让人觉得可望而不可即。这登天之路非常难找，相隔异地，相聚也就遥遥无期了。"夜光照玄阴，长叹恋所思"两句说的是每当月光照至幽暗处的时候，作者就更加怀念自己思念的人，无可奈何之际只有长声叹息了。最后写到谁说"我"没有苦衷呢，"我"想你想的都要发疯了。作者运用了比喻、夸张、对比等修辞手法，用细节、心理描绘的方法，淋漓尽致地描写了作者思念情人如痴如狂的心态。

玉衡指孟冬，众星何历历

明月皎夜光

汉·佚名

明月皎夜光，促织鸣东壁。
玉衡指孟冬，众星何历历。
白露沾野草，时节忽复易。
秋蝉鸣树间，玄鸟逝安适。
昔我同门友，高举振六翮。
不念携手好，弃我如遗迹。
南箕北有斗，牵牛不负轭。
良无盘石固，虚名复何益?

注释

　　皎夜光：犹言明夜光。

促织：蟋蟀的别名，一作"趣织"。

玉衡：指北斗七星中的第五星。

历历：逐个的意思，众星行列分明的样子。

忽：这里是急速、突然的意思。

易：变换。

玄鸟：燕子。

安适：往什么地方去？

简析

这首诗的第一句写在皎洁的月光下，蟋蟀浅浅低吟，不但表现出环境的幽静，心境的凄然，而且也暗示了时间是下半夜。第二句是说诗人默默无语，在月光下徘徊，诗人在这里已经感觉到深秋已在不知不觉中到来。当然，这里写了时间的快速流逝，人也在一天天老去，秋雁南归的时节也已到来。它们在诗人心上所勾起的，是流离客中的无限惆怅和凄怆。以上八句写出了诗人在月下彷徨悲哀之感。他因为理想的破灭而感到心烦意乱。"昔我同门友，高举振六翮。"这句写同门友人飞黄腾达了，但是自己的头顶之上，众星依然那么闪烁。可是诗人带着一种被遗弃的愤怒仰望星空时，偏偏又瞥见了"箕星"，于是自己生出怨气。看见星星，想起了身边人的冷漠，此时自己的苦闷无法发泄，就只能抬头看天，叩问星星了。诗歌最后，想到当年友人怎样信誓旦旦，声称同门之谊的"坚如磐石"，可而今"同门"虚名犹存，"磐石"一样的友情也再没有了。

背景

此诗是《古诗十九首》之一，具体创作时间难以证证。

孟冬寒气至，北风何惨栗

孟冬寒气至

汉·佚名

孟冬寒气至，北风何惨栗。
愁多知夜长，仰观众星列。
三五明月满，四五蟾兔缺。
客从远方来，遗我一书札。
上言长相思，下言久离别。
置书怀袖中，三岁字不灭。
一心抱区区，惧君不识察。

注释

孟冬：旧历冬季的第一月，即农历十月。

三五：农历十五日。

四五：农历二十日。

三岁：三年。

灭：消失。

区区：指相爱之情。

简析

这是妻子思念丈夫的诗。农历十月，寒气逼人，呼啸的北风多么凛冽。妻子满怀愁思，夜晚更觉漫长，抬头仰望天上罗列的星星，十五月圆，二十月缺。有客人从远地来，带给我一封信函，信中先说他常常想念着我，后面又说已经分离很久了。把信收藏在怀袖里，至今已过三年字迹仍不曾磨灭。我一心一意爱着你，只怕你不懂得这一切。丈夫久别，妻子凄然独处，对于季节的迁移和气候的变化异常敏感，因而先从季节、气候写起。冬天一来，她首先感到的是"寒"。"孟冬寒气至"，一个"至"字，把"寒气"拟人化，它在不受欢迎的情况下来"至"主人公的院中、屋里、乃至内心深处。第二句以"北风"补充"寒气"；"何惨栗"三字，如闻主人公寒彻心髓的惊叹之声。时入孟冬，主人公与"寒气"同时感到的是"夜长"。全诗表达了妻子对丈夫深深的思念。

背景

　　这首诗是《古诗十九首》中的一首，写的是妻子思念丈夫。

曹操

曹操（155—220），字孟德，一名吉利，小字阿瞒，沛国谯（今安徽亳州）人，汉族。东汉末年杰出的政治家、军事家、文学家、书法家。三国中曹魏政权的缔造者，谥号为魏武帝。

孟冬十月，北风徘徊

冬十月

东汉·曹操

孟冬十月，北风徘徊。
天气肃清，繁霜霏霏。
鹍鸡晨鸣，鸿雁南飞，
鸷鸟潜藏，熊罴窟栖。
钱镈停置，农收积场。
逆旅整设，以通贾商。
幸甚至哉！歌以咏志。

注释

孟冬：冬季的第一个月，农历十月。

徘徊：往返回旋；来回走动。

肃清：清扫。形容天气明朗高爽。

繁霜：繁多的霜雾。浓霜。

霏霏：飘洒，飞扬。泛指浓密盛多。

鹍[kūn]鸡：大鸡。鸟名。似鹤。

鸷[zhì]鸟：凶猛的鸟。如鹰、雕、枭等。

熊罴[pí]：熊和罴。皆为猛兽。

简析

　　初冬十月，北风呼呼地吹着，气氛肃杀，天气寒冷，寒霜又厚又密。鹍鸡在清晨鸣叫着，大雁向南方飞去，猛禽也都藏身匿迹起来，就连熊也都入洞安眠了。农民放下了农具不再劳作，收获的庄稼堆满了谷场，旅店正在整理布置，以供来往的客商住宿，这是一幅多么美妙而又和谐的图景！这首诗写于初冬十月，前八句主要描写了初冬的气候和景物。中四句写人事。诗人通过描写战后局部地区人民安居乐业、舒适和谐的生活，从侧面抒发了诗人要求国家统一、政治安定和经济繁荣的理想。

背景

　　《冬十月》写于建安十三年冬，出自曹操乐府诗《步出夏门行》。

曹植

曹植（192—232），字子建，曹操子，曹丕弟。封陈王，谥曰思，故世称陈思王。天资聪颖，才思敏捷。其创作以建安二十五年为界，分为前后两期。前期主要歌唱其理想和抱负，后期主要表达由理想与现实的矛盾所激起的悲愤。

秋兰可喻，桂树冬荣

《朔风诗五章》其四

汉·曹植

子好芳草，岂忘尔贻。
繁华将茂，秋霜悴之。
君不垂眷，岂云其诚！
秋兰可喻，桂树冬荣。

注释

悴：伤。

眷：顾念。

荣：茂盛。

简析

　　这首诗写冬寒时节诗人复还藩邑雍丘时的复杂情思。全诗大意是，你说过喜爱芳草，我就牢记着要把它们进献给你。谁料在它们荣华繁茂之际，你却驱使秋天的严霜，使它们归于憔悴凋零。你毫不顾念我的忠贞之心，还谈什么诚信？请你明白，我忠贞的意志就像那寒霜中的秋兰，北风前的桂木，决不易改。此诗除了悲叹"蓬转"的生活外又伤悼逝者，怀念远人。前四句运用屈原《离骚》的比兴方式，以"芳草"喻忠贞之臣、"秋霜"比小人，愤懑地大声责问：你（君王）说过喜爱芳草，我就牢牢记着要把它们进献给你；谁料到它们荣华繁茂之际，你却驱使秋天的严霜，使它们归于憔悴凋零！"君不垂眷"以下，诗人又以凛然之气，表明自己的心迹：即使君王毫不顾念，我的忠贞之心，也决无改易。请看看寒霜中的秋兰，朔风前的桂木吧：它们何曾畏惧过凝寒，改变过芬芳之性、"冬荣"之节！"秋兰可喻"二句，于悲愤中振起，显示了诗人那难以摧折的"骨气"之"奇高"。

背景

　　曹植壮志难酬、身如飘蓬，写下了名作《朔风诗五章》。

名家点评

　　〔当代〕张克礼：此诗赋、比、兴交替使用，自铸词句与化用前人诗文中的用语、意象相结合，抒发了诗人身处藩地复杂的情思，其中有怀念、忧伤、孤独和无奈，有焦灼的期盼，有忠贞的吐露。(《曹操曹丕曹植集》)

潘安

潘岳，字安仁，西晋著名文学家，自幼聪颖过人，乡人称其"奇童"，早年得司空太尉赏识荐举为秀才，勤政爱民，政绩显著。潘安容貌出众，每次驾车出去，总有些女子携手绕车，投花掷果，以示爱慕之意，世称美男子潘安。

荏苒冬春谢，寒暑忽流易

悼亡诗三首（其一）

西晋·潘安

荏苒冬春谢，寒暑忽流易。
之子归穷泉，重壤永幽隔。
私怀谁克从，淹留亦何益。
僶俛恭朝命，回心反初役。
望庐思其人，入室想所历。
帏屏无髣髴，翰墨有馀迹。
流芳未及歇，遗挂犹在壁。
怅恍如或存，回惶忡惊惕。
如彼翰林鸟，双栖一朝只。

如彼游川鱼，比目中路析。

春风缘隙来，晨霤承檐滴。

寝息何时忘，沈忧日盈积。

庶几有时衰，庄缶犹可击。

注释

荏苒（rěn rǎn）：逐渐。

谢：去。

流易：消逝、变换。

之子：那个人，指妻子。

穷泉：深泉，指地下。

重壤：层层土壤。

永：长。

幽隔：被幽冥之道阻隔。

俛俛（mǐn miǎn 闽免）：勉力。

朝命：朝廷的命令。

庐：房屋。

隙：即隙字，门窗的缝。

霤（liù 溜）：屋上流下来的水。

盈积：众多的样子。

庶几：但愿。

衰：减。

缶：瓦盆，古时一种打击乐器。

简析

《悼亡诗三首》是诗人悼念亡妻杨氏的诗作。开头四句点明妻子去世已经一年。诗人说，时光流逝，爱妻离开人世已整整一年，层层的土壤将他们永远隔绝了。诗人十分愿意留在家中，可是有公务在身，朝廷不会依从，这个愿望是难以实现的，只能返回原来任职的地方。第二部分，写诗人就要离家返回任所，临行之前，触景生情，心中有说不出的悲哀和痛苦。看到住宅，自然想起亡妻，她的音容笑貌宛在眼前；进入房间，自然忆起与爱妻共同生活的美好经历，她的一举一动，使诗人永远铭记在心间。可是，在罗帐、屏风之间再也见不到爱妻的形影。眼前的情景，使诗人的神志恍恍惚惚，好像爱妻还活着，忽然想起她离开人世，心中不免有几分惊惧。第三部分，冬去春来，寒暑流易，爱妻去世，忽已逾周年。又是春风袭人之时，诗人难以入眠。深沉的忧愁，难以消却，如同三春细雨，绵绵无休，盈积心头。要想使哀思衰减，只有效法庄周敲击瓦盆了。

名家点评

〔清〕陈祚明：安仁情深之子，每一涉笔，淋漓倾注，宛转侧折，旁写曲诉，刺刺不能自休。夫诗以道情，未有情深而语不佳者；所嫌笔端繁冗，不能裁节，有逊乐府古诗含蕴不尽之妙耳。(《采菽堂古诗选》)

陆机

陆机（261—303），字士衡，吴郡吴县（今江苏苏州）人，西晋文学家，与其弟陆云合称"二陆"。曾历任平原内史、祭酒、著作郎等职，世称"陆平原"。其作《平复帖》是我国古代现存于世最早的名人书法真迹。

冬来秋未反，去家邈以绵

饮马长城窟行
西晋·陆机

驱马陟阴山，山高马不前。
往问阴山侯，劲虏在燕然。
戎车无停轨，旌旆屡徂迁。
仰凭积雪岩，俯涉坚冰川。
冬来秋未反，去家邈以绵。
猃狁亮未夷，征人岂徒旋。
末德争先鸣，凶器无两全。
师克薄赏行，军没微躯捐。
将遵甘、陈迹，收功单于旃。

振旅劳归士，受爵藁街传。

注释

虏：中国古代对北方外族的贬称。

旌旆：旗帜。

猃狁：古族名。中国古代的一个民族，即犬戎，也称西戎，活动于今陕、甘一带，猃、岐之间。

旟：古代一种赤色曲柄的旗。

藁街：汉时街名，在长安城南门内，为属国使节馆舍所在地。

简析

"驱马陟阴山，山高马不前。往问阴山侯，劲虏在燕然。戎车无停轨，旌旆屡徂迁。"诗人驱马上阴山，阴山巍峨高大阻碍了马前行的脚步，此联写塞外之景，壮阔迷茫，渲染了一种壮烈豪迈之情。问向阴山的侯爷，知道劲敌在燕然一带。兵车从来没有停留的轨迹，战旗也屡次迁徙。"仰凭积雪岩，俯涉坚冰川。冬来秋未反，去家邈以绵。"这两句诗以景衬情，抬头看到战地的艰难环境，写出了阴山上艰苦的环境。冬天过去，秋天未返回，战士们离家的路程连绵不断。这几句通过战士们甚少回家，而战争路途凶险，写出了战士们报国的热血和军旅途中所遇到的艰难险阻。"猃狁亮未夷，征人岂徒旋。末德争先鸣，凶器无两全。师克薄赏行，军没微躯捐。将遵甘、陈迹，收功单于旟。振旅劳归士，受爵藁街传。"匈奴还没有平定，征战之人岂能徒劳返回，战争的号角已经吹响，就让我们奋勇杀敌，为国捐躯吧！全诗写出了战士们在战争中誓死保卫国家，为国家誓死效忠的品格。

背景

　　《饮马长城窟行》是汉代乐府古题，本诗在《玉台新咏》中署作蔡邕，但是关于此点历来有争议。

陶渊明

　　陶渊明（365—427），晋宋时期诗人、辞赋家、散文家。一名潜，字元亮，私谥靖节。浔阳柴桑（今江西九江西南）人。出生于一个没落的仕宦家庭。归田后20多年，是他创作最丰富的时期。传世作品共有诗125首，文12篇，后人编为《陶渊明集》

秋月扬明晖，冬岭秀孤松

四时

晋宋·陶渊明

春水满四泽，夏云多奇峰。
秋月扬明晖，冬岭秀孤松。

注释

　　孤松：一作"寒松"。

简析

　　"春水满四泽，夏云多奇峰。秋月扬明晖，冬岭秀孤松。"

隆冬过去，一泓春水溢满了田野和水泽，夏天的云变幻莫测，大多如奇峰骤起，千姿万态。秋月朗照，明亮的月光下，一切景物都蒙上了一层迷离的色彩，冬日高岭上一棵严寒中的青松展现出勃勃生机。全诗以春、夏、秋、冬四个字为开头，设计巧妙，风格悠然。诗人借助景物赞美自然，渲染气氛，抒发个人情怀，运用自然质朴的语言创造出自然美好与社会动荡及命运多舛不同的意境，充分展示了诗歌言志、言情的功能。

谢灵运

谢灵运（385—433），东晋陈郡阳夏（今河南太康）人，东晋名将谢玄之孙，小名"客"，人称谢客。又以袭封康乐公，称谢康公、谢康乐。著名山水诗人，主要创作活动在刘宋时代，中国文学史上山水诗派的开创者。

昼夜蔽日月，冬夏共霜雪

登庐山绝顶望诸峤

东晋·谢灵运

山行非有期，弥远不能辍。
但欲掩昏旦，遂复经圆缺。
扪壁窥龙池，攀枝瞰乳穴。
积峡忽复启，平途俄已绝。
峦垅有合沓，往来无踪辙。
昼夜蔽日月，冬夏共霜雪。

注释

绝顶：最高峰，最高处。

峤（jiào 轿）：山道。

弥：更加。

辍（chuò 绰）：停止。

遂：于是。

积：聚，累积。

峡：两山夹水处。

俄：突然间。

垅：丘垄。

沓（tà 踏）：多而重复。

辙（zhé 哲）：车轮压出的痕迹。

蔽：遮盖。

简析

　　此诗是作者登上庐山最高峰眺望四野山道时的抒怀之作。前半部分写作者来到庐山，并登上"绝顶"，实现了夙愿；放眼四顾，只见"积峡忽复启""峦垅有合沓"，这壮丽的自然景色使诗人感奋。作者原本并不打算在庐山中行走那么长时间，但因为庐山中景色优美，不舍离去，所以诗人在庐山中所待的时间远远的超过预期。作者原本打算在庐山住一日，不意为庐山秀色所羁，被释门旧友们挽留竟盘桓了一个月。后半部分讲作者扶着石壁窥探瀑布下面深潭，攀援枝间俯视钟乳石山洞。登高以后看到重叠的山岭豁然开朗，平坦的山路一会儿又被山岭封塞。由于群山万壑峥嵘起伏，少有人迹往来。这里山高林密，白天见不到太阳，晚上看不到月亮，山顶终年可见积雪。诗人通过对庐山优美景色的描写，体现出诗人对庐山景色的热爱。

背景

元嘉九年（432），康乐公赴临川任太守途中，登上庐山汉阳峰，写下此诗。

协以上冬月，晨游肆所喜

游岭门山诗

魏晋·谢灵运

西京谁修政，龚汲称良吏。
君子岂定所，清尘虑不嗣。
早莅建德乡，民怀虞芮意。
海岸常寥寥，空馆盈清思。
协以上冬月，晨游肆所喜。
千圻邈不同，万岭状皆异。
威摧三山峭，瀄汩两江驶。
渔舟岂安流，樵拾谢西芘。
人生谁云乐，贵不屈所志。

注释

盈：是满的意思，和诗中的"空"相对。

简析

这首诗是纪游之作。但诗的前半部分从治郡的政绩写起，这种闲笔似无关宏旨，实际上正透露了诗人潜结的意绪。诗人开篇说政事，西汉王朝，谁人能修明政治？龚遂、汲黯两位太守，世人都称好官。君子出仕，又何必定位京邑呢，前面有许多贤者，我步尘，恐怕不能接力。后八句（"协以"句至"樵拾"句）写景，记游山。作者到了永嘉，看到百姓生活幸福，民风淳朴。滨海之地，没有争讼烦恼事，都足以"空馆盈清思"了。后又以生僻险涩的用语来加强景观的崎岖险要之感。到末两句作者以言志作结，商人渔夫，顺着江河，安稳航驶，农夫樵子，林荫之中，落日归家。人之一生，如何是，快乐一世？可贵在于，无拘束，心志所之。诗人体物悟道，仿佛在游遨眺览中找到了精神的依托和凭借，终于发出了守志不屈、身处逆境之中而不向坎坷命运低头的抗争之声。

背景

此诗是公元422年（永初三年）谢灵运出任永嘉郡守之时所作。

鲍令晖

鲍令晖，南朝女文学家，东海（今山东省临沂市郯城县）人，著名文学家鲍照之妹，出身贫寒，能诗文，是南朝宋、齐两代唯一留下著作的女文学家。留传下来的有《拟青青河畔草》《客从远方来》《古意赠今人》等。

游用暮冬尽，除春待君还

自君之出矣
南北朝·鲍令晖

自君之出矣，临轩不解颜。
砧杵夜不发，高门昼常关。
帐中流熠耀，庭前华紫兰。
物枯识节异，鸿来知客寒。
游用暮冬尽，除春待君还。

注释

临轩：在窗前。

解颜：指开颜欢笑。

砧杵（zhēn chǔ）：亦作"碪杵"。指捣衣石和棒槌。亦指捣衣。

游用：游玩着。

暮冬：指冬季的末尾阶段。

简析

这是一首相思诗，表达妻子对丈夫的思念。"自君之出矣，临轩不解颜。"思妇寄书给丈夫说：自从你离家之后，我临窗祈盼，因为总是看不到你，而愁颜不展，难有笑容。"砧杵夜不发，高门昼常关。"古人洗衣服常把浸泡过的衣服放在临水的砧上，用棒槌敲击去除污渍。这里是说丈夫不在家，妻子不愿接触外界的人，非但白天都关上家门，而且连晚上也不捣衣，怕发出声音，传到外面，让不正经的人听了。"帐中流熠耀，庭前华紫兰"。这都是深秋的景象，是为下二句作铺垫的，触景生情，都归结到"物枯识节异，鸿来知客寒"。萤火虫飞入了帐帷，说明天凉了、已进入深秋。紫茎兰开出了白色的花，也是晚秋的景象，暗示着气候的变化。诗末两句是说，夫君你奔走在外，与人往来俯仰，直到暮冬尽了还不能回来，冬去春来，我都等着你归家！我一盼再盼，团聚的日子，现在又不得不后移了，真是秋水伊人、望眼欲穿啊！这首诗表达了妻子对在外丈夫的思念之情，妻子在家殷切盼望丈夫的归来以及对丈夫的忠贞不渝。

李世民

李世民（598—649），即唐太宗，生于武功之别馆（今陕西武功），是唐高祖李渊和窦皇后的次子，唐朝第二位皇帝，杰出的政治家、战略家、军事家、诗人。

寒辞去冬雪，暖带入春风

守岁

唐·李世民

暮景斜芳殿，年华丽绮宫。
寒辞去冬雪，暖带入春风。
阶馥舒梅素，盘花卷烛红。
共欢新故岁，迎送一宵中。

注释

芳殿：华丽的宫殿。下文绮宫亦同。

年：岁月。

丽：使动用法，使……美丽。

寒辞：年终岁寒。

去：消融。

馥：香气。

盘花：此指供品。

简析

年终岁寒，冬雪消融，暖洋洋的宫闱里似乎吹进了和煦的春风。巨大红烛点燃了，远远看上去，像一簇簇花团。君臣欢宴饮酒，喜度良宵，迎新年，辞旧岁，通宵歌舞。"暮景斜芳殿，年华丽绮宫。"作者以夕阳斜照、"年华"把芳殿、绮宫装扮得更加金碧辉煌来点明皇上于宫苑逢除夕，暗示题旨，给人以富丽堂皇之感。"寒辞去冬雪，暖带入春风。"紧承首联指出除夕是冬春交替之际——冰雪消融，寒冷的隆冬过去了；暖气回升，和煦的春天来到了。在这里，诗人从时令的转换角度给人以温馨的快意，酿造了一种暖洋洋、乐融融的节日气氛。"阶馥舒梅素，盘花卷烛红。"此句叙写梅花绽开，阵阵飘香。进一步渲染了春意。最后两句"共欢新故岁，迎送一宵中。"紧扣"守岁"，由宫廷而至天下。概述举国欢庆、共度良宵，辞旧迎新的普遍现象，从而浓化了宫苑守岁的热烈气氛。

背景

贞观年间，国家繁荣强大。在除夕守岁间出现了皇宫里外迎新年，辞旧岁的繁华景象，唐太宗为此作下此诗。

杜审言

杜审言（约645—708），字必简，中国唐朝襄州襄阳人，是大诗人杜甫的祖父。少与李峤、崔融、苏味道齐名，称"文章四友"，是唐代"近体诗"的奠基人之一，作品多朴素自然。其五言律诗，格律谨严。

冬氛恋虬箭，春色候鸡鸣

除夜有怀
唐·杜审言

故节当歌守，新年把烛迎。
冬氛恋虬箭，春色候鸡鸣。
兴尽闻壶覆，宵阑见斗横。
还将万亿寿，更谒九重城。

注释
虬箭：古时漏壶中的箭，水满箭出，用以计时。

简析

"故节当歌守，新年把烛迎。"过节的时候就要有欢歌跳舞，新年到来都要点蜡烛。"冬氛恋虬箭，春色候鸡鸣"所说的是冬天的气氛让人觉得时间过得很快，春天早上的景色很美，就好像在等待鸡叫，"兴尽闻壶覆，宵阑见斗横。还将万亿寿，更谒九重城。"描绘的是游兴满足后，听到投签游戏的声音，在春日里又一直玩到通宵公鸡打鸣的画面。这首诗颔联"冬氛恋虬箭，春色候鸡鸣"中"恋"字生动形象地写出了冬日气氛静谧，让人感觉到时间过得飞快。而春色在迫不及待来临。表现了人们喜悦的心情，和对新年的期待和企盼。

仲冬山果熟，正月野花开

旅寓安南

唐·杜审言

交趾殊风候，寒迟暖复催。
仲冬山果熟，正月野花开。
积雨生昏雾，轻霜下震雷。
故乡逾万里，客思倍从来。

注释

交趾：汉武帝所置十三刺史部之一，辖境相当今广东、广西的大部和越南的北部、中部。后来泛指五岭以南。这是指越南北部。

仲冬：冬季的第二个月。

简析

岭南的气候真特殊，严寒来得迟，暖风又常吹。山果冬天熟，野花正月开。雨天生雾气，霜天会打雷。故乡远在万里外，这特殊的气候使我的乡愁更加倍。诗开篇中"交趾"一词点题，交代了羁旅的地点是古代的交趾。相传这里的人因脚趾长得不同一般，所以才称为交趾人，地便是因人而得名。颔联着重写景物，上句"仲冬山果熟"，描绘高寒山区在仲冬时节果实累累，仿佛中原的秋天一样。这对北方人来说实在新鲜。这也是对首联中"寒迟"的进一步具体化描写。下句"正月野花开"，写的是新春正月山花烂漫，可见气候非常温和，如同中原夏季。第三联着重描叙天气，"积雨生昏雾"，是写安南经常长时间阴雨不断，积水不干，雾气蒙蒙。尾联照应题目直抒羁旅之情，"故乡逾万里，客思倍从来。""逾万里"是渲染其远，并非实写。安南距中原实际上只有五六千里路，在古代交通不便，也是数月的行程，与家人难通音讯，所以作客的愁思胜于往常。该诗中诗人的语言通俗，明白如话，不以故饰，风格朴实自然。

背景

唐中宗神龙元年（705），杜审言被流放到峰州，途经安南，因怀念家乡在客舍或驿站中写了这首诗。

宋之问

宋之问（约656—约712），字延清，一名少连，初唐时期的诗人，与沈佺期并称"沈宋"。其诗的成就后期高于前期，艺术创作上以形式取胜，对仗工整，音韵协调，语言上词采绮丽，对律诗体制的定型有很大影响。

岭外音书断，经冬复历春

渡汉江
唐·宋之问

岭外音书断，经冬复历春。
近乡情更怯，不敢问来人。

注释
来人：渡汉江时遇到的从家乡来的人。

简析
诗人被贬之后难以忍受流放之地的生活偷偷跑回洛阳，这首诗讲的是自己身处人生低谷中对家人的关爱之情。前两句

"岭外音书断，经冬复历春"写了自己被贬之后居于岭南的生活情境。本来在那蛮荒之地生活已经困苦不堪了，但是更让人难以忍受的是精神上的痛苦，因为诗人和家人之间的没有来往，音信全无，自己根本不知道是怎么样地熬过了春夏秋冬。诗人从地域上的隔绝、通信上的隔绝和时间上的长久三个方面描写自己的心情，实在难以忍耐，诗人偷偷逃回洛阳，可是他"近乡情更怯，不敢问来人"。作者离故乡越近心理就越是胆怯，甚至不敢向从家乡出来的人打听一句。这是作者的一种矛盾心情，因为自己长久以来没有家里人的消息，所以急切地想要赶到家中，但是因为自己担忧家人的命运，又不敢去了解，这时候诗人的忧虑被写到了极点。

背景

神龙二年（706），宋之问从被贬之地逃回洛阳，途经汉江时写下此诗。还有一种说法说这首诗是李频由贬所逃归洛阳，途经汉江时所作。

名家点评

〔清〕黄白山、朱之荆："怯"字写得真情出。（《增订唐诗摘钞》）

〔清〕李锳："不敢问来人"，以反笔写出苦况。（《诗法易简录》）

李福业

李福业，生卒年、字号均不详，仅知为唐高宗调露二年（680）进士，为唐代之人。因参与"五王诛二张"被流放番禺，流传于世的诗歌仅此一首。

冬去更筹尽，春随斗柄回

岭外守岁

唐·李福业

冬去更筹尽，春随斗柄回。
寒暄一夜隔，客鬓两年催。

注释

更筹：古代夜间报更用的计时竹签。
斗柄：北斗柄。指北斗的第五至第七星。

简析

一般来说一首绝句中有一联是对仗，但是这首诗共四句，其中一、二句对仗，三、四句也是对仗。"冬去更筹尽，春随斗柄回"写冬天逝去，春天回返。这里的"斗柄"指的是呈现出勺子状的北斗星的柄，北斗星斗柄会根据时间的变换而旋转，这时候它的柄就分别指向不同的方向。除夕之夜北斗星柄指向正北。"寒暄一夜隔"讲的是寒冷的变化，和唐太宗《于太原召侍臣赐宴守岁》诗"一夕变冬春"的意思一样，说明除夕之夜是跨越两年的一天。在这一天里"客鬓两年催"，有岁月催人老的意味。这首诗表面写除夕有感，实际上体现了作者在牛李党争过程中为自己遭受诬陷鸣不平，同时也进一步担心如此政治情况下的王朝命运。

祖咏

祖咏（699—746），字、号均无记载，唐代诗人。擅长诗歌创作，年少诗名就已远扬。祖咏的诗歌以赠答酬和、羁旅行役、山水田园之作为主，其山水诗水平最高，语言简洁、含蓄深厚。

屋覆经冬雪，庭昏未夕阴

苏氏别业

唐·祖咏

别业居幽处，到来生隐心。
南山当户牖，沣水映园林。
屋覆经冬雪，庭昏未夕阴。
寥寥人境外，闲坐听春禽。

注释

别业：别墅。
沣（fēng）水：水名，发源于秦岭，经户县、西安入渭水。
未夕：还未到黄昏。
阴：天色昏暗。

人境：尘世；人所居止的地方。

春禽：春鸟。

简析

　　这首诗题写友人苏氏别业园林的寂静、景物的清幽。在这样的环境中，人们会身心两忘，万念俱寂，油然而生归隐之心。别墅地处在幽独闲静的僻壤，当着窗扉能看到南山的远影，粼粼沣水掩映着园林的风光。经冬的残雪仍覆盖在竹梢上，太阳未落山庭院已昏暗无光。寂寥的幽境仿佛是世外桃源，闲听春鸟声能慰藉人的愁肠。首联两句概述苏氏别业的清幽宁静，先点明别墅坐落在深山幽僻之处，再抒写自己一到别墅就产生了隐逸之情。叙事干净利落，开篇即点明主旨。以下，就从各个角度写景抒情。颈联描写别墅园庭，竹林上覆盖着积雪，白天的庭院却显得幽暗，以此烘托出苏氏别业环境的清幽。尾联两句总括全诗。"寥寥人境外"，写诗人的感受。置身在这清幽的深山别墅之中，他感到自己仿佛已脱离了尘世，整个身心融入到空阔的太虚境中，一切烦恼、杂念全都消失了。于是，他静静地坐下来，悠闲地聆听深山中春鸟的啼鸣。诗人在篇末表现自己闲坐听春禽，以声音传递出春的讯息。

名家点评

　　〔唐〕殷璠：剪刻省净，用思尤苦。气虽不高，调颇凌俗。（《河岳英灵集》）

王维

王维（701—761，一说699—761），字摩诘，号摩诘居士，唐朝著名诗人、画家。山水田园诗派代表人物，诗歌清新淡远，自然脱俗，被称为"诗佛"。苏轼说："味摩诘之诗，诗中有画；观摩诘之画，画中有诗。"

冬宵寒且永，夜漏宫中发

冬夜书怀

唐·王维

冬宵寒且永，夜漏宫中发。
草白霭繁霜，木衰澄清月。
丽服映颓颜，朱灯照华发。
汉家方尚少，顾影惭朝谒。

注释

夜漏：漏，漏壶，古计时器。壶有浮箭，上刻符号表时间，昼夜凡百刻，在昼谓之昼漏，入夜谓之夜漏。意为夜间的时刻。

霭：盛貌。

简析

冬天夜晚冷又长，宫中传出更鼓的声响。白草茫茫蒙浓霜，木叶萧疏冷月舒朗。华服映照我衰颓容颜，红灯照着我白发苍苍。正当朝廷尚年少，上朝却不禁顾自对着影子哀伤。本诗借景抒情，以冬夜的肃杀衬托自己仕途失意的萧索。又以丽服、朱灯与颓颜、华发的对比，表现诗人无奈的迟暮心情。王维不是真写自己老迈无用，顾影自惭，而是写自己不受重用，与执政者的心意相左。王维早在天宝十一年即为吏部郎中，而至天宝末，转为给事中，官阶并未升迁。诗人的孤独与苦闷之情，只能在诗中作委婉的流露。诗从他入值省中起笔，写寒夜漫长，漏滴声声，木衰月清。这萧条冷寂的冬夜景色，更加强了诗人的迟暮之感。

背景

此诗大约作于天宝元年（742）前后。

名家点评

〔宋〕刘辰翁：极平易，有点化。（《王孟诗评》）

〔明〕陆时雍：三四轻便。（《唐诗镜》）

李白

李白（701—762），字太白，号青莲居士，又号"谪仙人"，是盛唐伟大的浪漫主义诗人，被誉为"诗仙"，与杜甫并称为"李杜"。其乐府、歌行及绝句成就为最高，诗歌汪洋恣肆，想象奇特，对后世影响很大。

途冬沙风紧，旌旗飒凋伤

出自蓟北门行

唐·李白

虏阵横北荒，胡星曜精芒。
羽书速惊电，烽火昼连光。
虎竹救边急，戎车森已行。
明主不安席，按剑心飞扬。
推毂出猛将，连旗登战场。
兵威冲绝幕，杀气凌穹苍。
列卒赤山下，开营紫塞傍。
途冬沙风紧，旌旗飒凋伤。
画角悲海月，征衣卷天霜。

挥刃斩楼兰，弯弓射贤王。
单于一平荡，种落自奔亡。
收功报天子，行歌归咸阳。

注释

虏阵：指敌阵。

胡星：指旄头星，古人认为旄头星是胡星，当它特别明亮时，就会有战争发生。

精芒：星的光芒。

羽书：同羽檄。这里指告急的文书。

虎竹：泛指古代发给将帅的兵符。

明主：英明的皇帝。

不安席：寝不安席，形容焦急得不能安眠。

毂（gǔ）：车轮。

幕：通"漠"。

简析

作者以当时胡虏之事为题，以小说般的叙事结构，勾绘了一幅生动的画卷：胡人横侵塞北，北征之将帅平荡单于，擒其君长，使其种落奔散，凯旋归于咸阳。这首诗在歌颂反击匈奴贵族侵扰战争的同时，也描绘了远征将士的艰苦生活。全诗分为四段。前六句写胡人兴兵，战事骤起。首二句胡人兴兵北荒，渲染出大战来临之前紧张压抑的氛围。一、二句表现出匈奴敌军来势汹汹的场面。三、四两句表现出军队的临危不惧，反映出将士们的坚定意志。"明主"四句写出了君臣一心，共御外辱的坚定信念。后"兵威"八句，首先是汉兵气势雄伟，其次是列阵开营，随后四句描写的是沙场苦况。战士们的铁衣上凝起寒霜，反映出军旅生活的条件之艰苦，而战士们不惧艰辛，舍命保国，反衬出战士们浓浓的爱国情怀。末六句写战胜强敌，凯旋归来。全诗描绘了一幅激烈的战争场面，将士们奋力抗击匈奴，最终取得了战争的胜利。虽描写胜利，但给人更多的并非喜悦之情，而是充满了悲怆凄凉之感。

背景

天宝十一年（752），李白北游蓟门时，面对边塞风光，内心有感而发，作成此诗。

名家点评

〔当代〕詹锳：李白描写了富有特征的燕蓟风物和紧张激烈的征战场面，明显是对古题的继承，但诗中所表现的所向无敌的气势和乐观高亢的情绪却与古题的慷慨悲壮迥异，这样一种盛世之音，正源于诗人对唐朝前期强大国力的强烈自豪和高度自信。(《20世纪李白研究论文精选集》)

冬夜夜寒觉夜长，沉吟久坐坐北堂

夜坐吟

唐·李白

冬夜夜寒觉夜长，沉吟久坐坐北堂。
冰合井泉月入闺，金缸青凝照悲啼。
金缸灭，啼转多。掩妾泪，听君歌。

歌有声，妾有情。情声合，两无违。
一语不入意，从君万曲梁尘飞。

注释

夜坐吟：乐府古题。

北堂：谓妇人居处。

冰合井泉：谓天寒井水结冰。

无违：没有违背。

简析

李白的这首诗在当时那个时代中表达了非常先进的爱情观。第一句"冬夜夜寒觉夜长"出自《古诗十九首》中的"愁多知夜长"，说的是寒夜漫漫，但是那个人并没有感到只是久坐沉吟。细看这里的风光凄凉，泉水结冰，月光凄冷地照进了闺房，女子在此深思面带泪痕，忽然灯火被风吹灭，这让她更加伤心欲绝。就在这个时候，她听到了远处飘来的男子的歌声。从这歌声中，她听到了男女声情相合的感觉。对女子来讲，她追求的是两情相悦、情投意合。只有这种情谊才能将女子从悲伤的痛苦中解救出来，这才是真正的爱情的力量。这首诗认为男女双方真正的爱情应当建立在双方情感相同，情投意合基础之上，也只有李白这样的天才人物才能在那个时代中呈现出这样的进步思想。

背景

这首诗的具体创作时间不详，主要是借乐府旧题来表达女性的爱情观。

名家点评

〔明〕钟惺、谭元春："悲啼"字不悲，悲在"照"字（"金缸青凝"句下）；诗乐妙理，尽此十二字中（"歌有声"四句下）。(《唐诗归》)

〔明〕钟惺、谭元春："从君"二字，娇甚，恨甚。似鲍参军"体君歌，逐君音，不贵声，贵意深"，而以"一语不入意"二句，露出太白爽快聪俊之致。(《唐诗归》)

〔明〕唐汝询：沉着宛转，曲尽闺思，犹恨末语决绝，少《国风》温润话头。(《汇编唐诗十集》)

耿湋

耿湋（wéi）（约公元763年前后在世），字洪源，河东（今属山西）人，唐代诗人，大历十才子之一。登宝应元年进士第，官右拾遗。工诗，与钱起、卢纶、司空曙诸人齐名。湋诗不深琢削，而风格自胜。

白草三冬色，黄云万里愁

陇西行

唐·耿湋

雪下阳关路，人稀陇戍头。
封狐犹未剪，边将岂无羞。
白草三冬色，黄云万里愁。
因思李都尉，毕竟不封侯。

注释

稀：稀少。
戍：军队防守。

简析

这首诗写了阳关路上有大雪覆盖，在边关的人们已经很稀少了，可是外面的胡人还没有处理清楚，将军也不自觉地心里有一种羞耻感，白草在冬天有各种颜色，黄云奔腾万里，散发着丝丝的哀愁。但是这时我却忆起了李都尉，因为他丰功伟绩却无缘封侯。前两句写景，写出边关的地形险要，人烟稀少，后面写人物内心的心理活动，写出将军不除去敌人的蒙羞状态，第三句情景交融，通过白草的状态，黄云散发的愁色表现出作者自己的哀愁、悲苦之感，最后一句是用李都尉自喻，表达自己不被重用的愁苦。这首诗通过一系列的描写，抒发了作者的悲苦，表现了一个孤独悲苦，壮志难酬的人物形象。

背景

耿湋一生久经离乱，所经过的地方比较广，到过辽海，到过西北，这些对他的诗都有影响，他以边塞为题材的诗篇，此诗为其中一首。

杜甫

杜甫（712—770），字子美，唐代伟大的现实主义诗人，后人称之为"诗圣"，其诗被称为"诗史"。后世称其老杜、杜拾遗、杜工部、杜少陵、杜草堂。他的诗歌沉郁顿挫，内容上忧国忧民，对后世文人的影响很大。

驱车石龛下，仲冬见虹霓

石龛
唐·杜甫

熊罴咆我东，虎豹号我西。
我后鬼长啸，我前狨又啼。
天寒昏无日，山远道路迷。
驱车石龛下，仲冬见虹霓。
伐竹者谁子？悲歌上云梯。
为官采美箭，五岁供梁齐。
苦云直箖尽，无以充提携。
奈何渔阳骑，飒飒惊蒸黎！

注释

石龛（kān）：犹石室。

狖：音戎，猿类。

昏无日：昏暗没有日色。

简析

"熊罴咆我东，虎豹号我西。我后鬼长啸，我前狖又啼。"诗人叠用四个"我"字，很是新奇，写出了山路险恶可怕。"天寒昏无日，山远道路迷。"天气寒冷，昏暗又没有日色，山路愈看愈远。"驱车石龛下，仲冬见虹霓。"作者此处记载此地气候的殊异，因为按一般情况，十月没有虹。"伐竹者谁子？悲歌上云梯。"伐竹的人是谁啊，吟着悲歌便上山去了。"上云梯"，攀登高山，此处颇有李白《梦游天姥吟留别》："脚着谢公屐，身登青云梯"之意，写出了其道途危苦颠沛，叹行路之艰。"为官采美箭，五岁供梁齐。苦云直簳尽，无以充提携。"伐木的人说，自己五岁便到了这里，可以做箭干的竹子都砍完了。手中空无所携。因采不到箭，交不了差，因而悲歌。"奈何渔阳骑，飒飒惊蒸黎。"无奈安史之乱啊，使民不聊生。表达了诗人对百姓生活的同情。

名家点评

〔清〕浦起龙：后（八句）又因龛边所值之人事，触手生出文情。（《读杜心解》）

〔清〕宋宗元："熊罴"四句，即入中幅铺排语。赞头写出，顿见突兀，可惜位置法。（《网师园唐诗笺》）

〔清〕杨伦：蒋云：万惨毕集，抵一篇《招魂》读。添出怕人（"仲冬"句下）。（《杜诗镜铨》）

金华山北涪水西，仲冬风日始凄凄

野望

唐·杜甫

金华山北涪水西，仲冬风日始凄凄。
山连越巂蟠三蜀，水散巴渝下五溪。
独鹤不知何事舞，饥乌似欲向人啼。
射洪春酒寒仍绿，目极伤神谁为携。

注释

　　金华山：在射洪县北，县又在涪水之西。《方舆胜览》：金华山，在梓州射洪县。

　　越巂：《汉书》：越巂郡，本益州西南外夷，武帝初开置。《唐书》：巂州越巂郡，属剑南道。

简析

　　《野望》是唐代诗人杜甫创作的一首七言律诗。诗人出城野望，表面上一派清旖景色，潜藏在下面的却是海内风尘。忧国伤时，想起诸弟流离分散，自己孑然身在天涯，未来就更见艰危，表现出一种沉痛的感情。诗的首联写野望时所见的西山和锦江景色，三蜀，在当时驻军严防吐蕃入侵，是蜀地要镇。颔联由野望联想到兄弟的离散和孤身浪迹天涯，由战乱推出怀念诸弟，自伤流落的情思。颈联抒写迟暮多病不能报效国家之感，杜甫虽流落西蜀，而报效李唐王朝之心，却始终未改，足见他的爱国意识是很强烈的。尾联写野望的方式和对家国的深沉忧虑。诗以"野望"为题，是诗人跃马出郊时感伤时局、怀念诸弟的自我写照。在艺术结构上，颇有控纵自如之妙。

孟冬十郡良家子，血作陈陶泽中水

悲陈陶

唐·杜甫

孟冬十郡良家子，血作陈陶泽中水。
野旷天清无战声，四万义军同日死。
群胡归来血洗箭，仍唱胡歌饮都市。
都人回面向北啼，日夜更望官军至。

注释

　　陈陶：地名，即陈陶斜，又名陈陶泽，在长安西北。

　　孟冬：农历十月。

　　良家子：从百姓中征召的士兵。

　　无战声：战事已结束，旷野一片死寂。

　　义军：官军，因其为国牺牲，故称义军。

简析

　　"孟冬十郡良家子，血作陈陶泽中水。"初冬时节，从十几个郡征来的良家子弟，一战之后鲜血都洒在陈陶水泽之中。"旷野天清无战声，四万义军同日死。"蓝天下的旷野现在变得死寂无声，四万名兵士竟然在一日之内全部战死。"群胡归来血洗箭，仍唱胡歌饮都市。"野蛮的胡兵箭镞上滴着善良百姓的鲜血，唱着人们听不懂的胡歌在长安街市上饮酒狂欢。"都人回面向北啼，日夜更望官军至。"长安城的百姓转头向陈陶方向失声痛哭，日夜盼望唐朝军队打回来恢复昔日的太平生活。陈陶之战伤亡是惨重的，但是杜甫没有客观主义的展览伤痕，而是从战士的牺牲中，从沉默的气氛中，从人民流泪的悼念中，从他们对国家命运的忧虑中发现并写出了特定时期的悲壮美。全诗寓主观于客观，把对胡虏的仇恨、对官军的痛惜、对长安百姓的同情、对国家命运的忧虑等种种感情，都凝聚在特定的场面中，体现出一种悲壮的美。

背景

唐肃宗至德元载（756）冬，唐军跟安史叛军在陈陶作战，唐军四五万人几乎全军覆没。杜甫这时被困在长安，诗即为这次战事而作。

名家点评

〔宋〕葛立方："野旷天清无战声，四万义军同日死。"言房琯之败也。琯临败犹持重，而中人邢延恩促战，遂大败，故甫深悲之。(《韵语阳秋》)

〔宋〕刘克庄：……琯虽败，犹为名相。至叙陈陶、潼关之败，直笔不恕，所以为诗史也。(《后村诗话》)

况当仲冬交，溯沿增波澜

寒硖
唐·杜甫

行迈日悄悄，山谷势多端。
云门转绝岸，积阻霾天寒。
寒硖不可度，我实衣裳单。
况当仲冬交，溯沿增波澜。
野人寻烟语，行子傍水餐。
此生免荷殳，未敢辞路难。

注释

仲冬：冬季的第二个月。

寒硖：地名，读作 hán xiá。

简析

开头四句写诗人路经寒硖时所见景物。首句，诗人先从大处落墨，概写旅途劳顿和谷深路险。继写环境之恶劣，秋云密布，硖谷幽深，寒意逼人，光线昏暗，似乎无路可寻。后四句写秋冬之交，水流湍急，寒硖难越，加之腹空衣单，饥寒相煎，写出了长期饱受饥寒艰辛之苦，凄凉沉郁、哀壮感伤之情。"野人寻烟语，行子傍水餐。此生免荷殳，未敢辞路难。"描写走出寒硖后，沿途所见人物活动。炊烟袅袅中，诗人向野人打问路径，发现历经战乱后，老百姓流离失所，在河边餐饮。目睹这一情景后，诗人由衷发出了"此生免荷殳，未敢辞路难"的喟叹。如果能免除战祸，老百姓不再荷殳从军，安居乐业，自己历经艰险，长途跋涉，又何妨呢？诗人以环境险恶，来衬托个人际遇之苦，诗句中透露着严峻紧张的气氛。诗人由自身遭遇、眼前现实而联想到老百姓的苦难，忧民感乱、悲天悯人的人道主义情愫溢于言表。

背景

唐肃宗乾元二年（759）秋天，四十八岁的诗人杜甫抛弃了华州司功参军职务，流寓陇右，开始了"因人作远游"的艰难历程，于同年十月初到达同谷县。途经成州（今甘肃西和县）时留下了数十首纪行诗，《寒峡》便是其中最精彩的诗篇之一。

名家点评

〔明〕周珽：崔德符曰：昔韩子苍尝论此诗笔力变化，当与太史公诸赞方驾，学者宜常讽诵之。陈继儒曰：此与《铁堂峡》《青阳峡》篇，幽奥古远，多象外异想，悲风泣雨，入蜀人不堪读。周珽曰：首二句已括峡中行旅之苦，下数句正叙山谷多端苦势，"势"字可畏。（《唐诗选脉会通评林》）

❄热鸳鸯病，峡深豺虎骄

又雪

唐·杜甫

南雪不到地，青崖沾未消。
微微向日薄，脉脉去人遥。

冬热鸳鸯病，峡深豺虎骄。

愁边有江水，焉得北之朝。

注释

鸳鸯：又名乌仁哈钦、官鸭、匹鸟、邓木鸟，是经常出现在中国古代文学作品和神话传说中的鸟类。

简析

《又雪》是杜甫所作五言律诗，前面应有雪诗一章，疑脱漏矣。诗人以"又雪"为题，摹景状物，情景交融，极富神韵。第一联中一个"沾"字传神地写出了南方积雪湿重不够蓬松的特点，突出了蜀地冬季环境的寒冷。第二联中两个叠音词"微微""脉脉"，栩栩如生地描绘出一幅雪景。第三联"冬热"两句，通过"鸳鸯""虎"对比揭示蜀地气候宜人和环境的雄奇瑰伟，也为末句写北归长安作铺垫。尾联中"焉得北之朝"中的"北之朝"应指诗人向北回到京城长安，"焉得"二字写出诗人渴望回到京师的迫切心情。全诗语言朴实，刻画细致入微。这首诗表达了作者心忧天下，关心民间疾苦之情。

背景

此诗是永泰元年冬杜甫所作。

名家点评

〔明〕王嗣奭：峡深有虎负嵎之势。陶渊明《咏雪》诗："凄凄岁暮风，翳翳经日雪。倾耳无希声，在目皓已洁。"摹写最工。上四仿佛似之，皆状物佳句。(《杜臆》)

天时人事日相催，冬至阳生春又来

小至

唐·杜甫

天时人事日相催，冬至阳生春又来。
刺绣五纹添弱线，吹葭六琯动浮灰。
岸容待腊将舒柳，山意冲寒欲放梅。
云物不殊乡国异，教儿且覆掌中杯。

注释

小至：指冬至前一日，有的也认为是冬至后的一日。

五纹：指五色彩线。

云物：景物。

乡国：家乡。

覆：倾，倒。

简析

《小至》这首诗写的主要是冬至前后的时令变化，全诗融写景、叙事和抒情为一体，充满了生活情趣。首联"天时人事日相催，冬至阳生春又来"说冬至之后白天变长，夜晚变短，颇有"冬天已经来了，春天还会远吗"的意境。第二联"刺绣五纹添弱线，吹葭六琯动浮灰"写人情，刺绣女工因为白天变长所以可以多绣几根线，判断时令的律管内能够吹出了蒹葭的灰。第三联"岸容待腊将舒柳，山意冲寒欲放梅"是作者的想象，岸上的柳树要抽新芽，山中的梅花也要竞相开放。尾联说"云物不殊乡国异，教儿且覆掌中杯"，这是作者的抒情，他想到自己在异乡为异客的无可奈何，只能让儿子拿出酒来尽情饮用了。这首诗充分展现出诗人对"冬至"这个节气的敏锐感受。

背景

唐代宗大历元年（766）杜甫居住在夔州，当时他生活安定，心情舒畅，于是写了此诗。

冬至至后日初长，远在剑南思洛阳

至后

唐·杜甫

冬至至后日初长，远在剑南思洛阳。
青袍白马有何意，金谷铜驼非故乡。
梅花欲开不自觉，棣萼一别永相望。
愁极本凭诗遣兴，诗成吟咏转凄凉。

注释

剑南：这里指蜀地。因在剑门关以南，故称。

青袍白马：这里指的是幕府生活。

金谷铜驼：金谷园、铜驼陌，皆洛阳胜地。

棣萼：比喻兄弟。

简析

首句写出了冬至后的特点，白天开始越来越长而黑夜渐短。诗人写此诗时，远在剑南，所以思念洛阳。第二联写诗人的青少年时期是在洛阳度过的，而且他和李白也是在此相识。诗人在严武的幕府中志不自展，成都虽也有如金谷、铜驼一类的胜地，但毕竟不是故乡金谷铜驼。"青袍白马"指的是诗人当时的处境，只是一个闲官卑职。"非故乡"，并不是指洛阳不是诗人的故乡，而是说洛阳的金谷园、铜驼陌等风景经历了安史之乱之后今非昔比。第三联写梅花正含苞欲放，作者不自觉地想起洛阳的兄弟朋友。"棣萼"由景寄情，表达对远在洛阳的兄弟朋友的思念。尾联写愁闷的诗人本想写首诗来排遣，没料到反而更觉得凄凉。全诗抒发了诗人对故乡、对亲人的深切思念。

背景

杜甫写此诗时，正在剑南朋友严武那里做幕僚，虽蒙器重，但有志不得伸，有乡不得归，身在四川，心在洛阳。

名家点评

〔清〕仇兆鳌：金谷铜驼，洛阳遭乱矣。因梅花而念棣萼（兄弟），总是触物伤怀。(《杜诗详注》)

瀼东瀼西一万家，江北江南春冬花

夔州歌十绝句（其五）

唐·杜甫

瀼东瀼西一万家，江北江南春冬花。
背飞鹤子遗琼蕊，相趁凫雏入蒋牙。

注释

趁：《字书》：趁，逐也。

简析

《夔州歌十绝句》是唐代大诗人杜甫创作的组诗。第五首写了夔州的优美风景。第一联"瀼东瀼西一万家，江北江南春冬花。"描写了幽美的环境，瀼东瀼西两条小河所在的地方比较平旷，这两处人烟比较稠密。夔州长江两岸四季花开。第二联"背飞鹤子遗琼蕊，相趁凫雏入蒋牙"是说，白鹤常从茂林香花中飞起，野鸭时时戏逐于江水之中。诗中不说"白鹤"而说"鹤子"，不说"野鸭"而说"凫雏"，不说"蒋草"而说"蒋芽"，这就显示出这些生物在那里生存繁衍、自得其所的一派生机勃勃的景象。

背景

唐代宗大历元年（766）杜甫几经漂泊初寓夔州（今重庆奉节），一连写下十首绝句，合为《夔州歌十绝句》。

古人己用三冬足，年少今开万卷余

柏学士茅屋

唐·杜甫

碧山学士焚银鱼，白马却走深岩居。
古人己用三冬足，年少今开万卷余。
晴云满户团倾盖，秋水浮阶溜决渠。
富贵必从勤苦得，男儿须读五车书。

注释

柏学士：其人不详。杜甫另有七古《寄柏学士林居》。

碧山：指柏学士隐居山中。

白马：这里用来指代柏学士。

开：开卷，指读书。

团：意为圆，在此形容"倾盖"。

简析

"碧山学士焚银鱼，白马却走深岩居。"安史之乱的战火使柏学士失去了官职，昔日常参议朝政，直言相谏的他，将茅屋搭建在险峻的碧山之中，隐居于此。"古人己用三冬足，年少今开万卷余。"但他仍像汉代文学家东方朔一样的刻苦读书，虽然他年少，但已学业有成。"晴云满户团倾盖，秋水浮阶溜决渠。"这句化用了北周王褒《轻举篇》的句子"俯观云似盖"。这两句描写了柏学士茅屋的外景。

仇注：云如倾盖之团，言其浓。水似决渠之溜，言其急也。观茅屋户外，那祥云如车盖一样密密地聚集，秋水顺着道路，如大水决渠一样地湍急流去。"富贵必从勤苦得，男儿须读五车书。"自古以来荣华富贵必定从勤苦中得到，有识之男应当如柏学士一样去博览群书，以求功名。旧疑此诗不似对学士语。全诗表达了作者奉劝青年人好学，年少积学之功，安可少哉。

背景

此诗当作于公元767年（唐代宗大历二年），当时杜甫56岁，居夔州（今重庆市奉节县）。

名家点评

〔清〕仇兆鳌：学士茅居旧有藏书，上四句叙事，五六句写屋前秋景，七八句勉其子侄。下截承上。杜诗近体有两段分截之格，有两层遥顶之格。此章若移晴云、秋水二句，上接首联；移古人、年少二句，下接末联，分明是两截体。今用遥顶，亦变化法耳。又中间四句，平仄仄平俱不合律，盖亦古诗体也。(《杜诗详注》)

皇甫冉

皇甫冉（约717—约771），字茂政，男，汉族文人。祖籍甘肃泾州，出生于润州丹阳（今江苏镇江）。天宝十五年进士。其诗清新飘逸，多漂泊之感。

野色春冬树，鸡声远近邻

送薛秀才
唐·皇甫冉

虽是寻山客，还同慢世人。
读书惟务静，无褐不忧贫。
野色春冬树，鸡声远近邻。
郄公即吾友，合与尔相亲。

注释

惟：只。

无褐：没有粗劣短衣。形容贫苦。

相亲：互相亲近。

简析

这是一首抒发志趣的五言律诗，传达了诗人乐于读书、自在闲适的情感。前两联中作者将自己比作寻山的隐士，认为读书是为了使自己安静，读书可以让自己没有忧愁。突出读书的乐趣，营造平淡喜乐之感。第三联中描写发自"象外之趣"的静美之境，表现出了自然景物和田园生活中某种特别的情趣和意蕴。写到"野色""鸡声"，捕捉住田园生活富于特征的景物。在勾勒景物基础上，进而有着"春冬""远近"两组词语的运用，使诗句在时间和空间上有了跨度。读者眼前会展现一派活色生香的图画，这正是诗人所偏爱的境界。最后一句"相亲"二字有意无意得之，既抒发了对友人的思念之意，又衬托得"山客"的居处与心境之间的宁静，其意境主要在"静"字上。诗人之"乐"也就在这里。

张谓

张谓，生卒年没有记载，字正言，唐朝诗人。他的诗歌辞精意深，很讲究格律，诗风清正，大多是饮宴送别之作。其七言律诗，大多奇警之句，有人认为李、杜以后，其诗最为传神。

不知近水花先发，疑是经冬雪未销

早梅

唐·张谓

一树寒梅白玉条，迥临村路傍溪桥。
不知近水花先发，疑是经冬雪未销。

注释

迥：远。

傍：靠近。

销：通"消"，这里指冰雪融化。

简析

这首诗赞美早梅，其中作者没有正面赞叹，全都做侧面描写，这恰是诗人此诗最高明的地方。第一句"一树寒梅白玉条"描写的是梅花早开的美丽姿容，写雪白的梅花在冬末这样寒冷的季节开得密集缤纷。第二句"迥临村路傍溪桥"主要描写梅花的生长环境，这里赋予梅花人的特点，说它是有意来到这偏僻的小桥流水旁生长，这说明梅花的不随波逐流。最后两句"不知近水花先发，疑是经冬雪未销"则抒发诗人自己的内心感受，说人们都不知道这是白色梅花提前开放了，还以为冬天的白雪还没有融化呢！诗人惊喜于梅花的早开，赞美其高洁的品格。这和王安石《梅花》中"遥知不是雪，为有暗香来"的诗意是一样的。

背景

这首诗是张谓的代表作，诗人生卒年不详，此诗具体创作时间也不详。也有人认为这首诗的作者是比张谓稍晚的诗人戎昱所作。

名家点评

〔明〕钟惺、谭元春：到作迟想，妙！妙！(《唐诗归》)

韦应物

韦应物（737—792），中国唐代著名诗人。因出任过苏州刺史，世称"韦苏州"。韦应物的诗歌创作成就很大，是中唐文学艺术成就较高的诗人，其山水田园诗，清丽闲淡，和平之中时露幽愤之情。

是时冬服成，戎士气益振

军中冬燕
唐·韦应物

沧海已云晏，皇恩犹念勤。
式燕遍恒秩，柔远及斯人。
兹邦实大藩，伐鼓军乐陈。
是时冬服成，戎士气益振。
虎竹谬朝寄，英贤降上宾。
旋馨周旋礼，愧无海陆珍。
庭中丸剑阑，堂上歌吹新。
光景不知晚，觥酌岂言频。
单醪昔所感，大酿况同忻。

顾谓军中士，仰答何由申。

注释

晏：晚，此处指岁晚。

式燕：设宴。

秩：官吏的职位或品级。

柔远：安抚远方。

兹邦：此郡。

伐鼓：击鼓。

戎士：兵士。

气：意气。

谬：误，此处为自谦之词。

简析

第一句"沧海已云晏，皇恩犹念勤。"交代了时间背景，已经到了一年的岁末了，这里直接点明了写诗的目的。"是时冬服成，戎士气益振。"现在士兵的士气高亢，写出了军容盛壮，诸多赞许包含其中。诗中景象繁荣，士气大振。又写宾客欢乐，一片和谐。"庭中丸剑阑，堂上歌吹新。"一句写出了不见刀剑，却见乐曲动人，满是诗人对当下盛况的赞誉。"顾谓军中士，仰答何由申"一句以将军士兵的自谦写出了和谐美好。全诗满是作者对朝廷盛状的赞美，亦如诗如画，将一片昌盛尽现我们眼前。本诗为韦应物众多著名诗文创作中的一首。主要描写朝代盛况。文笔犀利，诙谐耐人寻味。

名家点评

〔清〕纪昀：应物五言古体源于陶，而化于三谢。故真而不朴，华而不绮。(《四库全书总目提要》)

〔清〕宋濂：一寄穰秾鲜于简淡之中，渊明以来，盖一人而已。(《宋文宪公集》)

李约

　　李约，字在博，一作存博，自号为"萧斋"。宋州宋城人，唐朝宗室之后，为郑王元懿玄孙，汧公李勉之子。李约官任兵部员外郎，与主客员外郎张谂同官。传到现在的有《东杓引谱》一卷。

身贱悲添岁，家贫喜过冬

岁日感怀

唐·李约

曙气变东风，蟾壶夜漏穷。
新春几人老，旧历四时空。
身贱悲添岁，家贫喜过冬。
称觞惟有感，欢庆在儿童。

注释

　　曙：天刚亮。

　　蟾壶：一种蟾蜍形的漏斗。

　　贱：地位卑下。

　　觞：盛酒的器具。

简析

　　这首《岁日感怀》生动逼真地再现了古代春节辞旧迎新的景致与气氛：新年子夜后，曙光初现时，不仅旧岁计时蟾壶中的水已经漏完，需要更换新的蟾壶，就连凌晨的空气也变得温暖起来，新春降临了；虽然岁月在催人老，但好在度过了难熬的冬季，值得举杯庆贺。那些无忧无虑、欢呼雀跃的少年真令人艳羡。"东风"及"新春"都象征着新的一年悄然而至，虽然诗人家境贫寒但是仍然感到欣喜，在孩童们的欢庆声中诗人更感受到了老人与儿童、新事物与旧事物的相互交接。一年到头人们往往会感叹"时光易逝催人老"，但在李约这首诗中我们能读到的是他不光为自己身体患病且年事已高的处境而忧郁，更为儿童们迎接新春时的欢庆而感到欣慰。

吕温

吕温（771—811），字和叔，又字化光，唐河中（今永济市）人。德宗贞元十四年（798）进士，次年又中博学宏词科，授集贤殿校书郎。历司封员外郎、刑部郎中，后徙衡州，甚有政声，世称"吕衡州"。

严冬不肃杀，何以见阳春

孟冬蒲津关河亭作
唐·吕温

息驾非穷途，未济岂迷津。
独立大河上，北风来吹人。
雪霜自兹始，草木当更新。
严冬不肃杀，何以见阳春。

注释
肃杀：严酷萧瑟的样子。

简析

作者写这首五言古体诗，表现出自己内心的一种心态，一种积极乐观的心态。停止驾车不是因为无路可走了，没有渡河也不是因为没找到渡口。我一个人独立大河边上，任凭北风迎面吹袭。从现在开始霜雪就要来了，欺霜傲雪的草木应该更加生机勃发。因为没有冬天的酷冷严寒，怎么会有阳春三月的欣欣向荣呢？有了雪的来临，草木才可以郁郁葱葱，可以更加生机勃勃。"严冬不肃杀，何以见阳春"写出了只有经历冬天的严寒冷酷，才能够拥有得到美好的春天，经历磨炼才能够有所收获，收获到意想不到的意外之喜。任何美好的事物都要经历一些困难，这样的春天才更加值得我们去珍惜。通过这首诗可以看出作者当时的处境，虽然自己身处他地，自己饱受他人的排挤，不能够实现自己的伟大理想，但是作者积极乐观，不畏惧这些风雨，即使被贬，也不可自我放弃，只有经历过冬天的磨炼，才能够迎来美好的生活。表现出了作者积极向上，不惧困难的心态。

孟郊

孟郊（751—814），字东野，唐代著名诗人。湖州武康（今浙江省德清县）人，祖籍平昌。先世居洛阳，后隐居嵩山。因其诗作多写世态炎凉，民间苦难，故有"诗囚"之称，与贾岛并称"郊寒岛瘦"。

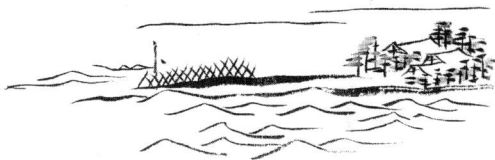

孟冬阴气交，两河正屯兵

感怀

唐·孟郊

孟冬阴气交，两河正屯兵。
烟尘相驰突，烽火日夜惊。
太行险阻高，挽粟输连营。
奈何操弧者，不使枭巢倾。
犹闻汉北儿，怙乱谋纵横。
擅摇干戈柄，呼叫豺狼声。
白日临尔躯，胡为丧丹诚。
岂无感激士，以致天下平。
登高望寒原，黄云郁峥嵘。

坐驰悲风暮，叹息空沾缨。

注释

屯兵：驻扎军队。

挽粟：运送粮食。

操弧：持弓发箭。

干戈：均为古代兵器，因此后以"干戈"用作兵器的通称，后来引申为战争。

简析

这首诗是作者以反映现实，揭露藩镇罪恶为主题，抒发自己感慨的诗作。第一句"孟冬阴气交，两河正屯兵"渲染出了河的两岸两军对峙，正在交战的紧张氛围，交代了地点和时间。烟尘四起，烽火燎原，两军驰往交战，战场上刀光剑影，"烟尘""烽火""操弧""枭巢""干戈""豺狼"等意象的运用，生动表现出战争的激烈与残酷。敌军密谋叛乱，善战勇猛，呼叫如豺狼一样凶狠，显示了战斗的艰难。而诗人"胡为丧丹诚"的反问，则是自己感情的真实抒发。一个人活在世间怎么能丧失忠诚之心？这个时候就应该有忠诚之士奋不顾身，让天下安定下来。诗人黄昏登高望远，只看到"寒原""黄云""悲风"，满腔报国之心，却无法施展，只能化为一声叹息。全诗表达了作者壮志未酬、报国无门的愤慨之情。

李贺

李贺（约791—约817），字长吉，中唐的浪漫主义诗人，其诗多慨叹生不逢时和内心苦闷，诗作想象丰富，经常运用神话传说来托古寓今，开创了“长吉体”。后人称他为“鬼才”“诗鬼”，其诗文被称为“鬼仙之辞”。

冬暖拾松枝，日烟坐蒙灭

题赵生壁

唐·李贺

大妇然竹根，中妇舂玉屑。
冬暖拾松枝，日烟坐蒙灭。
木藓青桐老，石井水声发。
曝背卧东亭，桃花满肌骨。

注释

蒙灭：朦胧。

曝背：以冬日暖背。

桃花：肤色也。

简析

　　此诗语言瑰丽奇峭，想象神奇瑰丽、旖旎绚烂。开头前两联诗句描写景物想象瑰丽绚烂，冬日访赵生，言其隐居之闲适。抒发作者意图隐居的心理，构造出波谲云诡、迷离惝恍的境界。第三句"木藓青桐老，石井水声发。"以其大胆、诡异的想象力，对景物从视觉、听觉两个方面进行描写，表现出了其色之翠，其声之清。一动一静，勾画出一幅清丽诡谲的美景。"曝背卧东亭，桃花满肌骨。"描写出闲适恣意的生活场景，其色瑰丽，其状悠哉，表达了作者内心苦闷，渴望隐居的心理。全诗以景抒情，运用瑰丽诡谲的笔法，大胆想象，表达了内心的苦闷，抒发了作者对时政失望，意图隐居的美好意愿。

名家点评

　　〔南宋〕吴正子：题壁如此，必皆实景。变化得不俗。此是长吉语意，托之赵生耳。(《李长吉诗笺注》)

白居易

白居易（772—846），字乐天，号香山居士、醉吟先生，唐代伟大诗人，诗歌题材广泛，形式多样，语言平易通俗，被称为"诗魔""诗王"。白居易与元稹共同倡导新乐府运动，世称"元白"，与刘禹锡并称"刘白"。

杲杲冬日出，照我屋南隅

负冬日
唐·白居易

杲杲冬日出，照我屋南隅。
负暄闭目坐，和气生肌肤。
初似饮醇醪，又如蛰者苏。
外融百骸畅，中适一念无。
旷然忘所在，心与虚空俱。

注释

杲杲：日出明亮的意思。
隅：屋角的洞穴、角落。

负暄：冬天受日光曝晒取暖。
醇醪：意为味厚的美酒。
百骸：全身骨骼的泛称。
与：随着。

简析

  诗人为我们描述了一幅冬日暖阳图。诗人看到冬日的太阳刚刚出来，阳光正好照在房屋的南角落里，他独自一个人坐在冬日暖阳下，享受着阳光洒在皮肤上，在阳光中十分惬意。接着作者描述了沐浴阳光的感受，"负暄闭目坐"就是写他在阳光下闭着眼睛，阳光照在肌肤上十分的温暖。刚刚坐到太阳下时像是在饮十分醇厚的美酒，渐渐地又感觉像是刚刚苏醒时十分温暖的感觉。"百骸畅"写出诗人在阳光下感觉全身的骨骼都舒畅了，"中适一念无"写出心理上因为暖阳的照射都变得愉悦，没有任何的烦恼。"旷然忘所在，心与虚空俱"写出诗人的感受，忘记了自己在哪里，也忘记了忧愁。全诗通过写诗人沐浴冬日暖阳的感觉和心理变化，体现出诗人闲适恬淡的心境和悠然自得的生活。本诗通俗易懂，以小见大，从诗人的闲适生活中体现出他对生活的态度。诗人可以通过非常细微的事情忘记烦恼，忘记忧愁，并且从中体会到生活的乐趣和人生中与众不同的情致，这是十分难能可贵的。

谁知严冬月，支体暖如春

新制布裘

唐·白居易

桂布白似雪，吴绵软于云。
布重绵且厚，为裘有馀温。
朝拥坐至暮，夜覆眠达晨。
谁知严冬月，支体暖如春。
中夕忽有念，抚裘起逡巡。
丈夫贵兼济，岂独善一身。
安得万里裘，盖裹周四垠。
稳暖皆如我，天下无寒人。

注释

布裘：布制的绵衣。

吴绵：当时吴郡苏州产的丝绵，非常著名。

馀温：温暖不尽的意思。

拥：抱，指披在身上。

支体：支同"肢"，支体即四肢与身体，意谓全身。

中夕：半夜。

逡（qūn）巡：走来走去，思考忖度的样子。

简析

这首诗体现了他"为国""为民"的主张。诗中反映出他能跨越自我、"兼济"天下的博大胸襟，表现了诗人推己及人、爱民"如我"的人道主义精神，以及封建社会开明官吏乐施"仁政"、惠及百姓的进步思想，激动人心。"丈夫贵兼济，岂独善一身"是全诗的警句，反映了白居易的思想：大丈夫贵在兼济天下，做利国利民之事，不能只顾独善一身。这两句可视为白居易的抱负和志向，也可视为他希望实行"仁政"的政治主张和处世哲学。作品结尾四句"安得万里裘，盖裹周四垠。稳暖皆如我，天下无寒人"，源于杜甫《茅屋为秋风所破歌》："安得广厦千万间，大庇天下寒士俱欢颜，风雨不动安如山。"它表明，两位伟大诗人的博爱情怀都是一致的。宋代黄澈在《巩溪诗话》中曾对两诗的优劣进行了论述。其实这大可不必区分优劣。两人都是面对自我处境的一种超越。无论自身寒暖，诗人心中念念不忘、重重忧虑的都是天下百姓。

背景

关于此诗的创作时间，主要有两种说法：一说此诗约作于唐宪宗元和元年（806）；另一说此诗约作于元和六年（811）至八年（813）之间。

半销宿酒头仍重，新脱冬衣体乍轻

早兴

唐·白居易

晨光出照屋梁明，初打开门鼓一声。
犬上阶眠知地湿，鸟临窗语报天晴。
半销宿酒头仍重，新脱冬衣体乍轻。

睡觉心空思想尽，近来乡梦不多成。

注释

晨光：曙光；阳光。

语：作动词，鸣叫之意。

冬衣：冬季御寒的衣服。

睡觉（jué）：睡醒。

乡梦：思乡之梦。

简析

从诗的结构看，前两联写诗人在早晨的所闻所见，后两联则是抒发诗人对早春气象的感受。也许是因为诗人对春天特有的敏感，他一大早就醒来了。此时晨光初照，早鼓正响，大概是天气转暖、大地变得潮湿的缘故吧，那在台阶上贪睡的小狗儿也摆摆尾巴，懒洋洋地爬起来；小鸟正在窗前叽叽喳喳不停地欢叫着，似乎是在向人们报告着美好天气的到来，催促着人们早早起床。第三联中"半销宿酒头仍重"说明昨日饮酒甚多。春宵佐以美酒，自是人生一大乐事，以致诗人忘了自身的酒量，开怀畅饮，一醉方休，到次日早晨起来尚有头重脚轻之感。"新脱冬衣"表明正是早春气候，脱去冬衣会令人焕然一新，轻松爽快，所以说"体乍轻"。"体乍轻"而"头仍重"，值此酒意未竟消之际，当有头重脚轻、飘飘无定之感。这既是实写酒意未消时身体真实的感觉，同时也是美好的春色令诗人陶醉。他忘记了一切忧愁和烦恼，以致"睡觉心空思想尽，近来乡梦不多成"，全篇无论是写自然景物还是写自己的生活与心态，都笔致轻灵素淡，充满着情趣。

背景

　　《早兴》是唐代诗人白居易于唐穆宗长庆三年（823）在杭州创作的一首七律。

十月江南天气好，可怜冬景似春华

早冬

唐·白居易

十月江南天气好，可怜冬景似春华。
霜轻未杀萋萋草，日暖初干漠漠沙。
老柘叶黄如嫩树，寒樱枝白是狂花。
此时却羡闲人醉，五马无由入酒家。

注释

　　可怜：可爱。

　　春华：春光。

　　萋萋：形容草长得茂盛。

　　漠漠：形容广漠沉寂。

　　柘：一种贵重木材。

　　羡：羡慕。

　　无由：无缘无故，不知不觉。

简析

全诗描写了江南早冬时节场景，前六句诗着重写景，后两句诗抒发了作者面对初冬江南场景的感情。"十月江南天气好，可怜冬景似春华。"江南的十月天气很好，冬天的景色像春天一样可爱。"霜轻未杀萋萋草，日暖初干漠漠沙。"寒霜没有冻死小草，太阳却晒干了大地。诗句对十月初冬江南气候仍然温暖的状况，描写得十分真切，诗句准确而形象。"老柘叶黄如嫩树，寒樱枝白是狂花。"老柘树虽然叶子黄了，但仍然像初生的一样。寒樱不按照时序生长，开出一枝枝白花。"狂"字也凸显了寒樱的与众不同。"此时却羡闲人醉，五马无由入酒家。"这个时候的我只羡慕喝酒人的那份清闲，不知不觉走入酒家。当时诗人白居易任太守，因此不能随意入肆饮酒，所以才发出了"却羡闲人醉"的感叹。此诗也表达了诗人对江南早春的喜爱和对悠闲、恬淡生活的向往。

卧听冬冬衙鼓声，起迟睡足长心情

晚起
唐·白居易

卧听冬冬衙鼓声，起迟睡足长心情。
华簪脱后头虽白，堆案抛来眼校明。
闲上篮舆秉兴出，醉回花舫信风行。
明朝更濯尘缨去，闻道松江水最清。

注释

华簪：华贵的冠簪。

篮舆：古代供人乘坐的交通工具，类似后世的轿子。

濯：洗。

简析

诗人任职官吏，勤恳致力政事。虽年事已高，闲暇之时，及时行乐，乘车而出，顺流而行，好不快哉！一心想要途经松江，一览美景奇观。"卧听冬冬衙鼓声，起迟睡足长心情。"帐中，听见衙门的鼓声被敲响，因为起得晚，睡眠充足心情也变得愉快起来了，紧扣诗题。"华簪脱后头虽白，堆案抛来眼校明。"展现出诗人年事已高，头上白发斑斑，但处理起放在案桌上的文卷，明辨曲直，一丝不苟，仔细审查的样子。"闲上篮舆秉兴出，醉回花舫信风行。"闲暇时，诗人坐着篮舆乘兴而出，酒酣时乘着装饰华美的游船顺风而行，及时行乐，放松自我。"明朝更濯尘缨去，闻道松江水最清。"听说松江的水清澈见底，那么明日就到那里去洗濯一下冠缨吧，高洁的情操得以彰显。

邯郸驿里逢冬至，抱膝灯前影伴身

邯郸冬至夜思家

唐·白居易

邯郸驿里逢冬至，抱膝灯前影伴身。

想得家中夜深坐，还应说着远行人。

注释

抱膝：以手抱膝而坐，有所思貌。

夜深：就是深夜。

远行人：离家在外的人，这里是作者自己。

简析

这首诗的题目已经直接告诉我们诗人写的是独在异乡的作者在冬至这天怀念亲人的思想感情。前两句"邯郸驿里逢冬至，抱膝灯前影伴身"是纪实性的描写，自己在冬至的时候孤苦一人，所以会引起思乡之情。冬至这个节气在古代非常重要，一般都是和亲人一起度过。后边两句"想得家中夜深坐，还应说着远行人"采用了想象的方法，说我想着全家深夜围坐一起的时候，应该会说"咱们家还有一个远行的人没有回来啊"！诗人实际上是自己想家，但是这两句诗却不直接写自己的思乡之情，而去推测家里人在聚会的时候发现家里少了自己，颇多挂怀，所以一定也不快乐。这首诗非常能体现白居易作品语言浅近、平实质朴却又感人至深的特点。

背景

唐德宗贞元二十年（804），白居易担任秘书省校书郎，这首诗作于此时。

名家点评

〔宋〕范晞文：白乐天"想得家中夜深坐，还应说着远行人"，语颇直，不如王建"家中见月望我归，正是道上思家时"有曲折之意。（《对床夜语》）

李德裕

李德裕（787—850），字文饶，赵郡赞皇（今河北赞皇）人，唐代政治家、文学家、战略家，牛李党争中李党领袖。出身于赵郡李氏西祖房，早年以门荫入仕，历任校书郎、监察御史、翰林学士等多职。

未抽萱草叶，才发款冬花

忆平泉杂咏·忆药栏
唐·李德裕

野人清旦起，扫雪见兰芽。
始畎春泉入，惟愁暮景斜。
未抽萱草叶，才发款冬花。
谁念江潭老，中宵旅梦赊。

注释

药栏：泛指花栏。

野人：泛指村野之人；农夫。

畎（quǎn）：田间小沟。

萱草：植物名。俗称金针菜、黄花菜，多年生宿根草本，夏秋采挖。

款冬：多年生草本植物。严冬开花。

江潭：江水深处。

中宵：中夜，半夜。

简析

　　此诗是李德裕回忆平泉山庄所作诗作中的一首，主要描写了作者居住在平泉山庄的惬意的环境，通过回忆平泉山庄的种种来表达作者对此地的喜爱。此诗中，诗人通过对生活细节及环境描写表达了对时光飞快流逝的喟叹。"野人清旦起，扫雪见兰芽"，农夫在扫雪时看到了新长的嫩芽，冬季的雪还在，春天的嫩绿就迫不及待地出来了，作者在此借"雪"与"兰芽"的对比表现了季节更替之快，时间流逝之快。"始畎春泉入，惟愁暮景斜"则写出了作者感叹时光已逝，唯恐"暮景"的悲伤心情。"未抽萱草叶，才发款冬花"又有异曲同工之妙，夏秋的植物与严冬的植物同样表达了时光飞逝，一去不复返。"谁念江潭老，中宵旅梦赊。"在作者眼中，连"江潭"也易老，而半夜的"旅梦"想必也是一件奢侈之事了。全诗为我们呈现了一幅闲适的平泉山庄的风景画面，诗人运用了多处景物描写，用代表季节变化的象征来表现自然界光阴流逝，人生易老。

李商隐

李商隐（约813—约858），字义山，号玉溪（谿）生、樊南生，晚唐最出色的诗人之一，与杜牧合称"小李杜"，与温庭筠合称"温李"。其诗构思新奇，风格秾丽，尤其爱情诗和无题诗写得缠绵悱恻，优美动人。

玄蝉去尽叶黄落，一树冬青人未归

访隐者不遇成二绝（其一）

唐·李商隐

秋水悠悠浸墅扉，梦中来数觉来稀。
玄蝉去尽叶黄落，一树冬青人未归。

注释

墅扉：别墅的门户。

玄蝉：即蝉。

青：女贞树别种，经霜不凋。

简析

这首诗既有对那些优游山林，超尘出俗的高人隐士风范的期羡，又暗暗展示自己如隐士般清高雅致的风情，形神超越。两联诗"秋水悠悠浸墅扉，梦中来数觉来稀。玄蝉去尽叶黄落，一树冬青人未归。"秋水慢慢悠悠地浸湿了别墅的门，晚上睡觉多做了几个梦，觉得睡得少了。树上的知了不叫了，树上的黄叶也落了，一树的冬青经过了风霜的凋零，归人却还未还。诗里给人无限遐想的空间，诗人闲中取神，密则力厚而思沉。用字色鲜。色显者如"黄"与"青"，二字色艳，形成强烈的视觉冲击力。整首诗表达了诗人徘徊于今日与来日，现实与幻想，入世与出世之间矛盾伤感的魂灵，也体现出诗人的闲适恬淡的闲情逸致和超凡脱俗的心境。

侵夜鸾开镜，迎冬雉献裘

陈后宫

唐·李商隐

茂苑城如画，阊门瓦欲流。
还依水光殿，更起月华楼。
侵夜鸾开镜，迎冬雉献裘。
从臣皆半醉，天子正无愁。

注释

茂苑：语出《穆天子传》与左思《吴都赋》，本不指宫苑。孙吴筑苑城，东晋于其地置台省，称台城。宋有乐游苑、华林园，齐有芳林，新乐等苑，皆在台城内。故借茂苑泛指宫苑。

阊门：即阊阖，传说中的天门，此指宫门。

水光殿、月华楼：均泛指为游宴观赏而建的宫殿楼阁。

鸾开镜：开鸾镜。

雉献裘：献雉裘。《晋书·武帝纪》载太医司马程据献雉头裘。

简析

本篇内容不切陈事，当为托古讽今之作。"茂苑城如画，阊门瓦欲流。还依水光殿，更起月华楼。"京都之宫苑富丽如画，宫门上的陶瓦金碧辉煌，似欲流金；陈后主盛修华美宫室，无时休止。通过描写宫殿之奢华，用工之靡费，为读者营造一幅亡国图，发悲音现异兆。"侵夜鸾开镜，迎冬雉献裘。"入夜彩鸾鸟对镜长鸣不止，晋咸宁太医献野鸡头裘。"从臣皆半醉，天子正无愁。"臣醉君无愁，北齐后主好弹琵琶，自为《无愁之曲》，民间谓之无愁天子。天子无愁百姓有愁，国家命运危在旦夕，统治者却不知及时改正，匡正时弊。全诗描写苑囿之丽，宫室之侈，服饰之华，女色之言，群臣宴乐，燕雀处堂，不知祸之将至，最终乐往哀来，竟以亡国。作者心系国家前途，全诗无一字不表达内心对敬宗执政的忧虑。

朱庆馀

朱庆馀（生卒年不详），名可久，字庆馀，以字行，越州（今浙江绍兴）人，唐代诗人，喜老庄之道。宝历二年（826）进士，官至秘书省校书郎，见《唐诗纪事》卷四六、《唐才子传》卷六，《全唐诗》存其诗两卷。

自古承春早，严冬斗雪开

早梅

唐 · 朱庆馀

天然根性异，万物尽难陪。
自古承春早，严冬斗雪开。
艳寒宜雨露，香冷隔尘埃。
堪把依松竹，良涂一处栽。

注释

　　根性：本性，根性。

　　雨露：雨和露，亦偏指雨水。

尘埃：飞扬的灰土。

简析

第一联写梅花天然的本性就与别的植物不同，世间的其他事物都不能与它一样。第二联写梅花自古都是趁着早春的时候开花，在严冬时节与白雪争奇斗艳。第三联写其"宜"雨露与"隔"尘埃，更加显示了它的清高，作者还用"艳寒"与"香冷"来联系它，可见梅在作者心中的地位高不可攀。尾联中"松竹"象征节操坚贞的贤人，只有如此之物才适合与梅花"一处栽"。全诗表达了作者对梅的喜爱与对梅花般的坚贞高尚情操的追求。

韩偓

（约842—约923），晚唐五代诗人，乳名冬郎，字致光，号致尧，晚年又号玉山樵人。陕西万年县（今樊川）人。李商隐称赞其诗是"雏凤清于老凤声"。其诗多写艳情，称为"香奁体"。

梅花不肯傍春光，自向深冬著艳阳

梅花

唐·韩偓

梅花不肯傍春光，自向深冬著艳阳。
龙笛远吹胡地月，燕钗初试汉宫妆。
风虽强暴翻添思，雪欲侵凌更助香。
应笑暂时桃李树，盗天和气作年芳。

注释

傍：依附，依仗。

龙笛：指笛。

初：开始。

强暴：强横凶暴。

添：增加。

更：更加。

年芳：美好的春色。

简析

从第一联看，所谓"不肯傍春光"，原为梅花盛开于寒冬，至春光灿烂之际而逐渐凋谢，故有此句以咏梅花之本性。而从寓意之角度言，特别联系韩偓此时之遭际看，显然此春光乃别有所指。第二联"龙笛远吹胡地月，燕钗初试汉宫妆"，这两句均从不同角度歌咏梅花飘逸清丽之神韵气质，及其曼妙为人所宠爱之情态。凡此均可见诗人在朝廷中受恩宠之优渥美好之一面。第三联"风虽强暴翻添思，雪欲侵凌更助香"。"雪欲侵凌更助香"也是咏梅之句，即所谓"梅花香自苦寒来"之意。从寓托的角度而言，则其意为朱全忠之流的侵凌迫害，反而使我不畏强暴，坚守士人之劲节操守，犹如疾风见劲草。综上所述，可见此诗既是咏梅，更是借咏梅而多有托喻讽刺之作。这首诗充分反映出韩偓以梅花自拟，不肯向权贵低头，要到偏远地区去依附王审知的决心，在唐室统治危机之际表达忠贞、恪守名节。

冯道

冯道（882—954），字可道，号长乐老，瀛州景城（今河北沧州西北）人，五代宰相。冯道早年曾效力于燕王刘守光，历仕后唐、后晋、后汉、后周四朝，后周显德元年（954）四月，冯道病逝，追封瀛王，谥号文懿。

冬去冰须泮，春来草自生

天道

五代·冯道

穷达皆由命，何劳发叹声。
但知行好事，莫要问前程。
冬去冰须泮，春来草自生。
请君观此理，天道甚分明。

注释

穷达：贫穷富贵。

皆：都。

但：只要。

莫：不要。

前程：将来。

泮：消融，融化。

明：透彻，理解。

简析

　　这首诗紧扣题目，句句体现着"天道"在人的一生中体现的巨大作用。首联"穷达皆由命，何劳发叹声"讲述贫穷富贵都是天意，不需要长吁短叹。第二联"但知行好事，莫要问前程"告诉人们只要把握现在做好当下的事情，不要管将来会怎样。第三联以冬去春来说理，冬天过去了冰雪就会消融，春天来了花草就会开放。尾联总结全诗，你要是能参悟这个道理，就能把世间万事万物都看透彻了。这首诗没有华丽的辞藻，而是以理服人，平铺直叙中暗藏着顺其自然的人生哲理。

背景

　　本文为作者随手所写，表现了他在日常生活中的心得体会。

王禹偁

王禹偁（954—1001），北宋白体诗人、散文家。字元之，晚被贬于黄州，世称王黄州。王禹偁为北宋诗文革新运动的先驱，在诗、文两方面的创作较为突出，作品多反映社会现实，风格清新平易，表现出积极用世的政治抱负。

明年纵便量移去，犹得今冬雪里看

官舍竹

宋·王禹偁

谁种萧萧数百竿？伴吟偏称作闲官。
不随夭艳争春色，独守孤贞待岁寒。
声拂琴床生雅趣，影侵棋局助清欢。
明年纵便量移去，犹得今冬雪里看。

注释

岁寒：一年中的寒冷季节，深冬。
移去：指贬官。

简析

作者因谪居而倍感世态炎凉，人情冷漠，心情之郁闷可想而知。一日临窗而观，忽见一片透明澄澈的碧色，带着丝丝凉意，仿佛要染绿人的鬓发须眉，作者顿觉耳目清爽，心旷神怡。岁寒四友之一的竹，依依似君子，志在干青云，诗人看似在咏竹，实际上是在自咏。两联对仗。颔联写竹子的品格，同时也表现出作者的气节。颈联写竹子和自己一起弹琴、下棋。你看，它一节复一节，千枝攒万叶。我自不开花，免撩蜂与蝶。你看，山僧对棋坐，局上竹阴清；你听，竹林高宇霜露清，朱丝玉徽多故情，你听，映竹无人见，时闻下子声，你听，我正在和竹子说：诗书弹琴聊自娱，古来哲士能贫贱。特别是颈联写得有声有色，饶有雅趣，多有风韵，是这首诗最精彩的一联，堪称名句。尾联以想象作结，表现出诗人和杜甫的"志士仁人莫嗟怨，古来材大难为用"一样的愤慨。

黄庶

黄庶（1019—1058），宋代诗人，字亚夫，一作亚父，晚号青社。洪州分宁（今江西修水）人，黄庭坚的父亲。黄庶工诗文，倡学韩愈，不蹈陈因，不作骈偶浮丽之词。所作《和柳子玉十咏》中《怪石》诗，有意矫西昆体之弊，为世人传诵。

冬温成俗疫，得此胜针砭

观雪

宋·黄庶

疑是天公戏，都倾海作盐。
松筠知不变，丘壑见无厌。
清为诗家极，寒因酒户添。
冬温成俗疫，得此胜针砭。

注释

天公：天。

松筠：松树和竹子。

丘壑：山陵和溪谷。

无厌：不满足。

简析

　　黄庶的这首诗将山林中的雪景描写得极为清丽秀美。首联将雪比喻成海盐，生动形象地写出雪的颗粒细小和颜色纯白，体现诗人对雪的喜爱。颔联诗人写到平日里经常见到的松树和竹子知道它们是会一直在此不会改变的，而山陵和溪谷又每次见到都会不满足，但雪景是十分短暂的，不会存留许久但令人印象深刻。颈联和尾联是诗人用以抒情的两句，诗人家中清净而雪后就要多喝酒来取暖，冬季的病成了很平常的事情，而看到了如此美丽的雪景心情舒畅了，甚至比针灸要对身体好得多。黄庶运用比喻和对比的手法将雪景描写得美丽动人，后两句又突出美丽的雪景对自身有何帮助和安慰，极尽笔墨赞美雪景。

欧阳修

　　欧阳修（1007—1072），字永叔，号醉翁，晚号六一居士，北宋政治家、文学家，唐宋八大家之一。他是宋代文学史上最早开创一代文风的文坛领袖，领导北宋诗文革新运动，继承发展韩愈古文理论，对诗风、词风进行革新。

潺湲无春冬，日夜响山曲

幽谷泉

宋·欧阳修

踏石弄泉流，寻源入幽谷。
泉傍野人家，四面深篁竹。
溉稻满春畴，鸣渠遶茅屋。
生长饮泉甘，荫泉栽美木。
潺湲无春冬，日夜响山曲。
自言今白首，未惯逢朱毂。
照我应可怪，每来听不足。

注释

遶：通"绕"，环绕。

荫泉：被遮蔽的泉水。

潺湲：水慢慢流动的样子。

简析

诗的第一句"踏石弄泉流，寻源入幽谷"，写的是作者前往幽谷深处，"踏石"二字表现了道路的崎岖和坎坷，"寻"字表现了这里的人烟罕至，环境清幽。整句诗也表现了作者的隐逸洒脱的人生态度。诗的第二句"泉傍野人家，四面深篁竹"，写不远处的几户人家依泉水而居，房屋四面是幽静深邃的竹林，这再次表现了这里的环境清幽。居处有竹则是从侧面表现了作者的高洁雅致。第三句"溉稻满春畴，鸣渠遶茅屋"准确直观地描绘了这里的人们汲泉水灌溉田野，房前屋后溪水环流的生活景象，表现了一派安宁祥和的景象。第四句"生长饮泉甘，荫泉栽美木"，生活在这里的人们饮山泉水，傍泉水栽树，日复一日，年复一年，树木郁郁葱葱，溪流经久不涸，展现了一幅人与自然其乐融融，和谐相处的美好画卷。"潺湲无春冬，日夜响山曲"，写溪水春冬不停，一直在流动着，清脆悦耳的声音回响在整个山谷中，似乎成了一首曲子，表达了作者对幽谷美好的生活环境的喜爱和赞美之情。

陈师道

陈师道（1053—1102），北宋官员、诗人。字履常，一字无己，号后山居士，汉族，彭城（今江苏徐州）人。陈师道为苏门六君子之一，江西诗派重要作家。亦能词，其词风格与诗相近，以拗峭惊警见长。

冬暖仍初日，潮回更下风

泛淮

宋·陈师道

冬暖仍初日，潮回更下风。
鸟飞云水里，人语橹声中。
平野容回顾，无山会有终。
倚樯聊自逸，吟啸不须工。

注释

泛淮：渡过淮水。泛，漂浮。

橹（lǔ）：划船的工具，比桨长、大而纵放船尾。

平野：平阔的原野。

樯（qiáng）：桅杆。
聊：姑且。
逸：安闲。
工：精巧。

简析

　　诗人此次淮上之行正赶上冬晴，天气本来暖和，加上初日照临，又遇退潮，顺水顺风。一点淡淡的乡愁，一缕终老的心愿，刚刚给画面投上一小片阴云，马上又被一声长啸驱开了。"倚樯聊自逸，吟啸不须工。"作者坦荡的胸怀，驱散了薄雾轻愁。他靠着船樯，吟啸自得，心地顿宽，自有一种超迈的逸气。如此心境，如此风光，正可任情吟啸，不必计较诗句的工拙了。这首诗从风和日暖一路写来，便有一股温暖平顺之气，到"鸟飞""人语"，更有一种怡然之乐，颈联偶然点了一下乡愁及平生之愿，也随即排遣。表面上，这位失意而执着的诗人，对仕途坎坷已是欣然自适，毫无遗憾的了。其实诗人那种不平之气，全在尾联一个"聊"字中透出：于朝中小人的中伤，他终究未能完全置之度外；只是"聊"以旷达超迈之气，驱散心头的浊雾。但他既说"聊"，一肚皮不平之意自在言外。因此，诗情是在"聊自逸"的反面。诗人并非完全忘情，而是站得高人一头，不作苦涩语。从中可见诗人过人的修养以及诗人写诗时深刻的构思。这首诗所写水上风光，固然鲜明清丽；写不平静的情怀，也十分含蓄。其运思之幽深，意境之超脱，表现了一种崇高的美。

背景

　　此诗是元祐五年（1090），38岁的陈师道赴颍途中泛淮时所作。

名家点评

　　〔现代〕赖汉屏：其心与神俱，排遣俗虑之处，有一种傲岸之气激荡于字里行间。这首诗正是《后山集》中洗净陈言，淡远有致的佳作。(《宋诗鉴赏辞典》)

苏轼

苏轼（1037—1101），字子瞻，号东坡居士，北宋书法家、画家、文坛领袖。其文纵横恣肆；其诗与黄庭坚并称"苏黄"；其词开豪放一派，与辛弃疾并称"苏辛"；其文与欧阳修并称"欧苏"，"唐宋八大家"之一。

岂惟幽光留夜色，直恐冷艳排冬温

十一月二十六日松风亭下梅花盛开

宋·苏轼

春风岭上淮南村，昔年梅花曾断魂。
岂知流落复相见，蛮风蜒雨愁黄昏。
长条半落荔支浦，卧树独秀桄榔园。
岂惟幽光留夜色，直恐冷艳排冬温。
松风亭下荆棘里，两株玉蕊明朝暾。
海南仙云娇堕砌，月下缟衣来扣门。
酒醒梦觉起绕树，妙意有在终无言。
先生独饮勿叹息，幸有落月窥清樽。

注释

松风亭：在惠州嘉祐寺附近的山上。

春风岭：在湖北麻城县东，岭上多种梅花。

蛮风：蛮地吹着的海风。

蜒雨：泛指南方海上的暴雨。

荔支：即荔枝。

玉蕊：指梅花洁白如玉。

朝暾：朝阳。

仙云：同缟衣皆比喻梅花。

堕：凋落。

简析

往年我到过春风岭上淮南村，残梅凄凉令人伤心断魂。岂料我流落天涯，在这松风亭下又重睹它的芳容；在这愁人的黄昏里，在这蛮荒的凄风苦雨中。荔枝浦里果叶已半落，唯留长条默默沉思更寂寞。那繁茂的桃榔园中，依然树色秀丽，枝斜木卧。她的绿叶闪烁着点点幽光，难道是想挽留这夜色诱人的微明？我只恐她花容冷艳，会慑退这南国冬天的温馨。在这松风亭下，在荒杂的荆棘丛里，两株寒梅悄然开放，花蕊洁白如玉似冰。朝辉映耀它的艳容，显得分外明丽晶莹。莫不是海南娇娜神女驾着仙云，深夜降临在寂静阶庭？听，正是这位白衣仙子，正在月下轻轻敲门。我酣梦已觉酒也醒，起身徘徊梅树边；花姿在目，妙意存心，然而唯有长叹，终无一言。花儿说，先生还自饮美酒，不要再为我连连叹息；幸好在你清清的酒杯里还有探看你的天边落月。在这样一个清夜，诗人独把清樽，对着梅花，尽情享受这短暂的欢愉。此诗为作者见梅花开于草棘间，感而赋诗。

背景

这是绍圣元年（1094）十一月二十六日，松风亭下梅花盛开，58岁的苏轼在惠州贬所写的诗。

名家点评

〔北宋〕陈正敏：凡诗之咏物，虽平淡，巧丽不同，要能以随意造语为工。东坡在岭南有瞰字韵咏梅诗，韵险而语工，非大手笔不能到也。（《遁斋闲览》）

苏辙

苏辙（1039—1112），字子由，一字同叔，晚号颍滨遗老，眉州眉山（今属四川）人，北宋文学家、宰相，"唐宋八大家"之一，与其父苏洵、其兄苏轼合称"三苏"。

冬温未宜人，风雪中夜止

风雪

宋·苏辙

冬温未宜人，风雪中夜止。
疾雷略吾窗，轻冰入吾被。
病去适三日，惊起存一气。
心安气亦安，二物本非二。
皎然一寸灯，下烛九泉底。
物来无不应，物去未尝昧。
恨我俗绿深，挠此古佛智。
医来视六脉，六脉非昔比。

注释

九泉：数量词，九泉之下中的九字，只是因为它是数字单数中最大的数字，所以有"极限"之意。

六脉：中医切脉的六个部位。人的左右手腕各分寸、关、尺三脉，合称六脉。

简析

作者病中感叹年华易逝，自己不受重用，内心抑郁不平，想到朝廷官场黑暗腐败，不由得忧国忧民。"疾雷略吾窗，轻冰入吾被。"此句描写了天气恶劣，诗人衣衫单薄，家境贫困，无力抵御自然带来的侵袭。"皎然一寸灯，下烛九泉底。"运用夸张的手法描写烛火之小，表达了诗人被病魔侵袭，心灰意懒，实际暗讽了当时的时政，统治者昏庸无道，统治集团摇摇欲坠。"医来视六脉，六脉非昔比。"运用六脉的变化表达自身已经今非昔比，不如往年。全文语言质朴，生动形象，反映现实，抒发自己个人情感。文中写苏辙仕途失意、抒发自己内心的不平和压抑，以风雪来衬托他内心的苦闷，最后难以安慰自己。感觉自己已经今非昔比，苦闷不已。全诗风格淳朴无华，颇见个性特点。

名家点评

〔明〕周珽：黄俞言曰：自然语，要是锻炼中来。(《唐诗选脉会通评林》)

〔明〕周启琦曰：出口语圆湛轻便。(《唐诗选脉会通评林》)

闰岁穷冬已是春，当寒却暖未宜人

大雪三绝句

宋·苏辙

闰岁穷冬已是春，当寒却暖未宜人。
阴风半夜催飞霰，稍净天街一尺尘。

注释

闰岁：闰年。

未：没有。

阴风：此处用来形容风的凄冷。

霰：本义雪珠。

简析

"闰岁穷冬已是春，当寒却暖未宜人。"闰年的冬天已经过去，春天已经来了。本来应该是一个朝气蓬勃的开始，但是乍暖还寒，让人感到不适。这句为我们揭示了写作的时间是暮冬初春之时，诗中的一冬一春，一寒一暖，反映了当时的气候还是多变的。"阴风半夜催飞霰，稍净天街一尺尘。"到了半夜，寒风一起，骤降的温度将空中的蒸汽变成了小冰晶。一早醒来，发现天街上白雪皑皑，已经将街道覆盖，原来都是尘土的街道已经白茫茫一片。此处是指诗人清晨看到的雪的场景。"尘"也可以是诗人忧郁的心情，也可以指诗人不顺的仕途，这一场"大雪"暂时消除了诗人心头的忧伤。本诗虽然名为"大雪三绝句"，但是诗中只字未提"雪"，却用雪后街道上的白茫茫一片，来让我们感受雪后的场景，作者巧妙的用笔，堪称绝妙。

名家点评

〔清〕黄宗羲：学与文若不逮轼，而静厚过之。(《宋元学案》)

〔北宋〕王辟之：苏氏文章擅天下，目其文曰"三苏"，盖洵为老苏，轼为大苏，辙为小苏也。(《渑水燕谈录》)

汪洙

汪洙，字德温，鄞县（今宁波市鄞州区）人。元符三年（1100）进士，官至观文殿大学士。其幼颖异，九岁能诗，号称汪神童。

三冬今足用，谁笑腹空虚

勤学
宋·汪洙

学向勤中得，萤窗万卷书。
三冬今足用，谁笑腹空虚。

注释
萤窗：晋人车胤以囊盛萤，用萤火照书夜读。后因以"萤窗"形容勤学苦读。亦借指读书之所。

空虚：空无；不充实。

简析
"学向勤中得，萤窗万卷书。"是指学问是需要勤奋才能得来的，就像前人囊萤取光，勤奋夜读，读很多书。"三冬今足用"是指书读多了，学问自然也就有了。"谁笑腹空虚"是指读书多有了知识，那时候谁还会笑话你胸无点墨，没有学问呢？文章不是从正面来劝学，而是通过正反对照，让学子自己得出正确的结论，富有启发性。全篇文字简洁，句式整齐，仅用两个对比反诘，就把问题说清楚了，颇有启示后学的作用。

背景

这首诗写于作者求学期间，表现了作者好好学习，天天向上的决心。

管鉴

管鉴，字明仲，龙泉（今属浙江）人。淳熙十三年（1186）任广东提刑，改转运判官，官至权知广州经略安抚使。词题所署干支，最迟者为甲辰生日，盖淳熙十一年（1184）。有《养拙堂词》一卷。

浅寒天气雨催冬

阮郎归·以红酒为马倅寿

宋·管鉴

浅寒天气雨催冬。梅梢糁嫩红。
天教来寿黑头公。和羹信已通。
斟滟滟，劝重重。新琥珀浓。
他年赐酒拆黄封。还思此会同。

注释

糁：以米和羹。配以不同调味品而制成的羹汤。
滟滟：形容水波闪动的样子。

简析

　　这首诗运用了情景交融的手法，上片主要写景，下片表达自己的思想感情。"浅寒天气雨催冬"意思是天气还刚刚寒冷，一阵寒雨越发催快了冬天的脚步。这反映了诗的背景是在晚秋时节，快要进入冬天了。"梅梢糁嫩红"用"糁"这一羹汤来比喻梅梢枝头嫩红的样子，梅花开放的季节将要来了。写出这个时节的景物，梅梢中还透露着点点嫩红，表现了这个时节的景物特征。"天教来寿黑头公。和羹信已通。"这两句诗写出了现在是一个相对安稳的时代。作者为人祝寿，希望他可以将日子过得更好，每天过得开心，快乐，益寿延年。后片写景，同时也表达了作者的思想感情，"斟滟滟，劝重重"这两句写出水波激滟，一波接一波，同时也象征着作者一杯一杯地喝酒，一遍一遍地劝说。最后两句表达了作者的思想感情，"新琥珀浓。他年赐酒拆黄封。还思此会同。"古今对比，表现了作者在宴席上的开心，也表现了诗人希望和平，百姓和乐的情景。

陈与义

陈与义（1090—1138），字去非，号简斋，北宋末、南宋初的杰出诗人，同时也工于填词。其词存于今者虽仅十余首，却别具风格，尤近于苏东坡，语意超绝，笔力横空，疏朗明快，自然浑成，著有《简斋集》。

万里江湖憔悴身，冬冬街鼓不饶人

除夜二首（其一）

宋·陈与义

万里江湖憔悴身，冬冬街鼓不饶人。
只愁一夜梅花老，看到天明付与春。

注释

冬冬：象声词，常指鼓声。
付与：交给。

简析

"万里江湖憔悴身，冬冬街鼓不饶人。"写出了作者只身于这万里江湖之中，听到那阵阵的街鼓声响着，心中愈加难过。"只愁一夜梅花老，看到天明付与春。"作者在此时已经不再奢求太多了，只想要一夜梅花香，看着它直到天明。这首诗充满感慨和伤离、愁苦和寄托，是属于清新丽质的作品，表达了对时光流逝命途多舛的伤怀之情。

背景

这首诗写于北宋灭亡、诗人从洛阳南渡后第二年的除夕。

名家点评

〔清〕纪昀："气机生动，语亦清老，结有神致。"（纪评《瀛奎律髓》）

张嵲

张嵲（1096—1148），字巨山，襄阳（今湖北襄樊）人。宣和三年，上舍中第。调唐州方城尉，改房州司法参军。刘子羽荐于川、陕宣抚使张浚，辟利州路安抚司干办公事，以母病去官。

万里南天客，三冬此日晴

晚晴

宋·张嵲

前山收苦雾，宿鸟有新声。
万里南天客，三冬此日晴。

注释

苦雾：浓雾。

宿鸟：归巢栖息的鸟。

三冬：指冬季的三个月。也指冬季的第三个月，即农历十二月。

简析

　　夕阳西下，雪后初霁，浓雾消散，落日掩映着远山，余晖洒在山上轮廓渐渐清晰，有如眉黛弯弯，黄昏的夜色中，归巢栖息的鸟向竹林飞去，久违的一两声鸟叫声从林中传来，空谷传响，在这深山中与我为伴。我独行在山路上，看着周围萧瑟凄清的景象，身心疲惫，不禁回想起我沉浮的仕途际遇，漂泊不定，万里无归途，客居他乡，希望像倦鸟归林一样返回家乡，久经三月寒冬，乍暖还寒，唯有今日天朗气清，一派生机，寒雪压枝总会过去，绕过这山，还有更远的路，我也依然会继续走下去。此诗借景抒情，通过写"苦雾"、"宿鸟"等意象，描绘了一幅黄昏下雪后初晴的山景，表达了作者此刻的愉悦心情和对美景的喜爱珍惜之情。抒发出作者客居他乡，漂泊不定的羁旅之情和对家乡的思念，羡慕可以归巢栖息的倦鸟，经过三个月之久的寒冬，今日遇晚晴天，实属不易，作者倍加珍惜，此后的路依然艰苦，但作者保持乐观旷达的心态，并没有停下，而是伴着这晚晴天继续他的旅途。

郑刚中

郑刚中（1088—1154），字亨仲，婺州金华人。生于宋哲宗元祐三年，卒于高宗绍兴二十四年，年六十七岁。登绍兴进士甲科。累官四川宣抚副使，治蜀颇有方略，威震境内。

冬温霜气薄，日暮岚烟重

偶书

宋·郑刚中

冬温霜气薄，日暮岚烟重。
萧然一区宅，半与主人共。
门前行迹稀，病足免迎送。
观书忽倦懒，酒力亦微动。
寒灯吐孤花，布被寻幽梦。

注释

吐孤花：油灯喷出的火星。
幽梦：指一般的做梦。

简析

  《偶书》即作者在偶然的时间写下的书，这首诗的大意是作者在寒冷的冬夜，依旧苦读诗书，忍受孤独与寒冷，只为了多读书，早日远离这样悲惨的生活。本诗的开头两句"冬温霜气薄，日暮岚烟重"写了作者生活的环境，从而引出下文作者想要表达的心情。第二句"萧然一区宅，半与主人共"交代了作者生活的地方是空无的，远远望去一片萧然，只有一处人家。第三句"门前行迹稀，病足免迎送"表达作者和宅子的主人一起吃饭，主人因为有腿疾，就没有送作者。后两句都是写作者独自一人在房间里看书，和宅子的主人喝过酒之后，有点酒意，便盖着布被睡觉了，只留下一盏孤灯在寒夜里吐着火花。这首诗在创作的过程中交代了时间，地点。表明了作者当时生活的状态，从而表现出作者为了读书，甘愿忍受寒冷，不畏惧孤独，这同时也给了我们很大的启示，为了学习，我们一定要坚持，不辞辛苦。

胡寅

> 胡寅（1098—1156），字明仲，学者称致堂先生，宋建州崇安（今福建武夷山市）人，后迁居衡阳。

若道残冬不是春，洗妆那得一枝新

和竖伯梅六题一孤芳二山间三雪中四水边五月下六雨后
宋·胡寅

若道残冬不是春，洗妆那得一枝新。
杏园芳洒真鹪𩿌，争似而今敛路尘。

注释

　　残冬：这里指冬季快要结束的时候。

　　那得："那"同"哪"字。哪得，可以理解为怎么会的意思。

　　鹪𩿌：憔悴的意思。

　　敛：聚拢，收拢的意思。

　　路尘：道路上飞扬的尘土。

简析

这首诗是一首犯题诗,"犯题"就是古代文人墨客发明出来的一种消磨时间的文字游戏。诗的第一句第一个字用了"若",即假如的意思,整句话可以理解为假如说即将结束的冬天不能算作春天的话,又怎么会把这个园子里清洗并且修饰得这么焕然一新。这句话可以看作是一句论据,来告诉我们,即将结束的冬天便可以称之为春天了。诗的第二句开头写了杏园两个字,这便告诉我们诗人接下来要写的景物便是这个园子里的物品。全诗的大致内容就是为我们描述了一幅残冬时节,杏园里的植物,用实例为我们论证了残冬即初春的这个话题。全诗前后呼应,体现出诗人的文学创作功底,用简短的语言为我们描述出一幅残冬的杏园图。

朱敦儒

朱敦儒（1081—1159），字希真，洛阳人。历兵部郎中、临安府通判、秘书郎、都官员外郎、两浙东路提点刑狱。有词三卷，名《樵歌》。朱敦儒获"词俊"之名，与"诗俊"陈与义等并称为"洛中八俊"。

检尽历头冬又残

鹧鸪天·检尽历头冬又残

宋·朱敦儒

检尽历头冬又残。爱他风雪忍他寒。
拖条竹杖家家酒，上个篮舆处处山。
添老大，转痴顽。谢天教我老来闲。
道人还了鸳鸯债，纸帐梅花醉梦间。

注释

鹧鸪天：词牌名，又名"思佳客"，五十五字。

历头：指历书。

老大：年老。

鸳鸯债：情侣间未了的夙愿。

简析

首联"检尽历头冬又残。爱他风雪忍他寒。"眼看历书到了尽头，正是深冬时节，我喜爱这个季节的风雪，便只得忍受它的寒冷。第二联"拖条竹杖家家酒，上个篮舆处处山。"拖一条竹杖，家家讨酒喝，坐着篮舆，各个山野游玩。第三句"添老大，转痴顽。"年岁逐渐增长，反成了个顽童。"谢天教我老来闲。"感谢上天叫我年老时这么闲暇。尾联"道人还了鸳鸯债，纸帐梅花醉梦间。"这名道人已经完成了未了的尘缘，高洁朴素，寄情于醉梦之间。全诗描写自然景色与自己闲适的隐居生活，语言清畅，灵活自由，具有浓厚的虚无思想。

朱淑真

朱淑真（约1135—约1180），钱塘（今浙江杭州）人，号幽栖居士，南宋著名女词人，是唐宋以来留存作品最丰盛的女作家之一，与李清照齐名。生于仕宦之家，现存《断肠诗集》《断肠词》传世。

冬晴无雪

念奴娇·二首催雪

宋·朱淑真

冬晴无雪。是天心未肯，化工非拙。不放玉花飞堕地，留在广寒宫阙。云欲同时，霰将集处，红日三竿揭。六花翦就，不知何处施设。

应念陇首寒梅，花开无伴，对景真愁绝。待出和羹金鼎手，为把玉盐飘撒。沟壑皆平，乾坤如画，更吐冰轮洁。梁园燕客，夜明不怕灯灭。

注释

霰：本义雪珠。

六花：雪花。雪花结晶六瓣，故名。

翦（拼音：jiǎn），同"剪"，修剪。

施设：实施，实行。

陇首：指陇山之巅，泛指高山之巅。

和羹：配以不同调味品而制成的羹汤。

金鼎：为鼎类炊具的美称。

沟壑：山沟。

梁园：指剧场，戏园。

燕客：宴请宾客。

简析

首句"冬晴无雪，是天心未肯，化工非拙。"这句话是说冬日里天晴无雪，并不是造化（大自然）的技艺笨拙，而是它不愿。"云欲同时，霰将集处，红日三竿揭。"这句话是讲晴天无雪景象。《诗经》中有"如彼雨雪，先集维霰"，不知道你看过下雪没，开始的时候就像柳絮飘飞一样，然后是下雪籽。"应念陇首寒梅，花开无伴，对景真愁绝。"通过描写寒梅孤独绽放，表达出对下雪的期待。"沟壑皆平，乾坤如画，更吐冰轮洁。"描写了一幅沟壑被大雪填平，天地之间像一幅画，一轮明月飘出云中冰清玉洁的画面，其笔调清新委婉。最后所写的梁园是汉朝梁孝王的苑囿，十分之奢华。这两句也反映出了雪后宾客相聚的快乐。

背景

相传朱淑真作品为其父母焚毁，后人将其流传在外的辑成《断肠集》（诗）2卷，《断肠词》1卷及《璇玑图记》，辗转相传，有多种版本。

范成大

范成大（1126—1193），字至能、幼元，号此山居士，晚号石湖居士，南宋文学家。他学习江西派，继承唐新乐府现实主义精神，自成一家。诗歌题材广泛，风格平易浅显。与杨万里、陆游、尤袤合称南宋"中兴四大诗人"。

忍冬清馥蔷薇酽，薰满千村万落香

余杭

宋·范成大

春晚山花各静芳，从教红紫送韶光。
忍冬清馥蔷薇酽，薰满千村万落香。

注释

韶光：时光，美好的时光。

忍冬：金银花。

酽[yàn]：浓，味厚，引申指颜色的浓。

简析

　　春天傍晚的山花各自倾吐芬芳，烂漫的颜色送走光阴。忍冬花（即金银花）清香蔷薇花香浓郁，千千万万个村落又溢满芳香。"春晚山花各静芳"描写了春天傍晚山花的静态美，后两句"忍冬清馥蔷薇酽，薰满千村万落香"表达了诗人对忍冬和蔷薇的喜爱赞美。表面上看这首诗描写了一个绚丽的景象，但从"从教红紫送韶光"一句中又可以隐约看到作者对芳华易逝、韶光难留的感慨。前两句用"静芳"二字写傍晚时分"山花"的静态美；诗中"送"字，写出美好春光仿佛又有了流动感但都清新活泼，妙趣横生。"忍冬清馥蔷薇酽，薰满千村万落香"中的"薰满"一词用了夸张手法，写花开之盛，花香之浓，传播之远。全诗表现了作者对春天傍晚山花开放的美景的赞美之情。

陈亮

陈亮（1143—1194），原名汝能，字同甫，号龙川，南宋思想家、文学家。陈亮词作现存74首。他力主抗金，多次上书，所以其爱国词作总是结合政治议论，直抒胸臆，慷慨激烈，气势磅礴。

看几番、神奇臭腐，夏裘冬葛

贺新郎·寄辛幼安和见怀韵

宋·陈亮

老去凭谁说。看几番、神奇臭腐，夏裘冬葛。父老长安今余几，后死无仇可雪。犹未燥、当时生发。二十五弦多少恨，算世间、那有平分月。胡妇弄，汉宫瑟。

树犹如此堪重别。只使君、从来与我，话头多合。行矣置之无足问，谁换妍皮痴骨。但莫使、伯牙弦绝。九转丹砂牢拾取，管精金、只是寻常铁。龙共虎，应声裂。

注释

贺新郎：后人创调，又名《金缕曲》《乳燕飞》《貂裘换酒》。

辛幼安：辛弃疾，字幼安，淳熙十五年（1188）末，辛寄《贺新郎·把酒长亭说》与陈亮，因作此词相和。

和见怀韵：酬和（你）怀想（我而写的词作的）原韵。

谁说：向谁诉说。

神奇臭腐：言天下之事变化甚多。

夏裘冬葛：此喻世事颠倒。

二十五弦：用乌孙公主、王昭君和番事，指宋金议和。

简析

年华老去我能向谁诉说？看了多少世事变幻，是非颠倒！那时留在中原的父老，活到今天的已所剩无几，年轻人已不知复仇雪耻。如今在世的，当年都是乳臭未干的婴儿！宋金议和有着多少的悔恨，世间哪有南北政权平分土地的道理。胡女弄乐，琵琶声声悲。树也已经长得这么大了，怎堪离别。只有你（辛弃疾），与我有许多相同的见解。我们天各一方，但只要双方不变初衷，则无须多问挂念。希望不会缺少知音。炼丹一旦成功，就要牢牢拾取，点铁成金。龙虎丹炼就，就可功成迸裂而出。本诗上片主旨在于议论天下大事。下片转入抒情。所抒之情正与上片所论之事相一致。作者深情地抒写了他与辛弃疾建立在改变南宋屈辱现实这一共同理想基础上的真挚友谊。

背景

淳熙十五年（1188）冬，陈亮约朱熹在赣闽交界处的紫溪与辛弃疾会面。陈亮先由浙江东阳到江西上饶，访问了罢官闲居带湖的辛弃疾。恰好收到陈亮索词的书信，辛弃疾便将《贺新郎》录寄。陈亮的这首"老去凭谁说"，就是答辛弃疾那首《贺新郎》原韵的。

李用

李用（1198—1279），字叔大，号竹隐，宋代文人，专心攻读理学，深得其精髓，许多人拜他为师。只身东渡日本，讲授中国的诗书，以儒学教授日本弟子，日本人多被其教化，日本人尊称他为夫子。

冬岭秀孤松，松枝傲霜雪

题画·冬景

宋·李用

冬岭秀孤松，松枝傲霜雪。
不同桃李春，永抱岁寒节。

注释

岁寒：一年中的寒冷季节，往往指深冬。

简析

李用是南宋学者，专心攻读程朱理学，这是题在一首叫《冬景》的画上的题诗，从中可以显示出诗人的气节。第一句

"冬岭秀孤松"写出了松树生长的环境是在冬天的山岭中，因为是孤独一棵生长着，所以展现出其独自傲然挺立的样子。次句"松枝傲霜雪"说松枝在霜雪中依然挺拔，傲立风雪的样子更是让人钦佩。后边"不同桃李春，永抱岁寒节"是拿松与桃花、李花作比，说松树不同于春季的花朵，将永远在深冬时节傲然挺立。最后一句中"岁寒"来自于《论语·子罕》的"岁寒，然后知松柏之后凋也"，其情也相似。

杨万里

杨万里（1127—1206），字廷秀，号诚斋。汉族江右民系。吉州吉水（今江西省吉水县黄桥镇湴塘村）人。南宋大臣，著名文学家、爱国诗人，与陆游、尤袤、范成大并称"南宋四大家"。

过午非常暖，疑他不是冬

晨炊浦村

宋·杨万里

水出何村尾，桥横乱筱丛。隔溪三四屋，对面一双峰。
过午非常暖，疑他不是冬。疏梅照清浅，作意为谁容？

注释

晨炊：清晨做饭；早饭。

筱：小竹，细竹。

清浅：谓清澈不深。

作意：指故意、特意。

简析

　　诗中前两句用环境描写出作者眼中村庄的景象，"桥横乱筱丛"给人一幅生动的村外景象。"隔溪三四屋，对面一双峰"诗人用词浅近明白、清新自然，并巧用数词，"三四屋"与"一双峰。"语言新巧，更是令人读起来朗朗上口。"过午非常暖，疑他不是冬。"口语化的语言通俗易懂，但又不显粗俗，给人以清新的感觉，中午的天气暖洋洋的，丝毫不感到有凉意，都让作者怀疑这是不是冬天了。"疏梅照清浅，作意为谁容？"再看旁边稀稀疏疏的梅映照在清浅的水中，做出此态又是为谁呢？诗人在这里将梅花拟人化，意指梅肯"作意"，用清新脱俗而又巧妙的语言将一幅美丽的梅花"作意"图展现在读者面前。表达了作者对村野生活的喜爱。诗人善写自然景物，且以此见长，其诗风格纯朴，构思新巧。

今冬不雪何关事，作伴孤芳却欠伊

普明寺见梅

宋·杨万里

城中忙失探梅期，初见僧窗一两枝。
犹喜相看那恨晚，故应更好半开时。
今冬不雪何关事，作伴孤芳却欠伊。
月落山空正幽独，慰存无酒且新诗。

注释

探：访问，看望。

犹：尤其，特别。

简析

"城中忙失探梅期，初见僧窗一两枝。""月落山空正幽独，慰存无酒且新诗。"写出了作者在城中错过了探梅佳期的懊悔感伤情绪，"忙失"二字，流露出诗人懊悔、叹惋之情。"今冬不雪何关事，作伴孤芳却欠伊。""却欠伊"三字，是为梅花缺少同伴而发出轻轻的惋惜喟叹。诗人将"半开时"的情状与"那恨晚"的心绪相对应，略感庆幸；"犹喜"二字，直抒胸臆，凸显欣喜、欣赏、赞美之情。诗人目睹仅有"一两枝"的山寺梅花"半开"，却认为"应更好"，又言"今冬不雪何关事"，其对梅花的赞赏之情溢于言表。诗人觉得梅花"半开时"来观赏反而更好，哪里是什么失期呢？表现出豁达乐观、超脱淡泊的情怀。

折来喜作新年看，忘却今晨是季冬

腊前月季

宋·杨万里

只道花无十日红，此花无日不春风。

一尖已剥胭脂笔，四破犹包翡翠茸。

别有香超桃李外，更同梅斗雪霜中。

折来喜作新年看，忘却今晨是季冬。

注释

胭脂：亦作"燕支"，一种用于化妆和国画的红色颜料，这里指月季鲜艳的花瓣。

新年：元旦和元旦以后的几天，与"旧年"相对。

简析

这首诗是作者在江南的暖冬季节所写，诗人觉得无论什么花，只知它开花吐香最长时间也不过十天左右；而月季却一年四季，每天都在鲜花怒放。一朵刚从含苞未放的花蕊中伸出，一朵已冲破绿色的花蒂，开出娇艳的花朵。这是月季开花的动人情景。月季花开，一朵接一朵，此花未开尽，那花已经吐艳，似乎永远也开不尽。虽说桃李芬芳压群芳，但月季又在桃花之上，可见月季的馥郁之烈了。严冬，百花凋谢，而月季和梅花在霜雪中争奇斗艳。看到这样色彩鲜艳的花朵，何不折一枝回家，为新年添增一份喜悦！然而，竟忘了这是冬末的早晨，简直不敢相信在这严冬会有如此美丽的花色。在凌寒而开的月季花上，感到了温暖的春意，忘却了周围的隆冬严寒。全诗表达了作者对江南美景的喜爱。

陆游

陆游（1125—1210），字务观，号放翁，南宋文学家、史学家、爱国诗人，现存诗9000多首。陆游一生笔耕不辍，诗、词、文都有很高的成就，其诗语言平易晓畅、章法整齐严谨，兼具李白的汪洋恣肆与杜甫的沉郁顿挫。

南邻更可念，布被冬未赎

十月二十八日风雨大作

宋·陆游

风怒欲拔木，雨暴欲掀屋。
风声翻海涛，雨点堕车轴。
拄门那敢开，吹火不得烛。
岂惟涨沟溪，势已卷平陆。
辛勤藜宿麦，所望明年熟；
一饱正自艰，五穷故相逐。
南邻更可念，布被冬未赎；
明朝甑复空，母子相持哭。

注释

欲：想，想要。

明朝：明天。

甑：盛粮食的用具。

简析

"风怒欲拔木，雨暴欲掀屋。""拄门那敢开，吹火不得烛。"天上刮着强风快要把树连根拔起，倾盆大雨快要掀翻屋顶。风声翻动着如同海浪波涛，车轴一样大的雨点掉落下来。哪里敢开门，怎么点火都不能点亮蜡烛。辛劳地做着田地里的活，希望明年可以成熟，这里描写了百姓劳苦的田地工作。明天盛粮食的用具又要空了，母亲与孩子要伤心地流泪了。全诗表达了百姓生活困苦，作者同情百姓生活。写这首诗时陆游受到当权派的排挤，生活潦倒不堪，但他坚定自身的信念，不与朝廷权贵同流合污。他通过本诗对比控诉了那种贫富悬殊、苦乐迥异的不合理现象，大有杜甫"朱门酒肉臭，路有冻死骨"之遗风。

三冬暂就儒生学，千耦还从父老耕

观村童戏溪上

宋·陆游

雨余溪水掠堤平，闲看村童谢晚晴。

竹马踉蹡冲淖去，纸鸢跋扈挟风鸣。

三冬暂就儒生学，千耦还从父老耕。

识字粗堪供赋役，不须辛苦慕公卿。

注释

竹马：儿童游戏，折竹骑以当马也。

纸鸢：玩具，俗称鹞子。

三冬：冬季三个月也。

耦：两人同耕。

简析

首联写雨过天晴，小溪流水渐渐漫到与堤岸一样高，而这时诗人闲来无事，静静看着村里小孩在傍晚谢谢告别，一同嬉戏。为下面写小孩游戏渲染平和自在、爽朗欢快的氛围。颔联则趣味盎然，"踉蹡""跋扈"二字则用了反语的手法，而且借物写人，看似写出小孩玩竹马时的笨拙和放风筝时的狂放，实际上与下面小孩出于将来长大贡税需要而学习的机巧和无奈来对比，写出小孩的天真活泼、自然本真的性格。颈联的"暂"字则体现出小孩去向儒生学习的无可奈何，也为下面点明小孩学知识并非为了飞黄腾达埋下伏笔，第二句更写出农村小孩只能继承大人一辈子耕田的宿命。表达了对农村家庭的关切和同情。尾联则体现该诗的主题，农村小孩认得几个字，只不过为了将来缴税时能写字罢了，粗略的"粗"字和"不须"写出了统治者并非真的希望农村人学会儒家文化知识，更不希望农村孩子能通过学习而做上高官。而从另一个侧面也写出诗人对早年在官场辛苦追求功名利禄的厌倦，和对现在自在而单纯的田园生活的某种向往和羡慕。

冬冬林外迎神鼓，只只溪头下钓船

十月

宋·陆游

红树平沙十月天，放翁今作水中仙。
冬冬林外迎神鼓，只只溪头下钓船。
世事极知吾有命，俗人终与汝无缘。
菊花枯尽香犹在，又付东篱一醉眠。

注释

世事：世务，尘俗之事。

犹在：还在。

简析

其诗歌语言"晓畅平易，精炼自然"，如"红树平沙十月天，放翁今作水中仙。冬冬林外迎神鼓，只只溪头下钓船"短短四句，把自然景物与人们的生活环境完美地结合在一起，生动地描写出了人们生活的幸福安逸。闲适细腻，咀嚼出日常生活的深永的滋味，熨帖出当前景物的曲折的情状。"世事极知吾有命，俗人终与汝无缘。菊花枯尽香犹在，又付东篱一醉眠"四句，又真实地再现了作者当时内心想要保家卫国的思想，作者自知身上肩负着这样的责任，必然要完成使命，与"俗人无缘"。诗内蕴丰富，气象阔大，"看似华藻，实则雅洁；看似奔放，实则谨严"，诗对仗工整，使事熨帖，气格高昂，意境警拔。

黄杨与冬青，郁郁自成列

山行

宋·陆游

山光秀可餐，溪水清可啜。
白云映空碧，突起若积雪。
我行溪山间，灵府为澄澈。
峥嵘崖角立，蟠屈路九折。
黄杨与冬青，郁郁自成列；
其根贯石罅，横逸相纠结。
上扪雕鹘巢，下历豺虎穴。
流泉不可见，锵然响环玦。
出山日已暮，林火远明灭。
小息得樵家，题诗记幽绝。

注释

灵府：心。
峥嵘：山高的样子。
雕、鹘：都是猛禽，巢于高树。

简析

山清水秀，真是一片大好时光啊！山被花草包围着，小溪清澈见底，哗啦啦地流着，十分欢快。天上洁白的云朵在蓝蓝的天空高挂着，就像冬天在地上堆的雪一样。我在山间行走，看着清澈的溪水，内心十分明快。山峰高耸，山路蜿蜒曲折，连绵不断。黄杨与冬青树分布在路的两旁，两种树的树根相互纠缠在一起，长得郁郁葱葱的，十分繁茂。山崖上有鸟的巢穴，山腰下有豺狼虎豹的洞穴。从山上流下来的溪水根本看不到，因为山太高了，只能听见哗啦啦的流水声。现在天有点晚了，太阳已经落山了，夜幕降临了，只见树林里有零零散散的灯光闪烁，这里应该住着一些砍柴的人吧！就让我在这里休息一下。

今冬少霜雪，腊月厌重裘

腊月

宋·陆游

今冬少霜雪，腊月厌重裘。
渐动园林兴，顿宽薪炭忧。
山陂泉脉活，村市柳枝柔。
春饼吾何患，嘉蔬日可求。

注释

裘：一般指毛皮衣（以毛为表的皮衣）。
泉脉：地下伏流的泉水，好像类似人体脉络。

简析

"今冬少霜雪，腊月厌重裘。"这句诗先写了今年冬天少霜雪，表明了今年冬天并不寒冷，腊月里就不用穿厚重的毛皮衣。"渐动园林兴，顿宽薪炭忧。"这句诗写在腊月中就有了去园林中游玩的兴致，表明园林中肯定已经有了绿意，已经有了优美的景物以供观赏。从侧面写出了今年腊月的温暖。"顿宽薪炭忧"写明诗人没有煤炭不够的忧虑，说明腊月中用的煤炭很少甚至不需要使用煤炭，又一次说明了腊月中并不寒冷。"山陂泉脉活，村市柳枝柔。"这句诗描写了今年腊月的景象，泉脉解冻，恢复流淌，村市中的柳条都抽芽了，变得柔软。本应在春天才有这样变化的事物在腊月里就已经变化了，体现出腊月的温暖。"春饼吾何患，嘉蔬日可求。"春饼怎么会成为我的忧患呢，新鲜的蔬菜每天都可以吃到。在腊月中就可以吃到新鲜的蔬菜，美味的春饼，可见腊月里的温度已经可以和春天相媲美了，写出了腊月的温暖。这首诗用平淡的语言，为我们展现了一幅暖冬的图画。

平生诗句领流光，绝爱初冬万瓦霜

初冬

宋·陆游

平生诗句领流光，绝爱初冬万瓦霜。
枫叶欲残看愈好，梅花未动意先香。
暮年自适何妨退，短景无营亦自长。
况有小儿同此趣，一窗相对弄朱黄。

注释

　　领：带领，统领。

　　适：满意，舒畅。

营：谋求。

况：况且，更何况。

朱黄：红色和黄色。

简析

　　首联写"平生诗句领流光，绝爱初冬万瓦霜。"作者平生喜欢诗句并且以诗词著称，也格外喜欢冬天雪天过后随处可见的冰霜。颔联"枫叶欲残看愈好，梅花未动意先香。"写枫叶越是残缺，越是不完整才越是好看，梅花还没有完全生长出来，但它的花香和意蕴却早已经飘向了远方。颈联"暮年自适何妨退，短景无营亦自长。"暮年自己觉得不在乎退避失去的了，晚年的日子无所追求却更加悠长。尾联"况有小儿同此趣，一窗相对弄朱黄"写更何况有小孩子在此游乐，老人也怡然自乐。全诗语言清雅平和，似乎没有什么特别深邃的含义，但字里行间却透露着美感，作者觉得人到暮年仿佛可以退出尘世的喧嚣体味家园小景中无尽的美好。最后勾勒了一幅祖孙二人相对而坐，老人赏古籍孩子信手涂鸦的美好画面。主要对人到暮年的美好画面进行了想象性的描写，表达了作者对如此美好生活的热爱与向往。

名家点评

　　〔明〕杨慎：（陆游词）纤丽处似淮海，雄慨处似东坡。

　　〔宋〕朱熹：放翁老笔尤健，在当今推为第一流。

　　〔南宋〕杨万里：君诗如精金，入手知价重。

赵长卿

赵长卿，号仙源居士。江西南丰人。宋代著名词人。生平事迹不详，曾赴漕试，约宋宁宗嘉定末前后在世。从作品中可知他少时孤洁，厌恶王族豪奢的生活，后辞帝京，纵游山水，居于江南，遁世隐居，过着清贫的生活。

身外更无求，只要夏凉冬暖

如梦令·居士年来懒散

宋·赵长卿

居士年来懒散。
凡事只从宽简。
身外更无求，只要夏凉冬暖。
美满。美满。
得过何须积趱。

注释

居士：作者号称"仙源居士"，此处是作者在诗中的自称。

积趱：积蓄，积聚。

简析

　　这首诗表达作者过归隐生活的满足。"居士年来懒散"句的大意是，我这些年来比较懒散。"凡事只从宽简"句的大意是，大多事情我都一切从简。"身外更无求，只要夏凉冬暖"句的大意是，我对身外之物没有什么追求，只要冬暖夏凉，环境舒适便好。"美满。美满。得过何须积攒。"诗末三句大意是，如此很美满，何必要积攒钱财呢？从字里行间都可以感受到作者生活的闲适，或许在别人看来是清贫，是不富裕的生活，但是作者不在意，这种闲云野鹤般悠闲自在，无欲无求的生活正是他想要的。

戴复古

　　戴复古（1167—1248），字式之，常居南塘石屏山，故自号石屏、石屏樵隐，天台黄岩（今属浙江台州）人。一生不仕，浪游江湖，后归家隐居，卒年八十余。曾从陆游学诗，部分诗作抒发爱国思想，反映人民疾苦。

野客预知农事好，三冬瑞雪未全消

除夜

宋·戴复古

扫除茅舍涤尘嚣，一炷清香拜九霄。
万物迎春送残腊，一年结局在今宵。
生盆火烈轰鸣竹，守岁筵开听颂椒。
野客预知农事好，三冬瑞雪未全消。

注释

　　涤尘嚣：打扫家中污秽之地。
　　拜九霄：祭天神。
　　残腊：腊月最后一天。

生盆：新盆，用来燃爆竹。

颂椒：劝饮椒酒。椒酒是一种药酒。

野客：村野之人。多借指隐逸者。

三冬：即冬末。

简析

"扫除茅舍涤尘嚣，一炷清香拜九霄"展现了人们为了迎接除夕而忙碌准备的场景，为了迎接新年，人们清扫屋子，洗涤各种器皿，烧香向上天祈福。"万物迎春送残腊，一年结局在今宵"，点明了题目中的除夕，除夕之夜是一年中最热闹最繁忙的一天。送走寒冷的腊月，万物都做好了迎接春天的准备，人们沉浸在喜庆的气氛中。"生盆火烈轰鸣竹，守岁筵开听颂椒"，展现了浓郁的节日氛围。屋外爆竹声不绝于耳，一桌桌守岁的宴席开始了，大家把酒言欢，不醉不归。"野客预知农事好，三冬瑞雪未全消"，瑞雪兆丰年，人们已经预知将会有大丰收。这一句是人们对新年新气象的期待和企盼，表达了劳动人民乐观向上的精神。

名家点评

〔宋〕赵汝腾：石屏之诗，平而尚理，工不求异，雕锼而气全，英拔而味远，玩之流丽而情不肆，即之冲淡而语多警。（《石屏集·序》）

薛嵎

薛嵎（1212—？），字仲止，一字宾日，号云泉，世居温州城区梯云坊。数试不第，45岁才考中进士，官福州长溪县主簿。直钩计拙，仕途并不得意，故有"直心嗟道丧，多事识才难"之叹。

深**冬**雷未蛰，雨雹半空飞

雁山纪游七首·大龙湫

宋·薛嵎

深冬雷未蛰，雨雹半空飞。
久立怪生眼，回看日变晖。
万松声不出，尺蠖爵犹威。
僧说分汉阔，长年无早饥。

注释

湫：水池。

生眼：生于眼中。

简析

　　高耸天际的芙蓉峰，变幻无穷的剪刀峰，雄伟如屏的连云嶂，云雨漠漠的经行峡，谷幽潭深的筋竹涧，皆为胜境。被誉为"天下第一瀑"的大龙湫，变幻多姿，蔚为壮观，更是令人叫绝。诗人通过写大龙湫的纪游，写出了大瀑布的奇特景色。水大时，大龙湫声势夺人。写了大龙湫独特的奇观以及周围的秀丽景色。作者善于运用各种手段从不同角度来写，既写了大龙湫本身的壮观，又通过游人对大龙湫的感受来加以衬托，使人读后有一种变幻莫测、美不胜收的感受。

卫宗武

卫宗武（？—1289），字洪父（一作淇父），自号九山，嘉兴华亭人。淳祐间历官尚书郎，出知常州。罢官闲居三十余载，以诗文自娱。宋亡，不仕。诗文气韵冲澹，有萧然自得之趣。

飞霙应冬候，志喜属诗人

和咏雪二首（其二）

宋·卫宗武

飞霙应冬候，志喜属诗人。
远岫千尖没，寒林一色新。
年丰呈上瑞，天巧占先春。
比屋银成屋，民贫岂疗贫。

注释

霙：雪花。

岫：山。

志喜：喜悦。

上瑞：最大的吉兆。

天巧：不假雕饰，自然工巧。

简析

这是一首借景抒情的咏雪诗。飞舞的雪花应和着冬季的书候，这样的美景让诗人感到欣喜。大雪遮盖住远处连绵的山峰，冬日的寒林被雪的白色染得焕然一新。"千尖没"表现出雪之大，山之远，还有诗人的眼界之辽阔。"一色新"突出表现雪的洁白，富有画面感。正所谓瑞雪兆丰年，这样的大雪正是祥瑞的表现，是自然的巧妙安排让春天占据耕种的先机。第三联结合自然民俗，富有理趣。最后一句则引入转折，"比屋银成屋，民贫岂疗贫"是说雪落在房屋上，那些房屋好似银子造的一般，然而，这样的"银房子"又岂能改变民众贫苦的现实呢？这是典型的以乐景写哀情，表达出作者心系民众，眼界宽广。全诗以景衬情，只在最后一句用反问的句式表达情感，效果明显，给读者以深刻印象。

董嗣杲

　　董嗣杲，字明德，号静传，宋朝年间杭州人。景定间，榷茶九江富池。咸淳末，为武康令。宋亡后入道，改名思学，字无益，号老君山人。嗣杲工诗，吐爵新颖。有《百花诗集》《西湖百咏》。

钢条簇簇冻蝇封，劲叶将零傲此冬

蜡梅花

宋·董嗣杲

钢条簇簇冻蝇封，劲夜将零傲此冬。
磬口种奇英可嚼，檀心香烈蒂初镕。
根依阳地春风透，瓶倚晴窗日气浓。
一样黄昏疏影处，悬知水月不相容。

注释

　　钢条：坚硬的树枝。
　　磬口：蜡梅品种之一。
　　檀心：浅红色的花蕊。
　　日气：日光散发的热气。

悬知：料想，预知。

简析

　　这首诗写作者对蜡梅的喜爱与赞颂之情。"钢条簇簇冻蝇封，劲夜将零傲此冬。磬口种奇英可嚼，檀心香烈蒂初镕。"一簇簇坚硬的枝条要把虫蝇冻住，将要在寒风劲吹的夜晚傲然而生。前四句诗人通过对蜡梅的树枝及花蕊的外部描写衬托其内在精神，"傲冬"与"蒂镕"则充分表现了作者赋予蜡梅的高尚情操。"根依阳地春风透，瓶倚晴窗日气浓。"同时又通过侧面描写烘托了蜡梅的高贵品质，其根"依阳"，其瓶"倚窗"，且不止这些，还有那"春风"与"日气"。但最高洁的还要看"一样黄昏疏影处，悬知水月不相容"，在诗人眼中连水与月都是无法与之媲美的。全诗借物来映衬，借景来烘托。表现了诗人追求高洁的情怀，寄托了与梅花一样不跟世俗相沾染、不同流合污，玉洁冰清的高尚节操。

舒岳祥

舒岳祥（1219—1298），字景薛，一字舜侯，人称阆风先生，浙江宁海人。幼年聪慧，七岁能作古文，语出惊人。晚年潜心于诗文创作，虽战乱频繁，颠沛流离，仍奋笔不辍。诗文与王应麟齐名。

冬日山居好，谁能倚市门

冬日山居好十首（其二）

宋·舒岳祥

冬日山居好，谁能倚市门。
从横鸦出郭，寂寞鹳归村。
为念曲肱乐，因耽曝背温。
此时新放饮，招我苦吟魂。

注释

郭：城外围着城的墙。

曲肱：《论语·述而》："饭疏食饮水，曲肱而枕之，乐在其中矣"。谓弯着胳膊作枕头。后以"曲肱"比喻清贫而闲适的生活。

耽：沉溺，入迷。

曝：晒。

简析

首联"冬日山居好，谁能倚市门。"意为冬日山里的环境很舒适，景色宜人，我置身大山之中，远离城市的喧嚣，享受大山里的乐趣。下一联"从横鸦出郭，寂寞鹤归村。"青山横亘在城郭的北侧，白亮亮的河水环绕在城郭的东方，寂寞的鹤飞回了自己的住所。这是诗人所看到的景象。"为念曲肱乐，因耽曝背温。"他享受清贫而闲适的生活，抒发自得其乐的情感。最后两句写出了诗人热爱大自然，享受生活的乐趣。他辞官回乡，远离官场，这体现了他的淡泊名利。表达了诗人安贫乐道、高雅的情操。本诗借景抒情，诗人乐在其中，释放自己的情怀。

刘基

刘基（1311—1375），字伯温，处州青田县南田乡（今浙江温州市文成县）人，故称刘青田，元末明初军事家、政治家、文学家，明朝开国元勋。洪武三年（1370）封诚意伯，又称刘诚意。后人称刘文成、文成公。

岁功不得归颛顼，冬令何堪付祝融

立冬日作

明·刘基

忽见桃花出小红，因惊十月起温风。
岁功不得归颛顼，冬令何堪付祝融。
未有星辰能好雨，转添云气漫成虹。
虾蟆蛱蝶偏如意，且夕蜚鸣白露丛。

注释

颛顼[Zhuān Xū]：古代传说中的帝王。
祝融：传说中帝喾时管火的官。后人尊为火神。
虾蟆：同"蛤蟆"。

蛱蝶：昆虫。蝴蝶的一类。形体较一般蝴蝶大。

简析

　　这首诗语言质朴、平实，表现出诗人的欢喜之情。"忽见桃花出小红，因惊十月起温风。"忽然看见桃花有了红色，在这十月竟然刮起了温柔的风，从而感到惊奇万分。"岁功不得归颛顼，冬令何堪付祝融。"今年好收成的功劳并不归功于颛顼，冬日气候转暖也和祝融没有关系。"未有星辰能好雨，转添云气漫成虹。"没有星辰的晚上可以下一场好雨，转眼间所有的云气变成了天空中绚丽的彩虹。"虾蟆蛱蝶偏如意，旦夕蚩鸣白露丛。"下了雨后的天空出现了彩虹，这样的天气正符合蛤蟆、蛱蝶的意愿，白露天气来临的时候，各种动物在傍晚会传来鸣叫声，叽叽喳喳好似在开音乐会。全诗通过这样质朴的描写，表现了诗人对田园生活的向往之情，这样的生活在当时看来是多么的美好，借景抒情，运用景物的描写表达自身的情感。

王醇

　　王醇，字先民，扬州人。曾经周游吴、越一带的山水。参访一雨禅师，从之受优婆塞戒。并居住在山上，每日诵持《法华经》。后来回到扬州，居住于慈云庵，虔诚修行净土法门，并将居住之处题名为"宝（蕊/木）栖"。

出常怜我独，聚反失冬残

道中怀周元修

明·王醇

正悲前度别，兹别更何安。
黄叶水西路，晚风驴背寒。
出常怜我独，聚反失冬残。
渐逼他人面，天涯意所难。

注释

　　道中：中途，半途。

　　兹：现在；此时。

　　安：去，往。

天涯：天边。指极远的地方。

所难：谓难以做到（的事）。此指难以自处。

简析

这是一首送别怀人诗。开篇第一联点明主旨，直接表达自己的情感。诗人还在因为上一次的离别而悲伤，现在再一次的离别，尚且不知要去往何处。第二联"黄叶水西路，晚风驴背寒。"借景抒情，使用了"黄叶""晚风"的意象，表现出一幅凄凉晚景。"寒"字生动，调动了视听之外的感官。第三联对仗工整，富有哲理，表达出对人生无常的寂寥情感。出入江湖，常常感到独自一人的孤独，想不到相聚短暂，在这时要失去友人的陪伴。第四句"渐逼他人面，天涯意所难"是说诗人跟友人渐行渐远，一段缘分就此淡去，终将要跟其他人会面，双方间的距离就好比要到达遥远的天边，思念之情在现实面前感到为难。这两句诗没有过多地使用辞藻修饰，却将深情流露得很充分，使全诗的感情得到了升华。

黄宗羲

黄宗羲（1610—1695），浙江绍兴府余姚县人。字太冲，别号梨洲老人、梨洲山人。明末清初经学家、史学家、思想家、地理学家、天文历算学家、教育家。"东林七君子"黄尊素长子。与顾炎武、王夫之并称"明末清初三大思想家"。

一冬也是堂堂地，岂信人间胜著多

山居杂咏

清·黄宗羲

锋镝牢囚取决过，依然不废我弦歌。
死犹未肯输心去，贫亦其能奈我何！
廿两棉花装破被，三根松木煮空锅。
一冬也是堂堂地，岂信人间胜著多。

注释

锋镝：箭的尖头，泛指兵器。

输心：交出真心，此指内心屈服。

简析

首联意为：枪刀剑戟，牢笼囚禁，我都从容地经历过，仍然不能使我停止弹琴放歌。这句直接表明作者的心胸气概。"死犹未肯输心去，贫亦其能奈我何"，死尚且不能让我屈服，贫穷又能把我怎么样？这句更是直抒胸臆，被视为不畏强暴、贫贱不移的述志名句。最后两联说破被里填充着二十多两棉花，三根松树木头煮着一口空锅。就算是严冬我也是堂堂正正地过，怎能相信人间胜算多呢？黄宗羲早年即继承东林余绪，参与对阉党的斗争，明亡后曾组织抗清，历尽艰危困苦和死亡的威胁，但他依然保持着从容乐观、不屈不挠的斗争精神。作者晚年隐居，过着贫苦生活，然而朝廷多次征召他也不愿顺从。诗的结尾，体现了作者的自信豁达。全诗所表现的甘心贫居的坚强不屈的态度，充分表明了作者坚持民族节操的品格和贫贱不能移、威武不能屈的高风亮节。

背景

此诗创作于顺治年间。

纳兰性德

纳兰性德（1655—1685），字容若，号楞伽山人，清朝初年著名词人。其词现存348首，内容涉及广泛，悼亡词和边塞词成就最高。其词以"真"取胜，写景逼真传神，词风清丽婉约，哀感顽艳，格高韵远，独具特色。

白日惊飚冬已半，解鞍正值昏鸦乱

菩萨蛮·白日惊飚冬已半

清·纳兰性德

白日惊飚冬已半，解鞍正值昏鸦乱。冰合大河流，茫茫一片愁。

烧痕空极望，鼓角高城上。明日近长安，客心愁未阑。

注释

惊飚：狂风。

长安：此处代指北京城。

简析

这首词是词人从边塞回来途中所作，上阕"白日惊飚冬已半，解鞍正值昏鸦乱"写狂风大作，这才发现冬日已经过了一半，词人解鞍稍作休息，那晚归的昏鸦掩盖了天边的彩霞。"冰合大河流，茫茫一片愁"有王维"长河落日圆"一句中的壮丽，这在之前的风景图上更增加了一份苍凉之感。下阕"烧痕空极望，鼓角高城上"是说词人放眼望去看到的是野火烧过剩下的痕迹，再往远看，是鼓角和城墙，这就意味着已经离家不远了。"明日近长安，客心愁未阑"说自己明天就要回京城了，但是由于奔波劳累，所以依然一身疲惫。这两句幻化自谢朓《暂使下都夜发新林至京邑》中"大江流日夜，客心悲未央"一句，壮阔之余又有纳兰性德式的画龙点睛之效，这愁便是纳兰的经典式愁，言浅意深，引人深思。

背景

这首词创作的具体时间有两种说法，一种认为作于康熙二十一年（1682）作者自觇梭龙后的归途中；另一种认为作于清康熙二十三年（1684）词人东巡的归途上。

朱彝尊

朱彝尊（1629—1709），清代词人、学者、藏书家。字锡鬯，号竹垞（chá），又号醧舫，晚号小长芦钓鱼师，又号金风亭长。开创浙西词派；与纳兰容若、陈维崧并称"清词三大家"。与王士禛并称南北两大宗（"南朱北王"）。

三冬雪压千年树，四月花繁百尺藤

鸳鸯湖棹歌之九十六

清·朱彝尊

茅屋东溪兴可乘，竹篱随意挂鱼罾。
三冬雪压千年树，四月花繁百尺藤。

注释

东溪：嘉兴地名，曾建有朱彝尊堂叔朱茂暽的别墅。

鱼罾（zēng）：用木棍或竹竿做支架的鱼网。

三冬：冬季三月，即冬季。

四月：农历四月一般进入夏季，气温回暖。

简析

本诗是描写嘉兴鸳鸯湖风土人情的诗作之一，主要描写了作者的叔父所居住的东溪的惬意的环境。全诗映照出诗人对随性悠闲的渔家生活的艳羡与追求。"茅屋东溪兴可乘，竹篱随意挂鱼罾。"这两句是诗人对叔父东溪生活的描写，在东溪的茅屋里可以任由自己所愿，用竹竿随意地支撑鱼网。这表现了作者羡慕叔父那种自由自在、无拘无束的生活。"三冬雪压千年树，四月花繁百尺藤。"这两句的大意是，三月冬季的雪，压在了生长了千年的树上，四月的花儿开满了百尺长的藤条。这样的景象是诗人想象出来的，冬春两季的对比，把东溪冬季的盛雪和夏季繁花的景象都展现了出来。全诗为我们呈现了如画的东溪美景，景色中也蕴含着清幽的神韵，透露着主人的生活情趣。

背景

本诗是《鸳鸯湖棹歌》的第九十六首，主要描绘了朱彝尊叔父朱茂晭所居住的东溪风景及自在悠闲的生活情状。

名家点评

〔清〕王昶："竹枝"之体出自巴渝，刘梦得依楚辞以继之，具道山川风俗、鄙野勤苦及羁旅离别感叹之思，至本朝小长芦太史与小谭大夫仿其体作《鸳鸯湖棹歌》百首，遗闻胜说往往附见焉。(《春融堂集》)

〔清〕叶封：征引详核，典雅有根据，盖上下古今皆美而可传，足以广乡人所称说。(《鸳鸯湖棹歌》序)

鲁迅

鲁迅（1881—1936），原名周樟寿，后改名周树人，字豫山，后改豫才，"鲁迅"是他1918年发表《狂人日记》时所用的笔名，也是他影响最为广泛的笔名，浙江绍兴人。著名文学家、思想家。

躲进小楼成一统，管他冬夏与春秋

自嘲

现代·鲁迅

运交华盖欲何求，未敢翻身已碰头。
破帽遮颜过闹市，漏船载酒泛中流。
横眉冷对千夫指，俯首甘为孺子牛。
躲进小楼成一统，管他冬夏与春秋。

注释

华盖：星座名，共十六星，在五帝座上，今属仙后座。旧时迷信，以为人的命运中犯了华盖星，运气就不好。

破帽：原作"旧帽"。

中流：河中。

横眉：怒目而视的样子，表示愤恨和轻蔑。

孺子牛：春秋时齐景公跟儿子嬉戏，装牛趴在地上，让儿子骑在背上。这里比喻为人民大众服务，更指小孩子，意思是说鲁迅把希望寄托在小孩子身上，就是未来的希望。

成一统：意思是说，我躲进小楼，有个一统的小天下。

管他冬夏与春秋：即不管外在的气候、环境有怎样的变化。

简析

"运交华盖欲何求，未敢翻身已碰头。"我的命运冲撞了华盖，交了倒霉的坏运又能怎样，我还奢求什么？我想要摆脱困境，却被碰得头破血流。这一句表现了诗人的艰难处境。第二联，我戴上旧帽子遮住面容去穿过热闹的街道，就像已经破漏的船，还载着酒在水中行驶一样困难。将自己的处境用旧帽遮住面容和破漏的船载酒前进来做比喻。"横眉冷对千夫指，俯首甘为孺子牛。"横眉冷对恶人们对我的唾骂。我俯下身子愿意为老百姓做孺子牛。表达作者对人民的爱和对敌人的憎恨。而最后一联，我躲进小楼里，不管春夏秋冬，环境发生怎样的变化，我都坚定自己的内心。是作者的态度，无论环境多么艰难，我都要坚持自己的内心。"横眉冷对千夫指，俯首甘为孺子牛。"是全诗的中心，集中地体现出作者的价值观念。有力地揭露和抨击了当时社会的血腥统治，生动地展现了作者的坚强性格和勇敢的战斗精神。

背景

1932 年 10 月 12 日，郁达夫同王映霞于聚丰园宴请鲁迅，鲁迅结合七天前的谈话有感而作。

名家点评

〔当代〕张紫晨：《自嘲》是一首政治抒情诗，也是一首对仗工整的七言律诗，成为脍炙人口的名篇。其中"横眉冷对千夫指，俯首甘为孺子牛"，更是名篇中的名句。整个诗篇诙谐见于形，严肃寓于中，体现了鲁迅诗歌的独特风格。(《鲁迅诗解》)